ACTES NOIRS
série dirigée par Manuel Tricoteaux

MORTE LA BÊTE

Titre original :
Svinehunde
Editeur original :
Gyldendalske Boghandel, Nordisk Forlag A/S, Copenhague

ISBN 978-2-7427-9662-5

LOTTE ET SØREN HAMMER

Morte la bête

roman traduit du danois
par Andreas Saint-Bonnet

ACTES SUD

PROLOGUE

L'homme dans le champ jeta les dernières bûches de bois à leur place. Puis il se redressa, appuya l'envers de ses mains contre ses reins et s'étira deux ou trois fois en arrière pour enrayer un étrange engourdissement dans son dos. Il était rompu au travail physique, et les deux heures qu'il avait passées à remplir la fosse n'étaient pas grand-chose. Au regard de ce qu'il avait accompli pendant la journée, quelques douleurs musculaires lui importaient peu. Cela l'étonnait simplement.

Avec quelques difficultés, il ramassa le dernier bidon d'essence et en versa le contenu sur le tas de bûches, dont le haut affleurait au niveau du sol. Une quinzaine de stères bien secs de bois de hêtre, mêlé d'un peu d'orme, de châtaignier, de bouleau et d'un petit prunier à l'écorce brune, presque rouge du côté exposé au soleil et plus verte de l'autre, comme son œil de connaisseur l'avait noté. Ajoutés à cela, trente et un sacs de charbon, un nombre qu'il avait minutieusement mémorisé, pour ensuite recompter chaque sac en le portant à sa place, rendant ainsi le travail un peu moins monotone. Jetant un coup d'œil à sa montre, il constata qu'elle était couverte de sang séché, et qu'aucune des aiguilles n'était visible. Comme la dernière fois qu'il avait regardé. Irrité, il enleva la montre et la jeta sur le tas de bois. Ensuite, il porta son regard vers le ciel qui commençait à s'assombrir. A l'ouest, l'éclat rouge sombre du soleil couchant illuminait une chape de nuages bas. A l'extrémité du champ, on devinait un lac gris et indistinct. Le mauvais temps approchait.

Il sortit des vêtements neufs de son sac à dos, et un sac plastique plein de torchons mouillés. Il dénuda le haut de son corps musculeux et entreprit de se laver méthodiquement. Malgré le froid, le contact du torchon sur sa peau était agréable. Il prêta une attention particulière à sa tête et à ses mains, où la poussière de charbon avait laissé des traces et risquait d'attirer l'attention, ce qui lui fit penser qu'il aurait dû prendre un miroir. Il eut un rictus dans le crépuscule. Habituellement il n'appréciait pas son propre reflet, mais aujourd'hui c'était différent. Peut-être pouvait-il, ce jour-là, sur ce champ de chaumes désolé du Sjælland, se voir avec un tout petit peu de fierté. Il pouvait probablement même se défaire de son stupide surnom une bonne fois pour toutes. Les gens l'appelaient *Grimpeur*. Très peu connaissaient son véritable nom. Ce nom qui venait du temps où quelqu'un se souciait de lui, et où lui se souciait de quelqu'un. Jusqu'à ce que… Jusqu'à ce que ce ne soit plus le cas.

Ce souvenir d'enfance ne resta pas impuni : la douleur dans ses reins se répandit dans ses fesses et ses cuisses comme une mauvaise brûlure. Il l'ignora et se concentra sur ses vêtements propres, laissant les autres sur le tas de bois. Une fois changé, il sentit la douceur de la vengeance envahir son corps. Hormis un détail imprévu, qu'il avait gardé pour lui et devrait donc régler plus tard par ses propres moyens, il avait minutieusement fait ce qu'il avait à faire. Maintenant c'était au tour des autres dans le groupe.

Il sortit un briquet, se pencha et alluma. L'essence prit feu instantanément et les flammes jaillirent, l'obligeant à reculer rapidement. Il se réchauffa un moment, jusqu'à ce que son malaise récurrent à la vue du feu ne reprenne le dessus.

Un éclair illumina le crépuscule, et il se retourna calmement pour contempler le ciel. Le mauvais temps était arrivé plus vite qu'il ne l'avait prévu. Dans le ravin à sa gauche, où la forêt descendait vers le lac, deux noirs nuages orageux s'avançaient lentement vers lui, comme si la terre s'était mystérieusement éventrée pour libérer les forces obscures d'un monde inférieur. Un éclair encore, et un troisième nuage jaillit du ravin. La pluie suivit rapidement. De grosses gouttes agressives, des milliers d'échardes pointues, qui ricochaient sur le champ et projetaient de la terre sur les chaumes. Franches, puissantes, purificatrices.

Pendant un instant, il observa le feu, inquiet, mais la pluie ne pouvait pas éteindre le brasier, tout au plus le contenir. Alors il se retourna. Puis s'en fut vers la forêt, d'un pas déterminé. Il fut bientôt happé par l'obscurité.

1

Lundi matin, des vagues de brouillard blanches et laineuses envahirent la campagne. Les deux enfants pouvaient à peine voir à un mètre devant eux tandis qu'ils traversaient la cour de l'école. Ils tâtonnaient, de mémoire, et bientôt leurs pas se firent hésitants, prudents. Le garçon se tenait légèrement en retrait par rapport à la fille, son sac dans ses bras. Soudain, il s'arrêta.

— Ne t'éloigne pas de moi.

La fille s'immobilisa à son tour. Le brouillard se condensait dans ses cheveux, et elle essuya les gouttes sur son front, attendant patiemment son petit frère qui essayait de hisser son sac sur son dos. Il avait parlé turc, ce qu'il faisait rarement, *a fortiori* quand il s'adressait à elle. Maintenant il se débattait avec les sangles, et elle se rapprocha de lui, mais ne l'aida pas. Quand il eut enfin terminé, il s'agrippa à sa main. Elle jeta un coup d'œil alentour mais ne vit que le brouillard et l'obscurité. Elle dit :

— Regarde ce que t'as fait.

— Qu'est-ce que j'ai fait ?

Sa voix était toute fluette, et il resserra sa prise.

— Laisse tomber. Tu comprends jamais rien.

Elle choisit une direction au jugé, fit quelques pas à l'aveuglette, avant de s'arrêter à nouveau. Le garçon se colla contre elle.

— On est paumés ?

— Idiot.

— Il y avait de la lumière chez maman.

— Il y aura bientôt de la lumière ici aussi.

— En fait, ça veut dire quoi paumés ?

Elle ne répondit pas, mais tenta de se persuader qu'il n'y avait rien à craindre, que la cour de l'école n'était pas si grande, qu'ils devaient juste continuer.

— On ne doit pas aller avec des inconnus. Quoi qu'il arrive, on va pas avec des inconnus, pas vrai ?

Les sanglots perçaient dans sa voix, et elle le tira brusquement dans son sillage. Après une série de pas indécis, elle devina une vague lumière droit devant et se dirigea dans cette direction.

Le garçon lâcha sa main quand ils atteignirent l'entrée principale et s'engouffra dans le bâtiment, oubliant qu'un instant plus tôt il était au bord des larmes.

Quelques minutes plus tard, ils se retrouvèrent dans le couloir devant la salle de sport. La fille lisait sur un banc, et le garçon la rejoignit en courant, un ballon dans les bras.

— Tu veux jouer au foot avec moi ? T'es trop forte au foot.

— Tu as bien rangé tes vêtements et ton cartable ?

Les yeux écarquillés, il hocha la tête avec conviction.

— Va vite le faire.

Il s'en alla, tout penaud, sans rechigner. Il revint rapidement et présenta à nouveau sa requête.

— J'ai quelque chose à lire d'abord. Tu peux commencer, j'arrive.

Il fixa le livre, dubitatif. Il était épais.

— Tu viens bientôt ?

— Quand j'ai terminé mon chapitre. Va jouer un peu tout seul, j'en ai pas pour longtemps.

Il disparut dans la salle. Après un court instant, elle entendit les rebonds du ballon, et reprit sa lecture, fermant de temps en temps les yeux pour mieux imaginer qu'elle faisait partie de l'histoire.

Le garçon l'interrompit.

— Y a pas de place pour jouer, cria-t-il depuis la salle.

— Pourquoi ?

— Parce qu'il y a des monsieurs suspendus.

— Joue plus loin, alors.

Brusquement il était devant elle, et elle ne l'avait pas entendu venir.

— J'aime pas ces monsieurs.

La fille renifla une ou deux fois.

— T'as pété ?

— Non, mais j'aime pas les monsieurs morts. Il y a plein de coupures sur eux.

Elle se leva, irritée, et passa la porte du gymnase, son frère collé à ses basques.

Cinq hommes étaient pendus à cinq cordes fixées au plafond. Ils étaient nus et tournés vers elle.

— C'est dégoûtant, pas vrai ?

— C'est vrai, dit-elle en refermant la porte.

Elle passa un bras autour des épaules du garçon.

— On peut jouer au foot maintenant ?

— Non, on peut pas jouer au foot, il faut qu'on trouve un adulte.

2

L'inspecteur en chef de la criminelle Konrad Simonsen savourait ses vacances. Installé dans la pièce panoramique la mieux exposée de sa maison d'été, il venait d'entamer son quatrième cocktail clope-café de la matinée et observait par les baies vitrées surdimensionnées un couple de stratus en excursion, sans penser à rien.

La jeune femme athlétique qui pénétra dans la pièce après son footing matinal avait enlevé chaussures et chaussettes. Il ne l'entendit pas venir et sursauta quand elle prit la parole. Il avait l'habitude d'être seul.

— Dis donc, papa, tu pourrais au moins aérer un peu.

La fumée de cigarette pesait lourdement dans l'air. Elle ouvrit en grand les baies vitrées de la terrasse. Une fraîche brise venue de l'océan traversa la pièce et fit virevolter les boucles blondes de la jeune femme. Quand l'atmosphère fut plus respirable, elle les referma mais les laissa entrebâillées. Puis elle se laissa tomber dans le fauteuil en face de son père, sans se soucier du journal méchamment froissé qui dépassait de sa ceinture.

— Bonjour, tu as été jusqu'à Blokhus ? C'est un sacré footing, si tôt le matin.

— Matin, matin… Il est presque midi, espèce de marmotte. Oui, je suis allée jusqu'à Blokhus, c'est pas si loin que ça.

Il désigna le journal d'un air intéressé.

— C'est pour moi ?

Elle répondit avec une ironie affectueuse :

— Et merci ma fille chérie pour le café que tu m'as préparé.

— Et merci Anna Mia chérie pour le café que tu m'as préparé.

Elle s'apprêtait à lui tendre le journal, mais aperçut le cendrier. Le regard noir qu'elle lança à son père le renseigna sur la suite des événements. Elle montra les mégots, d'un geste plein de reproches, et son accent de l'île de Bornholm refit surface.

— Quatre cigarettes avant le petit-déjeuner !

— Mais je suis en vacances, c'est pas tout à fait comme d'habitude...

Un commentaire dont il aurait pu faire l'économie.

— Tu fumes beaucoup trop, tu bois trop, tu manges mal, et te dire que tu es en surcharge pondérale ressemblera bientôt à une formule de politesse.

Il tenta une timide réplique :

— Je ne fume presque pas pendant mes heures de travail, et modérément le soir, alors je peux bien me permettre ça pendant mes congés.

— Ouais, ça pourrait paraître raisonnable, si c'était la vérité.

Il ne sut quoi répondre. Il lança un regard en coin vers le journal qui était soudain hors de portée. La voix de sa fille se fit encore un peu plus sérieuse.

— Tu te souviens que tu me dois quinze années, n'est-ce pas, papa ?

Le chiffre retourna le couteau dans la plaie, et le sentiment familier d'être un piètre père s'empara aussitôt de lui. Ce sentiment qui avait somnolé pendant trois ans, depuis ce beau soir de mai où elle avait débarqué sur son palier et expliqué qu'elle était à Copenhague pour une semaine, et que c'était plus pratique et moins cher de loger chez lui. Elle avait dit ça comme si rien n'était plus naturel. C'est ainsi qu'elle avait envahi son appartement et sa vie. Une jeune inconnue de seize ans, gentille, pleine de vie et d'entrain... Sa fille.

Il n'y avait pas grand-chose d'autre à faire que de la mettre en sourdine en espérant une trêve. Les mots ne venaient pas. S'excuser lui semblait ridicule. Quant à promettre de mener une vie plus saine, c'était bien plus facile à dire qu'à faire. De toute façon, il était par nature réticent à partager ses états d'âme avec quiconque. Il s'essaya à quelques demi-promesses, jusqu'à ce qu'elle laisse de côté ses reproches et change de sujet :

— On en reparlera une autre fois, papa. Dis-moi, tu t'habitues au lieu ? C'est un vrai bungalow de luxe que Nathalie a dégoté.

Ce sujet-là était tout aussi périlleux, bien que moins personnel, et il aurait pu la soupçonner d'y revenir exprès parce qu'il était sur la défensive. Mais elle n'était pas comme ça, c'était lui qui voyait les discussions comme des jeux de stratégie avec des gagnants et des perdants. Une mauvaise habitude qu'il avait un peu commodément considérée comme une déformation professionnelle après trop d'interrogatoires. Il essaya de ne pas répondre à la provocation.

— Oui, l'endroit est très chic.

— Alors pourquoi tu t'es tellement mis en rogne avant-hier, quand on est arrivés ?

— Parce que la Comtesse est ma subordonnée, et que tout ça est un peu énorme.

— Tu savais bien que ça lui appartenait.

— Oui, ma grande, je le savais, mais, bon sang, je n'avais pas idée du standing. Cette petite baraque de luxe ferait miroiter des biffetons dans les yeux de n'importe quel proprio, et le fait qu'on la loue pour une bouchée de pain est contraire à mon éthique. Et probablement illégal.

— Elle est riche, et alors ?

— En plus, les frigos sont remplis comme en prévision d'un hiver atomique.

— On reste pas ici pour un hiver atomique, juste quinze jours, mais tu peux toujours arrêter de manger. Ça te ferait pas de mal de rogner un peu sur tes réserves.

— Pas de nourriture, pas de boisson, pas de tabac, et puis quoi encore ?

Elle ignora sa question et le taquina :

— Tu savais que les carreaux de la terrasse sont peints à la main et viennent d'Italie ? Et que le marbre de l'entrée, c'est du Ølandsbrud ?

— Comment tu sais ça ?

— Nathalie, bien sûr.

Personne d'autre n'appelait la Comtesse Nathalie, et ça sonnait bizarre. Elle s'appelait pourtant bien Nathalie von Rosen, mais tout le monde disait la Comtesse, y compris elle-même.

— Tu étais déjà venue ici ?
— Ben oui.
— De mieux en mieux.
— Alors tu vas sûrement te dire que ça empire encore, vu que j'ai reçu un cadeau pour toi.
— Un cadeau de qui ?
— De Nathalie. Mais je me disais que je ferais mieux d'attendre quelques jours.
Il avait l'air troublé, et ce n'était pas feint.
— Oh, papa, des fois t'es vraiment trop tordu. C'est pas si compliqué à comprendre, et si tu veux mon avis, elle t'adore tellement que si tu te donnais juste la peine de perdre quinze ou vingt kilos, tu pourrais sûrement faire un très beau parti.
Le léger claquement de ses pieds nus sur le pin de Poméranie blanchi à la chaux emplit la pièce, et elle disparut avant qu'il ait eu le temps de réagir à cette idée absurde.
Le cadeau de la Comtesse était génial. Comme un vrai perroquet de compagnie sur son perchoir, Anna Mia était assise sur l'accoudoir du fauteuil de son père. Elle le dévorait des yeux tandis qu'il enlevait le papier cadeau. Aron Nimzowitsch, *Mein System*, l'édition originale de 1925, avec dédicace du maître lui-même. Un trésor inestimable qui le plongea un instant dans l'extase. Anna Mia en profita pour lire par-dessus son épaule.
— Elle veut dire quoi par *merci pour le coup de main* ?
Il retourna la carte, mais trop tard.
— Dis-moi, tu es totalement dénuée de la moindre éducation ? On ne lit pas les lettres des autres.
— Moi si. Qu'est-ce que t'as fait pour elle ?
— Ça ne te regarde pas !
Ils restèrent silencieux un moment, elle sur l'accoudoir et lui dans le fauteuil.
— Dis-moi, à quel point vous vous connaissez toutes les deux, au juste ?
— Qui ? Nathalie et moi ?
Sa feinte indifférence était palpable.
— Oui, bien entendu.
— Ça te regarde pas.
Comme ça, ils étaient quittes.
Un peu plus tard, elle se fit plus communicative :
— Je la connais pas si bien que ça, Nathalie, et on n'a rien fait dans ton dos. Pas grand-chose en tout cas, et si je

suis déjà venue ici, c'est par le plus grand des hasards. Je l'ai croisée cet été à Skagen, et elle m'a invitée à déjeuner. Mais je sais quand tu l'as aidée. C'était pendant son divorce, pas vrai ?

Il hésita.

— On a un peu discuté.

Elle lui massa tendrement le sommet du crâne.

— Je crois sincèrement que tu as mérité ton bouquin. Alors fais-moi plaisir, et pour une fois ne parle pas de prix. Ça ne viendrait pas à l'idée de Nathalie d'attendre quelque chose en retour de ses cadeaux, elle n'est pas du tout comme ça, tu le sais très bien.

— Non, elle n'est pas comme ça. C'est le principe qui me gêne.

— Peut-être que tes principes sont mal placés.

Elle se leva alors et se dirigea vers une des fenêtres, pendant qu'il feuilletait son livre, avec une délicatesse proche de la dévotion.

— Je prends un bain, pendant ce temps tu peux nous trouver quelque chose à faire pour la journée.

— Oui, oui, parfait.

Elle dut l'appeler deux fois avant qu'il ne se lève et vienne jusqu'à elle, et il ne remarqua pas que son ton avait de nouveau changé. Il était trop absorbé par le récit d'une partie d'échecs.

— Ton portable est allumé ?

— Non, l'accord c'était qu'on reste entre nous, tu t'en souviens. Pourquoi tu demandes ?

Il lança un dernier long regard vers ses pions dans le livre, puis s'approcha de la fenêtre et scruta l'horizon. Les dunes vallonnées formaient une ronde autour de lui, comme d'irrégulières collines balayées par le vent, brillantes et dorées du côté où le soleil les touchait, et gris foncé, presque obscures de l'autre, envahies d'églantiers et autres élymes des sables. Plus loin, il pouvait voir la mer du Nord et la crête étincelante de ses vagues, et loin au-dessus quelques oies grises qui volaient vers le sud en longeant la côte. Soudain, il sentit les bras d'Anna Mia l'enlacer, et sa tête peser lourdement contre son dos. Un mélange de pudeur et de maladresse le saisit, comme si la jeunesse de sa fille était taboue. Il resta cependant sans bouger, et, après quelques secondes qui lui semblèrent une éternité, elle dit tout doucement :

— On vient te chercher, papa.

C'est seulement à ce moment qu'il le vit. Un corps étranger et repoussant qui rampait lentement sur le chemin sinueux des dunes : une voiture de police.

3

A peine quatre heures plus tard, Konrad Simonsen se trouvait à l'école Langebæk à Bagsværd, le regard perdu dans la pluie qui tombait tristement. Dans le bosquet derrière le terrain de jeu, un maître-chien s'affairait avec l'une de ses bêtes, qu'il dirigeait à grand renfort de signes et de cris, entrecoupés de caresses et de récompenses. Une jeune femme avec un sac plastique enroulé autour de la tête en guise de foulard de fortune se joignit à lui. L'inspecteur observa un moment les gesticulations des deux agents, jusqu'à ce qu'un coup de vent projette une gerbe d'eau sur la vitre et trouble sa vision. Il orienta son regard vers le couloir. La couleur des murs mêlait le jaune écaillé à la crasse. Le linoléum du sol était troué et rappelait un champ de mines. Diverses créations artistiques plus ou moins heureuses étaient accrochées çà et là. La plus proche était composée de fils de fer entortillés et de canettes de Coca poussiéreuses.

Il écarta les bras en signe de résignation.

— Bordel, Comtesse.

Il s'adressait à la femme qui parlait au téléphone derrière lui, et ses bras retombèrent sans colère, comme pour pointer du doigt l'absurdité de la situation : avoir été transporté à toute berzingue à travers le pays pour se retrouver à contempler en pure perte ce triste temps d'octobre. Sans la moindre information sur cette enquête qu'on lui demandait de diriger. Sans même savoir par où commencer.

La femme mit la main devant le téléphone.

— Salut, Konrad. Désolé pour tes vacances, mais vous avez quand même eu quelques jours. J'espère qu'Anna Mia n'était pas trop déçue. Arne sera là dans une seconde, il te briefera.

Elle lui adressa un sourire et reprit sa conversation, avant qu'il ait eu le temps d'en placer une. Il lui rendit son sourire, sans vraiment le vouloir, et se dit qu'elle avait de jolies dents. Puis il laissa son ventre retomber et regarda par la fenêtre. Ce qu'il vit le démoralisa. La conversation téléphonique de la Comtesse n'en finissait pas. Il y vit un signe déplaisant : un jour, la brigade criminelle serait tout à fait en mesure de fonctionner sans son inspecteur en chef.

Enfin, ce n'était pas si sûr. Konrad avait suivi d'une oreille la conversation de la Comtesse, qui s'adressait apparemment à l'un des experts. Et, tout à coup, il se rendit compte que quelque chose ne tournait pas rond. Sa voix légèrement exaltée et quelques incohérences la démasquèrent. Quand elle répéta presque mot pour mot une question qu'elle avait déjà posée, il saisit son bras et abaissa doucement le téléphone. Elle raccrocha sans ajouter un mot.

— C'était quand la dernière fois que tu as mangé quelque chose ?

— Je ne sais pas exactement, ça doit faire un certain temps. Il est quelle heure ?

Il connaissait parfaitement son état et savait aussi que c'était provisoire. Tout enquêteur se retrouvait confronté à un moment ou à un autre à une affaire qui le possédait, et qu'il lui était difficile de mener. Des images désagréables se fixaient au fond de votre crâne, impossibles à effacer. Et c'était sans aucun doute ce qui lui arrivait. Le pire pour lui, comme pour la plupart des policiers, c'était quand les victimes étaient des enfants, et il n'était pas encore allé dans le gymnase. Il repoussa ces pensées et se concentra sur le présent.

— Va faire un tour en ville et trouve quelque chose à manger. Sois là dans une heure.

— Je n'ai pas faim.

— C'est un ordre, Comtesse. Et éteins ton téléphone.

Elle acquiesça comme si elle comprenait, mais il vit dans ses yeux qu'il n'en était rien. Habituellement, elle était la stabilité incarnée. Elle qui ne se laissait jamais embarquer quand les autres partaient en vrille. Elle se tourna, et la fade lumière du jour éclaira différemment son visage. C'est alors qu'il vit à quel point son teint tirait sur le gris cendré de ses cheveux.

— C'est moche, Konrad. Je crois que j'ai jamais rien vu de pareil.

— Je suppose qu'aucun d'entre nous n'a jamais rien vu de pareil.

— Arne et moi on a jeté un coup d'œil à l'intérieur… C'est vraiment moche.

— Bon, maintenant file, j'ai autre chose à faire que te dorloter.

Il assortit sa remarque d'un sourire pour enlever à ses paroles toute nuance de reproche. Elle ne sembla pas le remarquer et resta plantée là. Il envisagea de la prendre dans ses bras, ou peut-être simplement de poser une main sur son épaule. Mais il ne le fit pas, il n'était pas très doué pour ce genre de choses. Elle finit par dire :

— Ça va aller.

— Je sais. A plus tard.

Et elle s'en alla.

La salle de lecture était provisoirement transformée en salle d'enquête. Le contenu des deux étagères avait été entreposé sur le bord de la fenêtre. Un paquet de feuilles accompagné d'une boîte de crayons étaient posés sur la table, en plein milieu du local. On avait recouvert le tableau noir de la salle d'un tableau blanc pour que le briefing soit plus simple. Un plan de l'école était affiché sur le mur du fond. Il avait été placardé à la va-vite et penchait d'un air triste.

La tête légèrement inclinée, Konrad Simonsen étudia le plan un moment. Arne Pedersen en profita pour essuyer son siège. Son pantalon était déjà taché à deux endroits, et il ne souhaitait pas aggraver la situation.

— Comment était le trajet en avion ?

— Désagréable.

— Et la résidence d'été ? Tu vas pouvoir récupérer ton argent ?

— M'étonnerait.

Les chaises, qui avaient connu des jours meilleurs, émirent des couinements menaçants quand les deux hommes s'assirent. Konrad Simonsen posa son coude sur la table et demanda simplement :

— Comment tu te sens ?

Arne Pedersen ne fut pas surpris par la question, ce qui était bon signe.

— Mieux, mais au début c'était pas facile. J'ai vomi deux fois, et ça m'était pas arrivé depuis des lustres. Peut-être même que c'était la première fois.

— Mais maintenant tu es prêt ?

— D'habitude, c'est seulement quand c'est des enfants… Enfin, tu sais.

— Arne, réponds à ma question.

Arne Pedersen le regarda dans les yeux.

— Oui, je suis prêt.

— Parfait, alors parle-moi de la chronologie et fais-moi l'état des lieux.

L'entrée en matière s'était avérée plus abrupte qu'il ne l'avait voulu, mais il détestait attendre, et maintenant Konrad voulait des faits, du solide. Les notes furent rapidement laissées de côté. Arne Pedersen s'exprima avec sobriété et précision, d'un ton monotone. Il commença par la mère turque qui avait déposé ses enfants vers six heures et quart près du garage à vélos à droite de l'entrée de l'école :

— C'est la rentrée scolaire, après les vacances d'automne. Les enfants filent à leurs salles de classe respectives, y laissent leurs manteaux, et reviennent pour jouer au ballon. Dans le gymnase, ils découvrent cinq cadavres. La grande sœur part chercher un adulte, mais n'en trouve pas, à la suite de quoi elle appelle le 112 avec le téléphone de la salle des professeurs, et on la redirige vers le poste de police de Gladsaxe. L'appel est signalé à 6 h 41. L'agent qui était de garde… Une seconde…

Il hésita et réfléchit. Konrad Simonsen coupa :

— C'est secondaire, le nom, mais ces deux enfants, là, ils ne sont pas arrivés un peu tôt ? Je croyais que les cours commençaient à 8 heures.

— Oui, et ça m'a étonné aussi, j'ai donc interrogé le directeur à ce sujet. Il se trouve que l'école a un groupe d'enfants qui arrivent longtemps avant le début des cours. Toutes les écoles connaissent le même problème. Pour certains parents, il s'agit d'éviter les frais de garderie communale, d'autres ont un emploi du temps chargé…

Konrad Simonsen l'interrompit.

— OK, OK, continue.

— Oui… J'en étais où ? Enfin, l'agent de garde dit à la fille d'attendre qu'un professeur arrive, alors elle contacte sa mère sur son lieu de travail à Gentofte. La mère n'est pas là, mais le patron – un type d'origine libanaise qui connaît vaguement la gamine – décide d'aller la voir. Il arrive un peu avant 7 heures. Il éloigne du gymnase huit gamins qui se sont pointés entre-temps. Ensuite il appelle le poste de police de Gladsaxe, et à 7 h 38 une patrouille se pointe.

Konrad Simonsen l'interrompit d'un ton acerbe.

— 7 h 38 !

Arne Pedersen détourna le regard et tira sur son nœud de cravate, geste que son chef ne connaissait que trop bien.

— Balance le nom et explique-moi ce qu'il s'est passé.

Il était inutile de nier l'évidence, il balança donc le nom du flic de garde, non sans quelques explications :

— Il estimait que l'appel était de moindre importance… Vu que *c'étaient visiblement deux bougnoules qui avaient appelé*. Oui, c'est malheureusement une citation.

Konrad Simonsen était sidéré.

— Pourquoi tu couvres ce mec ? Tu le connais ?

Arne Pedersen avait un visage assez juvénile. A quarante ans passés, il avait toujours l'air d'un gamin, en plus grand. Et à ce moment précis, il était rouge comme une tomate.

— On était à l'école de police ensemble. On a beaucoup joué, lui et moi.

Le front de Konrad se rida quand il fronça les sourcils, mais il préféra en rester là. Arne était un enquêteur doué, imaginatif et efficace, et, dans un avenir plus ou moins proche, il serait probablement pressenti pour lui succéder. Mais son penchant pour le jeu était de notoriété publique, et de plus en plus d'histoires circulaient à son sujet. Un jour ou l'autre ils devraient avoir une discussion. Mais ce n'était pas le moment, et si Arne était endetté auprès de son collègue, il ne voulait pas le savoir.

— Passons. La suite.

— Les agents appellent des renforts, l'école est fermée, et les enfants renvoyés chez eux. Le personnel se rassemble dans la salle des professeurs, et on fait appel à nous. Je suis arrivé aux environs de 9 heures, et je t'ai fait appeler, après quoi j'ai informé le directeur général de la police et mis la main sur Troulsen, Pauline et la Comtesse. Enfin j'ai mis toute la machine en marche, avec tout ce que ça implique, les enquêteurs, les experts, les légistes, les maîtres-chiens – oui, même Elvang est là.

— Pourquoi les chiens ? On cherche quoi ?

— Une dizaine de mains. Entre autres.

— Bordel de merde.

— Comme tu dis.

— Tu es allé dans le gymnase ?

— Non, je suis resté sur le pas de la porte. Je m'en suis approché deux fois, la première je me suis senti mal, comme je te l'ai dit. Les autres se baladent en combis spatiales, on se croirait dans un film de science-fiction. Heureusement que c'était irrespirable là-dedans, le speech sur la contamination des lieux de crime était assez long comme ça. Devine qui me l'a fait subir ? Il est complètement hystérique.

— Le chef de la section technique est payé pour être hystérique dans ce genre de situation. Et Elvang alors ?

— Il a dû attendre aussi, bien entendu. A ce propos…

Il chercha ses mots.

— A ce propos quoi ?

— Il m'a traité de *pseudo-BCBG*, mais ça n'a rien à voir.

— Non, mais il faut admettre qu'il lui reste un semblant de lucidité.

— Marre-toi, dans un petit moment ce sera ton tour, il t'attend dès qu'on a terminé. La salle doit être libérée maintenant. Mais à propos d'Elvang, je sais enfin pourquoi il n'est pas encore à la retraite. La nouvelle copine de mon frère travaille au ministère de l'Education nationale, qui administre l'hôpital principal. C'est du solide cette fois, c'est pas une rumeur, tu veux l'entendre ?

Konrad Simonsen constata avec satisfaction que son subalterne avait de l'énergie pour autre chose que les données pures et dures. Il répondit avec un sourire :

— Avec plaisir, quand on aura le temps. Qu'est-ce qu'on a ?

— Rien de définitif, ça se dessine, doucement mais sûrement. On est en train de nous réorganiser en groupe spécial. Ils chamboulent toute l'organisation.

— Hou là, qui c'est *ils* ?

— J'en sais rien. Je peux te dire que, la première heure, c'était un vrai cirque, j'avais jamais vu ça. Le ministre de la

Justice a appelé deux fois et a exigé d'être tenu au parfum, minute par minute.

— Le ministre de la Justice ? Pourquoi il ne suit pas la hiérarchie habituelle ?

— Pas la moindre idée, je lui ai pas posé la question.

— Minute par minute. Il a dit ça ?

— Oui. C'était un ordre.

— Pas croyable.

— Tu peux le dire. Déjà, le chef de la PJ a appelé deux fois. Histoire de rappeler que le ministre de la Justice doit être tenu au courant. Il a aussi menacé de se pointer en personne, mais la Comtesse l'en a dissuadé. Et puis il y a le directeur général de la police, mais là, c'est déjà plus habituel. Le préfet a le maire sur le dos, il est donc pas mal sur la brèche lui aussi. Même l'avocat général a appelé, il était assez furax.

— L'avocat général ? Mais d'où il sort, celui-là ?

— C'était un peu le sens de son appel. Il veut rien avoir à faire avec l'enquête. Je crois que c'est ce qu'il a dit. Il est pas toujours facile à comprendre. En tout cas, pas moyen de savoir qui l'a impliqué. La Comtesse aussi y a eu droit. Le président et le vice-président de la commission à la justice du Parlement. Entre autres.

— Bon sang, quel bazar !

— Tu l'as dit, et c'est pas fini. J'ai encore eu un appel d'un chef de bureau du ministère de l'Intérieur, Helmer Hammer – oui, c'est son vrai nom –, juste après celui du ministre de la Justice, et là je commençais à en avoir assez d'être interrompu. De toute façon j'étais déjà bien secoué à ce moment-là, même si je n'en prends conscience que maintenant. Euh, je lui ai expliqué de façon très directe que, à moins d'avoir un peu de calme et de pouvoir travailler, nous n'aurions aucune information à transmettre, même si la reine en personne devait appeler. Ensuite j'ai raccroché assez sèchement, enfin, pour autant que ce soit possible avec un mobile.

— Pas forcément très judicieux. Il s'est passé quoi ensuite ?

— Il a rappelé.

— Bravo, tu veux te retrouver à la circulation ?

— Non, il est très raisonnable au fond. Il ne sait rien sur le travail de la police, comme il n'a pas manqué de le signaler tout de suite, mais a promis de nous laisser tranquilles, ce qu'il a fait. D'ailleurs, pas le moindre coup de fil d'en haut depuis.

Arne Pedersen avait l'air soulagé. Konrad tenta de ramener la discussion sur les rails sans paraître trop impatient.

— C'est très bien tout ça, mais ça ne nous aide pas vraiment.

— Si, puisqu'il a dit que c'était à toi de diriger l'enquête…

— Je le fais déjà.

— Oui, oui. Laisse-moi juste finir : tu dois conduire cette enquête et en référer uniquement à lui.

— La hiérarchie habituelle est mise sur la touche ?

— Parfaitement, mais le meilleur est à venir. Tu choisis librement ton équipe, et tu n'auras aucune limite au niveau des moyens, qu'ils soient budgétaires ou humains. Pareil pour les heures sup. Il s'occupe de la paperasse qu'il pourra y avoir, de façon que tout ton temps soit consacré à l'enquête. Il a précisé que ton mandat officiel n'était pas encore en place, mais que c'était une formalité. Tu dois le contacter dès que tu en auras le temps, j'ai son numéro. Bref, Konrad, tu es vraiment ton propre chef.

— Il a dit ça aussi ?

— Non, c'est ma conclusion personnelle.

— Hem, je n'aime pas beaucoup le fait que les voies habituelles de la hiérarchie soient ignorées.

— C'est mieux qu'être ballotté par tout un tas de grosses huiles.

— Peut-être, on verra bien. Pour le moment, on a d'autres chats à fouetter.

Soudain, la sonnerie retentit avec force et autorité. Personne n'avait pensé à l'interrompre quand les enfants avaient été renvoyés chez eux. Konrad Simonsen sursauta à en faire trembler sa chaise. Pendant une seconde, il chercha son équilibre en s'aidant du pupitre. Arne Pedersen, dont l'expérience des sonneries scolaires était moins douloureuse, attendit tranquillement que le carillon cesse avant de terminer son laïus.

— Pour le moment, le travail a été partagé de cette façon : Pauline à la pêche aux indices chez les voisins et dans les dépendances de l'école, la Comtesse dans les couloirs et les locaux principaux, Troulsen interroge le personnel, et moi je suis libre, maintenant que tu es là. Notre souci le plus urgent, c'est qu'on ne connaît pas l'identité des cadavres, et que le concierge est aux abonnés absents. Per Clausen, il s'appelle. Il a dû ouvrir l'école ce matin, mais personne ne l'a vu. Il est probablement indisposé pour cause d'alcoolémie, apparemment ça lui arrive de temps à autre. Concernant l'identification, j'ai une dizaine d'experts sur le coup, qui cherchent en ce moment même si des disparitions ont été signalées. Pour l'instant sans résultat.

Konrad réfléchit, puis se leva. Arne l'imita.

— Rendez-vous dans une demi-heure, arrange-toi pour que les autres soient prévenus. Vous me trouverez dans le gymnase, mais je veux juste Elvang pour commencer. Dis à Troulsen que personne, pas même un stagiaire, ne part sans mon autorisation, et ramène-moi Pauline à l'intérieur, on dirait un pauvre chat mouillé. Qu'est-ce qu'elle fait dehors au juste, elle file un coup de patte aux chiens ?

— Mon Dieu non, elle n'a pas encore assez d'expérience pour ça.

— Elle va pas progresser beaucoup juste en se mouillant. Trouve-lui des vêtements de pluie, l'école en a sûrement. Et encore une chose. Dix élèves sont entrés dans le gymnase, est-ce qu'une cellule de crise a été mise en place ? Et les parents, ils ont été prévenus ?

— Oh, non.

Arne tapa du poing contre la porte. Il avait lui-même deux enfants.

— Occupe-toi de ça, mais avant, mène-moi à Elvang et raconte ton histoire à son sujet. Tu as très bien géré la situation, Arne. C'est très satisfaisant.

La remarque sonnait creux, comme s'il l'avait apprise dans un cours de management.

4

Le cimetière était désert. Une silhouette solitaire abritée sous un parapluie passait entre les tombes, lentement, avec humilité, comme par crainte de déranger. Chacun de ses pas faisait pourtant crisser le gravier perlé, et le son paraissait déplacé dans le silence humide. L'homme s'arrêta près d'une tombe sans apparat, dans un angle du cimetière, et installa une chaise pliante. Avant de s'asseoir, il déposa délicatement un bouquet sur la pierre. La bruine rafraîchit les fleurs, comme une dernière marque d'affection de la nature. L'homme s'appelait Erik Mørk, et cette pensée le fit sourire.

— J'ai apporté des fleurs, papa, parce que aujourd'hui est un jour tout à fait spécial, que j'attends depuis une éternité. Depuis mon enfance, peut-être, même si ça ne veut pas dire grand-chose. La radio vient juste d'annoncer que les exécutés ont été trouvés, et maintenant ça va sûrement être l'hystérie complète.

Il se tut et fixa le sol. Un moment s'écoula avant qu'il ne reprenne. Il sourit, et ce sourire venait du cœur, ce qui ne lui arrivait pas souvent. Il adorait être assis là, dans cette douce quiétude, loin du monde, laissant les minutes mourir une par une, parlant de tout et de rien devant la tombe de son père. Dans son travail il se montrait sociable, mais au fond de lui c'était le contraire, et c'était peut-être le secret de sa réussite professionnelle. Une réussite qui lui importait peu, et qu'il échangerait sans hésiter s'il pouvait revivre son enfance.

— Je n'en pouvais plus d'attendre. Samedi, déjà, j'ai reçu une lettre de Grimpeur avec les vidéos du minibus et du gymnase, je savais donc que c'était arrivé, mais…

La phrase resta en suspens, et il passa sans transition à un tout autre sujet :

— Ce matin j'étais à l'agence, nous avions une évaluation avec un client. La campagne se déroule parfaitement, et tout le monde se félicite. Ils vendent beaucoup de vêtements de gamines sans intérêt, on peut ajouter ce succès aux précédents, et les deux parties engrangent des sommes scandaleuses. Personne n'a mentionné les huit petites qui s'exposent comme des bonbons sur tous les panneaux publicitaires de la ville. Bon Dieu, elles découvrent à peine la puberté, et... Oui je sais, ça peut paraître hypocrite, puisque j'en suis en partie responsable... Mais j'avais du mal à supporter ça, alors j'ai pris le reste de ma journée.

La pluie se calma. Il plia son parapluie, le secoua et le posa contre la chaise avant de reprendre.

— Evidemment, c'est un des avantages qu'il y a à être le propriétaire de son lieu de travail, je peux aller et venir comme je veux. Et aujourd'hui, je suis parti, sans réellement savoir pourquoi. On a conduit tellement de campagnes de ce genre, et celle-là est loin d'être la pire. C'est peut-être juste moi qui suis particulièrement sensible en ce moment.

La cloche de l'église sonna. Il se leva, étira ses jambes et s'accroupit près de la tombe pour enlever quelques feuilles mouillées qui collaient à la pierre. Ensuite, il laissa doucement glisser ses doigts sur l'inscription, deux ou trois fois, d'avant en arrière. *Arne Christian Mørk. 1934-1979.* Tandis qu'il nettoyait méticuleusement la tombe des petites mauvaises herbes que le jardinier avait oubliées, il continuait de parler au défunt.

— Hier j'ai pris congé de Per, c'était très touchant. Tu sais, Per Clausen, le concierge dont je t'ai parlé. C'est un homme fantastique, il va me manquer. Tout d'abord nous avons déjeuné, ensuite nous avons regardé les séquences de la vidéo que j'avais préparée. Il m'a beaucoup complimenté, mais il faut dire qu'elles sont très bien. Il y en a une en particulier, du minibus, qui est tout à fait remarquable. Une petite perle diabolique, partie pour secouer l'opinion publique et durcir l'âme des braves gens. Elle pourrait même être tout à fait décisive, tu verras. C'était l'idée de Per de monter des caméras cachées au-dessus de chaque siège. C'était un travail fastidieux, mais au final, le jeu en valait la chandelle. Sinon, nous avons parlé de beaucoup d'autres choses, pas seulement des semaines à venir, presque comme si c'était une visite du dimanche comme les autres. J'ai du mal à me dire que je ne le reverrai plus jamais.

Une voiture passa sur la route derrière le cimetière. Les basses amplifiées de la radio interrompirent un moment le calme mortuaire. Il attendit un instant que le silence revienne.

— Quand Per a pris congé, il a dit quelque chose qui m'a fait beaucoup réfléchir. *Au revoir, petit bonhomme en mousse.* Ce fut son dernier mot pour moi. *Petit bonhomme en mousse.* Avec ce petit sourire tordu qui lui ressemble. Il faisait allusion au fait que, étant gosse, j'avalais du caoutchouc, en pensant que ça pouvait absorber la laideur à l'intérieur de moi. Je l'avais presque oublié, enfin que je lui avais dit. De quelle façon je récupérais de petits bouts de gomme un peu partout, des coussins et des sièges, des ballons, la bande anti-transpirante de ma bombe d'équitation… Même les épaulettes en mousse de maman y passaient. Quand j'en parle, je me souviens du goût que ça avait. On pourrait croire que ça n'a pas de goût mais ça en a. C'est un goût infect, un goût de culpabilité infect.

Il secoua la tête pour éloigner ces idées, et ajouta d'un air songeur :

— C'est désagréable d'y repenser, et… Oui, Per a peut-être bien visé juste. Après tout c'est probablement ce que je suis – un *petit bonhomme en mousse.*

5

Professeur, docteur en médecine, pathologiste et légiste de son état, Arthur Elvang était un homme antipathique. Konrad Simonsen se secoua intérieurement, bien décidé à rester concentré et à ne pas se laisser distraire par les sarcasmes du professeur. Ils se rejoignirent devant le gymnase. Arthur Elvang était profondément absorbé dans un magazine. Il était assis presque au même endroit que la jeune fille turque près de sept heures plus tôt, et allait lui aussi être contraint d'interrompre sa lecture. Il mit un temps infini avant de déposer sa revue. Derrière ses lunettes rondes, ses petits yeux sourcilleux scrutèrent Konrad de haut en bas, comme pour le jauger.

— On dirait que tu as fait un stock de graisse pour l'hiver, petit Konrad. Au fait, désolé pour tes vacances. Tu étais où ? En séjour gastronomique ?

Il tendit une main crochue. Pensant que l'autre allait souligner sa remarque en lui enfonçant un doigt dans le ventre, Konrad recula d'un pas.

— Te fâche pas, aide-moi plutôt à me lever.

Konrad le cala avec précaution sur ses deux jambes.

— Je ne suis pas fâché. Ma fille me fait régulièrement des commentaires sur mon volume, je suis presque blindé de ce côté-là. Mais ça fait pas mal de temps que personne ne m'a appelé *petit Konrad*. La dernière fois, ça remonte à la retraite de Kasper Planck.

Kasper Planck était le prédécesseur de Konrad à la direction de la section criminelle.

— Oui, le temps file. Ta fille, tu lui as parlé de ton diabète ?

Konrad se raidit.
— Comment est-ce que tu…
Il s'interrompit et se maîtrisa. L'expertise en médecine du professeur était légendaire, il avait dû deviner. Une idée que sa réaction venait de confirmer. Il se dépêcha de changer de sujet.
— La salle est libre ?
— Oui, les experts l'ont quittée depuis un quart d'heure, mais tiens-toi à l'écart de la porte de derrière et des douches. Il paraît que tu as les mains libres pour cette affaire.
— Il paraît.
— Dans ce cas, tu ferais mieux de ramener Planck, à moins qu'il ne soit devenu sénile. Chacun de vous deux fait ressortir le meilleur de l'autre. Et puis il est plus doué que toi.
— Il n'est pas sénile. On y va ?
— Mais certainement, je t'en prie. On est quittes pour cette fois, petit Konrad.

Les cadavres nus de cinq hommes étaient suspendus en plein milieu de la salle à de solides cordes de nylon bleues, un nœud coulissant autour du cou. Les cordes étaient attachées à des crochets vissés au plafond, quelque sept mètres plus haut. Les pieds pendaient à une cinquantaine de centimètres du sol. Les corps étaient espacés de deux bons mètres, de sorte que les quatre derniers formaient un carré dont les côtés étaient parallèles aux murs. Il manquait toutes les mains, mais les bras étaient intacts des épaules jusqu'aux poignets. Les visages avaient été lacérés et déchiquetés, jusqu'à perdre toute forme humaine. Quant aux organes génitaux, ils étaient soit absents soit en très mauvais état. Mutilés et privés de leurs traits, les cadavres se ressemblaient. Konrad Simonsen connaissait le phénomène et savait que, lorsqu'il aurait contemplé les morts assez longtemps, leurs individualités finiraient par ressortir.
— Tronçonneuse ?
Elvang confirma. C'était l'un de ses bons côtés. Il n'hésitait pas à faire part immédiatement de ses conclusions, contrairement à beaucoup de légistes, qui refusaient de se prononcer sur le sexe des victimes avant d'avoir fait un scanner.

Le médecin-chef était encore pire.

— De leur vivant ?

— Non.

La réponse le soulagea, c'était déjà bien assez moche comme ça. Bien que, à sa propre surprise, il n'ait pas réagi physiquement à la vue des cadavres. Peut-être parce que la pièce avait été aérée, ou parce qu'il avait eu un certain temps pour se préparer à la vue du carnage. Ou peut-être encore parce qu'il était du genre blindé psychologiquement, et qu'il avait déjà connu son lot d'horreurs par le passé. Qui pouvait connaître la véritable raison ? Et de toute façon, qui s'en souciait ? Pas lui en tout cas. Il continua son lent parcours d'observation des corps. Il y avait beaucoup moins de sang qu'il n'aurait dû y en avoir. Sous chaque cadavre, il y avait une tache, du diamètre d'une balle de tennis. Les cous, la partie supérieure des torses ainsi que les cuisses étaient également ensanglantés. De plus, les cheveux étaient partiellement maculés. En dehors de ça, il n'y avait pas de traces de sang, mais Konrad sentait distinctement son odeur douceâtre, mêlée à celles des excréments et autres sécrétions corporelles. La température et les trois fenêtres ouvertes rendaient tout de même la puanteur supportable. L'aspect blanc jaunâtre des corps gonflés lui fit penser à des carcasses de porcs suspendues à des crochets dans un abattoir. Une association d'idées malvenue dont il n'arrivait pas à se défaire.

Il avançait sans précipitation entre les corps, observant chacun d'eux, et se concentra sur les têtes. Les entailles différaient d'un cadavre à l'autre. Trois d'entre eux avaient perdu la totalité du visage, la lame de la tronçonneuse ayant été appliquée du haut du crâne jusqu'à la mâchoire. Le cerveau, la bouche et la gorge étaient à l'air libre. Les autres avaient été charcutés dans tous les sens, les entailles étaient perpendiculaires. Deux cadavres avaient conservé leur langue et une partie de leurs dents. Un seul avait encore un œil presque intact.

La même négligence se retrouvait dans la région des organes sexuels. Deux des hommes s'étaient vu retirer à la fois pénis et testicules, deux autres uniquement le pénis. Chez l'un, l'entaille avait été si profonde que la vessie était tombée et pendait au-dessus de l'aine, tandis qu'au cadavre d'à côté il ne manquait que le gland. L'homme du milieu ayant vidé son intestin, les selles noires avaient coulé et séché entre ses fesses et sur ses cuisses. Une poignée de mouches bleues avaient investi la place.

A l'inverse, les coupures au niveau des poignets étaient nettes et précises. Konrad pouvait voir la moelle à l'intérieur des deux os de l'avant-bras. Il pensa involontairement que l'un d'entre eux s'appelait *cubitus* et l'autre *radius*. Il n'arrivait pas à se souvenir lequel était le grand, et lequel le petit.

Il refit un tour complet, recherchant cette fois des signes distinctifs. Il estima l'âge des hommes entre quarante et soixante-dix ans. L'un d'entre eux avait un anneau d'or à l'oreille gauche et un aigle décoloré tatoué sur l'épaule droite, deux autres des cicatrices consécutives à des appendicites ou à des hernies. Un autre était chauve et présentait un teint anormalement foncé, probablement dû à des séances d'ultraviolets. Le cadavre dans l'angle au fond à gauche avait de longs ongles d'orteils attaqués par des champignons ; le tout ressemblait vaguement à de la couenne de porc. Dans son oreille droite, il y avait une dent avec un plombage en or.

Pour son dernier tour, Konrad se consacra aux cordes, qui étaient fixées parallèlement aux murs avec une précision mathématique. En fixant dans l'alignement deux d'entre elles avec un œil fermé, il ne pouvait pas voir celle de derrière. Et ça marchait pour toutes. Quelqu'un s'était donné beaucoup de mal en vissant les crochets au plafond.

Konrad Simonsen termina son inspection et se dirigea vers Elvang, qui avait témoigné aux corps un intérêt très superficiel, et avait maintenant l'air de s'ennuyer fermement.

— Tes premières conclusions ?

Le professeur Elvang n'hésita pas.

— Accrochés ici, pas déplacés. Mercredi ou jeudi, supposés danois. Mais ne me demande pas comment ils se sont retrouvés là-haut, ou pourquoi il n'y a pas de sang partout.

— Quand est-ce que tu pourras me donner des infos en béton sur l'heure de la mort ?

Le vieil homme soupira. Ce n'était plus un jeune loup, et la perspective du travail de ce soir ne l'emballait pas.

— Je vais devoir demander des renforts. Payés en heures sup, à tes frais.

— Absolument. Appelle tous ceux que tu veux.

— Passe-moi un coup de fil après minuit.

— Je n'y manquerai pas.

Konrad n'avait plus qu'une seule question, mais elle était assez délicate. En outre, elle ne relevait pas du domaine du professeur, mais, compte tenu de sa grande expérience et de ses capacités éminentes, il n'était pas absurde de la lui poser.

— Terrorisme ?

Il fallut un petit moment à Arthur Elvang pour comprendre la signification du mot. Secouant les mains au-dessus de sa tête comme un adolescent hystérique, il caqueta d'un air sarcastique :

— Hou là là, les loups sont là. S'ils ne viennent pas de la forêt, ils viendront sûrement de la rivière.

Konrad ignora ce curieux comportement et dit froidement :

— Le 11 Septembre, Bali, Beslan, Madrid, Londres. C'était aussi de la paranoïa, professeur ?

Chacun soutint le regard de l'autre un moment, puis le plus vieux écarta les bras, résigné.

— Si tu penses à de saints combattants avec des sabres courbes et des rêves de califat, je ne vois rien qui aille dans ce sens. Mais je sais pas vraiment non plus de quoi il s'agit. Ta question n'est pas pertinente.

— Possible, mais on va me la poser toute la journée.

Arthur Elvang ne répondit pas. Il regarda une fois de plus les cadavres suspendus et secoua doucement la tête. Avec ses taches hépatique sur le crâne, ses cheveux fins et emmêlés et sa poitrine creuse, il faisait penser à un oisillon. Il dit :

— J'étais au Rwanda en 1995.

— Je croyais que tu ne prenais pas l'avion.

— On parle d'un génocide. Pendant quatre mois, j'ai littéralement volé d'une fosse commune à une autre. Il y avait une telle quantité de gens assassinés, ça défie l'imagination. J'ai été témoin d'actes de barbarie comme tu n'en vois pas dans tes pires cauchemars. C'était indescriptible, l'horreur absolue, mais ça n'a pas été le pire. Le pire, ça a été de rentrer et de se rendre compte que tout le monde s'en foutait. Il faut dire que les victimes n'avaient pas la couleur de peau idéale pour vendre des journaux, et montrer la catastrophe du doigt passait presque pour du mauvais goût.

Donc tu m'excuseras si j'ai un rapport relativement cynique à la notion de terrorisme.

Konrad Simonsen se sentit vide.

— Je ne sais pas quoi dire.

— Il n'y a pas de mots, de toute façon. Oublie ça, c'est ce que tout le monde a fait. Dis-moi plutôt comment tu sais que je n'aime pas voler.

— Je l'ai entendu dire.

— Ça ne viendrait pas par hasard de ce mythe qui dit que la branche hôtelière de la ville a tiré quelques ficelles pour prolonger ma carrière, parce que ma phobie des avions génère des conférences internationales à Copenhague ?

Konrad sentit un soupçon de chaleur envahir ses joues.

— Quelque chose dans ce genre-là.

La porte du gymnase s'ouvrit. Arne Pedersen, la Comtesse et Pauline Berg entrèrent, suivis un instant plus tard par Poul Troulsen.

— Tu es un imbécile, dire que le pays engage un chef de la Crim qui avale ce genre de balivernes. Ça fait peur. Tu devrais avoir honte. Et tu devrais rapporter un seau.

— Qu'est-ce que tu veux que je fasse avec un seau ?

— Apparemment, la petite nouvelle n'a pas encore appris à maîtriser ses réactions corporelles.

L'avertissement venait trop tard. La seconde suivante, Pauline Berg était pliée en deux, déversant son dernier repas sur le sol, sans utiliser le sac en plastique qu'elle tenait à la main. Arne Pedersen fixa ses chaussures éclaboussées et sortit un mouchoir. Il était en soie véritable et avait coûté cher. Il eut juste le temps de lever un pied, avant que la Comtesse n'attrape le mouchoir pour le tendre à Pauline. Celle-ci le regarda avec reconnaissance, avant de se remettre à vomir.

6

Les cadavres du gymnase n'étaient plus là, toutes les fenêtres étaient ouvertes, mais l'odeur ne sembla pas moins désagréable à Pauline quand elle entra dans la salle. C'était probablement une sorte d'illusion perceptive, rien qui puisse lui faire perdre le contrôle en tout cas. Konrad Simonsen était assis en plein milieu et fixait le plafond. Il faisait penser à un moine dans une pagode, et elle avait du mal à comprendre ce qu'il était en train de faire.

— Arne a dit que tu voulais me parler.

Elle sentait qu'elle avait l'air d'une étudiante peu sûre d'elle. Habituellement elle avait une certaine emprise sur les hommes, qui la trouvaient à la fois jolie et intelligente. Mais son chef était l'exception qui confirme la règle, et, en dehors de son style vestimentaire qu'il avait quelque peu discipliné, il semblait la plupart du temps l'ignorer. Sur le plan personnel tout au moins. Elle obéit à son geste de la main et s'assit à côté de lui.

— Tu as vu les morts ?

— Oui, le vieux docteur m'a gentiment montré après coup. J'ai oublié son nom, mais il m'a expliqué pendant qu'on regardait, et ça paraissait moins terrible.

— Le vieux docteur gentil s'appelle Arthur Elvang, et on a tous connu ce malaise. Tu n'es pas la seule à avoir vomi aujourd'hui. Simplement, avec le temps on devient plus résistant. Je ne sais pas si c'est un bien, d'ailleurs.

— C'est plus pratique, en tout cas.

Elle hasarda un sourire sans recevoir de réponse particulière. La situation lui sembla étrange. Mal à l'aise, elle changea de position. Peut-être qu'il nota son agitation, ou alors il lisait dans ses pensées. Dans tous les cas, il dit :

— Il y a une raison pour laquelle on est assis ici, j'y viendrai. Raconte-moi comment le concierge a réagi quand tu l'as trouvé.

— En fait, c'est un maître-chien qui l'a trouvé, je veux dire un chien. C'était dans la réserve où est rangé le matériel de sport, vers les terrains de foot. Il a prétendu qu'il venait de se réveiller. Je ne sais pas… Il n'y a pas grand-chose à dire. Il a dit qu'il parlerait à mon professeur principal de mon imperméable, mais en dehors de ça il m'a pratiquement ignorée. Arne a été très compréhensif…

— OK, j'ai compris, c'était sympa de la part d'Arne. Continue avec le concierge.

— Cette histoire d'imperméable, c'était juste pour me taquiner, sinon il est du genre débonnaire. On l'a confié à la Comtesse. Il avait peur du chien, qui a reçu la consigne de rester où il était. Sous la pluie.

— Quelle impression il te donne ?

— A première vue il a l'air assez misérable, il sent la bière et aurait besoin d'un bon bain, d'un autre côté… Il est aussi… C'est difficile à décrire…

— Prends ton temps, je suis un homme patient.

Elle réfléchit, et Konrad observa le plafond en attendant.

— Il est pas complètement à côté de la plaque, j'en suis sûre. C'est comme s'il savait tout le temps ce qui se passe, même si ses réponses sont complètement folles.

— Tu étais là quand il a été interrogé ?

— Juste au début. Il y avait Troulsen et la Comtesse qui le questionnaient, et j'avais l'impression qu'il fallait que je me contente d'écouter. Le reste, je l'ai lu. La bande a été envoyée au QG, et moins d'une heure plus tard on avait une sortie papier. C'est sûr, on a du soutien, j'ai jamais vu ça.

Konrad Simonsen comprit qu'il était nouveau pour elle d'appeler le centre de police QG. QG pour quartier général, c'est comme ça qu'on dit à la criminelle. Il répondit :

— Moi non plus. Donc tu n'y étais qu'au début ?

— Oui, ensuite ils m'ont envoyée trouver une télé et regarder ta conférence de presse.

— Pour vérifier que je ne me couvrais pas de ridicule ?

— C'était pas mon idée.

Elle hésita, puis dit avec précaution :

— Ils prétendent que ça fait pas partie de tes compétences les plus pointues, je veux dire les conférences de presse, ce genre de choses.

— Ah bon, ils prétendent ça. Et toi, qu'est-ce que tu en penses ? Je me suis ridiculisé ou pas ?

Même s'il était difficile de savoir ce qu'il pensait, elle tenta de répondre à peu près honnêtement.

— Non, je ne crois pas. Tu n'as presque rien dit, c'était surtout les autres qui parlaient. Mais visiblement tu n'apprécies pas cette femme, la blonde platine un peu enrobée du journal *Dagbladet*.

— Elle s'appelle Anni Staal, et c'est une erreur de parcours de l'évolution humaine. Mais sur le plan personnel je n'ai rien contre elle, en dehors du fait qu'on devrait l'exiler. Ça se voyait à la télé ?

— Non, je crois pas. Sauf pour les gens qui te connaissent.

— Et tu crois que c'est ton cas ?

Elle grimpa en surrégime en un instant. Mais ce fut de courte durée, car Konrad assortit ses paroles d'une tape paternelle sur le genou de la jeune femme pour les atténuer.

— Bon. Raconte-moi ce que tu as ressenti quand Per Clausen t'a taquinée à propos de ton âge.

Pauline Berg était déconcertée.

— Ce que j'ai ressenti ?

— Oui, ce que tu as ressenti.

— C'est important ?

— Peut-être, peut-être pas. Essaie de répondre.

Elle ferma les yeux pour se remémorer l'épisode, et ne vit pas que son chef hochait la tête d'un air approbateur.

— C'était pas méchant. Il m'a regardée, presque comme si on était amis. Il était pas lourd, si tu vois ce que je veux dire.

— Je vois. Quoi d'autre ?

— C'est la seule fois où il m'a prêté un peu d'attention. Il s'est moqué, mais de façon gentille, comme s'il m'appréciait.

— Et toi, tu l'apprécies ?

Elle ouvrit les yeux.

— Oui, je crois. Tu veux bien m'expliquer de quoi il s'agit ?

— Plus tard, plus tard. Tu as quel âge déjà ?
— Vingt-huit.
— OK, merci. A propos de mon plafond maintenant, tu t'y connais en géométrie ?
— Un peu, pas plus que ça. Je suis pas un génie des mathématiques.
— Ça devrait aller. Si tu observes les trous des crochets qui soutenaient les cordes, tu remarqueras qu'ils ont été disposés avec une grande précision. A la fois par rapport au centre de la salle, mais aussi les uns par rapport aux autres. J'ai réfléchi un moment à ce sujet, et j'en ai déduit que le placement doit avoir été déterminé par la longueur et la largeur des dalles du plafond. Ça n'a pas dû être facile, mais pas démentiel non plus, une fois qu'on a trouvé le truc. Il n'y a pas eu besoin de mètre à ruban, une corde, un crayon et un pouce bien placé peuvent faire l'affaire. On devrait y arriver facilement.
— Je comprends ce que tu veux dire. Enfin, à peu près.
— Les détails sont sans importance. Tu sais comment déterminer le centre d'un cercle ?
— Oui, en traçant quelques arcs de cercle.
— Exactement. On devrait pouvoir retrouver le centre de chaque cercle qu'il a utilisé.
Soudain, Pauline eut l'impression de comprendre.
— Un pouce... Tu parles d'empreintes ?
— Malheureusement non. Les experts ont vérifié, il n'y en a pas. Je veux simplement savoir si celui qui a fixé ces crochets l'a fait comme je l'aurais fait. Il paraît que tu es forte et souple ?
Elle répondit en se plaçant près d'un espalier, tira sur son pantalon et leva sa jambe tendue sans effort jusqu'à ce que son pied se retrouve à la hauteur de sa tête.
— Voilà une réponse tout à fait convaincante. Sport de combat ? Gymnastique ?
— Danse classique. Tu veux voir une pirouette ?
— Une autre fois. Je ne savais pas que tu faisais de la danse.
— Ma mère avait de grandes ambitions pour moi. Je devais être danseuse solo au Théâtre royal, rien de moins. Grâce au ciel, j'ai été écartée lors des épreuves d'admission, parce que ma voûte plantaire était trop faible. Ma mère s'est

donc rabattue sur ma petite sœur, et m'a laissée danser par plaisir plutôt que par obligation.

Cela faisait beaucoup de mots, la danse était la grande passion de Pauline Berg. Au quotidien, elle ne constituait pas l'épicentre de la section, et son admission dans l'équipe de Konrad Simonsen était exclusivement due à son âge, pas à ses compétences. Elle était juste la jeunette du groupe. Pour l'instant, elle savourait le fait de parler d'elle à son chef, jusqu'à ce qu'elle remarque son expression absente, et qu'elle comprenne que le moment était mal choisi pour une autobiographie. Le dialogue lui avait tout de même fait du bien.

— Ça fait un bon moment que tu n'écoutes plus, pas vrai ?

La remarque était assez juste. Konrad était dans son propre monde, loin de l'esthétique corporelle et des chorégraphies symphoniques. Dans sa tête, il essayait de s'imaginer ce qui pouvait pousser une personne à en mutiler cinq autres avec une tronçonneuse, avant de les suspendre nues, dans une école qui plus est. Haine, maladie mentale, sociopathie, idéalisme ? Aucune de ces possibilités ne collait vraiment.

Elle dut réitérer sa question pour qu'il réponde.

— Tu n'écoutes pas, hein ?

— Plus ou moins, mais ne le prends pas mal. Quand tout ça sera terminé, je serais ravi de te voir danser, et de t'écouter parler. Et tu auras toute mon attention, je te le promets.

Il montra le plafond du doigt.

— Il faut qu'on observe de plus près les deux trous du fond.

De toute évidence, *on*, c'était elle.

— Je suppose que tu veux savoir s'il y a un arc de cercle au niveau de chaque trou, et dans quel sens il se dirige.

— Oui. Mais l'échafaudage de l'école a été envoyé au labo, et les experts ont malheureusement emporté l'élévateur qu'ils ont utilisé pour décrocher les corps.

— Qu'est-ce que tu as en tête ? Je suis souple, mais mes ailes sont un peu rouillées.

Il rit.

— Je comprends. Alors peut-être qu'on pourrait… Se débrouiller avec les cordes.

Ils sortirent les cordes. Pauline se livra à une évaluation rapide et vit qu'il avait raison. Avec une bonne dose de mépris pour la mort, le projet n'était pas impossible.

— On n'a pas droit à la chute.

— Si, mais il faudra viser ça.

Il montrait du doigt un gros matelas bleu, entreposé contre un mur.

— Et ça, en revanche, c'est un ordre.

Elle enleva chaussures et chaussettes, pendant qu'il déplaçait le matelas, non sans quelques difficultés. Elle se dit que la situation était presque sympathique.

— Je vais devoir enlever mon pantalon, sinon ça sera trop glissant.

— Hors de question. Va faire un tour dans les vestiaires et trouve-toi un short de gym.

— Et si la couleur ne va pas avec mon haut ?

— Allez, file, et dépêche-toi. On n'a pas toute la journée, et tu m'as déjà fait perdre beaucoup trop de mon précieux temps avec ton blabla sur la danse.

Elle courut. Et se sentit heureuse.

7

Stig Åge Thorsen était assis dans la cabine de son tracteur et tentait vainement de maîtriser ses pensées. Il était revenu de vacances depuis deux jours, après deux petites semaines de croisière dans l'archipel grec. Les vacances avaient été catastrophiques, et, malgré ses tentatives pour les oublier, il ne cessait d'y repenser. De désagréables flash-back se bousculaient dans sa tête sans qu'il arrive à s'en débarrasser. De triste humeur, il balayait du regard la forêt d'automne qui serpentait le long des collines jusqu'au bord du lac. Un dégradé de vert, de brun et de rouge doré dans la brume. Le temps était au gris, et les nuages lourds de pluie se traînaient au-dessus de l'eau. Il n'y avait pas de vent, il faisait un peu froid. Ses pensées mélancoliques glissèrent vers la croisière une fois encore, et il renonça à les combattre. En Grèce, l'automne était doux, et les premières journées avaient été tranquilles…

Il s'occupait de lui, passait le temps accoudé au bastingage en écoutant le ronronnement régulier des moteurs, et en observant les villages de pêcheurs aux couleurs pastel qui glissaient paresseusement le long de la côte. La nourriture était exotique, mais de bon goût. Ils avaient écorché son nom. Stig Åge Thorsen était devenu Thor Åge Stigsen, ce qui posa quelques problèmes au restaurant. Il rectifia l'erreur, mais le lendemain ils avaient oublié, et il dut recommencer. Cnossos avait été une belle expérience, et il rencontra Maja, une femme rieuse et couverte de taches de rousseur. Ses cheveux roux volaient dans le vent tandis qu'elle se baladait sur le pont, et elle riait en lançant du pain aux mouettes qui se pressaient autour d'elle dans une avalanche de cris. Elle lui sourit, et ce n'était pas une bonne chose. Plus tard, il lui parla de la phosphorescence de la mer et lui montra des constellations. Maja venait de Randers, elle rit à nouveau, et lui s'écarta un peu.

Le bateau fit escale à Samos, où la guide parla des mathématiciens grecs. Pythagore, Euclide et Archimède, qui pouvait soulever la terre à l'aide d'un levier. Elle dessina dans le gravier avec un bâton, pendant que les gens s'attroupaient autour d'elle d'un air intéressé. Lui ne croyait pas en ce principe, parce que, autrefois, quand le levier avait échappé à ses petites mains, la cage thoracique de son père avait été écrasée par la voiture. Il ne dit rien. Au lieu de cela, il demanda si Archimède était au courant que la terre était ronde. La guide effaça son dessin, et il devint impopulaire. Même Maja était agacée.

A la plage, vers Salonique, ils se baignèrent puis se laissèrent sécher au soleil, allongés sur le sable. Ils étaient seuls, et pour la première fois il la toucha, caressant doucement sa tête. Ses doigts s'emmêlaient dans les boucles humides, glissant affectueusement le long de sa chevelure. Alors arriva ce qui devait arriver, Maja soupira de plaisir, et il entendit sa mère gémir. Il sentit les cheveux de sa mère, et ses bras blancs, ses joues salées, sa peau. L'odeur de son entrejambe.

Il dit des mots, de mauvais mots, sans le vouloir.

Maja se leva et remit ses vêtements, pendant qu'il essayait vainement de s'expliquer. A propos du pays des nounours, où maman ours pleurait, parce que papa ours était tout écrasé et parti, à propos des larmes de maman ours qui étaient de la faute de petit ours, et à propos de petit ours, qui devait embrasser maman ours pour faire partir les larmes, petit ours qui devait consoler maman ours. Et à propos de la nuit, qui était si terriblement longue.

Maja s'en alla.

Et il fit de même. Vêtu seulement de son maillot de bain, il quitta la plage le plus vite possible. Il erra sans but, le long des routes de campagne solitaires qui scintillaient au soleil et serpentaient, poussiéreuses, à travers le paysage. Jusqu'à ce qu'il n'en puisse plus. Ses pieds étaient rouges et enflés. Il arracha une épine d'un buisson et creva ses ampoules. Cela soulagea sa douleur, mais uniquement la douleur physique. A l'intérieur, il y avait toujours ces milliers d'yeux, qui regardaient chacun à leur tour derrière lui, chaque nuit. Il voulait les crever aussi, les détruire, un à un, mais pour ça l'épine ne pouvait pas l'aider. Rien ne pouvait l'aider. Il était assis là, au bord d'une quelconque route dans un pays inconnu, blessé dans son orgueil, parce qu'il avait cru un instant être capable de diriger lui-même son destin. Les cigales chantaient, et un mont lointain riait de lui.

Le cri guttural d'un corbeau s'échappa de la forêt près du champ et le ramena au présent. Stig Åge Thorsen eut un frisson désagréable. Qui pouvait savoir quel genre de malheur l'oiseau augurait ? Il se concentra sur son travail. Sa tâche était d'entretenir le feu que Grimpeur avait allumé dans son champ, pendant que lui-même était en vacances. Dans le feu, il y avait un minibus qu'il n'avait jamais vu. Il recula avec adresse la remorque du tracteur, la garant parallèlement à la fosse, afin de verser les sacs de charbon et les fagots de bois directement dans le feu.

Le compresseur ayant calé, il remit de l'essence et le redémarra. Au fond de la fosse, ils avaient creusé des canaux d'aération, et le feu reprit du poil de la bête. Les flammes claquaient dans le vent. Il jeta le contenu de la remorque pardessus bord. La chaleur se fit plus intense, et il transpirait. Les calculs de Per Clausen avaient prédit presque 2 200 degrés. Le fer fond à 1 500, l'acier à 1 800. Quand la police viendrait, il n'y aurait plus grand-chose à voir. Mais la théorie était une chose, et la réalité une autre : cette leçon lui avait été bien douloureusement infligée, bien loin d'ici.

8

Konrad Simonsen se sentait vidé. Les journées de travail qui semblaient ne pas vouloir finir étaient une calamité. Et maintenant qu'il se faisait plus vieux, il lui était de plus en plus difficile de rester concentré quand les heures franchissaient allègrement la limite du raisonnable. Il s'attendait qu'on lui donne une vue d'ensemble, à avoir une certaine emprise sur les événements. Mais depuis, il sentait que la situation se voilait – un fait qu'il avait du mal à admettre. Alors, il utilisait une grande partie de son énergie mentale à faire semblant. Semblant que tout était prévu et planifié. Comme s'il savait précisément ce qui allait se passer au cours de l'heure suivante, comme s'il se souvenait parfaitement de ce qu'il avait dit l'heure d'avant. Le jeu de rôle le rendait irritable, il avait la tête près du bonnet. En vérité, son confortable fauteuil lui manquait, il imaginait un bon livre et pourquoi pas quelques sandwiches à la tomate, juste avant de se coucher. Il se rendit compte qu'il n'avait pas fait les courses, et qu'il n'en aurait pas le temps. Il retint un bâillement et se concentra sur l'homme en face de lui.

Au premier coup d'œil, Per Clausen avait un aspect misérable, avec sa combinaison délavée passée sur un pull sale, et ses bretelles rafistolées au fil de fer. Ses cheveux étaient coupés court, avec des mèches blond foncé qui se languissaient d'un bon shampoing. Son visage était marqué de traits secs, ses pommettes saillantes. Sa peau était jaunâtre et fatiguée. Mais Konrad avait vu assez de ruines pour donner raison à Pauline. La déroute de l'homme était relative, ses dents étaient brossées, son maillot de corps propre, et ses ongles avaient été coupés récemment. A cela s'ajoutait son regard, calme et posé, qui fixait directement les yeux de Konrad. Sans animosité, mais sans peur non plus.

— Je m'appelle Konrad Simonsen, et je dirige l'enquête concernant les cinq personnes trouvées ce matin pendues dans le gymnase de l'école. Vous avez déjà rencontré mon assistante Berg.

Il fit un signe de la main vers Pauline, assise au bout de la table. Aucun des deux hommes n'interrompit le contact visuel.

— Laissez-moi commencer par un point positif, je vous remercie d'avoir trouvé le temps de venir. Puisque c'est la troisième fois que nous vous croisons aujourd'hui.

— Merci, c'est gentil de votre part, monsieur le chef de la section criminelle.

— Une bonne façon de me faire savoir que vous savez qui je suis. Monsieur Clausen…

— Per. Appelez-moi Per, s'il vous plaît. C'est plus naturel.

— C'est d'accord. Per, je suis trop fatigué pour me soucier des questions mineures, et vous m'avez déjà donné suffisamment de fil à retordre. D'ailleurs, cet entretien sera sensiblement différent des précédents. Par exemple, comme vous l'avez sûrement remarqué, on laisse tomber le magnéto. En effet c'est principalement moi qui vais parler cette fois. Je me suis consciencieusement penché sur vos précédentes rencontres avec mon équipe, et je voudrais vous faire part de mes conclusions. De toute façon, je voulais vous rencontrer personnellement.

— Comme vous voulez. C'est votre fête.

— On peut dire ça comme ça. Et ça convient pas mal aux explications fantaisistes et autres réponses délibérément fausses que vous nous servez en abondance depuis qu'on vous a trouvé. J'en ai sélectionné quelques… disons passages, pour être sûr que vous voyiez ce que je veux dire. Pauline, s'il te plaît ?

Pauline était prête. Elle lut d'une voix claire et impersonnelle :

— *Pourquoi êtes-vous allé dormir dans la remise quand la police est arrivée ?*

— *Pour être frais pour l'interrogatoire.*
— *Pourquoi croyiez-vous qu'on allait vous interroger ?*
— *Parce que je dormais dans la remise.*
— *Si vous ne dormiez pas, on ne vous aurait sûrement pas interrogé.*
— *Ce qui est fait est fait.*

Elle tourna rapidement la page et continua :

— *Voilà presque une heure que nous parlons, et vous n'avez même pas encore demandé pourquoi la police est ici. Comment ça se fait ?*
— *C'est pas moi qui pose les questions. C'est vous.*
— *Vous n'êtes pas curieux ?*
— *Je pensais que vous alliez me le dire de vous-même, à un moment ou un autre.*
— *Ce matin, il y avait cinq cadavres dans le gymnase.*
— *Sans déconner. C'est pas comme ça d'habitude.*
— *Avez-vous été dans le gymnase ?*
— *Plein de fois.*
— *Depuis que les cadavres sont là, bon sang !*
— *Non, je crois pas. Je les aurais remarqués.*

La seule réaction de Per Clausen à cette lecture fut un pincement des lèvres ironique, à peine visible, mais pas moins provocateur pour autant. Konrad l'ignora et dit aimablement :
— Vos réactions et vos réponses évasives n'ont de sens que si vous cherchez délibérément à attirer l'attention sur vous. Peut-être que vous aimez être le centre d'attention, peut-être trouvez-vous amusant de nous faire perdre notre temps. J'en ai déjà rencontré beaucoup dans votre genre. Ma supposition, c'est que vous n'avez rien à voir avec les meurtres. Dans le cas contraire, vous êtes très naïf. Seuls les plus candides s'imaginent passer au travers d'une série d'interrogatoires en alignant des répliques insensées dans le but d'irriter l'agent qui les questionne. C'est impossible. Le rapport des forces est bien trop inégal, et, à un moment ou un autre, ils ont le dessous. Chaque fois. C'est juste une question de temps.
— C'est probablement vrai.
— Oui, c'est vrai. Je vous ennuie ?
— Non, c'est très intéressant. Continuez, je vous en prie.

— Très bien. Parlons un peu de vos mensonges.

— Allons bon.

— Beaucoup de gens sont persuadés qu'il est illégal de mentir à la police, mais vous ne partagez manifestement pas cette opinion. La plupart sont pris de honte quand on les coince en plein mensonge, mais là encore vous vous démarquez. Pauline a un exemple...

Pauline était de nouveau assignée à la lecture. Cette fois l'exercice était légèrement différent, puisqu'elle devait coupler deux entretiens.

— Premier interrogatoire :

— *Vous dites être veuf. Depuis combien de temps ?*

— *Klara s'est fait écraser un beau jour il y a bientôt dix-huit ans. Fracassée sur le trottoir par un conducteur ivre. On était sortis faire les courses. On se donnait la main, mais je m'en suis sorti sans une égratignure. Le jeune imbécile qui conduisait a pris quatre mois avec sursis, et quelque temps plus tard il a tué quelqu'un d'autre en voiture. Un gamin de quatre ans cette fois, et toujours complètement bourré. Aujourd'hui, il est vice-président d'une grande boîte de médicaments.*

— Deuxième interrogatoire, je passe le début :

— *... il s'avère que votre épouse, ou plutôt votre ex-épouse, n'est pas du tout décédée. Elle s'appelle maintenant Klara Persson, habite à Malmö, et il semblerait qu'elle se porte très bien. Comment expliquez-vous ça ?*

— *L'ex-femme de quelqu'un est sûrement toujours un peu morte.*

— *Pourquoi vous nous racontez ces salades ?*

— *Cette situation a dû m'émouvoir.*

Konrad prit le relais :

— C'est l'un de vos nombreux bobards. Vous mentez également à propos des phlébites de vos jambes, de votre admission à l'école depuis 1963, du fait que vous rendez régulièrement visite à votre sœur à Tarm, et de vos trois condamnations pour incendie volontaire. Vous prétendez également être alcoolique. Là, je vous laisse le bénéfice du doute, comme à propos de la prétendue visite à votre sœur de la semaine dernière, même si c'était la première fois depuis huit ans.

— Sans déconner, c'est fou ce que le temps file.

Konrad ne fit pas grand cas de l'ironie.

— Vos activités pendant ce séjour nous intéressent beaucoup, et soyez sûr que tout sera examiné dans les détails.

— Train inter-cités depuis la gare centrale, mardi à 8 heures, le train s'appelait *H. C. Andersen.* Ensuite omnibus depuis Tarm Trinbræt, vendredi à 9 h 34, le train s'appelait *Donald Duck.*

— Merci, mais on se passera de votre aide, votre crédibilité est au fond du trou. Ce brusque accès de bonne foi n'y change rien. La plupart des gens mentent de temps à autre. Une sorte d'épreuve imaginaire qui dépoussière un peu l'égo, colore un moment une vie trop terne en dépassant un peu la triste réalité. Le genre de petites choses qu'on pardonne. Vos mensonges ont un caractère plus mythomane, mais dans ce cas c'est une maladie que vous vous êtes appropriée pour l'occasion. Le personnel de l'école ne vous considère pas comme un menteur chronique. C'est même le contraire, ce qui me ramène encore à la question : pourquoi ? Qu'est-ce que vous en retirez ? Si vous avez une bonne raison, pour le moment elle m'échappe. C'est pour cela que j'aimerais vous revoir demain. Vous viendrez ici à l'école à 14 heures, on vous emmènera à Copenhague. Entre-temps, on va fouiller un peu dans votre vie privée pour voir si on trouve une explication à votre comportement. Merci de venir sobre, dans le cas contraire je vous colle en cellule de dégrisement.

— Vous pouvez me le noter, que je n'oublie pas ?

— Non, on ne fait pas ça. Et à moins que vous n'ayez quelque chose de pertinent à ajouter, je crois que nous avons fini.

— C'est tout ? C'était rapide.

— Je l'ai dit, le but était de vous rencontrer.

— Oui, eh bien dans ce cas je vais dire *merci pour la pizza.*

— Je n'étais pas au courant qu'on vous avait donné à manger, mais de rien.

Konrad se leva, mais soutint le regard de l'homme.

— Au fait, juste une petite chose. Vous vous y connaissez en géométrie ?

La réponse de Per Clausen tomba sans hésitation.

— Vous parlez de géométrie classique sur un plan, ou de géométrie analytique ?

— Je ne suis pas sûr de connaître la différence. Je n'ai pas votre expertise.

— Il y a pourtant une énorme différence. Prenons l'exemple de ce bon vieux Gauss. Il travaillait avec équations et algèbre, plutôt qu'avec des lignes et des cercles. J'ai toujours trouvé que c'était presque de la triche, ou en tout cas un peu moins élégant, mais il faut bien admettre que ça lui a réussi. Il a prouvé qu'un polygone régulier à dix-sept côtés pouvait être tracé avec un compas et une règle. La première avancée en deux mille ans sur les polygones réguliers.

— Impressionnant.

— Tout à fait, mais pas très utile. Je connais une seule situation où son polygone à dix-sept côtés a eu une application pratique. Vous voulez l'entendre ?

— Volontiers.

C'était vrai, mais ça n'aurait pas dû l'être. Il y avait des choses bien plus importantes à voir avec le concierge, mais Konrad voulait entendre son histoire. Il n'était pas complètement exempt d'une certaine fascination pour cet homme. Per Clausen raconta :

— En 1525, à Portsmouth, dix-sept marins furent jugés par la Haute Cour de l'Amirauté pour avoir picolé à bord du *Mary Rose*, le navire amiral anglais. Pour ce genre de délits sérieux, l'autorité ne connaissait qu'une seule punition. La potence fut construite selon le principe de Gauss, pour qu'ils puissent tous se balancer symétriquement. Les dessins sont conservés au musée national de la Marine, à Londres.

— Je dois admettre que c'est une bonne histoire, très imagée. Et très convaincante, à quelques centaines d'années près. Mais je crois avoir compris l'idée quand même. Vous pouvez rentrer chez vous maintenant, et n'oubliez pas que nous avons un rendez-vous demain.

Le concierge fit un geste de la main, comme pour dire qu'une petite méprise temporelle ne devrait pas avoir d'importance.

— On a bien le droit de laisser place à un peu de liberté artistique.

Ils se serrèrent la main, et Per Clausen partit. Il avait à peine passé la porte que Konrad s'allumait une cigarette. Pauline libéra la coupelle d'une plante proche et la posa devant lui. Son chef avait l'air fatigué, et brusquement elle se sentit inquiète. Elle dit :

— Il était beaucoup plus concentré que lors de l'entretien avec la Comtesse et Troulsen.

— Oui, j'imagine.

— Il s'est passé quoi à la fin ?

— C'est difficile à dire. Son comportement paraît dénué de toute logique. Mais on aura sûrement fini de le presser complètement d'ici quelques jours, et on verra à ce moment-là.

— Mais je veux dire, son histoire avec la potence… Ça ne montre pas qu'il est impliqué d'une façon ou d'une autre dans les meurtres ?

— C'est possible. En dehors du fait qu'il est insupportablement arrogant et provocateur, je n'ai pas d'idée bien précise sur lui. Mais ça va certainement changer.

— Peut-être qu'il cherche à détourner notre attention de quelque chose ?

— Qui sait ? Mais le temps joue en notre faveur, et cette bonne vieille usure donne souvent plus de résultats que les devinettes et les conjectures.

Pauline Berg comprenait parfaitement. Les joues un peu rouges, elle changea de sujet :

— Tu as promis de m'expliquer pourquoi je devais participer.

Konrad Simonsen paraissait bien plus sûr de lui à propos du concierge qu'il ne l'était en réalité. Peut-être qu'il avait commis une erreur en ne le mettant pas en garde à vue. La conduite de l'homme sortait de ses schémas habituels, et c'était là la véritable raison pour laquelle il l'avait laissé partir. Histoire d'avoir le temps d'y réfléchir plus en profondeur. Mais dès que Per Clausen était parti, le doute avait commencé à le narguer. Il écarta cette pensée et répondit :

— Il a perdu sa fille. Sa fille unique. Elle aurait environ ton âge, et je pensais qu'il dévoilerait peut-être une certaine vulnérabilité, que tu pouvais être… une sorte de rappel de sa fille, mais j'ai laissé tomber.

Elle se sentit rougir, mal à l'aise.

— Je suis contente que tu ne l'aies pas fait.

Il n'apprécia pas le ton de sa voix.

— Il ne s'agit pas d'un vol de vélo. Pas de place pour la sensiblerie.

— Non, je sais bien, ça aurait simplement été désagréable. Pourquoi tu ne l'as pas fait, alors ?

— Il n'aurait pas réagi, donc il n'y avait aucune raison. Maintenant, va vérifier avec Troulsen que la surveillance est en place. Si Per Clausen s'avise ne serait-ce que de caresser un chien, je veux avoir son pedigree dans les dix minutes qui suivent.

— Bien, je vais vérifier. Pour la quatrième fois. Mais il est surveillé vingt-quatre heures sur vingt-quatre, avec couverture à distance, et un effectif doublé. Et ce sont des pros. Troulsen dit que tu n'as pas la moindre raison d'être nerveux.

— Vérifie, quoi qu'il dise. On a le mandat pour son téléphone ?

— Oui, mais ça a été compliqué, et il n'est valable que pour trois jours.

Konrad écrasa sa cigarette et cerna enfin ce sentiment qu'il avait éprouvé face à Per Clausen. Il avait cherché à le saisir, et maintenant il savait : c'était cette sensation qu'il avait autrefois, quand il faisait face à des adversaires lors de tournois d'échecs. Un sentiment de respect et de communion, mêlé d'une certaine agressivité mentale, comme si l'on pouvait distinguer une personne de son intelligence. A cela s'ajouta la désagréable impression que son adversaire s'était préparé à leur rencontre, avait étudié son style de jeu et peut-être même sa vie et sa personnalité. Il eut un sourire tendu et laissa les images des cadavres chasser dans son esprit toute trace d'affinité avec le concierge. Ensuite il se tourna vers Pauline.

— A propos des pizzas… Il y en a encore ?

— Des tas. Tu veux que je t'en trouve une ? Elles ont atterri dans la salle des profs.

— Si tu veux bien.

— Pas de problème. Il y a autre chose que tu souhaites ?

— Oui, un quart d'heure de calme.

C'est ce qu'il obtint.

9

Arne Pedersen fit tourner la roulette miniature. Elle était équilibrée et fonctionnait étonnamment bien. C'était probablement le fruit d'une demi-année de cours de technologie. Il avait vidé sur la table une boîte de morceaux de sucre qui faisaient office de jetons. La roue tomba sur un soleil, il réorganisa ses bouts de sucre et tourna encore. Le cliquètement métallique emplit la salle des professeurs.

— Tu peux pas arrêter de faire ça ? C'est agaçant.

La Comtesse se battait avec un ordinateur récalcitrant. L'image de son écran était projetée sur une toile. Poul Troulsen suivait ses efforts avec intérêt, sans y comprendre quoi que ce soit pour autant. Sur ses genoux, un volumineux tas de papiers augurait d'une nuit sans beaucoup de sommeil.

Arne Pedersen ne répondit pas, mais bientôt la roue claqua avec régularité vers un nouveau coup du destin. La Comtesse lança un appel du regard à Pauline Berg, qui se leva d'un air entendu et revint un instant plus tard en tenant Arne par la main, et un morceau de sucre dans la bouche. Elle le poussa dans un fauteuil à côté de Poul Troulsen, où il grommela un court instant, jusqu'à ce que son regard tombe sur la liasse de feuilles de son voisin.

— Tu t'es mis en tête de parcourir tout ça ?

Poul Troulsen était connu pour être aussi pointilleux dans ses rapports que dans son travail. De plus, il avait l'air particulièrement frais, bien qu'il fût le plus âgé de tous. Une fois n'est pas coutume, la Comtesse soutint Arne.

— Arne marque un point, Poul. Tu vas devoir accélérer, tout le monde a envie de rentrer.

— Amen, amen et encore amen. Je suis fatigué, j'ai pas envie d'être ici, et j'ai du mal à saisir pourquoi ce foutu concierge peut pas attendre demain. Où est passé Konrad, du reste ?

— Je suis là, Arne. Et tu as peut-être raison, peut-être qu'on devrait attendre, mais c'est encore moi qui dirige et répartis le travail. Si ça ne te va pas, alors disparais.

Konrad Simonsen était entré par la porte du fond, et personne ne l'avait remarqué jusqu'à maintenant. Dans les couloirs du poste de police, des rumeurs circulaient régulièrement sur cette faculté aussi impressionnante qu'agaçante qu'il avait d'être toujours au centre de l'attention dès qu'il entrait dans une pièce. Même sans dire grand-chose. Arne Pedersen avait du respect pour son chef, mais il n'avait pas peur de lui, et le rappel à l'ordre était de toute évidence disproportionné. Il s'enfonça dans son fauteuil avec un marmonnement agacé, et quelques gestes de colère. Konrad réfléchit une seconde.

— OK, OK, excuse-moi, mais tu n'es pas le seul à être fatigué. Allons droit au but, on sera plus vite chez nous. Je vais commencer par résumer la journée.

Et c'est ce qu'il fit, tout en abordant l'organisation provisoire du travail, sur laquelle ils ne devaient pas s'attarder. Tout comme l'intérêt massif de la presse, qu'ils devaient cordialement ignorer. Pauline Berg mise à part, personne n'écoutait vraiment, mais tous appréciaient que rien ne bouge dans les grandes lignes. La Comtesse se dit que son chef, tel qu'il se tenait devant elle, si large et si imposant, savait gérer son équipe comme personne, à défaut de savoir se gérer lui-même.

Pauline avait une seule question :

— Si on ignore complètement les médias, on ne risque pas qu'ils soient… Comment dire… Qu'ils se focalisent de façon négative ? Je veux dire, les reportages sur notre affaire ont battu des records d'audience, et même sur les chaînes étrangères…

Konrad l'interrompit :

— Il y a des conférences de presse quotidiennes au QG, et de toute façon notre boulot n'est pas de vendre des journaux ni de faire de la télé.

Il n'y eut pas d'avis contraire. Ce point était réglé. Ils pouvaient aller de l'avant.

La Comtesse survola le sujet du voisinage, qui n'avait rien noté d'inhabituel, après quoi ce fut le tour de Poul Troulsen. Il se mit debout. Un acte superflu qui fit lever quelques paires d'yeux au ciel. Mais au final, il lui fallut moins de dix minutes pour faire le tour des récoltes infructueuses de la journée. Il avait produit un travail d'enquête considérable. Long, ennuyeux à mourir, dénué de résultat, et par moments difficile. Une partie des professeurs avait adopté un comportement réfractaire et voulait mettre les voiles, et l'un d'entre eux avait même sauté par la fenêtre, prétendant qu'il avait légalement droit à son jour zéro, quoi que ça puisse être. Il se tournait actuellement les pouces au poste de police de Gladsaxe, où il était en garde à vue pour dégradation de biens publics, en l'occurrence une botte sale sur le cadre de la fenêtre. Après cet épisode, plus personne ne quitta l'école avant d'avoir raconté ses vacances par le menu. En dehors de deux tourtereaux qui avaient passé la semaine ensemble à Paris, et qui tentèrent de tricher avec la police comme ils l'avaient fait avec leurs conjoints légitimes, il n'y avait rien de particulier à déclarer. Aucun des intéressés n'avait un passé qui permette d'en faire un suspect. De fait, le personnel de l'école était étonnamment respectueux de la loi, en conséquence de quoi le travail d'investigation de la journée n'avait rien donné.

En dehors d'un unique cas, que Troulsen finit par aborder :

— La psychologue *en chef* de l'école, Ditte Lubert. Elle est complètement impossible. Je l'ai interrogée deux fois, si on peut appeler ça interroger. Elle est… Pas moyen de la décrire en quelques mots. En fait, je crois qu'elle cache quelque chose, mais je n'ai pas la moindre idée de ce que ça peut être. Donc il faut que quelqu'un d'autre prenne ma place, ou alors je veux pouvoir lui taper dessus. Ou alors les deux.

Si on ne connaissait pas l'homme, on pouvait facilement se laisser abuser par un air bon enfant et un visage qui inspirait la confiance. Un sympathique grand-père à la barbe grise. Konrad, qui savait que son amabilité avait des limites, réagit promptement à la proposition de faire usage de violence.

— Comtesse, tu n'aurais pas…

Pauline l'interrompit.

— Je parlerai à Mme Lubert demain matin.

Tous la regardèrent avec surprise. Leur nouvelle collègue semblait bien sûre d'elle. Peut-être trop. Konrad émit cependant un marmonnement approbateur, et, après quelques secondes de silence, Poul comprit qu'il était libéré.

— Du fond du cœur, merci. Tu n'as pas la moindre idée de ce qui t'attend, mais bonne chance. Et au nom du ciel, n'oublie jamais *en chef*, sinon tu risques des ennuis plus gros que toi.

Ce détail réglé, un miracle se produisit : Poul Troulsen s'assit.

Konrad reprit la vedette. Il avait usé aussi bien la Comtesse qu'Arne sur le concierge. Ni l'un ni l'autre n'y avaient fait opposition, mais il savait qu'ils ne comprenaient pas. D'autres auraient pu le faire, et la déposition aurait très bien pu attendre le lendemain, comme l'avait si bien fait remarquer Arne. Mais Konrad avait insisté.

— Concernant Per Clausen. Ça me taraude de ne pas l'avoir mis en garde à vue, c'était peut-être une erreur. Et je sais que vous pensez que je lui accorde trop d'importance, mais je crois que vous avez tort. L'avenir le dira. Bien entendu, notre objectif principal, c'est toujours d'identifier les victimes, et de comprendre comment elles ont atterri ici, et comment elles sont arrivées là-haut. Per Clausen n'en constitue pas moins notre meilleure piste pour le moment. Arne et la Comtesse, vous avez fait du bon boulot, beaucoup plus vite que je ne l'aurais cru.

Arne Pedersen commenta :

— C'est en partie parce qu'on nous fournit tout ce qu'on demande pratiquement dans la minute. Mais le QG va exploser si on continue comme ça.

— Ce n'est pas votre problème, alors oubliez ça. Je vois que vous avez monté une petite présentation. On est impatients de voir ça.

La Comtesse saisit la réplique au vol, mais ne commença pas par la vie de Per Clausen.

— Demain, on aura un nouveau stagiaire, il s'appelle Malte Borup, c'est un expert en informatique. Accueillez-le bien.

Elle s'empressa de répondre élégamment à la stupéfaction de Konrad.

— Comme tu dois t'en souvenir, j'ai récemment obtenu l'autorisation de le recruter. Maintenant il est disponible, ça devrait contenter tout le monde. C'est un véritable génie en informatique, vous allez l'adorer, même s'il n'est pas encore tout à fait rodé.

Elle rayonnait comme une gamine dans une comédie musicale d'avoir obtenu son propre stagiaire. Elle avait travaillé longtemps pour ça.

Konrad mit un bémol à la joie de sa collègue :

— S'il ne s'adapte pas, il prend le vol retour en moins de temps qu'il n'en faut pour le dire. Parle-nous de Per Clausen.

— Per Monrad Clausen est né en 1941 à Copenhague, d'Anette et Hans Clausen. Lui est menuisier, puis chef menuisier, elle femme au foyer. La famille déménage en 1947, de Bispebjerg à Charlottenlund, où Per Clausen grandit. En 1948 il a une petite sœur, Alma Clausen. La famille n'aura pas d'autre enfant. Per Clausen est très doué à l'école, et on convainc le père de le laisser continuer ses études. Il obtient son bac en 1959, au moment où son père devient chef menuisier, les finances de la maison sont bonnes. Après ses examens, Per Clausen aide son père à l'atelier pendant une année, ensuite il s'inscrit à l'université à Copenhague, au Statistisk Institut, en 1960. L'année suivante, il obtient une bourse au collège Valkendorf, au centre de Copenhague. Cette bourse n'est accordée qu'aux étudiants les plus talentueux. En 1965, il obtient d'excellentes notes à son examen, qui tendent vers l'exception. Il reçoit la médaille d'or de l'université pour sa thèse sur les statistiques dans l'espace et les caractéristiques des chiffres premiers.

Pendant qu'elle parlait, Arne illustrait ses propos en projetant des images sur l'écran. La Comtesse but une gorgée d'eau avant de reprendre.

— De 1965 à 1969, Per Clausen travaille à la Boston University dans le Massachusetts, mais il revient au Danemark durant l'automne 1969, où il est employé par la compagnie d'assurances Union. Il se marie en 1973 avec Klara Persson, une Suédoise. Elle acquiert la nationalité danoise par le mariage et trouve un travail d'assistante dans une clinique. Le couple s'installe à Bagsværd, à l'adresse actuelle de Per Clausen. En 1977 naît leur unique enfant, Helene Clausen. Les revenus de Per Clausen grimpent en flèche et figurent bientôt dans les quinze pour cent les plus élevés du pays. En 1987, le couple se sépare, Klara Clausen étant tombée amoureuse d'un petit ami de jeunesse. Le divorce se passe mal, il y a beaucoup d'amertume de part et d'autre. La mère et la fille partent pour la Suède, Per Clausen reste à Bagsværd. En 1988, ses parents meurent, sa sœur et lui héritent de presque neuf cent mille couronnes[1] chacun. L'année suivante, il rencontre quelques problèmes avec le fisc, parce qu'il a donné plus d'un demi-million de couronnes à des œuvres caritatives et demande une exemption totale d'impôts pour sa générosité. En 1992, il est sanctionné pour un excès de vitesse important sur l'autoroute de Hillerød. En janvier 1993, Helene Clausen revient vivre chez son père, et entre en classe de troisième à l'école de Trane à Gentofte, et six mois plus tard en seconde générale au lycée Auregaard, toujours à Gentofte. Durant l'été 1994, Helene Clausen se noie accidentellement à la plage Bellevue de Klampenborg.

Konrad Simonsen l'interrompit :

— Où est-elle enterrée ?

La Comtesse se tourna vers Arne, qui secoua la tête. Elle écarta les bras d'un air désolé, et continua.

— Per Clausen a à ce moment-là cinquante-trois ans. A la suite de la mort de sa fille, il a connu une grande dérive sociale et personnelle. En 1996, il change de travail, et passe de directeur de section à Union à concierge à l'école Langebæk, à Gladsaxe. Il doit ce boulot à son supérieur d'Union, qui connaît le directeur de l'école. Il représente alors un réel problème : il boit plus que de raison, se conduit mal et ne se lave plus. Pourtant, contre toute attente, il se débrouille convenablement dans son nouveau travail, bien qu'il cumule les jours de maladie et les périodes où il est indisposé pour cause d'alcoolisme. Il est largement apprécié, mais préfère rester seul la plupart du temps et ne parle jamais de sa vie privée. Ces dernières années, il semble avoir repris un certain contrôle sur sa tendance alcoolique. Il y a un an et demi, il a raconté à l'inspecteur de l'école qu'il souffrait d'un cancer de l'intestin, et il a eu droit à seize congés pour

1. Soit environ cent vingt mille euros. *(Toutes les notes sont du traducteur.)*

se faire soigner à l'hôpital régional de Gentofte. Il est absent quelques jours chaque fois. Sauf que l'hôpital en question n'a jamais entendu parler de lui.

Konrad se leva et fixa longuement la toile blanche. Personne ne dit rien, on n'entendait que le ventilateur de l'ordinateur. Enfin, leur chef reprit vie.

— Je pensais qu'on était les seuls à qui il mentait. Il est où maintenant ?

Poul Troulsen répondit :

— Ça va vous étonner, il est au bistrot.

— On a un homme sur place ?

— Deux. Et deux dehors. Arrête de t'inquiéter, Konrad.

Konrad Simonsen laissa de côté le sujet du concierge et annonça :

— Encore une petite chose : j'ai convaincu Kasper Planck de nous aider sur cette affaire.

Il laissa son regard glisser sur ses quatre collègues qui se contentèrent d'acquiescer. Il n'y eut pas de commentaire.

La Comtesse ramena Konrad et Poul chez eux. Elle écouta le journal de la nuit, son chef somnolait, et Poul parlait de pizzas. Les deux autres le laissèrent parler. Une fois les infos terminées, la Comtesse éteignit la radio et donna un coup de coude à Konrad, qui était sur le siège du passager.

— Pourquoi as-tu placé un garde ? Ce n'est pas un peu excessif ?

— Si tu parles de l'agent devant l'école, il est là pour apprendre.

— Apprendre quoi ? Que les nuits d'octobre sont froides ?

— Apprendre à bien se conduire avec les gosses.

Poul avança la tête entre les deux sièges avant.

— Vous allez m'écouter à la fin ? Si ce n'est pas l'un d'entre nous qui a commandé les pizzas, et que ce n'est pas l'école non plus, alors qui c'est ? Quelqu'un a bien dû le faire. Et elles ont été payées aussi, il y en avait pour plus de deux mille couronnes. Admettez que c'est étrange.

La Comtesse tenta d'esquiver en acquiesçant rapidement. Elle préférait entendre parler de l'agent qui s'était fait avoir.

— Et puis, les pizzas ont été commandées pour une fête, et aucun d'entre nous n'aurait présenté les choses comme ça.

Et personne parmi le personnel ne sait quoi que ce soit à propos d'une fête. La secrétaire de l'école était sûre et certaine que les locaux…

Konrad s'éveilla soudainement et hurla presque :

— Une fête, tu dis ? Quand est-ce qu'elles ont été commandées ?

— Eh bien, je pensais que c'était aujourd'hui, mais le livreur a dit qu'ils avaient épuisé leur stock d'ananas, et que par conséquent trois des pizzas étaient différentes de ce qui avait été commandé. Ce qui semble indiquer qu'elles ont été commandées plus tôt. Sinon ils auraient sûrement parlé des ananas au moment de la commande.

— Vérifie-moi ça, Poul. Personnellement. Trouve la pizzeria, et sois sur place à son ouverture.

Poul avait bataillé ferme toute la soirée pour que l'on prenne ses pizzas au sérieux, mais maintenant que c'était fait, tout ça lui semblait prendre des proportions un peu démesurées. Il répondit timidement :

— OK, Konrad. Je le ferai.

La Comtesse ne comprenait pas non plus.

— De quoi s'agit-il, Konrad ?

— De préméditation, je crois. Mais attendons demain.

Tout cela était bien nébuleux.

10

Helle Smidt Jørgensen ne crie pas. Ça ne sert à rien.

Au lieu de cela, elle gémit comme un chiot maltraité, un petit labrador tout doux, le poil noir. Elle enfonce la tête dans son pelage pour se cacher. Le chien dort avec elle, le chien dort toujours avec elle, c'est son chien. Elle rêve qu'elle se réveille, la sueur coule et mouille sa chemise de nuit, elle repousse la couette, elle n'a pas besoin de la couette, c'est l'été après tout. Il y a un repas de famille dans le jardin, c'est un dimanche, la table est déjà dressée dehors, il fait beau, le drapeau est hissé, tout le monde est heureux, sauf elle, elle et le chien. Ils doivent se lever et sortir, ils doivent sortir du lit et trouver des cachets, des psychotropes. L'angoisse est une réaction émotionnelle normale, oncle Bernhard est assis au bout de la table, les enfants jouent dans l'herbe, mais pas elle : elle, elle est adulte, cinquante-trois ans, infirmière diplômée, infirmière Helle Smidt Jørgensen, c'est écrit sur son badge. Anxiolytiques : l'angoisse s'exprime par des symptômes psychiques et comportementaux. Elle se recroqueville et rit, parce qu'elle est adulte, une infirmière adulte, oncle Bernhard est adjoint au maire, un adjoint au maire adulte, le chien est couché à côté d'elle, le chien est à elle, elle peut se cacher dans son pelage. Benzodiazépines : l'angoisse est un véritable mécanisme de survie, quand l'organisme est en danger. Elle n'est pas en danger, elle a les autres du groupe : Stig Åge Thorsen et Erik Mørk la protègent, Per Clausen assassine la peur, Grimpeur met à mort la nuit. Grand-père propose qu'ils chantent, grand-père adore chanter quand c'est l'été et que le soleil brille, tous aiment chanter, elle raconte à grand-père qu'il est mort, et oncle Bernhard est mort, et le chien est mort, son chien, qui dort à côté d'elle. Tous rient, et oncle Bernhard va chercher le banjo. Lexotan : les troubles comportementaux liés à l'angoisse peuvent être atténués par un traitement pharmacologique.

Ils chantent. Oncle Bernhard chante le premier, baryton, tout le monde aime oncle Bernhard, oncle Bernhard chante bien, oncle Bernhard devient maire, oncle Bernhard est beau, tout le monde sait qu'oncle Bernhard est beau. Trois fois trois milligrammes par jour, elle doit se lever, aller dans la cuisine, les comprimés sont sur l'étagère, il lui faut trois milligrammes, trois fois trois milligrammes, trois fois trois cents milligrammes, maintenant ! Tout de suite, dès qu'elle se réveille, avant la chanson, elle doit se lever avant la chanson, tous sont silencieux, tous la regardent, oncle Bernhard sourit, oncle Bernhard a un beau sourire, oncle Bernhard est beau quand il sourit, oncle Bernhard chante sa chanson à elle, une chanson étrangère, oncle Bernhard et elle sont les seuls à comprendre les paroles, oncle Bernhard chante sa chanson étrangère, oncle Bernhard et elle sont les seuls à comprendre sa chanson.

— *Be my life's companion and you'll never grow old*[1].
Elle est adulte. Cinquante-trois ans.
— *I'll love you so much that you'll never grow old*[2].
Elle est infirmière. Elle est forte.
— *When there's joy in living, you just never grow old*[3].
Elle n'a pas de raison d'avoir peur. Elle a des cachets.
— *You've got to stay young, 'cause you'll never grow old*[4].

La chanson lui tend les bras, la chanson l'étreint. Les filles de la nuit hurlent dans la lumière du jour, la chanson exorcise le rêve, le soleil disparaît, et le drapeau, la table, la maison, grand-père, tout disparaît. La chanson est partie, l'infirmière est partie. Il fait noir, c'est silencieux, c'est terrifiant, elle cache sa tête dans le pelage du chien, elle entend des pas. Elle est si petite, et les pas sont si lourds. L'angoisse

1. *Sois ma compagne pour la vie et tu ne vieilliras pas.*
2. *Je t'aimerai tant que tu ne vieilliras pas.*
3. *Quand on est heureux de vivre, on ne vieillit pas.*
4. *Il te faut rester jeune, car tu ne vieilliras pas.*

aiguë peut être soulagée par un traitement psychiatrique ou psychothérapeutique.

La thérapie fait fuir l'angoisse, oncle Bernhard fait fuir le chien.

Elle sent son haleine humide sur sa nuque, et l'odeur de sa brillantine.

Elle l'entend haleter, et sent ses doigts l'ouvrir.

Helle Smidt Jørgensen ne crie pas. Ça ne sert à rien.

11

Les doigts du garçon volaient sur le clavier, et ça sonnait comme une bande de carton dans les rayons d'un vélo d'enfant. La Comtesse interrompit sa lecture et l'observa discrètement pendant qu'il travaillait. C'était un gamin aux boucles blondes, aux yeux bleus et au visage ouvert. Il était du genre gringalet, et qualifier son style vestimentaire d'hétéroclite relevait de l'euphémisme. Sa lèvre supérieure était parsemée des prémices de ce qui serait un jour des poils. Mais quand il souriait, il était difficile de contenir l'envie de caresser ses cheveux, et de le sauver de ce monde sans pitié, qui par ailleurs ne lui offrait pas de grandes chances de survie. Pensait-elle.

Malte Borup leva les yeux, comme s'il avait senti son regard, et lâcha le clavier.

— La jolie fille, elle est de la police aussi ?

— Elle s'appelle Pauline et, oui, elle est de la police. Comme elle te l'a dit.

— Oui c'est vrai, elle a dû me le dire, désolé. J'utilise plus mes yeux que mes oreilles.

— Tu n'es pas le seul.

— Et l'autre ? Celle-là… L'autre, quoi.

— Elle est psychologue, on doit lui parler.

— Qu'est-ce qu'elle a fait ?

— Rien. Comment ça se passe avec mon portable ?

— C'est presque terminé. J'ai envoyé un SMS à celui qui a la barbe, le sympa, là… Une seconde… Je l'ai par ici…

Le carnet d'adresses de la Comtesse jaillit sur l'écran. L'ordinateur semblait être un prolongement naturel de sa pensée.

— Poul Troulsen. Faut que je me mette les noms en tête. Il est parti au McDo, non ?

— C'était la pizzeria. Qu'est-ce que tu lui as écrit ?

— Je lui ai demandé s'il pouvait rapporter un ou deux Coca. Fallait pas ? Si je paie.

— Non, ça ira. Mais je doute qu'il lise ses SMS.

Il lança un regard en coin vers l'écran, vit qu'il n'y avait pas d'aide à en attendre, et haussa les épaules.

— Demain, on retourne au poste de police. Il y a une cantine, et tu pourras y acheter du Coca.

— Trop cool. Je vais rencontrer le boss ? Le type énorme, là. Je l'ai vu à la télé hier.

— Lui tu le rencontres aujourd'hui, mais évite de l'appeler énorme.

— Pas énorme dans ce sens-là, énorme genre cool.

— Evite de l'appeler énorme, même énorme genre cool.

— OK.

— Il s'appelle Konrad Simonsen, et il est dans le gymnase avec quelqu'un. Peut-être qu'on pourra l'attraper avant qu'il ne parte en ville.

Malte se figea. Comme un écran d'ordinateur qui plante.

— Je préfère ne pas voir les morts. Je préfère de beaucoup, si je peux l'éviter.

— Tu ne les verras pas, les morts sont partis depuis longtemps.

— Cool.

— Oui, je suppose.

Le fait que les morts aient vraiment disparu ou pas dépendait beaucoup de la personne à qui on le demandait. La femme qui arrivait à l'instant en taxi s'apprêtait justement à apporter quelques nuances intéressantes à la question.

Konrad écrasa sa cigarette en faisant un long trait noir sur le mur quand il vit arriver la voiture. Il était irritable, la nuit avait été bien trop courte, et sa tête n'allait pas tarder à déborder d'informations que l'on attendait qu'il digère. Des grandes, des petites, mélangées, et chaque fois que son cerveau en traitait une, deux autres semblaient s'ajouter. C'était toujours comme ça au début d'une affaire, spécialement une affaire comme celle-ci, sur laquelle tous les projecteurs étaient braqués, mais cela ne le consolait guère. En plus, il avait oublié d'appeler Anna Mia la veille, comme il le lui avait promis, et de remercier la Comtesse pour le livre qu'elle lui avait offert, comme il se l'était également promis. Et comme si cela ne suffisait pas, il avait décidé subitement et sans trop réfléchir de changer de régime alimentaire et avait essayé de se contenter d'un yaourt en guise de petit-déjeuner. Résultat, maintenant, en plus de ses autres soucis majeurs, il avait faim. Il se força tout de même à sourire et s'avança vers son invitée.

C'était une petite femme toute fine, qui passait parfaitement inaperçue. Ils se saluèrent poliment. D'une voix monocorde et sèche comme un coup de matraque, elle livra le fond de ses pensées, comme s'il s'agissait d'une évidence.

— Je ressens comme une forte envie de poisson frit.

Il savait qu'elle le taquinait, juste comme ça, pour voir. Il avait déjà vécu ça.

— Je me contente d'y penser, c'est moins calorique. C'est par ici.

Konrad Simonsen était d'une nature rationnelle. Il ne croyait ni au Goguelin, ni aux boules de cristal, ni aux pouvoirs des nœuds telluriques, et ses jardinières devaient passer l'hiver sans fil de fer pour les protéger des trolls. Pourtant, quand il faisait entrer la petite femme et ses dons étranges dans son univers de règles logiques, c'était parce qu'elle lui apportait fréquemment des réponses précises, correctes et pertinentes, à cent lieues de ce que le hasard d'une devinette pouvait expliquer. De temps à autre elle se trompait, et parfois elle n'avait rien à dire. Il avait depuis longtemps abandonné l'espoir de comprendre d'où elle tenait ses informations.

Habituellement ils se rencontraient chez elle, à Høje-Taastrup, où elle dirigeait avec son mari un discret mais lucratif cabinet de consultation. Son mari s'appelait Stephan La Voix et répandait d'étranges histoires sur Internet dans un but publicitaire. De temps en temps, Konrad trouvait dans sa boîte mail un message vocal de lui. En général, il l'effaçait sans l'écouter. Quand il consultait la femme, il apportait toujours un objet ou quelque chose qui concernait l'affaire dont il avait la charge, et demandait son assistance. C'était essentiel. Comme un chien pisteur, elle avait besoin d'un élément matériel pour débuter. Mais dans le cas présent, il n'avait aucun objet physique à lui soumettre. Ils étaient donc convenus qu'elle ferait le tour du lieu du crime, pour voir si les esprits souhaitaient se présenter.

Apparemment, les esprits ne se contentèrent pas de se présenter, ils faisaient la queue pour participer.

Une seconde après son entrée dans le gymnase, elle tendit la main devant elle, comme si elle cherchait son chemin, et regarda vers le plafond puis vers le sol, à plusieurs reprises. Comme s'il pleuvait à l'intérieur. Son visage se crispa quand elle regarda vers le haut.

— Un homme a été castré par son propre fils. Il y a des gouttes de sang par terre.

D'un coup, elle fit un bond en arrière, manquant de percuter Konrad.

— De qui s'agit-il ?

Tout d'un coup, on aurait dit que le diable l'avait prise. Elle contempla la pièce, le regard affolé, les mains pressées sur les tempes, sans prononcer un mot, juste quelques exclamations de temps à autre. Mais ses gesticulations et ses mimiques laissaient deviner une intense et désagréable vision. Cela dura un certain temps. A certains moments elle se cachait les yeux, à d'autres les oreilles, et à d'autres encore elle joignait ses mains sous son menton, comme si elle écoutait, ou qu'elle suppliait. Une seule fois, elle se détourna avec horreur.

D'un seul coup, elle se figea, le regard vide.

Konrad était impatient, mais garda le silence. Même quand les minutes commencèrent à s'agglutiner, même après un long moment au cours duquel elle resta plantée debout, sans rien lui dire. L'initiative devait venir d'elle. La réponse fut aussi décevante que surprenante. Elle était de toute évidence fausse, mais il ne pouvait rien y faire. Le monde des ombres ne se laisse pas interroger.

— Malheureusement je ne reçois plus, et j'aimerais rentrer chez moi.

12

Le visage était gras et pâle avec de petits yeux de fouine, et une bouche de petite fille qui semblait presque avoir été peinte. Le regard était baissé, et on apercevait de petites rides çà et là. Comme chez beaucoup de gens quand il s'agit de prendre une décision difficile. Une vraie tronche de poisson.

La tête remplissait les deux tiers de l'image, et l'appuie-tête décoré du drapeau danois occupait le reste.

Une petite seconde passa, puis le visage s'ouvrit en un large sourire victorieux, et le bout d'une langue voluptueuse humidifia deux ou trois fois les lèvres rouges. Un couplet silencieux fut prononcé, puis le film s'arrêta sur une affreuse grimace.

Anni Staal – journaliste au quotidien *Dagbladet* que Konrad Simonsen aurait préféré voir au diable – eut l'air écœuré. Les drapeaux et l'homme lui donnaient l'impression d'être sales, même si elle n'avait pas la moindre idée de son identité ni de ce dont il parlait. Elle chercha ses écouteurs du regard, sans conviction, et constata que, une fois de plus, quelqu'un les lui avait piqués. Le mail qui accompagnait la séquence vidéo était anonyme : le nom de l'expéditeur, *Chelsea*, ne lui apprenait rien. Elle avait l'habitude des messages anonymes, elle en recevait des quantités chaque jour, et elle se dit qu'elle ne devrait pas perdre plus de temps avec celui-là.

Le téléphone sonna. Elle attrapa le combiné et sourit dès qu'elle reconnut la voix. Peu après, elle dit :

— Je me souviens très bien de Kasper Planck, ça serait un super-scoop. Tu auras deux mille si on l'a pour la une de demain.

Elle écouta un moment avant de répondre :

— OK, va pour deux mille cinq cents, mais dis-moi, tant que je t'ai sous la main – Arne Pedersen, tu sais, le bras droit de Simonsen, on dit qu'il a des problèmes de jeu. Tu sais quelque chose là-dessus ?

Elle écouta de nouveau, puis dit :

— Je comprends, je comprends. A propos de Kasper Planck – tu crois que je peux extorquer un commentaire à Simonsen, ou à Planck lui-même ?

Pendant qu'elle écoutait la réponse, elle supprima le mail et regarda le suivant. Elle eut le temps d'en consulter deux autres avant de terminer son entretien.

— Je crois bien que j'ai la parfaite petite Lolita pour ce job. La fille a tellement la fibre morale qu'elle devrait entrer dans les ordres plutôt que faire du journalisme. Tes deux critères sont remplis. Et pour l'amour du ciel, rappelle-moi vite.

Elle reposa le combiné et hurla dans la salle de rédaction :

— Anita !

13

L'Institut médicolégal de Copenhague n'avait rien de particulièrement attirant, et, bien qu'il s'y soit rendu un nombre incalculable de fois au fil des années, Konrad se sentait toujours libéré quand il en sortait. Cela venait peut-être de l'odeur omniprésente de formol, qui prenait à la gorge et irritait le nez, ou alors de cette étrange rencontre entre le matériel hypersophistiqué et les organes grisâtres dans les bocaux datant de Mathusalem qui le dérangeait. L'institut était un monde clos, où seuls quelques élus avaient leur place. Et Konrad Simonsen n'en faisait pas partie.

Arthur Elvang parcourut les résultats d'autopsie préliminaires. Le tableau était presque rempli, et il s'apprêtait à l'effacer pour la quatrième fois. Konrad lança un regard en coin à Arne et Pauline, assis près de lui. Toute l'attention était dirigée vers les leçons du professeur. Contrairement au chef de la section technique de la Crim, qui dormait à poings fermés de l'autre côté de la table. Il s'appelait Kurt Melsing, et était respecté de tous pour sa compétence. De plus, à l'inverse du professeur, c'était quelqu'un de sympathique. De temps à autre, il dodelinait de la tête et laissait échapper un léger ronflement, qui le réveillait un instant. A la suite de quoi il se rendormait immédiatement. Il était resté éveillé toute la nuit, et aucune des personnes présentes ne trouvait quoi que ce soit à redire à son somme.

La présentation durait depuis une heure, et rien n'indiquait qu'Elvang approchait de la fin. Malheureusement, les informations divulguées jusqu'à présent n'apportaient aucune grande révélation. La longueur des explications était principalement due au nombre de victimes, mais peu d'éléments étaient vraiment utiles. On savait désormais que le décès était intervenu le mercredi entre 12 h 30 et 14 heures, et la cause de la mort était connue. Quatre hommes étaient morts par pendaison, le dernier avait été étranglé. Il s'était probablement évanoui avec le nœud autour du cou. En revanche, il n'y avait quasiment aucun élément qui soit susceptible de permettre l'identification des cadavres, ni aucune caractéristique commune pouvant les relier. Les hommes semblaient agés de quarante-cinq à soixante-cinq ans, et la masse musculaire de deux des corps semblait indiquer une activité physique régulière, donc probablement un travail manuel, contrairement aux trois restant.

Il y avait tout de même un point positif. Elvang travaillait avec une attribution de noms provisoires que Konrad avait l'intention de reprendre à son compte. Le professeur avait fixé comme repère nord le mur du fond jusqu'à la porte principale, puis il avait nommé les morts M. Nord-Est, M. Nord-Ouest, M. Sud-Ouest, et M. Sud-Est. Le dernier fut baptisé M. Centre.

Une fois la fastidieuse lecture achevée, les enquêteurs purent poser toutes les questions qu'ils voulaient. Arne Pedersen fut le premier à dégainer :

— Tu veux bien répéter ce que tu as dit à propos de l'anesthésie ?

Le professeur reprit. Konrad nota qu'il choisit les mêmes mots que la première fois, il parla juste plus lentement.

— Tous ont été partiellement endormis à l'aide de Stesolid environ deux heures avant leur mort. Le Stesolid est un sédatif qui, selon la quantité, fait dormir ou bien somnoler. Le médicament leur a été administré par intraveineuse. Chaque corps a une marque de piqûre sur l'avant-bras droit ou gauche, et il y a aussi des ecchymoses sur les parties supérieures des bras, probablement provoquées par un garrot. La concentration de Stesolid dans leur sang est quasiment identique, à la décimale près. Ce qui veut dire qu'ils ont reçu des doses différentes en fonction de leur constitution, ce qui laisse penser que l'opération a été réalisée par un professionnel. Ajoutons également que chaque piqûre a touché une veine du premier coup. Mon hypothèse est donc qu'un docteur, une infirmière ou quelqu'un d'équivalent s'est occupé de ces injections.

Arne enchaîna :
— *Partiellement endormis*, tu dis ?
— Oui, la concentration est faible, et l'effet a été limité. Je dirais que le but était de les rendre dociles. Faciles à manipuler, si vous préférez.
— Sans volonté ?
— Quelque chose de ce genre. Lents et engourdis pendant quelques heures, pour être précis.
— Tu dis que leur corpulence a été analysée – on les a donc pesés ?
— Je ne pense pas, une évaluation à partir de leur stature est plus probable.
Puis ce fut au tour de Konrad. Il avait noté quelques questions sur son calepin et se rendait maintenant compte qu'il n'arrivait pas à déchiffrer son écriture ni à se souvenir de la première. Cette pause malencontreuse lui valut quelques regards interrogateurs. Kurt Melsing s'éveilla un court instant à cause du silence. Konrad se rua sur la seconde question :
— A propos de l'identification, nous avons une empreinte dentaire partielle, si j'ai bien entendu ?
— Celle de M. Nord-Ouest oui, mais partielle, c'est déjà beaucoup dire. Cela dit, si on y ajoute son âge approximatif, ça devrait suffire à l'identifier. Pour peu que tu retrouves son dentiste.
— Tu as dit que M. Nord-Est s'est fait implanter une valvule artificielle il y a environ quarante ans, quand il avait une vingtaine d'années. Ça peut être une piste ?
Elvang hésita une seconde avant de répondre.
— Il a peut-être eu des rhumatismes articulaires aigus. Je mettrais ma main au feu que c'est de la bonne vieille chirurgie de chez nous. Dans le courant des années 1960, un hôpital danois a greffé une valvule cardiaque artificielle à un homme entre dix-neuf et… disons vingt-cinq ans. Il devait donc prendre des anticoagulants. Marcoumar ou Previscan, on verra ça plus tard. Il est très probable qu'ils aient dû mesurer son INR chaque trimestre pour le suivi du traitement, et ça se fait dans un hôpital. Ça aidera pour l'identification, ce genre d'opération n'était pas très courante à l'époque.
Arne s'avança sur sa chaise.
— Tu vas nous aider ?

L'idée pouvait sembler plausible, le professeur étant du genre à s'intéresser à une telle énigme, mais peu réaliste compte tenu de la quantité de travail qui l'attendrait s'il acceptait. En outre, si l'on considérait son âge, la question devenait tout bonnement absurde.

Konrad rectifia immédiatement :

— … à trouver quelqu'un avec qui on pourrait collaborer ?

Arthur Elvang les regarda tour à tour, déconcerté.

— Arrêtez votre petit numéro, qui demande quoi ?

Ils laissèrent tomber.

L'heure était venue de faire entrer Kurt Melsing sur le terrain. Ils bousculèrent un peu l'homme, qui se lança aussitôt dans un exposé enthousiaste sur le thème "Les Taches de sang en dix leçons", et plus précisément sur les éclaboussures des artères. Contrairement au professeur, son discours était un peu hasardeux et partiellement incohérent. Et comme le fit remarquer Konrad, le sol du gymnase ayant été couvert de plastique et de journaux, il n'avait pas grand-chose à exploiter. Au bout d'un moment, Elvang n'y tint plus et l'interrompit sans prendre de gants.

— Personne n'a envie d'entendre parler de tes taches de sang, Kurt. Viens-en aux conclusions, c'est sûrement plus intéressant.

Sans regret, Kurt Melsing changea de cap et fit apparaître une feuille dont il lut le contenu, reconnaissant son talent limité pour s'exprimer sans support.

— Nos analyses des coupures et des taches de sang sur les corps indiquent que la lame de la tronçonneuse est passée de droite à gauche en faisant un angle de soixante degrés avec le sol. Celui qui l'utilisait se trouvait environ à un mètre au-dessus du cadavre qu'il découpait. Il est évident que les hommes se tenaient sur un plan surélevé avant d'être pendus. De plus, la répartition des taches sur les corps est souvent altérée par une surface plane. Compte tenu de ces éléments, ils ont dû construire une véritable estrade d'environ un mètre cinquante, dotée de cinq trappes. Une cérémonie d'exécution dans les règles de l'art.

— Bordel de merde…

Les mots d'Arne Pedersen retombèrent tout doucement. Ils exprimaient ce que chacun pensait. Il y eut un instant de silence, comme si les plaies de ces cinq personnes, la tronçonneuse, les restes de nourriture dans les estomacs, les empreintes dentaires, tout cela passait à l'arrière-plan, tandis que l'image de leur mort atroce s'incrustait dans leur esprit. Elvang finit par rompre le silence.

— Oui, ça n'a pas dû être beau à voir. Les victimes ont été transportées plus ou moins droguées dans le gymnase, puis sur l'estrade. On leur a enlevé leurs vêtements. Où et comment, je n'en sais rien. Puis ils sont restés là, nus, les bras attachés dans le dos, les jambes liées, et un nœud autour du cou. Nous avons trouvé des restes de colle sur leurs chevilles et parfois sur leurs avant-bras, très certainement du gros ruban adhésif. Ensuite ils ont été pendus un à un, et juste après la pendaison, avant que le prochain ne soit tué, on a coupé les mains du mort. De plus, les sévices infligés à leurs visages ont des degrés différents. Les taches de sang et les angles des coupures sont, comme on l'a dit, la clef de l'expertise technique. On peut déjà donner un ordre quasi certain à l'exécution : M. Sud-Ouest, M. Nord-Ouest et M. Sud-Est. Comme nous l'avons déjà dit, M. Nord-Est constitue une exception, et M. Centre a été le dernier. La mutilation des parties génitales a eu lieu après le retrait de l'estrade.

D'un commun accord, tous attendirent un signe de Konrad, qui ne tint pas compte de la pression silencieuse des autres et prit le temps de bien réfléchir. Enfin, il dit doucement :

— Du plastique sur le sol, des journaux par-dessus pour absorber le sang, ensuite une estrade, construite pour l'occasion, puis démontée et enlevée ?

Il s'agissait d'un point important. Pourtant, Pauline Berg prit la parole :

— Ça tombe bien que le concierge ait travaillé dans la menuiserie de son père…

Konrad l'interrompit :

— Tais-toi, Pauline. Kurt ?

Kurt Melsing parla tout aussi doucement que Konrad, mais il n'y avait pas la moindre hésitation dans sa voix :

— C'est comme ça que ça s'est passé, Konrad. Je sais que ça a l'air dingue, mais c'est bien ce qui s'est passé.

— Pas de doute ?

— Aucun.

Le département technique avait reproduit le déroulement de l'affaire en images de synthèse, et de petites bonshommes-allumettes rejouaient le tableau qu'Elvang venait de décrire. La séquence durait quelques minutes, avec zoom sur les détails intéressants. L'animation était réalisée en trois dimensions et, bien qu'elle ne parût pas très vivante, elle contenait un soupçon d'horreur qui pesait lourdement dans l'air.

Ils la regardèrent deux fois.

Kurt Melsing ajouta un commentaire :

— Nous avons mis deux coupables. Il n'y en avait peut-être qu'un, ou peut-être cinq. Il n'y a aucun moyen de le savoir.

Konrad resta dans la salle une fois la réunion terminée. Il dut d'abord débarrasser Pauline de la psychologue Ditte Lubert. L'entretien ne menait nulle part. La Comtesse ou Arne allait devoir s'y coller, selon celui qui aurait du temps à perdre.

Après le départ des deux autres, il demanda à Elvang :

— Tu veux bien me faire un rapide cours sur la reconstruction faciale ?

Le vieil homme rayonnait. Il commença sans hésitation :

— Cette méthode s'utilise pour l'identification. Jamais chez nous, où l'odontologie médicolégale, secondée par une corporation de dentistes aux dossiers bien rangés, constitue un moyen d'identification plus rapide, plus sûr et moins onéreux. Mais elle s'emploie davantage en Angleterre ou aux Etats-Unis par exemple, où les gens sont moins bien fichés. On y a formé des spécialistes. *Forensic anthropologists*, c'est comme ça qu'on les appelle aux USA. L'idée est en fait de modéliser un visage à partir d'un crâne non identifié, en combinant anatomie et statistiques. Zone par zone, on reproduit chaque muscle ou groupe de muscles, à partir de bâtonnets placés à différents endroits sur le crâne. Ces bâtonnets constituent des points de référence, et leur longueur est déterminée par la quantité de chair moyenne qu'on trouve statistiquement sur la zone concernée. La reconstruction en elle-même se fait habituellement avec de l'argile, et l'anthropologue doit avoir un certain doigté artistique. Mais la reconstruction exacte du visage est impossible, par exemple on ne peut pas faire les oreilles.

Il fit une courte pause puis ajouta d'un air pensif :

— En fait tu me demandes implicitement si cette méthode peut s'appliquer à notre affaire.

— Oui. L'identification est décisive. La probabilité pour qu'on y arrive d'une autre façon est grande, mais que ce soit pour les dents de M. Nord-Ouest ou la valvule de M. Nord-Est, ça prendra du temps, et on n'est pas absolument sûr d'avoir un résultat. Si tu peux m'obtenir des photos ressemblantes, j'apprécierais que tu mettes la procédure en route tout de suite, étant donné qu'il s'agit de notre seule piste. Au cas où. Comme tu le sais, ce ne sont pas les crédits qui manquent. Pour une fois.

— Je suis au courant, et c'est tant mieux. Parce que ça va douiller. Et sévèrement.

Il regarda en l'air, marmonna quelque chose d'insaisissable, puis ajouta :

— Jetons un œil à nos affaires.

Kurt Melsing et Konrad lui emboîtèrent le pas.

La pièce dans laquelle ils pénétrèrent était propre et bien éclairée. Les murs étaient couverts de larges dalles blanches, et le sol carrelé de *terrazzo* comme une salle de bains des années 1950. Il s'élevait un peu vers le milieu, avant de s'incliner vers une sorte de gouttière qui faisait tout le tour du local, de façon que la surface soit facile à nettoyer au jet. Entre les fenêtres, on trouvait deux gros lavabos en acier inoxydable, le premier pour les mains, le second pour les organes. Au beau milieu de la salle, cinq tables, et sur chaque table un cadavre. Les sons paraissaient désagréablement métalliques, comme dans une piscine municipale.

Elvang observa d'un air critique les visages – ou ce qu'il en restait – de trois corps, pendant que ses deux collègues se tenaient silencieux, en retrait. Quand il prit la parole, ce fut plus pour lui-même que pour l'assistance.

— Il ne faudra pas que des anthropologues, on a déjà beaucoup d'informations. Il faut une équipe diversifiée, et pas des manchots ! Peut-être un chirurgien visagiste compétent. Ce serait intéressant : réunir un groupe, que les spécialistes puissent mettre en commun leurs savoirs respectifs. Peut-être un thanatopracteur des USA. Oui, vu que chez nous on les balance juste dans le cercueil en avertissant les parents qu'il ne faut pas l'ouvrir. Chez nous faut surtout pas reluquer les morts.

Le chef du département technique avait écouté avec attention. L'idée l'intéressait aussi.

— J'ai une photographe. Une véritable artiste, que ce soit avec un appareil ou pour le traitement d'images.

Elvang acquiesça.

— Oui, oui, bonne idée. Je la veux bien, celle-là.

La recherche nocturne de Konrad Simonsen sur Internet à propos de la reconstruction faciale avait porté ses fruits. Et il en ressentait une certaine fierté, sans pour autant savoir si le résultat aurait été différent s'il avait demandé la même chose en toute ignorance. L'air de rien, il tenta de se renseigner sur le délai, et, comme prévu, le professeur refusa catégoriquement de faire le moindre pronostic. Cela n'empêcha pas que, pour la première fois ce mardi, Konrad se sentit de bonne humeur. Estrade ou pas.

Cette bonne humeur dura moins de dix minutes. La réunion terminée, Konrad n'eut pas le temps de quitter le bâtiment que son téléphone sonnait. Le message de la Comtesse était court et calme, contrairement à sa réaction, qui résonna entre les murs de l'institut.

— C'est pas vrai. Bordel, c'est pas vrai !

Mais ça l'était.

14

Grimpeur observait l'arbre d'un œil expert. C'était un hêtre pourpre de plus de cent cinquante ans planté sur une place d'Allerslev, une petite ville de province près d'Odense. Le tronc faisait un bon mètre de diamètre, et le feuillage dessinait au-dessus de sa tête une grande cloche pourpre. Quelques branches avaient été élaguées, mais l'arbre avait globalement pu pousser comme il l'entendait. On sentait spontanément qu'il convenait mal à une petite place : il était trop grand. Mais il était probablement là bien avant la plupart des boutiques environnantes. Grimpeur laissa errer son regard autour de lui et constata avec satisfaction qu'il n'y avait aucune habitation dans le coin, ce qui était important. Important, parce qu'il lui était impossible de travailler sans faire de bruit, quelque soin qu'il y mette.

Il évalua froidement la baraque à frites toute proche. L'aspect du bâtiment laissait à désirer et les matériaux étaient de mauvaise qualité. Le sol était composé de dalles de béton, la porte coulissante et la fenêtre sur la droite étaient en plexiglas, et du contreplaqué peint en blanc couvrait la surface sous la vitre et les murs extérieurs. Les poteaux en bois blanc ne faisaient pas plus de cinq centimètres sur dix, et on pouvait à peine parler d'isolation. Une unique couche de laine de roche, maintenue en place par quelques masonites. Le toit plat légèrement incliné se terminait par une gouttière en plastique à l'arrière du bâtiment. La moitié était en carton bitumé coloré façon ardoise, sans doute collé à chaud directement sur de l'aggloméré bon marché. Quant à l'autre moitié – où se tenaient les clients –, elle était couverte de plaques trapézoïdales transparentes. Le tout avait grand besoin d'un nettoyage.

Depuis le banc où il était assis, il pouvait apercevoir les mains du propriétaire quand celui-ci servait, et parfois le reflet de son visage sur une plaque d'inox. Blafard comme un abcès mûr, des yeux éteints, aussi attirant qu'un cadavre. Malheureusement, il allait devoir commencer par tuer le type, autrement ses chances de survie seraient trop grandes. Mais l'arbre allait entrer en jeu aussi, il l'avait su à la seconde où il l'avait vu, même si le travail en serait rendu un peu plus difficile. Peut-être même beaucoup plus difficile, mais l'effet serait des plus marquants, et provoquerait sans aucun doute quelques nuits d'angoisse chez les clients du commerce. De plus, un hêtre était tout à fait approprié... Terriblement approprié.

En connaisseur, il observa encore l'arbre et s'imagina en train de l'abattre. Le commerçant distribuait aussi des journaux, et commençait chaque jour avant que le loup n'enfile ses chaussettes. C'était une occasion en or, qui de plus lui donnait toute la nuit pour s'occuper de l'arbre. En réglant la tronçonneuse de manière que la lame tourne le plus lentement possible, il pouvait réduire le bruit de façon satisfaisante. La vitesse réduite de la lame signifiait certes un travail plus long, mais il ne manquait pas de temps. D'abord la prédécoupe. La lame de sa tronçonneuse étant trop petite par rapport au diamètre de l'arbre, il allait devoir l'attaquer par les deux côtés. Ensuite l'entaille d'abattage, bien parallèle à la prédécoupe, en alternant les mouvements en avant et en arrière. Une paire de solides cales en plastique, pour que la lame ne se coince pas, et, pour finir, la coupe finale, qu'il ne terminerait pas entièrement. Vingt secondes de plus avec une vitesse de rotation normale, et l'arbre tomberait.

Il lança un dernier regard vers les branchages et vers le bâtiment, puis sourit avec détermination et prononça un unique mot dans le vent.

— Boum.

15

Poul Troulsen pénétra dans la salle d'étude de l'école Langebæk. Il était d'une humeur éclatante, et la Comtesse profita de son arrivée pour faire une pause. Elle écoutait pour la deuxième fois l'enregistrement de la confrontation ratée avec Mlle Lubert le matin même. La femme avait cette fois amené son propre avocat – un homme compétent, bien intentionné et très probablement réquisitionné de force, étant donné qu'il s'agissait de son beau-frère. La Comtesse le connaissait bien, et elle espérait intérieurement que la sœur de la psychologue était d'un caractère plus agréable. L'avocat le méritait, et de toute façon personne ne méritait Ditte Lubert. En dépit des efforts courageux de Pauline et de l'assistance indirecte de l'avocat, l'entretien avait été un long exercice de sur-place. La psychologue avait tourné, retourné, défini et redéfini huit fois chaque mot, jusqu'à ce que plus personne ne se souvienne de la question, et que tout espoir de réponse se soit évanoui. Après avoir tourné en rond pendant près d'une heure, Pauline avait jeté l'éponge.

— Qu'est-ce que tu fais ?

— Des tas de choses. J'ai six équipes dispersées dans l'école, plus deux chez les voisins. Mais les collègues se débrouillent tout seuls, même si tout ce qu'ils ont à me signaler, c'est qu'ils n'ont rien à signaler. En même temps je récupère les infos sur Per Clausen, sa filature appelle toutes les demi-heures, donc c'est surmontable.

— Il est où ?

— En ce moment même, il fait ses courses au supermarché du coin.

— Et ça là ? C'est cette tarée de Lubert ?

Il montrait du doigt l'enregistrement devant la Comtesse.

— Exact. Pauline a craqué. Il faut dire qu'elle est coriace.

Poul eut un petit rire.

— Fais-moi écouter un peu.

La Comtesse rembobina la cassette.

— On dirait que ça t'amuse beaucoup, depuis que ce n'est plus de ton ressort.

Elle mit en marche et monta le volume. La voix traînante de la psychologue en chef emplit la pièce.

— *J'avais probablement du travail.*

— *Mais vous nous avez bien dit que vous étiez en vacances la semaine dernière. C'était le cas ?*

— *Vous m'avez déjà posé cette question. Vous devriez coordonner vos informations.*

— *Mais est-ce que c'était le cas ?*

— *Quoi ? Que j'étais en vacances, ou que j'ai dit que j'étais en vacances ?*

— *Que vous étiez en vacances.*

— *Si j'ai dit que j'étais en vacances, c'est que je devais être en vacances.*

— *Donc, vous confirmez ?*

— *Est-ce que tout ceci mène quelque part ?*

— *Je n'en sais rien, Ditte.*

La Comtesse appuya sur le bouton pause et expliqua rapidement :

— Elle est arrivée avec un avocat. Un type raisonnable, mais qui a le malheur d'être marié à sa sœur.

— *Qu'avez-vous fait pendant vos vacances ?*

— *Dois-je répondre à ça ? Est-ce que ça concerne la police, ce que je fais de mes vacances ?*

— *Non, tu n'es pas obligée de répondre à quoi que ce soit. On en a déjà parlé, Ditte.*

— *Est-ce qu'elle a seulement le droit de me demander ce que j'ai fait ?*

— *Oui, elle en a le droit. Mais, comme je viens de te le dire, tu n'es pas obligée de répondre.*

La Comtesse avança la cassette au hasard :

— … *Peut-être que la communication serait un peu plus facile si tu lui racontais.*

La voix de l'homme de droit trahissait de la lassitude.

— *Oui.*

Celle de Pauline l'était encore plus.

— *Dans ce cas, elle devrait d'abord préciser ce qu'elle entend par "inhabituel".*

Ditte Lubert avait l'air en pleine forme.

La Comtesse soupira et arrêta le magnétophone.

— Et ça continue comme ça, encore et encore. J'en ai connu un paquet, des témoins bizarres, mais elle, elle bat tous les records. Elle est pire que le concierge.

— Qu'est-ce que tu penses d'elle ?

— Ce que je pense ? Je pense que Ditte Lubert brûle d'aller faire un tour dans la vraie vie. Mère célibataire, au quotidien insipide, jalouse des carrières de ses collègues, procédurière. Gonflante, quoi... Mais je suis d'accord avec toi, si on réussit à passer au travers de toutes ces foutaises, elle cache quelque chose. Pour le moment, je peux plus la supporter. Mais toi, raconte-moi, tu as trouvé notre généreux donateur de pizzas ?

Poul s'assit sur la table à côté d'elle, prêt à raconter. La Comtesse renifla deux ou trois fois quand il s'approcha.

— Tu sens mauvais.

— J'ai eu des restes de pizzas jusqu'aux genoux pendant un bon moment. Mais écoute plutôt ça. Quand la boutique a ouvert ce matin, j'étais pile à l'heure, et j'ai eu une discussion à rallonge avec pizza-mama *herself.* Pour commencer, elle ne comprenait pas un mot de ce que je disais, et quand elle a répondu, c'était à quatre-vingts pour cent en italien. Je peux te dire que c'était pas simple. Mais par chance son fils est arrivé, et il s'est avéré qu'elle parlait un danois presque correct. Elle doit se cacher instinctivement derrière la barrière de la langue dès qu'elle flaire les autorités. Le fils l'a remise dans le droit chemin, et après pas mal de palabres j'ai appris que les pizzas avaient été commandées lundi dernier. Par un homme, dont la commande était inscrite sur un papier.

— Intéressant. Donc tu avais raison.

— Oui, on dirait bien. Bref, j'ai passé l'heure suivante à essayer de lui faire décrire l'homme, mais j'ai fait un bide complet. Après un nombre incalculable de variations sur les cinq mêmes questions, j'ai pu conclure que son client avait entre vingt et quatre-vingts ans, n'était probablement ni nain ni en fauteuil roulant, et était à coup sûr un homme. A ce moment-là, j'ai commencé à croire qu'elle souffrait d'un syndrome professionnel inconnu genre friture crânienne. Par la suite ça s'est montré assez injuste, mais sur le moment, malheureusement, je n'ai vu qu'une seule piste.

— Le papier dans les déchets ?

— Exactement. On a renversé trois conteneurs dans l'arrière-cour, et on a commencé à fouiller. Le fils m'aidait, pendant que la femme nous dirigeait, mais c'était plus comique qu'autre chose. A la fin on l'a trouvé, un petit Post-it bleu clair, avec la date de livraison, les numéros et le nombre de pizzas inscrits dessus d'une écriture très particulière, toute en courbes. Un cadeau graphologique, même s'il n'y avait presque que des chiffres. Tout le monde était content, j'ai même eu droit à un café aux frais de la maison, c'était très agréable. Jusqu'à ce que je regarde par hasard au-dessus du comptoir, où les différentes offres de l'établissement étaient affichées, écrites d'une… Allez, devine.

— Une écriture très particulière, toute en courbes.

— Bingo ! Retour à la case départ, le fils était aussi embêté que moi. Il s'est excusé de la mémoire défaillante de sa mère, mais là c'était trop pour elle, elle a disjoncté. Elle nous a hurlé les pires insultes, dans une charmante purée de danois et d'italien. Et au beau milieu de cette bordée d'injures, elle nous demande en criant pourquoi on ne va pas tout simplement parler à l'homme en question. On est restés bouche bée. Jusqu'à ce que le fils rassemble son courage et lui demande une explication : est-ce qu'elle connaissait l'homme, ou pas ? Mais non, non, elle ne connaît personne, c'est toujours le fils et le père qui sortent et connaissent des gens, elle, elle reste là à vendre des pizzas, elle sait juste que cet homme est concierge à l'ancienne école de son fils.

— C'est une blague.

— Pas du tout. Elle faisait la différence entre connaître quelqu'un et savoir qui est ce quelqu'un, ce qui au fond n'est pas complètement idiot. Pour la même raison, sa description était fausse parce qu'elle pensait que je parlais de sa personnalité, et non de son apparence physique.

La Comtesse hochait la tête, pensive.

— Je me demande comment Per Clausen va expliquer ça. Ça promet d'être intéressant, cet après-midi. Tu appelles Konrad tout de suite ? Il doit avoir fini à l'Institut médicolégal.

— Tu veux pas le faire ? D'abord il faut que je trouve des toilettes, et puis il faut que je transmette ça, avant qu'ils ne se réchauffent trop. Qu'est-ce que tu as fait du petit nouveau ?

Il exhiba fièrement deux canettes de Coca.

— Impressionnant. Je pensais que tu t'en sortirais pas avec les SMS.

— Puisque la vérité finit toujours par éclater, autant l'avouer : on m'a aidé.

— Malte est juste à côté, il programme. Il veut faire un système de recoupage de données pour nos rapports. C'était son idée. Un conseil : évite de demander des détails.

Malte Borup reçut ses Coca avec gratitude. Pendant qu'il sortait quelques pièces, Poul jeta un rapide coup d'œil sur son travail et fut très intéressé.

— Qu'est-ce que tu fais, au juste ?

— Recoupage de données. Vous fait gagner du temps. Recherche de texte automatique par coïncidence. Méthode inductive et asynchrone. Trouvé une série d'IA sympa sur le net. L'insère pour commencer dans les hôpitaux et compagnies de téléphone. Terminé les grands hôpitaux, sauf Herlev. Ils sont compliqués à craquer, mais je retente ce soir.

Son interlocuteur ne ressemblait pas à quelqu'un qui captait la profondeur du sujet, aussi ajouta-t-il pour aider :

— IA veut dire intelligence artificielle.

Poul posa une lourde main sur son épaule et dit tranquillement :

— Peut-être que tu pourrais essayer de t'exprimer avec des phrases, plutôt qu'avec des assemblages de mots que je ne comprends pas. Dis-moi, tu es au courant qu'il est interdit de forcer les systèmes informatiques privés ?

Malte Borup hésita.

— Ben, on est la police, non ?

Le grand type tout près de lui le fit douter, et, quand celui-ci changea de sujet, Malte était dans tous ses états.

— Malte, qui est le Premier ministre du Danemark ?

Il réfléchit à se faire exploser les méninges. Ses doigts étaient désespérément attirés par les touches du clavier. Il aurait pu répondre à la question en quelques dixièmes de seconde en passant par Google, mais ç'aurait été de la triche.

— Je crois que c'est un Jutlandais.

— C'est toujours un Jutlandais. Qu'est-ce que tu peux me dire de plus ?

Il croisa les doigts et tenta :

— Århus[1] ?

Poul remit à plus tard sa visite aux toilettes. La dernière chose dont ils avaient besoin, c'était bien d'un journal qui fasse sa une sur des policiers hackers. Revenu auprès de la Comtesse, il expliqua la situation et lui recommanda vivement de donner à son protégé un cours éclair d'éducation civique, en commençant par la Constitution. Elle se rangea à son avis, mais sa réaction était un peu trop molle à son goût.

— OK, j'aurai une discussion avec lui. Pendant ce temps, tu peux vérifier si tu te souviens de ta géographie. Sinon, tu peux tout de suite aller chercher une carte du Danemark.

— Qu'est-ce que tu veux dire ?

— Konrad veut que l'un d'entre nous aille à Tarm pour parler à la sœur du concierge. Et pour autant que je me souvienne, la dernière fois, c'est moi qui…

Elle laissa la fin de la phrase en suspens, et il capitula immédiatement.

— D'accord. Je peux emprunter ta voiture ?

Le téléphone de la Comtesse sonna, aussi se contenta-t-elle d'acquiescer. Le message était court, mais manifestement important. Ce qu'elle confirma immédiatement à voix basse.

— Per Clausen leur a échappé.

— C'est pas vrai. Dis-moi que c'est une blague.

— Si c'est le cas, alors elle est vraiment mauvaise.

La ville de Tarm dégageait désormais un charme fou.

1. Nom de famille extrêmement répandu dans cette région.

16

Cela faisait maintenant six jours que l'infirmière Helle Smidt Jørgensen avait administré les médicaments aux hommes dans le minibus. Six jours atroces, et deux horribles nuits avec oncle Bernhard en prime. Elle était très tendue ce jour-là : les affiches dans la rue et les unes des journaux annonçaient le massacre, et tout le monde à la maison de retraite ne parlait que de ça. Il était presque impossible de penser à autre chose. Mercredi dernier, sur l'aire de repos, ses efforts n'avaient duré que dix minutes. Et pourtant les images de l'épisode n'arrêtaient pas de ressurgir sur sa rétine. Des visages inconnus terrifiés, des regards implorants, des mains qui frémissaient d'une angoisse incontrôlable, et le cliquètement métallique des menottes contre les poignées des dossiers. Les cris de démence des hommes quand elle entra dans le minibus avec la seringue levée comme un flambeau, et le garrot enroulé autour du cou tel un serpent venimeux. Ils beuglèrent comme des taureaux, ou hurlèrent à la mort comme des chiens, jusqu'à ce que Grimpeur, d'un cutter menaçant, les calme l'un après l'autre. *Tais-toi, ou tu perds un œil, gentil Palle… Gentil Frank, gentil Thor, gentil…* est-ce que c'était *Peter* ? Elle ne se souvenait pas des noms, juste de la voix calme et franchement effrayante de Grimpeur.

— C'est difficile de ne pouvoir parler à personne. Plus difficile que je ne le pensais.

La vieille femme sur le siège de bain sourit sans comprendre, et Helle Smidt Jørgensen lui caressa doucement les cheveux. La marque d'affection fit scintiller ses yeux vides un instant, puis elle retourna dans son monde.

— On est jeudi aujourd'hui ? Ma fille vient aujourd'hui.

La femme savoura l'eau coulant sur son corps maigre et ridé, et Helle Smidt Jørgensen la savonna délicatement. Elle laissa couler l'eau, pour la chaleur, et dit :

— J'ai joué au bandit, malgré mon âge. J'ai essayé.

Elle observa la femme, et se dit que la vieillesse était une notion relative.

— Bon c'est vrai, je ne suis plus vraiment une petite fille innocente. Mais j'étais là, avec cagoule, pistolet et tout le tralala. Un véritable pistolet, ou revolver, qu'est-ce que j'en sais ? Même s'il n'était pas chargé. Et une poche pleine de menottes.

— Aujourd'hui ma fille vient. On est bien jeudi aujourd'hui ?

Les serviettes étaient prêtes dans l'armoire chauffante, agréablement tièdes. Elle emballa la vieille et la sécha délicatement.

— J'ai pointé le pistolet sur Grimpeur, sans rien dire. Il me demandait grâce pendant qu'il les enchaînait l'un après l'autre, et tout s'est passé tellement vite que personne n'a protesté avant qu'il ne soit trop tard. Oui, bien sûr, ils pensaient tous qu'il s'agissait d'un hold-up, et que Grimpeur, qui faisait le chauffeur, était une victime lui aussi. Et quand ils ont enfin compris, ils étaient tous les cinq attachés.

Un frémissement de crainte secoua la vieille femme. Elle avait dû élever la voix.

— Ma fille doit venir. Elle doit venir maintenant.

— Allons, allons.

Elle l'enlaça et lui caressa le dos. La vieille femme se calma. Ensuite, elle laissa les serviettes tomber à terre et commença à l'enduire de crème, avec de lents mouvements circulaires. La vieille ferma les yeux et se mit à fredonner doucement. Helle ralentit ses gestes, les fit durer plus que nécessaire.

— Il ne faut pas oublier de se brosser les dents et faire attention que ça ne se passe pas comme la semaine dernière.

D'un geste expérimenté, elle attrapa la prothèse supérieure et tira dessus. Lors de son dernier bain, la vieille avait perdu ses dents, et s'en était trouvée très perturbée. Il ne lui en fallait pas beaucoup. Elle nettoya le dentier pendant que la vieille se rinçait la bouche.

— Ma fille vient me rendre visite. On est jeudi aujourd'hui ?

— C'est mardi aujourd'hui. Votre fille vient le week-end. C'est dans longtemps.

Sans le vouloir, elle avait grogné.

La femme réagit immédiatement :

— Appelez ma fille. Elle doit venir maintenant. C'est jeudi aujourd'hui ?

— Ferme-la, vieille conne.

La vieille se mit à pleurer.

Elle ne se souvenait pas d'avoir déjà frappé un résidant. Jamais, même pas une simple tape comme maintenant. Elle avait besoin de quelque chose de rassurant : un cachet, ou un verre, ou les deux. C'était décidément une période stressante.

17

Arne et Pauline traînaient lentement sur le trottoir. Ils s'appréciaient, et, quand ils avaient l'occasion de passer un peu de temps seuls, ils faisaient volontiers durer l'instant, même lorsqu'ils étaient plutôt pressés, comme en ce moment. Pauline était d'humeur maussade, et, pour cette raison, ils ne parlaient pas beaucoup. Mais ils traînaient. C'était peut-être devenu une habitude.

Arne, lui, était d'excellente humeur. A défaut de permettre une percée fulgurante, la réunion à l'Institut médicolégal avait donné à l'enquête une nouvelle dimension. Et puis, il était d'un naturel jovial. Il jeta un regard en coin à sa collègue, qui avait un pas d'avance et l'air d'un enfant qu'on vient de réprimander. Tout ce qu'il savait des femmes lui conseillait de ne pas lui parler et de laisser le temps faire son œuvre, plutôt que de servir de punching-ball. A un moment ou à un autre, elle irait mieux. C'était toujours comme ça avec les femmes. En l'absence d'un dialogue, il observait librement ses fesses. C'était une alternative appréciable, et il la laissa prendre encore un peu d'avance.

Quand ils atteignirent le coin de la rue, où la voiture de Pauline était garée, ils trouvèrent une amende sur le pare-brise. Pire, l'agent qui en était responsable n'avait même pas quitté les lieux. Il se tenait quelques voitures plus loin et préparait une nouvelle prune. Arne s'absorba dans la contemplation de la liste tarifaire d'une laverie, fermement décidé à ne pas s'impliquer. Une position qu'il abandonna bientôt quand le ton de Pauline passa de la discussion à l'invective. La couleur de son visage ne présageait rien de bon. Il l'arracha à l'agent, récupéra après quelques tractations les clefs de la voiture et emmena rapidement sa jeune collègue.

Ils ne dirent rien pendant un moment. Ce fut elle qui rompit le silence :

— Merci.

— Je t'en prie. Tu veux conduire ?

— Non, ça ira.

Ils restèrent silencieux un moment, puis Arne ramassa le quotidien *Dagbladet*. Il l'étala sur le volant et dit :

— Voyons voir ce que cette journaliste, Staal, écrit sur Konrad.

Pauline lui lança un regard désapprobateur. Lire le journal en conduisant ne lui semblait pas une combinaison très judicieuse.

— J'aimerais bien arriver en un seul morceau.

Il ignora sa réflexion et lut :

— *Lors de la conférence de presse, la présence de Konrad Simonsen, inspecteur en chef de la criminelle, faisait plus office de décoration qu'autre chose. On lui avait visiblement mis une muselière. Le meneur de l'enquête filait doux comme un agneau paralytique sur le…*

Elle le stoppa net.

— Arrête ça, Arne. Je l'ai mauvaise. C'est comme si tout se barrait en cacahuète, et je me suis plantée en beauté.

D'un geste résigné, il jeta le journal sur le siège arrière. Ensuite il tendit la main et la posa sur la cuisse de Pauline.

— Tu crois pas que tu as juste besoin d'un homme ?

— Pourquoi tu te conduis comme un parfait crétin, alors que tu n'en es pas un ?

Elle avait l'air triste. Il retira sa main et regretta ses paroles. Puis il tenta de lui dire la vérité.

— Parce que tu es pitoyable, Pauline. Konrad t'a retiré la psy pour la seule raison que tu ne gérais pas, c'est aussi simple que ça. Tu fais partie de la criminelle, tu n'es pas en week-end avec les copines. Et souviens-toi que Troulsen s'est planté aussi, alors je trouve que tu te surestimes lourdement en jouant les victimes, ou la mauvaise humeur ou je ne sais quoi. Quoi qu'il en soit, Konrad n'a pas de temps à accorder à tes caprices de gamine. Je veux dire s'il savait que tu te comportes comme ça. Mais il ne le saura pas, il ne lit pas dans les pensées. Et souviens-toi aussi que s'ils ne t'ont pas aidée, toi de ton côté tu as claqué les talons sans protester. Tu as décidé de faire la gueule après, et il y a dix minutes tu as tenté de ramener le Danemark au rang de république bananière en te servant de ton statut de policier pour t'éviter une amende. Bon sang, Pauline, dans quel genre de société tu as envie de vivre ? Et maintenant, tu es là à geindre comme si tu avais treize ans et que j'étais ton père, ce que je ne suis pas. Donc en définitive, j'ai plus envie de ton corps que de tes états d'âme.

Elle ne répondit pas et fixa tristement le trafic en tentant de maîtriser sa mauvaise humeur. Ce n'était pas la fin du monde, et après quelques kilomètres elle avait un peu repris le dessus. Elle envisagea de proposer qu'ils partagent l'amende. C'était raisonnable, mais d'un autre côté elle savait qu'il avait en permanence des problèmes d'argent. Elle décida donc de s'abstenir. Elle afficha un sourire à l'eau de rose, ce qui lui demanda un certain effort. Puis elle fit descendre sa voix d'une octave et demanda :

— Tu veux savoir de quoi j'ai rêvé cette nuit ?

Arne comprit qu'elle s'était calmée, c'était un bon point. La question, en revanche, n'en était pas un. Habituellement il était relativement sincère avec elle, mais dans ce cas précis il n'avait pas le cœur de lui expliquer qu'il n'y avait pas beaucoup d'hommes sains d'esprit prêts à écouter les songes d'une femme. En dehors des thérapeutes qui se faisaient payer pour ça.

— Oui, avec plaisir. Mais on est presque arrivés.

— Tu te souviens de la fête cet été ?

Il s'en souvenait parfaitement. La section faisait habituellement la fête avec les stups, mais hélas aussi avec l'administration et la direction. C'était rarement très drôle, sans compter qu'il y avait trop de chefs et pas assez de sous-fifres. La dernière fois ils avaient loué un local en ville. La salle de réception était belle, et le plafond haut. Très haut. L'architecte s'en était donné à cœur joie. Sans réelle considération pour l'exploitation des surfaces ou la facture de chauffage, il avait empilé cinq étages de verre et de gigantesques baies vitrées donnant sur la mer. Et encore loin au-dessus, un toit de verre offrait une vue imprenable sur le ciel étoilé, une fois la nuit tombée. Malheureusement, Arne devait rentrer tôt, les jumeaux étaient malades, et il avait promis de ne pas s'attarder. C'était fâcheux. Il souhaitait présenter plus amplement Pauline Berg – qui à ce moment-là était tout à fait novice – à toute l'équipe. Il dut donc sacrifier son noble dessein à ses obligations familiales. Plus tard, lors de leur excursion à Skanderborg, il avait finalement pu la présenter. Deux fois.

— Bien sûr que je me souviens.

— J'ai rêvé que je dansais avec toi. Il est onze heures et demie, la fête bat son plein, tout le monde sourit et se sent bien. Quelques-uns ont trop bu, mais pas nous. Pendant la danse, je nous amène vers l'escalier. Tu te souviens de l'escalier ?

Il se souvenait d'un large escalier en colimaçon placé dans un angle et qui rejoignait sous le toit un pont courant le long des murs intérieurs. Une chaîne en interdisait l'accès. Il acquiesça, mais ne dit rien.

— Tu me suis. Je porte ma robe rouge en soie indienne – non, attends, je me trompe… J'ai emprunté un audacieux ensemble en velours rouge bordeaux qui montre peut-être un peu trop mes cuisses, mais qui ne me gêne pas quand je danse. A mi-chemin dans l'escalier, je perds une chaussure, peu habituée aux talons aiguilles. Je me penche en avant et la remets en place. Arrivés en haut de l'escalier, on passe sur le pont, où les rambardes sont constituées de solides plaques de verre. On est très haut, et en dessous on peut voir l'assemblée. Plusieurs collègues nous font signe, tout le monde s'amuse.

Elle lui lança un regard discret et constata à quel point il était attentif.

— Au bout du pont je m'arrête. Les grandes plaques de verre sont fixées au pont, mais pas aux murs, et après la dernière plaque il y a un petit espace dans lequel on peut se glisser. Je pose mes chaussures et y passe, me retrouvant sur un petit palier qui sert à fixer les échafaudages. Ce n'est pas sans danger, il y a dix-huit mètres de hauteur. Quand je lâche un court instant le rebord, tu te glisses toi aussi dans l'interstice et passe un bras solide autour de ma taille, tout en tenant fermement la rampe de l'autre main. Et on reste là, juste toi et moi, entre ciel et terre.

Elle avait fermé les yeux et penché la tête en arrière.

— En dessous de nous, il y a de la lumière et de la musique, de la joie et des couleurs. Au-dessus, le ciel étoilé, glacial et infini. Tu me montres la ceinture d'Orion et tu m'expliques que Vénus n'est pas une étoile, qu'elle en a juste l'air. Je penche ma tête vers ton visage en écartant mes cheveux de la main, et tu déposes un tendre baiser sur mon oreille. J'envoie un baiser de la main vers Troulsen, qui est resté là où je l'ai laissé à boire de la bière. A côté de lui il y a mon sac, qu'il garde, parce que ça serait très ennuyeux que quelqu'un l'ouvre. Mes joues rougissent rien qu'à cette idée, puisque je sais ce qui s'y trouve en premier. Et tu le sais aussi, depuis que j'ai perdu ma chaussure dans l'escalier. C'est ma culotte.

Il confirma qu'il s'en doutait sans même qu'elle ait à demander.

— Alors je frotte lentement mes fesses contre ton entrejambe. En avant et en arrière, de gauche à droite, et on sent tous les deux que tu durcis. Tu protestes, mais je n'écoute pas. Doucement, j'ajoute ma main pour m'aider : d'abord un seul doigt, ensuite plusieurs, je défais ta ceinture et descend ta braguette, tout en retenant ton pantalon avec l'autre main. D'en bas, tout a l'air normal – tu as séduit la nouvelle de la section et l'a emmenée dans une impasse, ça chacun l'a remarqué – mais mon corps masque à quel point. Je baisse le devant de ton caleçon jusqu'à ce que l'élastique le retienne. Je remue les pieds de façon à écarter mes cuisses, avant de soulever un tout petit peu l'arrière de ma jupe, et je te pousse en moi. Tu gémis dans mon oreille, en guise d'avertissement, mais tu marmonnes aussi des mots tendres, des mots qui n'existent pas. Les muscles de tes bras se raidissent, et tu me tiens plus fort. Mais c'est de courte durée, parce que là ça devient drôle.

Elle sourit joyeusement sans ouvrir les yeux.

— Je te dis que je vais lâcher ton pantalon, et tu te retrouves dans un sérieux dilemme. L'une de tes mains tient la rambarde, l'autre me retient moi, et il t'en manque une pour empêcher que ton pantalon se retrouve à tes chevilles. Aux yeux de tous les dirigeants et des collègues, qui vont parler de toi jusqu'à la fin des temps. Ta réputation, ta carrière, ta pudeur – tout ça est en jeu. Quand je lâche ton pantalon, tu m'as déjà lâchée, et je tends mes bras en arrière autant que possible pour me retenir à tes reins, pendant que je me concentre. Je pense à ce que j'ai appris et retenu, encore et encore en cours de danse. *Souplesse, force, tenue, contrôle*, ce sont les quatre mots d'ordre. Je relâche mon emprise sur toi et commence doucement à faire de petits cercles avec mon corps. Tu cries mon nom, même si on est tout près l'un de l'autre, mais on s'éloigne un peu. Nos corps se séparent. Presque. C'est le moment de vérité. Les rotations deviennent plus fortes. *Souplesse, force, tenue, contrôle.* Je deviens plus courageuse, centimètre après centimètre, jusqu'à trouver l'équilibre instable le plus extrême. Là, je lève les bras vers les étoiles en signe de triomphe, et en même temps je me mets sur la pointe des pieds et je reviens, en alternance.

Elle parlait plus vite.

— *Souplesse*, pointe des pieds, *force*, en arrière, *tenue*, pointe des pieds, *contrôle*, en arrière.

Soudain elle ouvrit les yeux, et sa voix changea.

— Oups, on est arrivés.

Ils étaient garés sur le parking devant l'école Langebæk, depuis un moment déjà.

Elle ramassa son sac. Arne protesta.

— Non, attends un peu. Qu'est-ce qui s'est passé ensuite ?

— Ce qui s'est passé ? A propos de quoi ?

— Mais ton rêve.

— Ah. Je ne m'en souviens pas très bien. Je crois que je suis devenue un ange et que je me suis envolée.

— Un ange ?

— Oui, un ange. Quand j'étais petite, mon père m'appelait souvent mon ange. Et quand j'étais insolente, j'étais un ange avec de la merde sur les ailes, c'est pas poétique ça ? Mais peut-être que je me suis réveillée, en fait.

Elle se libéra de la ceinture de sécurité.

— Ne prends pas cet air amer, cher Arne, c'était juste un rêve.

Sans la moindre pudeur, elle mit sa main entre les jambes de son collègue.

— Tu crois pas que tu as juste besoin d'une femme ?

18

Les deux hommes face à la Comtesse avaient tout à fait l'air de ce qu'ils étaient, à savoir des crétins honteux dont la carrière ne tenait qu'à un fil. Pour leur défense, ils n'avaient pas tenté d'enjoliver leur bévue. Ils avaient décrit les circonstances de la disparition de Per Clausen dans le détail, sans mentir ni avancer d'excuse stupide. C'était une sage attitude, car la Comtesse leur aurait tapé sur les doigts à la moindre réflexion inopportune. Ils ne lui en donnèrent pas l'occasion. Elle les jaugeait de haut en bas, comme si elle devait donner une note à leur exploit. Tous deux se recroquevillaient sans rien dire, jusqu'à ce que la sentence tombe.

— Si vous déguerpissez tout de suite, vous devriez avoir le temps de vous échapper avant qu'un type très grand et très en colère débarque, un type que vous n'avez vraiment pas envie de voir.

A sa grande surprise, ils restèrent plantés là. Elle attendit quelques secondes une question qui ne vint pas. Puis elle leva son pouce et son index devant ses yeux pour former un angle de cadrage et dit :

— Je vois dans ma boule de cristal deux collègues en train de trier des objets trouvés, juste parce qu'ils n'ont pas eu le temps de se tirer loin d'ici.

Cela fonctionna.

Konrad Simonsen ne partageait pas le penchant humanitaire de la Comtesse. Son enthousiasme était palpable quand il apprit qu'il devrait se contenter d'un rapport de seconde main, plutôt que d'entendre l'histoire de la bouche des imbéciles concernés. Sans véritable alternative, il se laissa tomber dans un fauteuil, prêt à écouter.

La Comtesse jeta un coup d'œil discret sur ses notes et transmit les fâcheuses nouvelles.

— Aux environs de midi, Per Clausen fait ses courses à la supérette locale, où il remplit son chariot de biens de première nécessité et de vin. Après son passage en caisse, il remet ses achats dans le chariot et descend la grand-rue de Bagsværd. Chez le boucher, il achète quatre sandwiches et deux bières qu'il place également dans le chariot, puis une cartouche de cigarettes au kiosque. Avant d'entrer dans chaque boutique, il recouvre soigneusement ses achats de son imperméable, pour que les passants ne puissent pas lui subtiliser. L'arrêt suivant, c'est chez le quincaillier, au 266A de la grand-rue. Le magasin se situe au rez-de-chaussée d'une résidence de trois étages, avec huit cages d'escaliers. A ce moment-là, il est surveillé par cinq hommes soutenus par une équipe dans une voiture.

Arne et Pauline entrèrent dans le local, et Konrad leur lança un regard acide. Ils esquivèrent adroitement tout contact visuel. Le chef était visiblement de sale humeur, il valait mieux se faire discret. La Comtesse leur fit un rapide résumé avant de continuer.

— Chez le quincaillier, il observe les étagères au fond du magasin. Brusquement, il entre dans l'arrière-boutique et claque la porte, juste après avoir cassé un cure-dent dans la serrure. Dans le local, il y a un accès au parking situé derrière la boutique, et un autre, par un escalier, à un dépôt en sous-sol. Avant de descendre, il bloque la porte extérieure avec un taquet. Le dépôt possède une porte de secours qui mène au sous-sol de la résidence. Il traverse le sous-sol, qui est donc relié à huit escaliers. Tout au bout il y a un garage à vélos, où il avait placé un landau avec des vêtements de rechange – un voile intégral musulman, qu'il a simplement enfilé sur sa tenue habituelle.

— Oh non.

Konrad soupira.

— Oh, si, simple et efficace. Avec le landau et sa nouvelle tenue – je ne sais plus si on dit niqab ou tchador –, il fait le tour du bâtiment et passe sous le nez de tous les hommes en faction. Plusieurs d'entre eux se souviennent parfaitement de lui. Après ça, il marche tranquillement sur l'avenue jusqu'à la gare de Bagsværd. Toujours avec le landau, il prend le train de 12 h 39 en direction de Copenhague, et descend à la station de Buddinge. Il abandonne costume et landau dans un ascenseur, et prend un taxi vers le centre commercial de Ballerup. C'est là qu'on a perdu sa trace.

De colère, Konrad frappa le mur du plat de la main et dit :

— J'aurais dû le garder hier. Son comportement était si étrange que c'était insensé de le laisser partir. Et encore plus de le confier à des balourds incapables de faire leur boulot.

La Comtesse, qui n'avait pas encore dit le pire, le regardait d'un air inquiet.

Arne s'efforça d'être constructif :

— On pourrait peut-être obtenir un mandat pour perquisitionner son domicile.

Son chef suivit avec une petite lueur d'espoir dans la voix :

— Tu as raison. Les pizzas et sa disparition suffiront. Fais-le, Arne. Maintenant !

La Comtesse se chargea de stopper son ardeur :

— Malheureusement c'est impossible, sa villa est en flammes. Les pompiers sont sur place, mais ils ne peuvent rien faire. Je l'ai appris il y a dix minutes. On peut voir le brasier de la fenêtre si ça tente quelqu'un.

Personne ne fut tenté. L'ambiance était sombre. Konrad semblait groggy et ne disait rien. Une fois encore, ce fut Arne qui reprit ses esprits en premier. Il tenta de recoller les morceaux :

— Maintenant on peut au moins le rechercher pour incendie volontaire.

Pauline lui emboîta le pas, s'efforçant d'être optimiste :

— Avec la presse qu'on a en ce moment, on peut à coup sûr avoir sa photo aux nouvelles.

Arne reprit :

— Oui ! Il a peu de chance de s'en sortir si on surveille à la fois l'aéroport et les grandes gares. On peut supposer qu'il ne va pas rentrer chez lui.

La Comtesse leva la main :

— Une minute. Malheureusement, il y a autre chose.

Ils se turent. Les oiseaux de mauvais augure parlent toujours en premier.

— Il a laissé un message pour nous dans le landau. Plus précisément pour toi, Konrad.

C'était une enveloppe à motif fleuri, sur laquelle était écrit simplement *Konrad*. La carte à l'intérieur était blanche et sans décoration. Konrad Simonsen lut à haute voix.

— *Amène à mes petits, qui pleurent, espoir de lumière et chanson de joie !* Qu'est-ce que ça veut dire ?

La Comtesse répondit tristement :

— Je n'en suis pas complètement sûre, mais j'ai bien peur de le savoir.

— Je t'écoute.

— Le vers est un psaume de Grundtvig intitulé *Soupir du soir, larmes de la nuit.*

Konrad jeta la note sur la table, comme le jeu d'un perdant qui devait se coucher face à un atout. Il indiquait de cette façon qu'il adhérait au sombre soupçon de la Comtesse, avant même qu'elle l'ait exprimé jusqu'au bout.

— C'est un éloge funèbre. Je crois que nous ne reverrons plus Per Clausen.

19

Per Clausen s'enfonça dans les coussins et sourit en regardant le plafond d'un air mélancolique tandis qu'il laissait le repos envahir son corps. La journée avait été bonne. D'abord, il avait dû accomplir un travail imprévu. La raison pour laquelle Konrad Simonsen avait amené une jeune femme avec lui pour l'interrogatoire plutôt qu'un collègue endurci n'était pas difficile à déchiffrer, et il avait bien l'intention de lui rendre la monnaie de sa pièce. Il avait acheté un appareil photo et avait eu la chance d'atteindre son objectif sans avoir à patienter longtemps. Dans une bibliothèque, il avait imprimé les photos et envoyé les papiers avec ses instructions à Grimpeur. Il avait donc pu s'occuper de lui-même le reste de la journée.

Il était rentré et avait revisité son enfance une dernière fois.

Beaucoup de choses avaient changé. Mais ses yeux avisés reconnaissaient la rue, même après cinquante ans. Son asphalte plat et lisse, un tout petit peu plus fin que n'importe quel autre asphalte dans le monde, ce qui avait valu à la rue, depuis des décennies, de devenir le lieu de rassemblement privilégié des joueurs de billes. Des gamins de tous âges venaient de près ou de loin en pèlerinage, et les soirs d'été débordaient de vie. Des bataillons d'enfants criaient et hurlaient, gagnaient et perdaient, riaient et pleuraient, se disputaient à propos des règles ou concluaient de fragiles alliances. Des garçons en culottes courtes et longues chaussettes à carreaux, les cheveux en brosse, les oreilles sales et le nez coulant perpétuellement. Des fillettes en jupes écossaises à élastique qu'on pouvait tirer facilement, pour découvrir leurs culottes roses.

Il s'était accroupi, le genou gauche à terre, la jambe droite tendue derrière lui. Une dernière fois, il passa lentement ses doigts sur le sol.

Pendant un moment, il chercha des yeux un chat. Juste un chaton dépenaillé, histoire de revivre le passé. Mais il n'en vit aucun. De son temps, ça grouillait de chats dans le quartier. La journée, ils traînaient sur les poubelles ou paressaient sur les marches d'escalier, en attendant patiemment maman chat qui apportait fidèlement, trois fois par semaine, quelques douceurs et autres restes de poisson. La nuit, ils déchiraient le silence de leurs cris d'accouplement ou de batailles de territoire. Quand la fourrière venait dans le quartier, toute inimitié entre les enfants disparaissait, et chacun connaissait son rôle. Les filles se rassemblaient en petits groupes et éloignaient les chats, les garçons attaquaient avec sarbacanes et lance-pierres. Les plus petits couraient de maison en maison pour demander des renforts pendant que d'autres retiraient le celluloïd des guidons de vélo et utilisaient des loupes pour allumer des feux puants sous la voiture de l'envahisseur. En général, les types de la fourrière décampaient sans terminer leur tâche, jurant et rageant, mais sans la moindre prise et avec des bosses sur la tête.

La dernière fenêtre au deuxième étage de l'immeuble jaune était celle de sa mère. C'est de là qu'elle lui criait au revoir le matin quand il partait à l'école, et l'appelait le soir quand il devait aller se coucher. La vitre était rayée, et seuls sa mère et lui savaient pourquoi. Il était assis sur le rebord le jour où c'était arrivé. Les corniches du bâtiment ayant été dangereusement fendues par le gel, un échafaudage avait était dressé et un grand maçon jovial s'était mis au travail. Il chantait tout en travaillant. Des chansons tristes ou gaies, c'était selon. Les mères de famille le récompensaient d'un café – parfois d'une bière – servi directement depuis la fenêtre. Il était donc là sur l'échafaudage, chantant et agitant mortier et truelle, quand il aperçut sa mère à la fenêtre. Hardi, il avait balancé la truelle en disant que la plus jolie femme de la montée devait y avoir droit elle aussi. Le mortier s'accrocha à la fenêtre et glissa lentement sur la vitre. Elle l'avait réprimandé pour son comportement puéril et s'était réjouie de la rayure le reste de sa vie.

Per Clausen contempla longuement le reflet du ciel dans la fenêtre de sa mère, le cœur tourné vers le passé. Jusqu'à ce que ces longs détours le ramènent au point de départ.

Ainsi, il était arrivé au bout du chemin.

Il enleva sa ceinture et la serra autour de son bras gauche pour faire ressortir ses veines. D'une poche intérieure, il sortit la seringue, fixa la canule et la remplit de deux ampoules. Bien qu'il n'y eût pas beaucoup de lumière, l'aiguille pénétra facilement la veine entre le pouce et l'index. Il poussa tranquillement le piston à fond, relâcha la ceinture et ferma les yeux.

Un peu irrité, il sentit que quelqu'un entrait dans la pièce, et s'étonna de pouvoir distinguer la porte alors qu'il était enfoncé dans les coussins. Alors, il entendit sa voix et oublia tout le reste. Elle portait cette jolie robe à volants qu'il lui avait offerte pour ses six ans. Celle qu'il aimait tant. Rayonnante, en pleine santé et heureuse, elle se tenait devant lui, et il sentit les larmes rouler sur ses joues. Il tendit les bras et courut vers elle. De nombreuses, de si nombreuses années s'étaient écoulées sans elle, et maintenant il la serrait à nouveau contre lui.

Son adorable petite fille.

20

Alma Clausen avait été cataloguée d'office par son visiteur. La cinquantaine, veuve d'agriculteur, pieuse et originaire de Tarm – des données qui dans l'optique de Poul Troulsen sentaient l'étable, les sauces lourdes et l'esprit étroit. La réalité s'avéra sensiblement différente.

Dans un premier temps, ses attentes furent comblées. Alma Clausen était un être aimable et un peu timide. Elle était de petite stature, et Poul qualifia intérieurement son style vestimentaire de gris et moche. L'intérieur était aussi modeste que monotone. Papier peint à fleurs, sonnette à cordon et étagères d'Amager remplies de personnages de porcelaine de Salzbourg et autres bibelots médiocres aux couleurs mornes. Il fallut du temps à Poul pour comprendre que la femme était d'une épouvantable perspicacité. Il la questionna – lentement et d'une voix forte – sur sa vie.

— Je pensais que vous aviez un rapport sur moi. Vous n'avez pas eu le temps de le lire ?

Pas eu le temps était une façon polie de dire *eu la flemme.*

— Qu'est-ce qui vous fait penser que nous avons un rapport sur vous ?

La réponse tomba, sans la moindre nuance de sarcasme :

— Entre autres choses, l'heure que j'ai passée hier soir au téléphone avec cet agent de Ringkøbing qui était censé le rédiger.

— Je préfère recevoir ces informations directement de vous.

Il entendait lui-même que sa réplique sonnait creux. Elle jeta un regard à son sac, puis le fixa dans les yeux, et l'attrapa comme un enfant qui n'a pas fait ses devoirs.

— Elles *sont* directement de moi. Maintenant je vais nous chercher quelque chose à manger. Vous pouvez avoir une tasse de café pendant que vous lirez.

Alma Clausen avait obtenu un diplôme de physique théorique en 1972 à l'université de Copenhague, avant d'être employée à l'institut Niels-Bohr. En 1977, elle travaillait sur son doctorat. La même année, elle avait abandonné sa carrière académique au profit d'une vie de femme au foyer à Ådum. Son mari et elle avaient eu le temps de fêter leurs noces d'argent. Quand il était mort, elle avait vendu leur ferme et s'était installée à Tarm. Elle avait terminé ses études et donnait maintenant des cours *via* Internet aux universités de Copenhague, Berlin et Stockholm. Elle n'avait jamais eu d'enfant.

Quasiment à la seconde où il termina sa lecture, elle cria depuis la cuisine :

— Venez donc m'aider avec la salade, et je vous parlerai de mon travail.

— Je ne suis pas sûr que j'y comprendrai quelque chose.

— Foutaises. Tout le monde comprend un peu, et personne ne comprend tout. C'est tout le charme de la physique.

Elle avait raison, c'était vraiment intéressant. Il prépara la salade en écoutant, fasciné.

Il était presque 9 heures quand ils en vinrent à ce qui l'intéressait au premier chef, à savoir la personnalité de Per Clausen. Il avait laissé tomber le magnétophone depuis un bon moment. L'appareil semblait avoir le don d'irriter son interlocutrice. Lorsqu'il l'eut rangé, elle s'efforça de répondre à chacune de ses questions avec une sincérité et une attention renouvelées, comme par un échange de bons procédés.

— A quel point connaissez-vous votre frère, au fond ?

— Il est difficile de répondre à cette question. On ne se voit pas souvent, et quand ça arrive, c'est toujours moi qui vais le voir. Sauf la semaine dernière. On s'écrit des mails par période, et on s'appelle aussi de temps en temps. En général, c'est professionnel, le plus souvent à propos de mathématiques.

— Vous l'aidez en mathématiques ?

— Malheureusement non, ça fonctionne toujours dans l'autre sens. C'est lui qui m'aide. Per est le génie de la famille.

— Donc, quand vous communiquez, c'est uniquement professionnel ?

— Ça, vous pouvez le dire. Les maths, la physique et les statistiques remplissent une grande partie de notre temps de communication. Mais nous parlons aussi d'autres domaines, la religion par exemple.

— La religion ? Il est croyant ?

— Non, c'est l'inverse. Je le suis et lui pas.

— Et concernant les relations plus personnelles ? Vous en parlez ?

Elle ne répondit pas, mais termina son explication.

— Ce n'est que ces dernières années que Per a commencé à s'intéresser au spirituel, et c'est à prendre au sens large. Pas seulement le christianisme, la foi, l'éthique, la morale, la haine, la tendresse, le pardon, la punition… Ce genre de sujets.

— Ça paraît un peu léger. Enfin, théorique, je veux dire.

— Pourtant ça ne l'est pas. Per a toujours été très concret. Vous voulez un exemple ?

— Oui, je veux bien.

— Jeudi dernier, nous avons parlé de démonisme, de morale populaire et d'humanité. Per est parti du grand nombre de réfugiés allemands que le Danemark s'est vu imposer à la fin de la guerre. En premier lieu des personnes qui avaient fui à l'approche de l'Armée rouge à l'est. Après la Libération, les autorités ont refusé à ces gens une aide médicale. Ce n'était pas parce qu'on manquait de docteurs, ou parce qu'ils n'en avaient pas besoin, mais simplement parce qu'ils étaient allemands. Il en résulta un bon nombre de morts, dont des enfants, qui auraient facilement pu être sauvés.

Elle récita :

— *Si on établit une distinction nette entre l'intérêt commun et l'intérêt personnel dans la conscience collective, la majorité de la population acceptera passivement n'importe quoi. Plus spécialement à notre époque, où il n'existe aucune morale commune.*

— Ce sont les mots de votre frère ?

— Pour autant que je me souviens, je crois que ce sont exactement les termes qu'il a utilisés. Je suis évidemment en désaccord avec lui. J'y suis forcée.

— Oui, je trouve aussi que ses propos ont des résonances fascistes.

— Per n'est pas fasciste. A vrai dire, je ne crois même pas qu'il ait une opinion politique. Et s'il en a une, c'est le cynisme.

— On le considère comme quelqu'un de facétieux, pour ne pas employer de mot plus fort. Qu'en pensez-vous ?

— C'est assez juste. Per a toujours été facétieux, mais rarement de façon méchante. Et s'il vous fait tourner en rond, c'est juste pour montrer qu'il en est capable.

— Qu'est-ce qu'il en retire ?

— Rien, sinon un petit sourire en coin.

Elle sourit.

— Hum, je vois. Et les choses personnelles ? Vous en parlez ?

— Pas directement.

— Comment ça ?

— Quand nous en parlons, c'est toujours de façon détournée.

— Je ne vous suis pas. Vous pouvez être plus précise ?

Elle réfléchit un moment avant de répondre.

— Comme vous le savez probablement, Per buvait beaucoup à une période. Il était alcoolique. Nous n'en parlions jamais. Mais, après quelques années, il a commencé à mieux maîtriser sa consommation, et nous évoquions parfois le fait qu'il vivait plus sainement.

— Une sorte de langage codé ?

— Si vous voulez. Je dirais plutôt de petites remarques indirectes. C'est évidemment un moyen stupide de communiquer. On ne peut jamais savoir si les deux parties donnent le même sens aux mots, mais enfin c'est devenu comme ça. De toute façon, nous abordons rarement les sujets personnels.

— Donc, vous n'êtes pas très proche de votre frère ?

— Apparemment, personne ne l'est. Ça vaut pour moi.

— Vous dites qu'il buvait. Ça a commencé quand votre nièce s'est noyée ?

— Oui, c'est ça. C'était violent et autodestructeur. Je crois que Per se punissait.

— Il se sentait responsable de la mort de sa fille ?

— Sans doute. S'ajoutait à ça, bien entendu, qu'il était très, très malheureux.

— Comment était leur relation ?

— Je ne sais pas, en dehors du fait qu'il l'aimait énormément. Helene était une enfant charmante.

— Parlez-moi d'elle, comment était-elle ?

— Fragile. Fragile et douée. Elle avait hérité de l'intellect de son père, mais pas de sa robustesse. Elle était jolie. Ça devait lui venir de sa mère, cette qualité ne se trouve pas dans notre famille.

Poul Troulsen approfondit le sujet de la petite fille. Konrad l'avait préparé par téléphone à cet entretien tout au long du trajet entre Nyborg et Odense, et le sort de Helene Clausen était l'un des points sur lesquels il attendait des précisions. Mais la tante ne pouvait pas réellement l'aider, et, en dehors du caractère nerveux de l'enfant, il n'obtint pas d'information digne d'intérêt. Il se concentra sur son décès :

— Connaissez-vous les circonstances exactes de l'accident ?

— Pas vraiment. Elle s'est noyée, mais ça vous le savez. C'était un soir de l'été 1994 à la plage Bellevue, avec ses camarades de classe. Je ne sais rien d'autre.

— Vous dites qu'il se sentait responsable de sa mort. Pourquoi ?

— C'est difficile à expliquer. Peut-être qu'il pensait ne pas s'être assez occupé d'elle.

— C'était le cas ?

Cette fois, elle réfléchit si longtemps qu'il finit par se demander si elle allait répondre. Quand elle parla enfin, sa réplique ne fut pas à la hauteur de ses attentes.

— Je ne sais pas.

— Vous voulez bien me dire ce que vous croyez ? hasarda-t-il.

Encore une pause, à peu près aussi longue.

— Je crois que lorsque Per est venu la semaine dernière, c'était pour me dire au revoir. Je crois que mon frère a l'intention de mettre fin à ses jours. Je crois qu'à son retour de Suède Helene était une épave, psychologiquement parlant. Et je crois que Per est mêlé aux choses terribles qui sont arrivées dans l'école.

Poul Troulsen était stupéfait.

— Ce n'est pas rien.

— Peut-être, mais ça ne sert à rien de me questionner davantage. Je n'ai rien de précis à vous donner, ce ne sont que de vagues suppositions, peut-être fausses.

Elle avait raison, une fois de plus. Il insista, insista encore pendant près de deux heures avant d'abandonner. Puis, en dépit de ses faibles protestations, elle l'installa dans la chambre d'amis.

21

Konrad Simonsen et Kasper Planck jouaient aux échecs. De temps à autre, ils parlaient un peu de l'enquête. D'autres fois, les remarques flottaient un moment dans l'air, sans recevoir de réponse. Un des avantages d'une partie d'échecs, c'est que l'on n'est pas forcé d'être poli dans les conversations. Les deux hommes faisaient de parfaits adversaires. Peut-être était-ce parce que leurs forces étaient de natures si différentes. Celle de Kasper Planck résidait dans les tactiques combinées, tandis que Konrad excellait en théorie et stratégie. Bien qu'il fût fatigué après une journée bien trop longue, il avait comme d'habitude pris l'avantage dès le début. A vrai dire, il aurait préféré éviter la partie d'échecs ce soir-là, mais quand il était avec son ancien chef, c'était rarement lui qui fixait le programme. Il avait mollement suggéré de se contenter de discuter de l'enquête, mais l'ancien l'avait ignoré et était allé chercher l'échiquier, les pions et du cognac. Les choses devaient se passer comme d'habitude, et un meurtre collectif n'y changerait rien.

Konrad joua et observa son adversaire. Kasper Planck était un homme d'âge mur, avec un corps mince et sec. Il avait de l'allure. Ses cheveux poivre et sel dansaient, rebelles, autour de son visage hâlé. Ses yeux d'un vert lumineux balayaient la table de droite à gauche.

En tant que chef, il avait été dur, un meneur de la vieille école. Pourtant il était respecté, et même – pendant ses dernières années – presque aimé. Mais ce n'était pas sa qualité de leader qui avait fait de lui un mythe, et ce n'était pas non plus son pourcentage d'affaires élucidées. Son image de légende vivante reposait d'abord sur le fait qu'il avait su mettre la presse de son côté. Elle avait fait de lui une icône. Son idée révolutionnaire avait simplement été de traiter les journalistes comme des êtres humains. Un art qu'il n'avait de toute évidence pas réussi à transmettre à son successeur.

Kasper Planck, sans prendre le temps de la réflexion, donna de l'importance à un pion central.

— Konrad, pourquoi tu veux m'impliquer dans cette histoire de meurtre ?

— Tu nous as déjà filé quelques coups de main depuis ta retraite. Ce n'est pas nouveau.

— Conneries. Tu ne m'as jamais demandé d'aide. Et encore moins officiellement.

— Elvang pensait que c'était une bonne idée.

— Quelle réponse débile.

L'explication toute simple était que Kasper Planck était en possession de certains talents dont Konrad Simonsen avait grand besoin dans cette affaire si singulière. En de nombreuses occasions, son prédécesseur avait fait montre d'une intuition presque effrayante sur des affaires en cours. Ce type recevait et interprétait tout simplement les informations d'une manière différente, et souvent plus précise que le reste du commun des mortels. Et si un sixième sens existait, il en était sans aucun doute doté. Plus prosaïquement, son vieux cerveau tordu devait toujours garder ouvertes quelques pistes improbables, à l'opposé des méthodes dogmatiques qui marquaient traditionnellement le travail de la police.

Ils jouèrent quelques coups, puis Konrad dit doucement :

— Quand ils ont porté les cadavres hors du gymnase, je me sentais comme les premiers mois après ta retraite, et...

La pause fut longue, trop longue. Un rien sarcastique, Kasper Planck dit :

— Prends ton temps, il est encore tôt.

— Enfin, j'aimerais avoir quelque chose de constructif, si tu vois ce que je veux dire. Par exemple que je vais bien retrouver les coupables quoi qu'il arrive. Mais surtout, je me sens seul, et ça ne s'arrange pas.

— Ah bon.

Konrad se dit qu'ils avaient trop longtemps été éloignés l'un de l'autre, dans un contexte de travail. Il s'en souvenait maintenant : son ancien chef n'appréciait pas la sensiblerie. Et au fond, lui non plus. Il n'en avait pas moins espéré un peu de soutien. Il demanda prudemment :

— Ça paraît idiot ?

— Oui, au plus haut degré.

— Mais bordel, qui peut bien construire toute une estrade pour exécuter cinq personnes à poil ? Et dans une école en plus !

Kasper Planck hocha lentement la tête.

— Eh bien, c'est ce que nous avons à découvrir.

L'emploi du pluriel le réconforta. C'était ce que Konrad avait sollicité. Il but une goutte de son cognac, tout aussi réconfortante. Puis il se concentra sur les échecs.

Vers la moitié de la partie, alors qu'ils faisaient jeu égal, Kasper lança :

— Sinon, je me suis fait une nouvelle copine aujourd'hui.

— Tiens donc, et qui est-ce ?

— Je crois que tu seras très intéressé par ce qu'elle fait.

— Et elle fait quoi ?

— Journaliste au *Dagbladet*. Elle a passé trois heures ici cet après-midi. Avec un peu de chance, toi et moi on fera peut-être la une demain.

Konrad lâcha le pion qu'il venait de saisir. Il dut se pencher pour le ramasser. Cette interruption lui permit de maîtriser son irritation.

— J'aurais aimé qu'on se coordonne avant que tu parles à la presse.

— J'y aurais jamais pensé.

— Non, mais tu aurais dû. Bon, alors, c'est qui, et pourquoi elle est intéressante ?

— Anita Dahlgren, élève journaliste de… devine qui.

— Non, ne me dis pas ça.

— Si ça peut te faire plaisir, elle apprécie Anni Staal autant que toi. Peut-être même moins.

— Impossible. Mais qu'est-ce qu'elle est venue faire ici ?

— Sa chef sait que tu m'as tiré de ma retraite. Elle veut en faire une histoire.

Konrad soupira. Il n'était pas difficile de deviner le fond de cet article, mais il y survivrait. Le pire, c'était que son département était visiblement aussi étanche qu'une passoire, même si la participation de Kasper Planck était un secret de Polichinelle. Il dit avec rancœur :

— Cette bonne femme, Anni Staal, elle sait faire parler ses sources.

— Oui, et elle en cherche d'autres.

— Comment ça ?

— Anita m'a raconté qu'elle préparait une offre pour le jeune Pedersen. Du liquide filé discrètement en échange de quelques informations susceptibles de faire la une.

— Tu veux dire Arne Pedersen ?

— Oui, Arne Pedersen. Les rumeurs disent qu'il ne cracherait pas sur un revenu, disons... complémentaire.

Konrad secoua la tête.

— Elle n'obtiendra rien comme ça.

— Peut-être pas. Peut-être que si.

— Tu te trompes. Arne n'est pas comme ça. De quoi d'autre avez-vous parlé, avec cette gamine ?

— De tout et de rien. Elle se plaisait ici.

— Qu'est-ce qui te fait croire ça ?

— C'était un sentiment très clair.

Konrad l'observa d'un air sceptique. Kasper Planck resta silencieux un long moment avant de reprendre.

— Elle me l'a dit, aussi. Elle reviendra d'ailleurs me voir dans quelques jours.

Il sourit jusqu'aux oreilles. Son adversaire marmonna :

— Joue donc, espèce de vieux brigand vaniteux.

La partie se termina en un affrontement de tours. Konrad perdait d'un pion, mais consolida sa position, rétablit l'équilibre des forces et lança une contre-offensive après avoir brillamment repoussé l'attaque de son adversaire.

Kasper Planck détourna légèrement son attention du jeu.

— J'ai lu, regardé des photos, parlé avec Arthur Elvang, et il y a une chose dont je suis de plus en plus persuadé. Ceux qui sont derrière ces exécutions cherchent à faire la une des journaux. Ils veulent raconter une histoire. C'est un mélange de chaud et de froid, de logique et de passion.

— Alors monsieur le marionnettiste est content de sa petite journaliste ?

— Elle est venue vers moi, pas l'inverse. Je profite simplement de ma chance, et tu devrais en faire autant.

— Qu'est-ce que tu veux dire ?

— Peut-être que ce Pedersen pourrait se laisser convaincre d'être un peu moins inébranlable.

Konrad hésita :

— C'est une très mauvaise idée.

— Ce n'est pas mon avis.

— Laisse-moi y réfléchir. Tu étais en train de dire autre chose…

— Je disais qu'ils veulent raconter une histoire. Et tu ne vois pas le plus évident, Konrad.

Kasper Planck joua, et Konrad Simonsen réfléchit. Il détestait le penchant de son ancien chef pour les énigmes.

— Je peux te donner un indice. De quoi sont composées les histoires ?

Il cacha son irritation derrière un déplacement de pion.

— De mots.

— Exactement. Les mots sont importants. Il n'y a pas un mot qui t'a surpris ? Il a été employé à la conférence de presse aujourd'hui, sans que personne ne réagisse. Deux fois en plus, et les médias l'utilisent sans arrêt. Je crois que c'est exactement ce qu'attendent les types qui sont derrière tout ça. A mon avis c'est une clef. Oublie l'identification, la logistique et l'estrade, tu auras tout ça à un moment ou un autre. Mais pense au mot. Je l'ai prononcé plusieurs fois ce soir, sans que tu protestes. Il y a quelques minutes encore.

Les yeux de Kasper Planck brillaient. Déstabilisé, Konrad joua et fit une erreur. Son adversaire frappa aussi vite qu'un serpent : un pion perdu, et toute sa stratégie était détruite. La partie était terminée. Il se résigna.

— Vieux fourbe. Dis-moi quel est ce mot.

— Devine toi-même. Vous, les jeunes, vous pensez toujours que tout vous est dû. Tu veux refaire une partie ?

— Non merci, ça suffit comme ça. Le mot dont tu parles, c'est *exécution* ?

— Bien, Konrad, un peu lent mais bien. Même si ça t'a coûté une partie d'échecs.

22

La salle de travaux manuels de l'école Langebæk n'avait rien d'un endroit romantique. Pauline Berg observait l'une après l'autre les rangées d'établis d'un air sceptique. Elle vit une scie à ruban au fond de la pièce. Elle secoua la tête avec détermination et repoussa Arne Pedersen, mais le répit fut de courte durée. Quelques instants plus tard, ses mains baladeuses revinrent sur elle. L'histoire qu'elle lui avait racontée dans la voiture lui trottait visiblement dans la tête, mais elle pouvait difficilement le lui reprocher. Elle finit par plier devant son insistance.

— Allons au moins dans la salle de repos des tout-petits.

Il n'en demandait pas plus.

Ils traversèrent les couloirs en se tenant par la main. Dehors, le vent du soir de cette fin d'automne hurlait, et ils durent élever la voix pour parler. Arne demanda :

— Comment était la villa ?

Pauline secoua la tête, agacée. Pourquoi poser cette question ? Il aurait pu choisir un sujet plus romantique. Elle fit un effort de mémoire. La vue des décombres l'avait découragée. Seuls les murs extérieurs étaient toujours debout, le toit était tombé et des poutres noircies gisaient pêle-mêle tel un mikado géant. Une odeur âcre de suie et de fumée saturait l'air, et elle avait toussé violemment. Elle répondit d'un ton agacé :

— C'était horrible. L'incendie était presque éteint, et par moments les murs se fissuraient en produisant des détonations d'arme à feu. C'était pénible.

— Les techniciens du feu ont dit quoi ?

— Que c'est un incendie volontaire, et que personne n'était dans la maison quand c'est arrivé. Il a versé de l'essence dans toutes les pièces, posé un bidon sur une plaque chauffante et mis la minuterie. Tu crois qu'on va le retrouver ?

— J'en sais rien, en tout cas un filet géant a été mis en place. J'ai parlé avec la Comtesse. Elle dirige les recherches depuis le QG, et c'est la priorité de toutes les voitures de patrouille ce soir et cette nuit. Même le cimetière où sa fille est enterrée est sous surveillance, et aussi la plage où elle s'est noyée. Et puis sa photo est passée aux infos, mais bon, ça ne veut rien dire.

— Où est Konrad ?

— Chez Kasper Planck.

— Il a appelé ?

— Oui, je lui ai parlé avant que tu n'arrives.

— Il a dit quelque chose d'intéressant ?

Arne Pedersen hésita. La conversation avait essentiellement tourné autour de la journaliste Anni Staal, et, pour tout dire, ce qu'il avait appris l'avait stupéfait. En outre cela touchait à sa vie privée, bien que Konrad ait fait preuve de diplomatie dans ses propos. Il répondit laconiquement :

— Il a transmis le bonjour de Kasper Planck. Dis-moi, tu as passé trois heures à la villa ?

— Non, heureusement, juste un quart d'heure. Mais on a peut-être trouvé un témoin. Deux gamins se trouvaient dans les alentours de l'école mercredi dernier. Ils se baladaient et ramassaient ces petites trucs métalliques qu'on trouve sur les canettes de bière et de soda, pour les ouvrir. Un des garçons est en maternelle grande section à l'école. Malheureusement, il accuse un sacré retard niveau âge mental, il ne nous apprendra rien. Mais son camarade, qui est aussi son cousin, est tout à fait normal. Il a cinq ans et habite à Roskilde. J'ai un rendez-vous demain.

— Apparemment, tu as eu une journée plus productive que la mienne. Konrad m'a envoyé en Suède.

— La fille de Per Clausen ?

— Oui, ça paraît assez judicieux de s'intéresser de plus près à son cas, mais je comprends pas pourquoi je peux pas régler ça par téléphone. Si tu veux mon avis, c'est un des défauts de Konrad, il nous envoie à perpète sans que ça se justifie vraiment.

Pauline lui prit la main.

— Tu as découvert quelque chose sur l'estrade ?

— L'école en avait une, pour les fêtes. Démontable. Elle a disparu, c'est donc bien celle-là qui a servi, mais ça, on le sait déjà depuis un moment.

— Qu'est-ce que t'as fait alors ?

— J'ai perdu mon temps. Jusqu'à présent en tout cas.

— Perdre son temps fait partie du boulot.

— Oui, évidemment. Cette école commence vraiment à me sortir par les yeux. Si Per Clausen a fixé des trappes dans l'estrade ici, alors il a bien rangé après lui. Je suis content qu'on retourne au QG demain, parce que me faire passer quatre heures dans le gymnase, la salle du concierge et la salle de travaux manuels, en attendant que je sente quelque chose que les autres n'auraient pas vu, ça tenait vraiment de l'épreuve.

— Et c'est le cas ?

— Quoi donc ?

— Tu as senti quelque chose ?

— Que dalle.

Dès qu'ils furent dans la salle de repos, Arne commença à se déshabiller méthodiquement, tout en disposant soigneusement chaque vêtement bien plié en un petit tas sur une table. Il plia jusqu'à ses chaussettes. Pauline se laissa tomber en arrière dans les coussins.

— Tu n'enlèves pas tes vêtements ?

— Ça veut dire qu'on saute les préliminaires ?

Elle avait l'air plus fâchée que sarcastique. Elle passa son pull par-dessus sa tête.

— Aïe, c'est quoi, ça ?

Quelque chose l'avait piquée au coude, et, malgré la saison, elle crut d'abord qu'il s'agissait d'une guêpe. Elle enleva un des coussins, et pour la deuxième fois en vingt-quatre heures elle se retrouva nez à nez avec Per Clausen.

23

Il était une heure du matin quand les experts eurent terminé et que le cadavre de Per Clausen put être déplacé.

Konrad Simonsen avait renvoyé Arne et Pauline chez eux à son arrivée. Il n'y avait aucune raison pour qu'ils restent, et il préférait ne pas s'encombrer de leur présence. En outre, Arne avait été passablement secoué par leur trouvaille, ce qui étrangement n'avait pas été le cas de Pauline. Lui-même était resté, même si sa présence était tout aussi superflue, et qu'il aurait mieux servi l'enquête en faisant sa nuit de sommeil. Au lieu de cela, il s'assit derrière le bureau du professeur, suffisamment loin de la salle de repos pour qu'aucun technicien ne se sente obligé de l'expulser, et il attendit patiemment qu'on enlève le concierge. De temps en temps il dodelinait de la tête et s'endormait un court instant. Sur le bureau devant lui il avait posé le reçu d'un appareil photo Canon SX100, la seule chose intéressante qu'il ait trouvée dans le portefeuille du mort. Il avait été acheté la veille dans un commerce du centre de Copenhague pour deux mille quatre cent cinquante couronnes. L'appareil lui-même était introuvable, et il n'avait aucune idée de ce à quoi il avait pu servir. La seule chose dont il était à peu près certain, c'était que Per Clausen n'avait pas gardé le reçu par hasard, bien au contraire. Il était là pour que Konrad le trouve.

Il avait dû s'endormir, et il sursauta quand une femme de la section technique lui toucha doucement l'épaule et dit :

— On est prêts, dois-je appeler l'ambulance ?

Quelques secondes passèrent avant qu'il ne retrouve ses esprits, puis il dit :

— Non, je veux le voir un peu.

— Mais l'équipe est fatiguée, tout le monde a envie de rentrer.

Konrad se leva et la remballa :

— Vous me posez une question, je vous donne une réponse. J'ai besoin de l'avoir pour moi seul maintenant, mais ça ne prendra pas plus de dix minutes.

— OK. Vous sortirez quand vous aurez fini ?

Il faillit lui demander si elle pensait vraiment qu'il allait passer la nuit dans ce local, mais se contenta de dire :

— Oui, évidemment.

Elle sortit et ferma la porte derrière elle. Il tira une chaise et la plaça à côté du corps de Per Clausen. Puis il s'assit et observa longuement le mort, comme s'il pouvait de cette façon découvrir quelques-uns des secrets du concierge. Les yeux et la bouche du cadavre étaient ouverts, les dents cariées et les pupilles mates tournées vers Konrad de façon grotesque. Un dernier rictus railleur depuis l'au-delà.

Après un moment, il dit :

— Tu es un homme étrange, Per. Tu rends tout ce qui est simple compliqué et tordu au possible. Tu aurais pu te suicider hier matin, chez toi, au calme. Si je peux me permettre. Mais c'était beaucoup trop facile pour un homme de ton calibre. Tu devais d'abord me montrer ce dont tu es capable. Les pizzas, l'incendie, ton interrogatoire absurde, ton escapade soigneusement préparée, et maintenant cette salle pleine de coussins pour ton propre meurtre. Je ne suis même pas sûr de ne rien oublier.

Il se pencha et ferma les yeux du cadavre.

24

Five paedophiles executed in Denmark.

Le titre du mail allait droit au but. Quant au contenu, c'était un tendancieux imbroglio de fiction et de faits. Pour protéger l'exportation de pornographie infantile du pays, l'Etat dissimulait le fait que les cinq hommes exécutés étaient des pédophiles. De plus, le Danemark acceptait et soutenait les réseaux pédophiles et leurs sites Internet tout en refusant de conclure des accords de collaboration durables avec les polices des autres pays de l'Union européenne. Les peines pour abus sexuel sur mineur étaient ridiculement faibles et cachaient en vérité une acceptation de fait de ce genre d'agissements. Deux exemples concrets étaient brièvement exposés. Pour finir, le lecteur était invité à faire passer le message tout en signifiant ses protestations par écrit à l'ambassade du Danemark à Washington.

Cinq cent mille mails furent expédiés dans la nuit du mercredi à des adresses américaines aléatoires. Per Clausen avait choisi le pays destinataire, et son argumentation n'avait admis aucune contradiction. C'était un jour de mai, le groupe savourait le soleil et un verre de vin blanc sur la terrasse d'Erik Mørk, tandis qu'ils planifiaient la campagne de mailing. Per Clausen dit :

— Les USA sont le berceau des théories du complot, ils ont une longue tradition : les extraterrestres de Roswell, les débarquements sur la Lune, sans parler des services de renseignement qui, comme chacun sait, se débarrassent régulièrement des présidents et des stars du showbiz, enfin, quand ils trouvent le temps, entre deux rails de coke. Il y a toujours des personnes à l'esprit un peu dérangé et toutes sortes de cercles bizarres pour faire passer le message. Et tout ça sous la forme d'une vérité inéluctable que seuls des idiots ou des experts de la tromperie pourraient mettre en doute.

Grimpeur, Erik Mørk, Stig Åge Thorsen et Helle Smidt Jørgensen acquiescèrent. Aucun d'entre eux ne ressentait le besoin de contredire Per Clausen, qui continua d'enfoncer des portes ouvertes :

— Et puis les Danois admirent les States. Beaucoup refuseraient de l'admettre, mais ce qui se passe aux USA dicte l'ordre du jour dans nos médias, et une rumeur déformée qui s'installe dans les médias est beaucoup plus tenace que cinquante mille *junk mails* envoyés à des adresses danoises. Que ce soit la vérité, de la foutaise, ou – comme dans notre cas – un peu des deux, ça n'a pas grande importance. Si c'est un sujet de discussion aux USA, ça contaminera inévitablement le Danemark.

Ce fut Stig Åge Thorsen qui interrompit le monologue de Per Clausen. Hésitant, le paysan dit :

— OK, Per, envoyer des mails aux USA, moi ça me va, mais... J'ai vu une émission sur ce débarquement sur la Lune, là...

Per Clausen se fendit d'un large sourire. Erik Mørk ouvrit les bras et prit la parole :

— On a tous compris l'idée. Combien d'adresses mails tu as dit que je devais trouver ?

— Cinq cent mille. C'est un grand pays.

La campagne décolla réellement à Baltimore, où un programmeur informatique frustré reçut le message sans faire preuve du moindre sens critique. L'homme venait d'être licencié après neuf années prospères chez Ericsson, le fabricant de téléphones mobiles suédois. Il avait été victime d'une réduction d'effectifs, ce qu'il trouvait profondément injuste, et il le prit comme une attaque personnelle. Pas très calé en géographie, il était persuadé que le Danemark était une région de la Suède. La véracité du mail ne faisait aucun doute. L'absence de morale à Stockholm était bien connue, et il n'était pas surpris que ce soit encore pire en province. En guise de vengeance pour son licenciement et pour la bonne cause, il réexpédia le message à soixante mille employés de la firme. Il écrivit par ailleurs sa propre version abrégée du message, qu'il expédia à deux cent cinquante mille clients Vodafone *via* son serveur SMS à Londres. Il ne pouvait pas être viré deux fois.

Bien entendu, la plupart des mails furent éliminés par les filtres anti-spams ou supprimés par les utilisateurs, mais quelques-uns passèrent entre les mailles du filet et se multiplièrent. Par exemple chez un baron du bois propriétaire d'une grosse compagnie à Knoxville, dans le Tennessee.

C'était un homme de quatre-vingt-treize ans, qui avait émigré dans son enfance avec ses parents depuis Onsild, dans le Himmerland. Il n'avait jamais remis les pieds au Danemark, mais se souvenait parfaitement du vieux pays, avec ses champs de blé dorés ondulant sous le vent, et des petites fermes idylliques, où les roses trémières tapaient contre les fenêtres penchées. Il se souvenait du soleil couchant, et des bougies qu'allumaient les Danois, s'ils n'enfilaient pas leur bonnet de nuit pour aller s'enfoncer dans le foin, épuisés après une dure journée de lutte contre les spergules et autres mauvaises herbes. Quand l'émigré danois lut le mail, il laissa sa colère éclater – elle avait toujours été en lui et ne s'était pas adoucie avec les années.

Aux Etats-Unis il s'en était brillamment sorti, très brillamment même. Il était l'unique propriétaire de presque quatre-vingts usines de bois réparties sur tout le territoire. Un empire qu'il avait construit et dirigé d'une poigne de fer toute sa vie. Quelques années plus tôt, il avait été contraint d'abandonner la direction et se contentait depuis de surveiller ses nombreux marchés depuis le conseil d'administration. En d'autres termes, il se mêlait de tout et pourrissait le quotidien d'une poignée de directeurs, qui devaient courir en tous sens et danser selon ses humeurs et ses lubies.

Le corps frêle du vieillard frémissait de rage à l'idée que quelqu'un se permette d'accuser ses anciens compatriotes de laxisme à l'égard des amateurs d'enfants. Deux des principaux cadres de son groupe reçurent l'ordre de travailler, sous sa direction, à une réponse pertinente à ce mail outrageux. Ils rédigèrent ensemble un petit mémorandum dont il ressortait que le Danemark punissait sévèrement la perversion et la prostitution infantile. Les délinquants sexuels risquaient des dizaines d'années de travaux forcés qu'ils passeraient à tailler des pavés dans les carrières royales. C'était ainsi que le vieil homme voyait les choses. Ses deux sous-fifres étaient parfaitement conscients qu'il s'agissait dans le meilleur des cas d'idées utopiques, et dans le pire de démence, mais ils avaient tous les deux une famille à nourrir et ne souhaitaient pas perdre leur travail à cause de la jurisprudence d'un royaume européen de second ordre.

Le papier fut exposé sur les tableaux d'affichage des soixante points de vente de bois. Personne ne le lisait, en dehors du personnel qui s'amusait beaucoup des idées farfelues d'un vieil imbécile. Ainsi, la rumeur semblait s'être ramifiée en un nouveau cul-de-sac. Mais à l'accueil de l'un de ces points de vente, une cliente attendait qu'on lui fasse un double de clef. Animatrice de l'émission de radio la plus populaire de Chattanooga, elle était sans cesse à la recherche de ces petites histoires étranges aux chutes invraisemblables, que les gens aiment tant. Elle demanda à deux employés ce qui les faisait rire.

Durant sa progression vers l'ouest, la campagne suscita un certain intérêt et, dans l'une de ses nombreuses transformations, le mail devint une image. Une image d'une efficacité bien supérieure à n'importe quel mot choisi par Per Clausen et Erik Mørk.

Deux agences de presse relativement sérieuses, respectivement basées à Madison et Indianapolis, avaient publié l'histoire de la pendaison de cinq pédophiles danois tout en ajoutant que la police danoise masquait la vérité au grand public. Toutes deux indiquaient Internet comme source, ce qui revenait à avouer que ces informations ne pouvaient avoir valeur de vérité. Mais il n'y eut que de très rares personnes pour s'en formaliser. Un homme d'âge moyen de Tucson, dans l'Arizona, entendit la nouvelle par sa voisine qui prenait manifestement un vif plaisir à faire tourner l'information. Une exécution rapide suivie de mutilations était de son point de vue un traitement normal pour ce genre de monstres, et le Parlement, ici, à Phoenix, devrait vraiment en prendre de la graine. Cette brève conversation par-dessus une haie inspira l'homme. Il gagnait sa vie comme artiste peintre. Il était spécialisé dans les enfants en pleurs, et ça marchait bien. De nombreuses toiles représentant des portraits d'enfants malheureux étaient accrochées dans les salons du Midwest, et ses travaux étaient largement demandés.

Ce n'était peut-être pas un grand artiste, son répertoire était trop étroit et son talent trop mince, mais peu de gens savaient comme lui saisir le désespoir et l'impuissance de ces gamins oubliés de Dieu, mais pas des curés. De froids picotements et quelques tics incontrôlables se mirent à traverser son visage, son cou puis son ventre. C'était habituel quand il travaillait. Il dit une prière, puis alla dans son atelier et se mit à l'œuvre. Huit années à la Cleveland Catholic Mercy School avaient marqué son âme et son corps de la peur séculière de Dieu.

25

Dans la journée du mercredi, l'enquête s'accéléra. La matinée avait été molle et plus ou moins infructueuse, mais l'après-midi se révéla très constructif. Konrad Simonsen résumait le programme de la journée dans son bureau, au poste de police de Copenhague. N'ayant pas grand-chose à raconter, il passa rapidement la parole à Poul Troulsen.

Le système de recoupage de données de Malte Borup avait montré son efficacité. L'application était codée de manière à rechercher les coïncidences à mesure que des données lui étaient fournies. Il revenait ensuite à un cerveau humain de déterminer si ces coïncidences étaient dignes d'intérêt et devaient être approfondies. La majorité ne l'était pas : deux pédagogues qui par hasard étaient tous deux à Oslo pendant les vacances d'automne, un voisin qui portait le même nom que le principal adjoint de l'école. Une facture de chez Bagsværd Charpente, en revanche, fut recoupée avec la déposition d'un professeur relative à l'utilisation des machines de travaux manuels par le concierge le soir.

La visite de Poul Troulsen chez le marchand de bois avait produit des résultats. Il raconta :

— Per Clausen a acheté début mars les matériaux pour construire les trappes de l'estrade. C'était une transaction privée, mais il s'est servi du compte de l'école. Probablement pour avoir une ristourne, ce qui n'est ni anormal ni interdit, mais l'achat parle de lui-même.

Il brandit une facture verte pour que tout le monde puisse la voir, et lut :

— Boulons à tête ronde, charnières, loquets, crochets, et pas moins de trois rouleaux de plastique de recouvrement.

Nous avons de toute évidence un premier marqueur de préméditation dans l'organisation des exécutions. De plus, cela étaie parfaitement la thèse des experts d'une scène dont…

Konrad le coupa :

— Excellent travail, Poul, mais il va falloir nous faire grâce de tes réflexions. Je n'ai malheureusement pas beaucoup de temps, les gars des finances m'attendent.

— Je croyais que tu avais les mains libres de ce côté-là dans cette affaire ?

— Les mains libres, ça ne veut pas dire qu'on peut laisser exploser les frais.

— C'est le cas ?

Konrad Simonsen s'autorisa un sourire.

— Pas la moindre idée, mais je suis sûr que les trois comptables qui m'ont convoqué le savent, eux. Arne, c'est ton tour.

Arne Pedersen revenait de Malmö. Son travail était de faire la lumière sur la vie de famille de Helene Clausen entre 1987 et 1993. Le voyage même s'était révélé superflu. La conversation téléphonique demandée par Konrad entre le directeur de la police nationale et son alter ego de Stockholm avait suffi. La police suédoise avait fait preuve d'efficacité et donné la priorité à l'affaire, mais personne n'avait voulu impliquer Arne Pedersen, pour la simple raison que c'était inutile. Il avait donc passé trois heures passionnantes au château de Malmö, où se trouvait le musée de la ville. De retour au poste de police de Kirseberg, il avait réceptionné deux rapports, l'un en suédois et l'autre en anglais. Cinq pages d'une écriture serrée qui auraient représenté un brillant exemple de collaboration efficace entre polices scandinaves si les Suédois n'avaient pas fait tout le travail.

Son intervention fut brève :

— Tout semble indiquer que Helene Clausen, pendant son enfance en Suède, a été soumise à des abus sexuels commis par son beau-père. Ni sa mère ni son beau-père n'ont voulu s'exprimer, mais plusieurs sources indépendantes proches de la famille confirment cette hypothèse. Le fait que plus tard, une fois Helene Clausen plus grande, le beau-père ait cherché d'autres terrains de chasse, la renforce encore. En 1992, il a été inculpé pour deux affaires de violences sexuelles sur mineurs. L'affaire a été classée, faute de preuve.

Il frappa d'une main sur le rapport.

— Il y a aussi un rapport assez clair d'une psychologue qui estime que le secret professionnel n'est plus de rigueur. Du reste, c'est elle qui a recommandé le retour au Danemark de Helene Clausen.

— Et Helene Clausen elle-même ? lança la Comtesse. Elle ne s'est confiée à personne ?

— Apparemment non, dans tous les cas pas directement à la psychologue. Elle s'est fermée et a essayé d'oublier, ce qui est assez courant. D'un autre côté, nous ne savons rien de ce qui a pu lui arriver pendant l'année qu'elle a passée au Danemark.

Une fois de plus, Konrad mit la pression.

— Il faut qu'on regarde ça de plus près, mets deux hommes là-dessus. Autre chose, Arne ?

A vrai dire, il y avait autre chose. Par deux fois des collègues suédois lui avaient demandé sur le ton de la confidence si la police danoise cachait l'orientation sexuelle des victimes. Il avait nié, mais il était évident qu'on ne l'avait pas cru. Il aurait volontiers rapporté ces incidents, si le programme de Konrad avait permis les discussions d'ordre secondaire. Ce n'était de toute évidence pas le cas, il se contenta donc de secouer la tête. Les faits n'en étaient pas moins troublants.

Si le voyage de Pauline Berg à Roskilde n'avait pas non plus manqué d'étrangeté, il s'était en revanche avéré utile. Le garçon qui jouait avec son cousin à l'école Langebæk le mercredi précédent s'était révélé être un gamin intelligent et plein de bonne volonté. Il avait les cheveux blonds en bataille, les oreilles décollées, des taches de rousseur et une façon de parler sincère et directe. Avec l'aide de la mère, Pauline avait obtenu à une vitesse étonnante le récit de la journée d'automne où l'enfant et son camarade de jeu avaient ramassé des pièces de métal. Pour stimuler sa mémoire, ils avaient tous les trois reproduit le jeu sur le sol du salon, et la méthode avait porté ses fruits. L'enfant s'était brusquement souvenu qu'à un moment il avait été chassé par un homme qui ressemblait au père de Buller. Buller était un camarade de jeu. Le fait avait frappé Pauline, et la mère, comprenant parfaitement que le témoignage de son fils pouvait être important, avait essayé de lui faire approfondir la description.

Pas à pas, elle avait examiné différentes caractéristiques en procédant par comparaison. Ils avaient détaillé le père de Buller de la tête aux pieds, mais n'avaient rien trouvé qui permît d'identifier l'inconnu de l'école.

Le téléphone avait sonné juste à ce moment-là, et la mère les avait abandonnés. Pendant ce temps, l'enfant avait déclaré sur le ton de la confidence que l'homme ressemblait au père de Buller parce qu'il conduisait un bus. Il connaissait même l'expression *chauffeur de bus*. L'information était d'une grande importance, et amenait de nouvelles questions que Pauline avait choisi de garder pour elle jusqu'au retour de la mère. Mais lorsque celle-ci était revenue, elle lui avait demandé de quitter les lieux d'un ton sec et sans donner d'explication. Un instant plus tard, Pauline passait la porte qui claqua immédiatement derrière elle.

Konrad Simonsen dit :

— Etrange. Et tu n'as pas la moindre idée de la raison de son revirement ?

— Absolument aucune. Elle m'a jetée dehors en une seconde. Qu'est-ce que je pouvais faire ?

— Rien. Tu ne pouvais rien faire d'autre, ce genre de chose arrive. On ne peut pas avoir de la chance chaque fois.

Pauline rougit, Arne observa le plafond, et Konrad, impassible, enchaîna :

— Ce qui me fait penser que Per Clausen s'est suicidé avec une solution de potassium. Le légiste a appelé. Et puis j'ai arrêté les examens techniques supplémentaires, ce serait une perte de temps et d'argent. Il doit y avoir des dizaines de personnes qui…

La Comtesse le coupa et obtint immédiatement l'attention générale. Personne d'autre n'interrompait le chef.

— Konrad, je peux confirmer le bus. Ça t'intéresse ?

— Bien sûr, bien sûr. De toute façon, j'avais fini.

Plus tôt dans la journée, un miracle s'était produit. Sous la pression, la psychologue en chef Ditte Lubert avait baissé sa garde et collaboré avec les autorités. La Comtesse raconta :

— La mairie de Gladsaxe a fait sa part de l'enquête, les comptes de l'école Langebæk ont été examinés à la loupe. Un employé s'est étonné de trois appels téléphoniques passés à Pretoria, en Afrique du Sud. Il a contacté la compagnie de téléphone pour savoir si des appels semblables avaient eu lieu pendant les vacances d'automne, et c'est le cas. Ensuite il est venu m'en informer.

Révolté par la psychologue, Poul Troulsen prédit la suite des événements.

— Alors cette folle nous prend la tête pour du vol de communications internationales.

— Exactement. J'ai appelé le numéro et je suis tombé sur un répondeur disant qu'Ingrid Lubert était absente pour le moment. J'ai donc contacté son beau-frère pour voir où en était notre affaire, vous savez, l'avocat. Et il s'est montré extrêmement coopératif. Premièrement, il a confirmé que son autre belle-sœur était bien détachée en Afrique du Sud par la fondation Danida, et ensuite il a promis de parler encore une fois à Ditte Lubert. Mais apparemment il y a eu de la friture sur la ligne à ce moment-là.

Elle posa sa main sur son oreille et mit tout son talent à mimer une mauvaise liaison. Puis elle rit un court instant.

— Quand la connexion s'est rétablie, il voulait s'assurer qu'il m'avait bien comprise, que j'avais bien dit qu'un usage illégal d'un téléphone public pouvait amener sa belle-sœur à perdre son titre de psychologue en chef et à se voir reléguer au simple rang de psychologue. A moins qu'elle ne répare les dégâts en aidant la police, ce que je ne pouvais pas refuser. Vingt minutes plus tard, Ditte Lubert était là. Sans avocat.

— Tu as dû prendre ton pied, commenta encore Poul.

— Comme pour une visite chez le dentiste. Elle était furieuse, mais elle s'est calmée et a avoué qu'elle avait appelé sa sœur mercredi dernier. Pour faire des économies, elle s'est servie du téléphone de l'orthophoniste. La conversation a duré de 13 h 21 à 13 h 54, on le sait grâce à la facture. En repartant, elle a vu un minibus blanc qui sortait par l'accès arrière de l'école. C'était aux alentours de 14 heures, mais c'est tout ce qu'elle a vu. Je l'ai pressée autant que possible, mais elle n'a pas pu m'en dire plus. Cette fois ce n'était pas de la mauvaise volonté.

Arne Pedersen demanda :

— Mais elle est sûre que c'était un *mini*bus ?

— Tout à fait sûre. Malheureusement il en existe beaucoup de versions, de huit places pour les plus petits à vingt pour les plus grands. Je lui envoie un expert automobile demain, mais je doute que ça serve à quelque chose.

Konrad reprit.

— On sait au moins comment les victimes sont arrivées à l'école. En revanche qui ils sont, pourquoi on les a tués et pourquoi ils ne manquent à personne, mystère. Evidemment, quantité de gens nous ont contactés, mais ça n'a encore rien donné. Le plus logique, c'est qu'on les croit en vacances et qu'ils ne manquent pas encore à l'appel. Comtesse, tu organises une nouvelle ronde dans le voisinage à propos du minibus blanc ? Je suis désolé, mais ce soir, de préférence.

La Comtesse accepta, et Pauline se joignit à elle. Elle se sentait une dette.

L'avant-propos était terminé. Konrad se leva et se planta au beau milieu de la pièce. Ses collègues le suivaient des yeux tandis qu'il se balançait de gauche à droite, rassemblant ses pensées. Puis il prit une profonde inspiration et, copiant l'habitude de Kasper Planck, se mit à poser des questions, alors que lui-même détestait être dans le rôle du candidat.

— Quelle est la différence entre une exécution et un meurtre ?

Personne ne répondit, la question étant visiblement destinée à Konrad lui-même.

— L'exécution est légitime, le meurtre illégitime. L'Etat a le droit de tuer ses citoyens. Les citoyens n'ont pas ce droit les uns par rapport aux autres. Fondamentalement, l'acte est le même dans les deux cas. Et pour la personne mise à mort, la différence entre se faire couper la tête par un bourreau ou étrangler par un voisin est anecdotique. Mais bien sûr, que ce soit d'un point de vue juridique ou sociologique, il y a un monde entre les deux. Le bourreau maintient l'ordre de la société, le voisin meurtrier le détruit. *Ordre* est justement un mot clef.

Les mots se multipliaient. Peut-être parce qu'il était du genre à apprécier les angles droits et les liaisons logiques. Quand il se tut enfin, aucun de ses collègues ne doutait plus de la complexité intrinsèque liée au mot *exécution*. La Comtesse résuma aimablement :

— La cérémonie d'exécution sert à différencier l'acte d'un simple meurtre de masse. Mais…

— Exactement, *mais* ! reprit Konrad. C'est l'exception qui est intéressante, et laissez-moi par la même occasion vous demander de ne plus utiliser le mot exécution. La grande question, c'est : pourquoi les mutilations ? Ça ne colle pas au modèle, elles contredisent tout ce que je viens de dire. Par conséquent, soit je me trompe avec mes histoires d'ordre et de légitimité, soit les mauvais traitements ont été si impérieusement nécessaires que les coupables ont dû s'adapter à leurs répercussions ultérieures.

La Comtesse suivit :

— Identification ?

— Oui, c'est l'explication la plus logique. Mais ceux qui sont derrière tout ça doivent bien savoir qu'on finira par découvrir l'identité des morts, quels que soient les dégâts causés aux corps.

Cette fois, Arne entra dans l'arène.

— Ils ont gagné du temps.

— Oui, probablement. Dans tous les cas, ça pose des questions intéressantes. Si tu as raison, à quoi va leur servir ce temps ? De plus, s'il est logique d'abîmer leurs visages et d'enlever leurs vêtements, pourquoi trancher leurs mains ? Ça n'a de sens que si les empreintes digitales des victimes sont fichées, donc si ce sont d'anciens condamnés. Et pour les parties génitales, qui ne peuvent absolument pas servir à l'identification ? Pensez à ça. Discutez-en entre vous sur votre temps libre. Et revenez me voir si vous pensez avoir trouvé des réponses ou – tout aussi important – de bonnes questions.

Tout en parlant, Konrad s'était dirigé vers la porte. Il comptait se sauver en douce dès la fin de sa petite conférence, mais son projet échoua lamentablement. Malte Borup se tenait juste derrière la porte avec une feuille de papier. Il était resté là longtemps, sans oser l'interrompre. Sa patience fut encore mise à l'épreuve quand Arne Pedersen se précipita pour le flanquer dehors. Konrad était irrité :

— Ça peut attendre, Arne ?

Arne ignora la question, ce qui en soit était déjà une réponse.

— Elle m'a appelé il y a une heure. Comme tu l'avais prévu.

— Qui a appelé ?

— Anni Staal, de *Dagbladet*.

— Et qu'est-ce qu'elle a dit ?

— Ben, ça a pris du temps. Elle était très prudente, et, de mon côté, je me suis fait prier, j'ai joué la retenue… Un sacré rôle de composition…

Konrad l'interrompit :

— Conclusion ?

— Je lui donne des nouvelles quand j'en ai, et elle… Comment dire… Me dédommage pour mes efforts. Bordel, Konrad, on dirait une série B américaine, ça te ressemble pas du tout. Et qu'est-ce que je vais faire de cet argent…

Konrad le coupa de nouveau, cette fois les mains levées devant la poitrine, comme pour se protéger.

— Ce que tu as dit à la fin là, je suis pas au courant.

— OK, OK, ça va. C'est une idée de Planck, non ?

— Oui, dans les grandes lignes.

— C'est illogique, presque stupide.

— Il a le sentiment que ça pourrait se révéler utile.

— C'est un sentiment illogique et stupide.

— Tu as raison, mais j'ai travaillé avec Kasper Planck pendant plus de vingt ans, et je peux te citer au pied levé au moins deux situations dans lesquelles ses sentiments illogiques et stupides ont sauvé des vies. Sans parler des multiples affaires que ses sentiments illogiques et stupides ont résolues. Mais tu es bien évidemment libre de te défaire de cet arrangement, si tu ne veux pas…

Cette fois, ce fut Arne qui l'interrompit. Désarmé, il mit fin au débat :

— Non. Je voulais juste t'informer.

Il s'écarta. Malte Borup était le prochain dans la file. Le jeune homme se précipita vers son chef à l'instant où il vit que la voie était libre.

Konrad déplia la note, la lut et demanda :

— Qu'est-ce que c'est que ça ?

— C'est partout. Partout, et il y en a de plus en plus. Blogs, newsgroups, sites, même les plus grands. FOX TV en a fait sa une, MTV aussi. C'est comme un super-virus, si ce n'est que les gens l'emportent eux-mêmes chez eux et le font tourner, et on peut déjà acheter des tee-shirts de…

Il hésita, observa le tour de taille de son nouveau chef et se tut.

Konrad écouta, s'efforçant à la patience. Il avait la mauvaise habitude d'être pressé quand il était sur une grosse affaire. Le garçon, lui, était tout à son histoire, certain de son intérêt. Konrad avait trop la tête ailleurs pour comprendre pleinement l'importance de la chose. Il regarda le papier à nouveau.

Le dessin était aussi simple que séduisant, avec ses quelques traits noirs façon esquisse. L'artiste avait croqué le désespoir même d'une main assurée. La perspective suivait la vision qu'un des pendus du fond avait dû avoir juste avant l'ouverture de la trappe. La personne qui observait l'image regardait donc pour ainsi dire à travers les yeux du supplicié. Devant lui, un peu plus bas, on voyait la nuque de ses compagnons déjà exécutés. Quelques espaliers rapidement dessinés sur la droite indiquaient que la scène se déroulait dans un gymnase. Mais ce qui attirait l'œil en tout premier, c'étaient les spectateurs. Tout en haut, le juge trônait tel un patriarche mangé aux mites : mi-dieu, mi-bouffon, des attributs poussiéreux posés près de sa main molle. Livre de la loi, foudre, balance de justice. Une transposition tragicomique inspirée de l'Antiquité, un regard empli de folie. Des mouches mortes tombant de sa perruque. Plus bas, des enfants de tous âges étaient assis sur le sol devant l'échafaud et fixaient tristement les condamnés à mort, tout à l'instant présent, comme autant de reproductions de la même idée. Patients, justes, sans pitié. On pouvait presque sentir la corde se serrer autour de son cou, et Konrad Simonsen se recroquevilla. Le titre était *Too Late*.

26

— Même si beaucoup d'entre vous me connaissent bien, il y a un fait essentiel de ma vie dont vous ne savez rien. Et c'est malheureusement un fait qui me poursuit du matin au soir, et dont je ne pourrai jamais me débarrasser, même si je devais vivre cent ans.

Erik Mørk était nerveux. Ses mots étaient hésitants, sans conviction. Un sentiment d'impuissance inhabituel le taraudait. Malgré son bégaiement maladroit, il avait capté l'attention générale dès qu'il avait ouvert la bouche. La plupart des personnes présentes étaient des employés de son entreprise, une petite poignée étaient ses amis personnels, et les derniers des inconnus que Per Clausen avait trouvés. Où et comment, Erik l'ignorait. Il savait juste qu'ils seraient à cent pour cent loyaux. Ce fut justement dans le regard appuyé d'un de ces inconnus qu'il trouva la force de continuer – une fille d'une rare beauté aux anglaises claires et aux yeux bleus réconfortants. Il éleva légèrement la voix et se lança.

— Quand j'avais cinq ans, mon père est mort, et mon beau-père s'est installé à la maison. A partir de ce moment-là et jusqu'à mes dix ans, où j'ai été placé dans un foyer, j'ai été violé trois, quatre, cinq fois par semaine. Eté comme hiver. Week-ends et jours de semaine, matins et soirs, année après année. Le viol faisait tellement partie de mon enfance que j'ai longtemps cru que c'était comme ça que ça se passait, que tous les enfants vivaient la même chose que moi. C'était juste une chose dont on ne parlait pas, de la même façon qu'on ne dit pas qu'on fait ses besoins. Adulte, j'ai compris que j'avais à la fois tort et raison. J'avais raison en pensant qu'on n'en parlait pas. Et j'avais tort de penser que violer un enfant était normal. C'est quelque chose de plus commun que ne le pensent la plupart, ou plutôt qu'ils ne préfèrent l'imaginer. Mais, heureusement, ce n'est pas quelque chose de normal.

Il évitait des mots banals comme *tabou* et *sentiment de culpabilité*. Son récit était simple et spontanément compréhensible. Basculer dans la psychologie aurait été une erreur.

— Vers mes dix ans, j'ai tenté d'assassiner ma mère, ce qui était un comportement illogique, mon enfance étant normale à mes propres yeux. Pourquoi pas mon beau-père, cela peut surprendre. Il était mon esprit malin, pas elle. Au contraire, elle me prévenait quand il arrivait en montant fortement le son de la télé. J'ai tenté d'écraser sa tête avec une marmite en fonte que j'ai lancée par la fenêtre de ma chambre un jour où elle était dans la cour à faire sa lessive. Nous habitions au troisième étage, et j'ai raté ma cible de plusieurs mètres. Mais l'intention était claire, et j'ai été placé au foyer Kejserstræde. Le premier jour, j'ai été violemment passé à tabac. Tout le monde recevait le même accueil. Le soir, allongé dans mon nouveau lit jaune et bleu, endolori comme après un accident de la route, j'étais l'enfant le plus heureux du monde.

Il laissa son regard courir sur ses auditeurs. L'assemblée était concentrée, personne ne mangeait, personne ne buvait, tous les yeux étaient fixés sur lui. Tous l'écoutaient intensément, immobiles et retenant leur souffle, comme s'il se confiait à chacun d'entre eux. Il sentit les larmes monter. Pas en raison de son enfance, mais parce qu'ils écoutaient et lui témoignaient du respect, de la solidarité. Pourtant, sa voix était toujours aussi ferme quand il reprit :

— D'autres que moi ont été violés. Peut-être même que j'appartiens aux plus chanceux, malgré tout ce que j'ai subi. Ma petite sœur est un exemple plus tragique encore que le mien. Elle m'a remplacé quand j'ai atterri au foyer. Malheureusement elle était plus sensible. Elle n'a jamais guéri de ses blessures. Un matin, elle s'est assise sur la voie ferrée du littoral avec son châle sur la tête. Elle allait avoir vingt-deux ans.

Il essuya avec deux doigts ses yeux humides avant de continuer.

— Je me suis souvent demandé à quoi elle pouvait bien penser, assise sur les rails, à l'approche du train dont les freins hurlaient. A mon beau-père ? A rien ? A elle-même ? A moi ? Je n'aurai jamais la réponse, mais je continue de me poser la question. Et le jour où elle est morte, je lui ai promis que quand je le pourrais, et quand le moment serait venu, j'écrirais sa nécrologie. Pas en racontant son histoire, qui est trop banale et serait vite oubliée, mais en posant une série de questions. Aujourd'hui j'en ai économiquement les moyens, et j'entends m'en servir. De plus, le moment est approprié. Les cinq hommes exécutés à Bagsværd étaient tous des pédophiles actifs, chacun avait de multiples viols sur la conscience. Comme vous le savez, des rumeurs courent depuis un moment, et mon informateur au sein de la section criminelle m'a affirmé que la police les confirmerait d'ici quelques jours. Mais, pour le moment, ces informations ne sont pas divulguées. Il n'y a aucun doute sur le fait que la pédophilie sera bientôt un sujet dominant dans les médias. Mes questions s'inscriront dans son sillage, elles montreront une autre vérité, donneront une perspective.

Il calcula habilement le moment d'allumer le projecteur pour ne pas trop attirer l'attention sur le sujet des hommes assassinés, et l'assistance se concentra naturellement sur la toile.

— Cette annonce paraîtra dans tous les grands quotidiens et tous les journaux gratuits demain matin.

Il leur laissa une minute pour lire. Ils semblaient stupéfaits.

— Ce sont bien entendu des chiffres pessimistes, mais beaucoup de chercheurs estiment qu'un à deux pour cent de la population a été victime d'abus pendant l'enfance. Ce qui signifie qu'environ cinq mille enfants entre cinq et dix ans sont en ce moment même exposés à des abus. Moi-même j'ai été violé près de huit cents fois, c'est ce que j'ai approximativement compté. Peut-être que je constitue une exception malheureuse parmi les malheureux. Je suppose que la moyenne du nombre d'abus sexuels subis par un enfant dans cette catégorie d'âge est de deux cents. Chacun peut maintenant sortir sa calculatrice. Je vous épargne les calculs intermédiaires, mon avis est que chaque jour, au Danemark, cinq cents enfants sont violés. Si j'ai raison, dites-moi quel est le plus gros problème de cette société. Les maisons de retraite ? Les écoles ? Les autoroutes ? Ou bien ces cinq cents enfants violés aujourd'hui même ?

Il se tut. Cette statistique donnait une certaine distance, comme les statistiques le font toujours, et le silence tendu se dissipa. Il était temps d'atterrir.

— Comme le dit l'annonce, je veux amener les gens à se faire leur propre idée, et pour ça j'ai besoin de votre aide. Mais, bien entendu, c'est à vous de décider de me l'apporter ou pas. Ceux d'entre vous qui font partie de mon entreprise ont aussi un choix à faire. Vous pouvez prendre un congé payé ces trois prochaines semaines sans toucher à vos vacances, ou vous pouvez rester pour m'aider. Si vous sentez au fond de vous que vous ne pouvez pas vous engager, je préfère que vous preniez un congé. Maintenant, allez faire un tour, discutez entre vous, réfléchissez, et revenez m'informer de votre choix.

Il éteignit le projecteur.

— Laissez-moi ajouter une chose. J'ai connu un homme intelligent, qui malheureusement est mort maintenant. Il m'a demandé si je pensais que le monde pouvait être changé par une poignée de personnes se battant contre l'ordre établi. Et il m'a lui-même donné la réponse, une réponse aussi simple que vraie : le monde a toujours été changé de cette façon.

Erik Mørk attendit avec impatience les premières réactions. Dans ses scénarios nocturnes, il avait imaginé quantité de possibilités différentes, mais aucune ne ressemblait à la réalité. La femme droit devant lui parla visiblement au nom de l'assemblée. Il l'avait *a priori* classée dans la catégorie des analytiques, inaccessibles par les sentiments. Il avait eu tort.

— Je n'ai pas besoin d'aller faire un tour. Dites-moi ce que je dois faire.

27

La nuit était glaciale, et Grimpeur grelottait sur la place d'Allerslev.

De temps à autre, il frottait ses bras pour faire circuler le sang, sans réel effet. Dans son métier, il était habitué aux travaux en extérieur, et il avait des années d'expérience dans la manière de s'habiller en fonction du climat. Cette fois pourtant, il avait sous-estimé le froid de la nuit. Son corps mince et sec, dénué de graisse superflue, ne constituait pas un rempart naturel contre le vent du nord qui balayait la place avec une intensité toujours plus grande.

Une bourrasque un peu trop forte à son goût l'obligea à lever les yeux vers le feuillage de l'arbre sous lequel il se tenait. Sa cime était illuminée à la fois par l'éclairage public et par une lune blanche et claire. L'arbre, prêt pour la coupe décisive, était très sensible au vent. Il plissa les yeux et conclut en professionnel qu'il n'y avait pas de danger immédiat. Sa victime viendrait bientôt pour commencer son travail. Voilà déjà une demi-heure que les journaux avaient été balancés en vrac devant la baraque à frites. Grimpeur se frictionna encore une fois et recula derrière le tronc de l'arbre, à l'abri du vent.

Soudain, il aperçut un homme avec une bouteille à la main qui titubait dans sa direction. Il s'enfonça plus encore dans l'ombre. Quelques instants après, des vapeurs d'urine s'élevèrent de chaque côté de l'arbre, et il entendit l'homme marmonner de façon incompréhensible. Il rabattit doucement sa visière pour cacher son visage au cas où il serait découvert. Puis il siffla d'une voix inaudible dans la nuit :

— Pas encore, Allan, personne n'est aussi chanceux.

Ces mots étaient destinés au commerçant. Au même moment, la lumière de la baraque à frites s'alluma. L'obscurité chassée, il retint son souffle quelques secondes, tendu, jusqu'à ce qu'il entende l'homme de l'autre côté de l'arbre s'éloigner. Il se pencha doucement et suivit le poivrot des yeux tandis qu'il tournait au coin d'une maison. Alors, il prit son bâton et traversa la petite place jusqu'à la baraque à frites.

Le vendeur accroupi s'affairait avec ses journaux et ne remarqua pas immédiatement qu'il avait de la visite. La voix, cette voix bien connue, qui ne pouvait pas être réelle, lui fit lever les yeux. Il avait l'air bouleversé.

— Bonjour, Allan. Salue ton frère.

Le solide bâton de hêtre de Grimpeur heurta le sommet de son crâne. Son corps s'écroula mollement, et sa tête atterrit sur un tas de journaux. Du sang gicla de son nez et se répandit sur les nouvelles du jour. Le bourreau fit un pas sur la gauche et mit toutes ses forces dans son deuxième coup. Il savait manier la hache et n'eut aucun mal à atteindre directement la nuque de sa victime. Dix secondes plus tard, il était de retour près de l'arbre, où il démarra sa tronçonneuse sans se soucier du bruit.

Un fracas assourdissant brisa l'aurore. Des vagues de bruit grondèrent à travers les rues, se répercutèrent sur les murs des maisons, firent trembler la terre et tirèrent la ville de son sommeil.

Grimpeur sourit dans l'obscurité et contempla son œuvre quelques secondes avant de disparaître.

28

Sur la place d'Allerslev, où près de cinq heures plus tôt Grimpeur avait fait tomber son arbre, la photographe de la police ramassa un journal. Une annonce avait attiré son attention. Le vent secouait violemment le papier, et elle le plia de façon que l'annonce seule soit visible. Elle lut et fut prise d'un sentiment d'écœurement, mais ces questions emplirent sa tête. Un pompier qui se tenait derrière elle posa une main sur son épaule.

— Je crois que vous devriez déguerpir un peu plus loin, ma p'tite dame.

La tournure de la phrase l'irrita fortement, et elle se tourna, pleine de colère, puis s'aperçut qu'elle connaissait l'homme. Il éclata de rire.

— Désolé, mais quand j'ai vu que c'était toi, je n'ai pas pu m'en empêcher, même si c'est vrai que tu es trop près. Il y a beaucoup de force dans un arbre pareil, des tensions imprévisibles. Tu n'as jamais entendu parler d'arbres dont le tronc éclate ? Quand le tronc n'est pas totalement détaché de la souche, il peut éclater et te transpercer comme un papillon, et ce serait du gâchis. Un mort, c'est largement suffisant.

Il fit un signe de la tête en direction du tronc, et elle suivit son regard. L'arbre recouvrait la plus grande partie de la place. Cinq personnes s'activaient autour de sa couronne, tous des hommes. Ils s'affairaient avec leurs petites tronçonneuses, déterminés mais prudents, autour de la baraque à frites détruite. Elle recula et laissa le vent emporter son journal. Toute la zone était déjà remplie de journaux virevoltants, un de plus ou de moins importait peu. Le pompier la suivit.

— Tu as l'air fatigué.

— Je le suis. J'ai travaillé toute la nuit et je devrais être dans mon lit. Tu penses qu'il faudra combien de temps avant que je puisse me mettre au travail ?

— Maximum dix minutes, on a presque terminé. Où tu as travaillé, cette nuit ?

— A l'Institut médicolégal de Copenhague. C'est vraiment dur, super macabre, mais très intéressant. Je fais partie d'une équipe composée de chirurgiens du visage, de modeleurs, de médecins légistes et d'experts en informatique. Certains sont étrangers. On est tous sous les ordres d'un vieux absolument adorable, qui pense malheureusement que le sommeil n'est pas aussi essentiel qu'on le dit. Donc je suis arrivée à Odense seulement vers dix heures, et on m'a appelée ici.

— C'est au sujet des pédophiles de Bagsværd ?

— Oui, c'est ça. Sauf que je ne sais pas s'ils étaient pédophiles. C'est un peu difficile à déterminer sur un cadavre.

Un type de la police scientifique l'appela. Il lui montra une bière à moitié vide qui gisait près de la souche de l'arbre. Elle lança un regard interrogateur au pompier et ne s'avança qu'au moment où il lui fit signe de la tête qu'elle le pouvait. Puis elle prépara son appareil photo. C'était une Carlsberg Elephant. Elle s'accroupit et sentit des effluves d'urine monter vers elle. Habituée, elle zooma sur la bouteille sans se laisser distraire par l'odeur. Ce n'est que lorsqu'elle eut terminé qu'elle fronça le nez et inspira une bouffée d'air. Presque au même moment, quelqu'un cria que la voie était libre.

Le policier qui lui avait montré la bouteille la mena au défunt. L'homme avait été frappé à terre. Il gisait sur le ventre, la tête vers elle, littéralement cloué au sol. Une solide branche de hêtre l'avait perforé au bas de la colonne vertébrale et lui avait transpercé le ventre, comme une flèche géante et vengeresse, tirée avec une violence insensée par un ciel rageur. Au premier regard, elle resta bouche bée de surprise. Son compagnon interpréta son expression de travers et l'entoura d'un bras protecteur. Elle le repoussa sans ménagement et fixa le visage du mort d'un air incrédule. Il n'y avait aucun doute.

La nuit même, elle avait photographié ce visage.

29

L'annonce remplissait une demi-page de journal. Elle était en couleur et avait dû coûter cher.

En haut, on voyait le portrait d'un garçon d'une huitaine d'années. Le grain de la photo et les cheveux clairs tombant sur les oreilles indiquaient qu'il avait été immortalisé dans le courant des années 1970 à 1980. En dehors de ça, il n'y avait rien de spécial à dire à son propos. L'enfant souriait timidement en direction de l'objectif, et avec un peu d'imagination on pouvait se dire qu'il aurait préféré que la séance photo se termine rapidement, pour pouvoir retourner jouer au football. Plus bas, l'annonce comportait un autre portrait, celui d'un homme tout à fait présentable, la trentaine, qui semblait vous regarder droit dans les yeux. Son regard était ferme et autoritaire, son expression sérieuse, dépourvue de sourire mais aussi de colère. On en venait naturellement à comparer les deux visages, mais il fallait avoir l'œil pour noter un lien.

L'encart situé entre les images, qui semblait avoir était rédigé avec une vieille machine à écrire, soulignait le message cru et direct. Quatre petits textes, écrits à la première personne, disaient que le garçon avait été abusé sexuellement. Que ceux qui étaient responsables de lui l'avaient trahi, et que l'homme qu'il était devenu avait gardé les sévices de son enfance cachés, par honte. Jusqu'à maintenant. La dernière partie était composée d'une série de questions. *Combien d'enfants grandissent comme moi ? Combien d'enfants sont violés au Danemark ce soir ? Dix ? Cent ? Cinq cents ? Mille ? A votre avis ? Vous ne vous sentez pas concerné ?*

Au lycée départemental de Roskildevej, une classe de terminale était en train de lire l'annonce. L'une des élèves en avait distribué des copies pour appuyer le récit qu'elle allait faire. Elle se tenait près du bureau du professeur et attendait patiemment, le professeur étant lui-même assis sur une chaise dans un coin. La fille faisait partie de ses meilleurs élèves, et elle n'avait pas dû insister beaucoup pour obtenir les dix premières minutes de son cours pour un usage personnel. En plus d'être douée, elle était très jolie, et il l'observait de haut en bas avec un regard qui recélait un tout petit peu plus qu'un simple intérêt pédagogique.

Quand tout le monde eut terminé la lecture, la fille parla calmement de son enfance. Sans haine ni pathos. Elle était émouvante, et jamais la classe n'avait été aussi silencieuse. Chacun de ses mots touchait juste, chaque phrase transperçait les élèves. Elle toucha le cœur de chacun comme personne avant elle, avec un récit capable de tirer des larmes d'une pierre. Tous se sentirent marqués, concernés – pour la première fois de leur vie.

Ce que personne ne savait, c'était que la fille avait méticuleusement préparé son discours. Elle savait que l'annonce viendrait, et que son récit devait être prêt. Elle avait passé beaucoup, beaucoup de temps devant son miroir à s'entraîner, jusqu'à ce que tout soit parfait : le ton de sa voix, le phrasé, le nœud dans la gorge, le rougissement spontané – jusqu'à la mèche de cheveux, qui tombait au moment opportun devant son œil. A l'intérieur, elle ne ressentait rien, que la soif brûlante de remplir son rôle d'incendiaire. Même si elle savait que ce n'était qu'un examen, et qu'une scène plus importante l'attendrait, plus tard.

En dix minutes elle avait terminé. Une larme scintillante au coin de l'œil, elle demanda à ses camarades de l'aider à diffuser le récit de son expérience. Parce que, à l'inverse de l'homme du journal, elle n'avait pas les moyens de passer de telles annonces. Les secondes suivantes, son souhait fut exaucé par des dizaines de pouces agiles retentissant comme autant de tambours sur les touches des téléphones portables, propageant rapidement l'histoire. Deux amies, qui avaient l'esprit pratique, échangèrent très vite leurs points de vue et constatèrent qu'elles étaient d'accord. Le shopping fut oublié, les jeans Diesel pouvaient attendre. Elles déposèrent sans chichis leur argent sur le bureau. Tous consultèrent leurs poches. Ceux dont les moyens étaient plus limités offrirent des cartes prépayées pour mobile.

Et l'étincelle prit feu. Telle une flammèche dans un tas de paille, la confession se propagea parmi les lycéens danois.

30

Konrad Simonsen scrutait le salon de Helmer Hammer. Il avait été bien restauré tout en conservant sa forme originelle, avec de hauts lambris en acajou de Cuba et de belles finitions en stuc au plafond. Le plancher avait été blanchi. Il regarda par la fenêtre, jusqu'à ce qu'un joggeur du même gabarit que lui faisant le tour du lac lui donne mauvaise conscience. Il quitta alors la fenêtre et inspecta l'autre côté de la pièce, où l'on trouvait quatre lithographies originales des éléphants naïfs de Hans Scherfig. Elles étaient très belles et convenaient parfaitement à la décoration du salon.

— Vous saviez qu'il était communiste ?

Il se retourna, surpris. Une jeune fille se tenait derrière lui. Elle avait dans les seize ans, des cheveux sombres emmêlés, portait un jean usé, un anneau dans le nez et du vernis écaillé rouge vif. Son pull en laine s'effilochait d'un côté, et elle portait deux Converse différentes, terriblement usées. Les lacets, manquants sur l'une, étaient défaits sur l'autre. Ses yeux clairs pétillaient d'intelligence.

— Mon père a tous ses livres, même les chroniques de *Land og Folk*. Il les collectionnait dans sa période rouge.

Ne sachant pas vraiment quoi répondre, Konrad se contenta de sourire d'un air avenant.

— Ton père t'a laissée toute seule ?

— Il est parti répondre au téléphone, ça avait l'air important. C'est toujours comme ça, c'est toujours important, et c'est très énervant. C'est vous qui devez trouver ceux qui ont exécuté ces cinq types de Bagsværd, pas vrai ?

— Oui, moi et beaucoup d'autres.

— J'espère que vous ne les capturerez pas.

Elle avait dit ça sans agressivité, simplement comme un point de vue dans une conversation, qu'on se devait de respecter. Malgré lui, Konrad fut impressionné par son assurance.

— Et pourquoi tu espères ça ?

— Parce que c'étaient des pédophiles, bien sûr.

La veille, il avait démenti cette rumeur au moins une dizaine de fois. Il y avait même eu un communiqué de presse, ce qui était – pour autant qu'il le sache – sans précédent. Les victimes n'ayant pas été identifiées, leurs tendances sexuelles ne pouvaient qu'être présumées, mais ses récentes conclusions semblaient montrer que la rumeur disait vrai. Il répugnait à commencer la journée là où il avait laissée la veille, qui plus est avant le petit-déjeuner. C'est pourquoi il ne chercha pas à la contredire. Et puis il était peu probable qu'elle laisse des faits ébranler ses convictions. Pourquoi le feraitelle, quand personne d'autre ne le faisait ? Il choisit un autre angle d'attaque, en la fixant droit dans les yeux.

— La dernière fois que j'ai jeté un coup d'œil au Code pénal, je n'ai vu nulle part qu'il était autorisé de tuer les pédophiles.

Elle soutint son regard sans la moindre hésitation. Sa voix était amicale, bien qu'un soupçon de moquerie s'y fût glissé, comme si elle instruisait un petit frère gentil mais pas très dégourdi.

— Si vous cherchez des choses qui sont autorisées, le Code *pénal* n'est pas un très bon choix.

Agacé, il détourna le regard.

Il fut sauvé par le père de la fille, qui avait enfin terminé sa conversation téléphonique.

— Si tu ne trouves pas rapidement ton sac de cours et le chemin du lycée, tu vas pouvoir commencer à chercher du travail pour remplacer ton argent de poche.

Sa colère était visiblement feinte. Il était fier de sa descendance, et on ne pouvait pas le lui reprocher.

— Oui, gentil papa.

Elle déposa un baiser rapide sur sa joue et se dirigea vers la sortie. Sur le seuil de la porte, elle se retourna vers eux et leur adressa un sourire à dégivrer un congélateur. Ses dernières paroles furent pour Konrad :

— Papa parle tout le temps en bien de vous, il vous aime bien. Il ne le montre pas, c'est tout. C'est l'une de ses faiblesses. Bon appétit.

Elle partit. Son lacet défait traînait dans son sillage.

Le petit-déjeuner fut excellent. Et l'échange qui suivit décourageant. Konrad avait de bonnes et de mauvaises nouvelles de l'Institut médicolégal. Il commença par le positif :

— Aujourd'hui je reçois les reconstructions faciales d'au moins deux des victimes. Et à ce qu'on m'a dit, elles sont suffisamment ressemblantes pour les montrer à la presse. Ça devrait nous mener à l'identification.

— Bien. Je me suis autorisé à passer un appel au professeur hier, mais, euh…

Le chef de bureau hésita.

— … il a affirmé que j'étais une illusion, et que je ne m'en étais pas encore rendu compte.

— Oui, il lui arrive d'être un peu à côté de la plaque.

— On peut dire ça.

— La prochaine fois, tu devrais peut-être passer par moi, j'ai plus de prise sur lui.

C'était un mensonge pur et simple. Personne n'avait prise sur Arthur Elvang, et surtout pas Konrad Simonsen. Il avait juste l'habitude d'être malmené.

Helmer Hammer acquiesça et reprit :

— Dans mon métier, il n'y a pas de demi-mesure. Soit on fait les choses, soit on ne les fait pas. L'idée, c'était que je dresse l'ordre du jour, calme l'opinion publique, te permette de travailler en paix, et ça n'a pas très bien réussi. C'est le moins qu'on puisse dire.

Il se tut un moment puis reprit :

— S'il y a bien une chose que les politiciens détestent, c'est de se voir poser des questions pertinentes auxquelles ils sont complètement incapables d'apporter des réponses. Je peux les comprendre, au fond.

Konrad prit la parole :

— Tu n'es pas magicien. Comment contrôler tous les on-dit, vraisemblables ou pas, qui circulent ? La plupart sont faux, certains sont même carrément absurdes.

Le chef de bureau sembla ne pas entendre Konrad et continua sur le même ton résigné :

— Le ministère des Affaires étrangères parle d'une véritable avalanche de mails à nos ambassades. Tous accusent les autorités danoises de dissimuler le fait que les cinq victimes étaient des pédophiles, et les médias se vautrent dans des spéculations à n'en plus finir sur le même thème. En plus de ça, les campagnes et les protestations contre le prétendu laisser-faire du pays en matière de viols d'enfants poussent comme des champignons. Particulièrement dans les lycées et les prépas. Enfin, le ministre de la Justice se cache, et je ne sais pas si c'est un avantage ou un inconvénient.

— J'ai peur que ça ne fasse qu'empirer.

— Tu déconnes.

— Non, malheureusement.

Il raconta comment Elvang l'avait contacté la veille au soir pour lui expliquer, à moitié étouffé de rire, que M. Centre avait été tué deux fois. Les traits de l'homme de la baraque à frites de Fionie et ceux du corps du milieu étaient tellement semblables qu'on ne pouvait parler de coïncidences. Il omit tout de même de parler de l'enthousiasme du vieil homme.

Helmer Hammer avait l'air souffrant.

— Un meurtre de plus ?

— Tout semble l'indiquer. Le professeur se trompe rarement, mais, comme je l'ai dit, nous aurons une réponse sûre dans la journée. J'appellerai, bien entendu.

— Je sens qu'il y a autre chose.

— Oui, il y a autre chose. Le propriétaire de la baraque à frites s'appelait Allan Ditlevsen et avait quarante-neuf ans. Il a été condamné deux fois, la première pour attentat à la pudeur envers un garçon de douze ans, et la deuxième pour abus sexuel sur une fillette de huit ans. Le père de la petite la louait quand il ne la violait pas lui-même. Cette dernière condamnation lui a valu dix-huit mois de prison ferme.

— La piste des pédophiles, donc.

— Oui, si on peut appeler ça comme ça. Et j'imagine qu'on peut maintenant, étant donné qu'il y a une circonstance supplémentaire qui nous tire dans cette direction. Une femme d'Århus s'est présentée hier au poste de police local et a affirmé que son mari, Jens Allan Karlsen, avait été tué à Bagsværd. L'homme était censé être en vacances en Thaïlande, mais il n'a jamais appelé sa femme comme c'était convenu. Nous avons pu établir une concordance entre l'oreille de M. Sud-Ouest et celle de Karlsen à partir d'une photo de famille. Les techniciens n'ont pas de doute, mais l'ADN du frère nous donnera une réponse définitive dans la journée.

— Et Jens Allan Karlsen était pédophile.

— Jens Allan aimait “être au lit avec des enfants”. C’est une citation de sa femme, qui avait interdiction formelle de se mêler de ça. Maintenant il est mort, et elle a donc décidé d’aider un peu la police. Elle est parfaitement crédible. Je lui ai moi-même parlé au téléphone.

Il laissa de côté l’enfance de Helene Clausen en Suède, des spéculations supplémentaires étaient inutiles.

— Ce que tu es en train de me dire, c’est que la rumeur pédophile est vraie.

Konrad Simonsen prit le temps de réfléchir. Il y avait beaucoup de réserves à faire et de facteurs inconnus à évoquer, mais il les sauta tous et répondit d’une voix ferme :

— Oui.

Le mot eut visiblement un impact sévère sur le visage déjà tendu de Helmer Hammer.

— T’as une cigarette ?

— Non.

— Tu mens.

— Oui, mais tu n’en auras pas.

Ils rirent. D’une certaine façon, cela leur fit du bien. Comme un petit refuge au cœur du maelstrom. La voix du chef de bureau était légèrement plus claire quand il reprit :

— Ça va ressembler à des aveux s’il se trouve que tu as raison. Comme si on nous avait extirpé la vérité. C’est inquiétant, aussi pour toi.

— Pour moi ?

Konrad était franchement surpris.

— Pourquoi ce serait inquiétant pour moi ?

— Tu viens de rencontrer ma fille. C’est une fille tout à fait normale, bien qu’elle fasse tout son possible pour ne pas l’être. Et tu as toi-même entendu ce qu’elle pensait de l’enquête. Imagine-toi que son opinion se répande, ce à quoi, soit dit en passant, ses camarades de classe et elle travaillent jour et nuit.

— Aucune personne saine d’esprit ne peut croire sincèrement qu’on éradiquera la pédophilie en tuant les pédophiles.

— Non, rien d’aussi excessif. Mais une acceptation tacite de ce qui s’est passé par la population. Quelles seraient les conséquences sur ton travail ?

— Ce serait destructeur, bien sûr.

— Exactement. Tu crois que c'est maîtrisé ?

Konrad sentit qu'il commençait à transpirer. Pas à cause de la conversation, mais son radiateur intérieur fonctionnait mal de temps en temps, particulièrement ces derniers temps. Il desserra sa cravate et s'essuya le front avec une serviette. Cela aida un peu. Alors il demanda :

— Maîtrisé comment ?

— Maîtrisé comme prévu, programmé, organisé.

— Qui ce serait ?

— Je n'en sais rien, mais si les mails sur les pédophiles disent vrai, ça ne peut pas être simplement considéré comme des rumeurs. Quelqu'un devait donc savoir à l'avance ce qui se passerait. On peut pas deviner ce genre de chose par soi-même. Tu y as forcément pensé toi aussi.

L'idée lui avait bien traversé l'esprit, mais il l'avait repoussée rapidement. Les conjectures sur des bases incertaines étaient une perte de temps, sachant qu'il disposerait tôt ou tard d'éléments tangibles. Et jusqu'à la veille au soir, il avait eu tout son temps, mais le dernier meurtre et le navrant tableau d'une opinion publique hostile avaient changé les choses. Ce n'était qu'à l'instant qu'il en prenait vraiment conscience.

Konrad Simonsen mit la main dans sa poche et en sortit ses cigarettes.

31

L'église avait une sacrée allure dans la lumière tombante de ce soir d'automne. Les murs blanchis à la chaux resplendissaient, et le quartz du granit à leur base scintillait comme mille gouttelettes d'eau.

La main en visière, Erik Mørk observait le bâtiment. La nef et le chœur étaient typiquement romans, avec les arcs en plein cintre, les fresques, les corniches finement ciselées. Le clocher, le porche et la sacristie, érigés quelques siècles plus tard, en gros blocs de granit, étaient de style néogothique. Les murs du cimetière dataient du Moyen Age, et l'horloge était un ouvrage au mécanisme classique du milieu du XVIIIe, en fer forgé laqué noir. D'après ce qu'il savait.

Il n'était pourtant pas un spécialiste dans le domaine de l'architecture. Mais il était arrivé tôt pour s'imprégner en toute tranquillité des lieux et repérer une éventuelle présence policière. Ça n'avait pas duré longtemps, et il avait passé le reste de son temps dans la salle de lecture de la bibliothèque municipale voisine de l'église. Il avait lu ce qu'il avait pu trouver sur la paroisse et l'histoire de l'église, ce qui lui semblait un bon moyen de faire passer le temps.

Il était maintenant assis sous un abribus, à une distance confortable des événements mais avec une vue imprenable. Il était aussi près qu'il l'osait. Grimpeur était à côté de lui, agacé de n'avoir pas le droit d'assister à ce qui se passait dans l'église. Erik Mørk l'avait attiré sous l'abri quand il l'avait aperçu, par le plus grand des hasards. L'idée qu'il aurait pu le rater lui semblait tout à fait effrayante. Mais, au fond, aucun des deux n'avait de reproche à faire à l'autre.

Ils avaient tous les deux transgressé l'ordre de Per Clausen de ne pas venir à son enterrement.

Grimpeur avait encore du mal à accepter l'endroit où ils se trouvaient.

— C'est une étrange façon de dire au revoir, se contenter de regarder l'église de loin. Tu es sûr qu'il y a des photographes de la police ?

— Oui, et des tas d'autres photographes de la presse, et c'est presque tout aussi problématique. On ne devrait même pas être ici. Aucun d'entre nous, et surtout pas nous deux. On en restera là, on n'approchera pas plus. Ce serait de la folie.

Grimpeur accepta à contrecœur.

— C'est agaçant.

Il se recula sur le banc et ajouta avec un petit ricanement :

— Per serait devenu dingue s'il nous avait vus. On n'aurait jamais osé ça de son vivant.

Il avait l'air d'un écolier désobéissant savourant son courage. Erik Mørk sentit une pointe d'irritation. En réalité, il aurait préféré savoir Grimpeur loin d'ici, à l'étranger si possible. Il avait exécuté sa tâche, c'était parfait, mais maintenant il était de trop et représentait un risque ambulant pour leur sécurité.

— Tu as raison. Son influence s'est considérablement atténuée depuis sa mort.

Erik Mørk regretta ses paroles et chercha sans conviction une explication. Il voyait d'un mauvais œil la présence de Grimpeur et aurait de loin préféré être seul. Le hasard les avait amenés à se côtoyer, mais ils n'étaient pas sur la même longueur d'onde, bien au contraire. Mais ils devaient coopérer coûte que coûte pendant encore un certain temps. Pour cette raison, il fallait à tout prix éviter toute mésentente.

Pourtant, il y avait un sujet épineux qu'Erik Mørk devait éclaircir, maintenant qu'il avait cette occasion inattendue. Après quelques paroles anodines, il prit son courage à deux mains.

— J'ai lu dans les journaux que tu ne t'es pas contenté de découper leurs visages et leurs mains, que tu as aussi détruit leurs organes génitaux. C'est vrai ?

— Oui.

— Ça ne faisait pas partie de l'accord. Pourquoi tu as fait ça ?

— Dans la situation, ça paraissait juste.

Erik Mørk avait de la peine à se contenir.

— Tu peux développer ?

— C'était juste quelques petites entailles.

— Quelques petites entailles ? Avec une tronçonneuse !

— Ouais.

— Sur chacun d'entre eux ?

— Ouais.

— Pourquoi ?

— Je sais pas, la tronçonneuse a dû prendre le contrôle. J'ai commencé à découper, et après j'ai eu du mal à m'arrêter. Et puis je voulais montrer à Frank ce qui allait lui arriver une fois mort. A cet endroit-là, si tu vois ce que je veux dire.

Ce n'était pas tout à fait vrai. La dernière maltraitance avait eu lieu après qu'il avait démonté l'estrade et l'avait portée dans le minibus, mais juste avant qu'il ne nettoie le sol.

Erik Mørk accepta l'explication sans creuser plus avant. C'était à peu près ce qu'il avait imaginé, et puis ce qui était fait était fait. D'un point de vue publicitaire, c'était extrêmement ennuyeux – il était difficile de vendre ce genre de chose – mais il était trop tard. Il se contenta donc de hocher la tête. Grimpeur ajouta :

— J'avais vraiment envie de le dépecer vivant au niveau de l'aine.

— Mais tu ne l'as pas fait ?

— Non, bizarrement.

— J'en suis heureux.

Ils n'avaient rien de plus à se dire. Grimpeur ne posa pas de questions sur la campagne de presse, et Erik Mørk préférait ne pas avoir plus de détails à propos des meurtres.

Les gens arrivaient à l'église en formant un courant mou, un à un ou en petits groupes. Beaucoup étaient jeunes. Certains apportaient des fleurs et s'en allaient. D'autres déposaient leurs bouquets sur les marches de l'église, et quelques-uns allumèrent de petites chandelles qu'ils avaient apportées. La cérémonie en elle-même ne devait pas commencer immédiatement.

Erik Mørk tenta de combler l'attente.

— Il y a quatre cents ans, on a brûlé deux sorcières dans cette paroisse.

Grimpeur ne répondit pas. Au lieu de cela, il leva le regard vers l'église et l'arbre à l'entrée du cimetière. Il plissa les yeux devant le soleil. C'était un marronnier, et quelques bogues brunes hérissées de pointes s'accrochaient encore à la couronne en attendant de tomber à terre.

Erik Mørk continua tout de même :

— Elles avaient enlevé les enfants des paysans pour les emmener au sabbat des sorcières. Sous la torture, leurs déclarations furent identiques, il n'y avait donc pas de doute sur leur culpabilité. Mais le prêtre plaida en leur faveur et demanda la potence plutôt que le bûcher. Cela faillit lui coûter la soutane et la vie, car les paroissiens se rebellèrent. Ce fut le bûcher. Devant l'église, en 1613. C'est une anecdote tout à fait édifiante.

Grimpeur tourna la tête et prit la parole :

— Tu es un homme étrange, Erik. C'est pourtant triste pour les femmes qu'on a brûlées.

— Oui, oui, bien entendu, mais je ne pense pas aux femmes, je pense à la façon dont tous ces gens étaient d'accord, à la façon dont, ensemble, ils ont fait front contre le mal. En fait, je pense à ce à quoi la peur et la colère de masse peuvent amener.

La discussion tourna court. Peu après, la cloche de l'église se mit à résonner dans la campagne environnante, et les gens entrèrent dans l'église. Ils étaient nombreux.

— Je doute qu'aucune de nos cinq libidineuses victimes ait droit à un aussi bel enterrement, commenta Erik Mørk.

— Six.

— Six ? Qu'est-ce que tu veux dire ?

— Ça fait six au final. Il y en a eu une de plus.

Erik Mørk mit un moment à saisir, mais lorsqu'il comprit enfin, il bondit. Il hurla. Sans aucun égard pour la discrétion. Quelques retardataires qui marchaient au petit trot vers l'église lui lancèrent un regard inquiet.

— Dis-moi, t'as disjoncté ? T'es complètement malade !

Grimpeur était calme.

— Reprends-toi un peu. Il y a une bonne explication, et je serais venu te voir pour t'en parler personnellement si on ne s'était pas rencontrés ici. C'est la raison pour laquelle je suis venu. Il y avait l'enterrement, et vu que j'étais dans le coin…

Erik Mørk n'écoutait pas.

— Bordel, tu peux pas te balader comme ça et tuer des gens.

Grimpeur sourit et dit doucement :

— Allan Ditlevsen, tu sais, de la baraque à frites. Il est entré à l'hôpital pour un calcul biliaire la veille de notre départ. Frank, son grand frère, nous a servi de remplaçant. Mais si petit frère avait appris que grand frère avait été envoyé en enfer plutôt qu'en vacances, la police aurait pu… Enfin, tu devines.

Erik Mørk recouvra son sang-froid, secoua rapidement la tête, et écouta Grimpeur raconter l'histoire du défunt vendeur de hot-dogs d'Allerslev. Puis il demanda :

— Et Allan Ditlevsen n'a jamais eu de soupçon ?

— Je n'en sais rien, mais d'une, il n'était pas connu pour être particulièrement doué, et de deux, il n'avait pas pour habitude de côtoyer la police, c'est le moins qu'on puisse dire. De plus, je l'ai appelé deux fois à l'hôpital pour lui souhaiter un prompt rétablissement. J'ai parlé de la pluie et du beau temps, de boissons pas chères et d'enfants, et passé le bonjour de son grand frère qui ne pouvait malheureusement pas lui parler au téléphone. Ça en tout cas, c'était tout à fait vrai.

— Pourquoi tu ne nous en as pas parlé ?

— J'avais peur que Per annule tout.

— Hum, au moins tu es honnête. Et toute cette mise en scène avec l'arbre, pourquoi ?

— Crois-moi, c'était une couronne mortuaire qui lui convenait parfaitement.

— Tu ne peux pas me donner une vraie réponse ?

— Si. J'ai simplement moi aussi *fait front contre le mal.*

32

Le filet se resserrait autour de l'interne et de ses mensonges. Les trois femmes de la ville-dortoir auraient bientôt assez de preuves pour faire triompher la justice. Il sonnait faux quand il récitait le serment d'Hippocrate, et ne méritait aucune pitié, si beau soit-il.

Pauline Berg dévorait la fin de son roman-feuilleton en milieu hospitalier. La plus jeune membre de la brigade criminelle s'était éclipsée pour passer sa pause déjeuner dans sa cafétéria préférée à la gare centrale. Comme chacun dans la section, elle avait son refuge à elle, où elle s'accordait de temps à autre une demi-heure de détente, seule, loin des cadavres, des meurtres et de la part la plus animale de l'être humain. Du moins le croyait-elle.

La Comtesse était assise à la même table et avait déjà toussoté trois fois. Elle se décida à poser une main sur le magazine féminin.

— Allô, le monde extérieur appelle. Tu es là ?

Pauline leva enfin les yeux et rougit comme un obèse surpris avec un gâteau dans la bouche. Fébrile, elle enfonça sa lecture dans son sac. La Comtesse fit comme si elle n'avait pas remarqué ses choix littéraires. Ni sa rougeur.

— Tu pars pour Middelfart, mon trésor.

— Toute seule ?

— Non, avec moi. On vient d'identifier deux des victimes. Il n'y a plus de M. Centre, maintenant c'est conseiller Frank Ditlevsen, cinquante-deux ans, de Middelfart. De la même façon, M. Sud-Ouest est devenu Jens Allan Karlsen, retraité de Trøjborg à Århus. Il avait soixante-trois ans. Arne s'occupe de lui. Imagine-toi que Jens Allan Karlsen a même été identifié deux fois. Moins de cinq minutes après que les résultats des tests ADN sont tombés, on a reçu un message de l'hôpital de Skejby. Son cœur y était contrôlé quatre fois par an, tout comme Arthur Elvang l'avait prévu.

— Cinq minutes trop tard pour être utile.

— Oui, on peut dire ça. A propos, c'est toi qui as renommé Allan Ditlvesen M. Bonus sur le tableau d'affichage ? Parce que si c'est le cas, attends-toi à un sacré savon de la part de Konrad sur le thème de la morale et du respect.

— Non, c'était…

Elle se reprit.

— C'était pas moi.

— Tant mieux pour toi.

Le coupable, c'était Arne. Pauline l'avait vu l'écrire… Et elle n'avait pas pu s'empêcher de rire. Elle passa rapidement à un sujet moins risqué :

— Frank Ditlevsen est donc le frère du vendeur de hot-dogs ?

— Exact. Frank, le frère aîné, a été retrouvé dans le gymnase. Allan, le cadet, dans la baraque à frites.

— Assassiné avec un arbre ?

— Pas tout à fait. Les experts sont presque sûrs qu'il a été frappé à mort avec une branche juste avant de prendre l'arbre sur la tête. Mais on en saura plus sous peu. Quoi qu'il en soit, quelqu'un s'est donné du mal pour abattre cet arbre, et la coupe en elle-même est très professionnelle. Mais ce n'était pas pour le tuer, il était déjà mort.

— Pourquoi alors ?

— Aucune idée.

— Konrad en pense quoi ?

— Il dit que tu dois te dépêcher de finir ton café pour qu'on puisse décoller. Les frères vivent – enfin vivaient – à la même adresse à Middelfart. Tout le monde travaille d'arrache-pied pour trouver d'autres infos, on nous tiendra au courant en chemin.

— Bonne nouvelle. Voilà enfin notre chance.

— Ça m'en a tout l'air, et il y a autre chose. Nous avons maintenant des photos assez ressemblantes de MM. Nord-Ouest et Nord-Est, ils passeront donc aux infos ce soir. A moins qu'on n'arrive à les identifier avant d'une meilleure façon.

— Qu'est-ce que tu veux dire ?

— Ce sont les mots de Konrad. Balancer une photo sur les écrans de télé comme ça, sans préavis, c'est très violent pour les familles, mais on n'a pas de meilleure solution. S'il y a un malade en liberté qui assassine des citoyens pédophiles, le temps est un élément décisif.

Les mots écorchèrent les oreilles de Pauline. C'étaient les autres citoyens qu'elle préférait protéger.

— Oui, j'imagine que ça compte.

La Comtesse sentit une pointe d'hésitation dans la voix de sa collègue, et réagit sur un ton étonnamment acerbe.

— Je pars du principe que tu es entièrement d'accord, sinon tu peux rester chez toi... Et commencer à te renseigner pour ta mutation.

Elle n'avait pas d'autorité hiérarchique formelle, mais les deux femmes savaient parfaitement que ses paroles avaient du poids. Pauline Berg se reprit immédiatement.

— Je suis d'accord, évidemment. A cent pour cent.

La Comtesse sourit. Pauline lui rendit son sourire et dit :

— Alors on va en Fionie ?

Leur tâche ne l'étonnait pas plus que ça. C'était dans l'air depuis un moment, elle savait que, une fois les identifications obtenues, ils iraient dans les champs gagner leur vie, où que se trouvent les champs en question. L'avant-veille déjà elle avait soupçonné jusqu'où son travail pouvait la mener, et avait trouvé un arrangement avec un voisin pour son chat.

— Oui, on y va, et comme je l'ai dit, on n'y sera jamais assez tôt. On passe par chez toi, tu pourras prendre quelques vêtements. J'imagine que tu as déjà préparé ton sac ?

— Oui, Arne a dit qu'on allait sûrement bouger dans tout le pays ces jours-ci. Je sais pas comment il a deviné.

— L'expérience. Mais tu es peut-être déçue de devoir partir avec moi et pas avec lui ?

Le ton était badin, mais avec une nuance de sérieux. Pauline Berg choisit de répondre sincèrement :

— Non, je ne suis pas déçue. Ce qu'il y a entre lui et moi... Je sais pas, c'est en train de devenir n'importe quoi. Si ça ne l'était pas déjà.

— Si tu le dis.

— Il est bien comme il est, non ? Je veux dire, avec ses enfants et tout.

— C'est à lui qu'il faut le demander. Si vous pouvez coucher ensemble, vous pouvez probablement aussi discuter.

— Mais c'est à toi que je le demande.

— Tu veux savoir ce que je pense, très honnêtement ?

Pauline Berg acquiesça.

— Arne ne laissera jamais tomber ses gosses, et il ne doit pas le faire. Et tu ne dois pas essayer de provoquer ça. Il n'en sortirait rien de bon. Maintenant, il faut vraiment qu'on file, je suis mal garée.

Pauline connaissait le mépris souverain de la Comtesse pour les amendes de stationnement. Elle ne se laissa donc pas jeter dehors avant d'avoir fini tranquillement son café. Elle s'était vu confirmer ce qu'au fond elle savait déjà, et même si sa collègue ne l'avait pas franchement caressée dans le sens du poil, elle avait aimé l'entendre. Elle changea de sujet et demanda :

— Comment tu as su où j'étais ? Et pourquoi tu n'as pas appelé ?

— Je l'ai fait. Quatre fois. Donc soit ton téléphone est à court de batterie, soit tu l'as éteint. Mais Konrad a dit que tu étais sûrement ici en train de lire un bouquin à l'eau de rose.

Le rouge vif opéra son grand retour sur le visage de la jeune femme.

— Comment il peut savoir ça ?

La Comtesse rit. Sans grande compassion.

— Comment moi j'ai pu le savoir ?

Puis elle ajouta, un peu radoucie :

— Le réseau de contacts de Konrad dans la maison est très grand, et tu as choisi de te cacher dans l'endroit le plus quadrillé du Danemark. Donc j'imagine que tu as été dénoncée. Sans doute par un collègue masculin. Tu es bien le genre de personne qu'ils remarquent. Tu viens souvent ici ?

Pauline sauta sur l'occasion pour changer de sujet :

— Oui, quelqu'un a dû me balancer. C'est vraiment typiquement masculin.

La Comtesse était d'accord.

— Typiquement. Allez viens, je vais te raconter une jolie petite histoire sur la route. Comment un fonctionnaire a envoyé un psychologue chez le psychologue.

33

Anni Staal était assise derrière son bureau à la rédaction de *Dagbladet* et attendait impatiemment que son élève journaliste soit prête pour le rapport. Anita Dahlgren, l'élève en question, feuilletait sans hâte les documents qu'elle avait apportés, sachant pertinemment que la lenteur irritait sa patronne.

Ces derniers jours, les rapports entre les deux femmes s'étaient considérablement dégradés. Il était maintenant clair pour toutes les deux qu'elles se détestaient cordialement. Elles étaient pourtant bien forcées de se reconnaître mutuellement de solides compétences professionnelles. Anni Staal était au centre de l'attention depuis le lundi précédent, jour où l'on avait découvert les meurtres de Bagsværd. Le domaine qu'elle couvrait occupait en ce moment une grande partie du journal, et tout semblait indiquer que cet état de fait aller durer un certain temps. Malgré la considérable pression qui reposait sur ses épaules, elle vivait parfaitement bien cette situation. Comme un rat dans un égout, se disait Anita Dahlgren, qui reconnaissait dans le même temps avoir beaucoup à apprendre de son antipathique instructrice. Si l'on excluait son cynisme absolu et son inquiétant manque d'intérêt pour tout ce qui ne concernait pas sa propre personne, sa chef était une remarquable journaliste.

De son côté, Anni Staal n'ignorait pas le talent et l'intelligence de son élève. La jeune femme était aussi vive d'esprit et intuitive que travailleuse. Par-dessus tout, elle avait d'excellentes capacités créatives, ce qui était également utile. Sur le plan humain, elle paraissait trop droite pour s'en sortir dans le vrai monde, mais c'était secondaire. Même le fait que la gamine soit souvent insolente et aussi désagréablement moralisatrice, elle pouvait l'accepter. Elle avait les épaules larges, et elle avait vu pire.

Au final et d'un point de vue professionnel, leur collaboration fonctionnait très bien.

Le timing d'Anita Dahlgren était parfait, elle commença à la seconde où Anni Staal allait perdre patience.

— Tu m'as demandé un rapport sur l'ambiance dans les lycées du pays. De manière générale, de nombreuses classes ont boycotté les cours pour aborder des problématiques concernant de près ou de loin les viols d'enfants. Il est difficile de te donner une vue d'ensemble, mais mon opinion prudente c'est qu'environ un tiers à la moitié des lycées du pays sont concernés. Au niveau géographique il y a de grosses différences, le phénomène est beaucoup plus fort à Copenhague et dans les grandes villes de province. Ça reprendra lundi, probablement à plus grande échelle, et les collèges seront très certainement impliqués eux aussi. C'est déjà arrivé.

— Qu'est-ce qu'ils veulent ? Et qui est derrière tout ça ?

— La deuxième question est facile, personne n'est derrière tout ça. C'est un phénomène spontané qui contamine un établissement après l'autre. Mais il n'y a aucun doute sur le fait que c'est l'annonce sur les abus sexuels d'hier qui a lancé tout ce cirque.

Anni Staal hocha la tête.

— Avec bien entendu toutes ces rumeurs sur les multiples meurtres. Mais les activités mises en place par les élèves varient. A certains endroits, ils cherchent à évaluer combien d'enfants sont chaque jour exposés à des violences sexuelles, comme le propose l'annonce. A d'autres endroits, ils partagent leurs propres vécus en la matière. D'autres encore ont simplement mis à l'ordre du jour la pédophilie de manière générale. Leurs modes de communication varient, aussi : blogs, affiches ou panneau d'affichage de la supérette du coin, tracts, happenings, événements, courriers des lecteurs, tout ce que tu veux. Ils sont ingénieux.

— Ils doivent bien avoir un but, bon sang.

— Oui, mais c'est assez flou. J'ai l'impression que l'objectif est d'attirer l'attention du public sur la pédophilie, de pousser la société à un plus grand effort contre les violences sexuelles, quelque chose dans ce genre. Cela dit, chaque personne que je questionne me donne une explication différente.

— On est tous contre la pédophilie, il n'y a rien de nouveau de ce côté-là. Si c'est ça leur message, c'est un peu facile.

Anita Dahlgren feuilleta ses papiers. Cette fois sans perdre de temps inutilement. Elle avait écrit quelques lignes destinées à devenir un article, si d'aventure on lui demandait d'en écrire un. Elle lut :

— Beaucoup de jeunes lycéens affirment avoir trouvé un centre d'intérêt commun. Dans un monde où on leur rebat quotidiennement les oreilles avec les performances exigées par une mondialisation à outrance et la médiocrité impitoyablement sanctionnée, un message anti-pédophiles simple à comprendre et auquel chacun peut adhérer ressemble à un cadeau venu de là-haut. D'encore plus haut que le ministère de l'Education nationale. L'opposition avec le monde des adultes, qui selon eux a laissé faire pendant des années, sert de toute évidence de sentiment catalyseur à leur unité. Tous se serrent les coudes autour d'une unique noble cause, même si l'objet de cette intention se perd quelque peu dans le brouillard.

Anni Staal hocha la tête, pensive. Puis elle dit :

— *Jeunes lycéens* est un pléonasme. Remplace *catalyseur* par *favorable* et efface *noble*, ainsi que la dernière proposition subordonnée. Et ajoute des points, gamine. J'imagine que tu as aussi quelques témoignages personnels.

— Evidemment. Entre autres deux sœurs du lycée de Virum, tu veux écouter ?

— Oui.

Sans autre commentaire, Anni Staal profita de l'occasion pour parcourir ses mails. Habituellement, Anita Dahlgren n'aurait pas accepté un comportement aussi condescendant, mais elle savait par expérience que sa chef faisait partie des rares personnes capables de faire plusieurs choses en même temps. Ce n'était pas une façon de parler, c'était un constat. Elle-même ne maîtrisait malheureusement pas encore cette capacité. Elle continua donc comme si de rien n'était en lisant ses notes. Ce n'est que lorsqu'elle regarda par hasard son interlocutrice qu'elle remarqua que celle-ci ne l'écoutait absolument pas. Elle affichait une expression d'incrédulité en fixant son écran d'ordinateur.

— Dis-moi, ce que je raconte t'intéresse ou pas du tout ?

Anni Staal concentra son attention un court instant sur son élève. Elle avait l'air à moitié absente quand elle répondit. En revanche, elle se montra sincère.

— Non, pas du tout. Tu as des oreillettes ?

— Tu veux peut-être dire des écouteurs ?

Anita Dahlgren affichait un sourire mielleux.

— Oui. Tu veux bien avoir la gentillesse de me les prêter ?

La répartie provocante de l'élève ne lui arracha même pas un grognement. L'ordinateur devait contenir quelque chose de tout à fait spécial. Comme devait le confirmer la réaction de la journaliste :

— Bordel, c'est pas possible.

Ses mots ne s'adressaient à personne en particulier. Anita Dahlgren se pencha pour regarder, mais cette fois Anni Staal grogna.

L'heure suivante fut intense pour Anni Staal, intense et productive.

Elle téléphona à son nouvel informateur de la criminelle, sachant pertinemment qu'il serait fou furieux. Moins de deux jours plus tôt, elle avait solennellement juré sur tout ce qui pouvait bien être sacré que les contacts viendraient de lui et jamais l'inverse, une règle qui visiblement lui tenait à cœur. Et elle rompait sa promesse à la première occasion. Elle dut en payer le prix : huit mille couronnes[1]. C'était la somme la plus élevée qu'elle ait jamais versée à un informateur. Officiellement, *Dagbladet* ne payait pas pour ses informations, mais presque tous les journalistes faisaient une exception de temps à autre. Le plus souvent sous la forme discrète d'un ou deux billets de cent, qui passaient ensuite en frais de déplacements. Mais cette fois elle était bien au-delà, et dut donc payer la somme de sa poche. Elle espérait que le journal la rembourserait, mais encore faudrait-il pour cela que l'histoire ne soit pas bidon. C'était une sacrée mise, et,

1 Plus de mille euros.

à l'inverse de sa source, elle n'était absolument pas adepte des jeux de hasard.

Anni Staal et Arne Pedersen se retrouvèrent sous les arcades proches de la place de la Mairie. Son enveloppe à lui était brune, et la sienne blanche. Ils firent l'échange. Elle fut la seule à remercier. Arne fit disparaître l'argent dans sa poche intérieure et dit :

— Il y a trois photos, et deux d'entre elles seront rendues publiques ce soir. Vous payez pour quelque chose que vous pourriez avoir gratuitement dans quelques heures.

Il avait dit la même chose au téléphone après qu'elle l'eut persuadé. Elle se dit que de ce côté il était réglo. Il ne cherchait pas à l'escroquer.

— Oui, je comprends parfaitement. N'oubliez pas d'appeler si vous avez d'autres noms. Ça fait partie du prix.

— J'appellerai, mais vous, vous ne le ferez pas. Plus jamais.

Il tourna le dos et s'en fut avant qu'elle ait le temps de répondre.

A son retour à la rédaction, les experts informaticiens avaient restauré ses mails effacés du mardi précédent, comme elle l'avait demandé. Il lui restait à comparer, et le suspense fit monter son pouls dans la zone rouge. Ce fut rapide : il n'y avait aucun doute, trois des hommes dans le nouveau mail correspondaient aux photos dans l'enveloppe, et le visage de l'un d'entre eux était également identique à celui du premier mail. Elle regarda de nouveau la vidéo du mardi précédent, cette fois avec le son. Elle lâcha spontanément :

— Je n'éprouve aucune pitié pour toi. Tu as eu exactement ce que tu méritais. Mais c'est le genre de chose qu'on ne peut pas se permettre de dire à voix haute.

La rédactrice culturelle en face d'elle leva les yeux de son magazine et demanda aimablement :

— Alors pourquoi tu le fais, Anni ?

Anni Staal verrouilla son ordinateur et mit le cap vers le bureau du rédacteur en chef en espérant qu'elle aurait de la chance et qu'il serait libre. Ce n'était pas le cas. Elle fut stoppée par une secrétaire qui gardait jalousement l'accès à son seigneur et maître. Elle fit un signe de la tête en direction de la porte au fond de la pièce.

— Quand est-ce qu'il sera libre ?

— Ça peut durer un moment. Des questions d'économie.

— Ecoute bien, ma cocotte, tu vas l'interrompre et lui dire qu'il a rendez-vous avec moi dans la salle Viggo à 18 heures. Ensuite tu trouves le directeur, et notre nouvelle juriste en chef. Débrouille-toi pour que ces deux-là viennent aussi. Prépare aussi un ordinateur avec haut-parleurs et liaison intranet. Et des sandwiches, et de l'eau. Et des bières, bien sûr.

— Tu as conscience de ce que tu me demandes ? Je donne quel motif pour la réunion ?

— Aucun. Mais arrange-toi pour qu'ils y soient, quoi qu'il arrive. Je sais que tu peux le faire si tu le veux.

— Et pourquoi je le voudrais ?

— Parce que tu sais que, si je n'avais pas une raison en béton armé, je serais dans la mouise jusqu'aux genoux.

La secrétaire regarda par-dessus ses lunettes à monture dorée, l'air grave. Elle aimait quand les choses se déroulaient de façon ordonnée et prévisible, mais ce n'était jamais le cas. Mais, jour après jour, elle luttait âprement pour conserver un minimum d'ordre dans l'emploi du temps de son chef. Un combat perdu d'avance. La demande tout à fait irrégulière d'Anni Staal tombait mal.

— Pas seulement jusqu'aux genoux, Anni. Jusqu'aux oreilles.

— Je sais. Contente-toi de les faire venir.

La secrétaire hocha la tête sans conviction. Puis elle ajouta d'un ton abrupt :

— Débrouille-toi pour les provisions, je ne suis pas traiteur. L'ordinateur est déjà sur place. Dis-moi, tu ne lis jamais les communiqués internes ?

Anni Staal repartit avec un grand sourire. Elle n'avait pas espéré une seconde que la secrétaire s'occupe des détails pratiques, mais les demandes délicates passent généralement mieux si l'interlocuteur a quelque chose à refuser.

34

Assis derrière son bureau, Konrad Simonsen tentait de parcourir les multiples rapports qui s'étaient accumulés à une vitesse inquiétante ces derniers jours. C'était une tâche impossible, mais il faisait de son mieux tout en espérant que d'autres seraient plus attentifs aux détails. Après quelques heures de travail acharné, ses yeux commencèrent à rougir et à se remplir de larmes. Il se sentit vieux. Il corrigea l'angle de sa lampe de bureau et essaya un court instant sans ses lunettes. Rien n'y faisait. Il attrapa alors une boîte de mouchoirs au fond d'un tiroir et reprit la lecture, tamponnant régulièrement ses yeux. En même temps, il maudissait l'incapacité de ses collègues à faire preuve de concision. De cette façon il put parcourir encore cinq rapports. Il venait d'attraper le sixième quand on frappa à la porte. Arne Pedersen entra dans la pièce avant même qu'il ait eu le temps de lever les yeux.

— T'es occupé, Konrad ?

— Oui, comme tu vois.

Il laissa significativement sa main tomber sur un tas de rapports. Il choisit volontairement le mauvais tas, celui qui contenait les rapports déjà lus. Qui était en fait devenu plus haut que l'autre. Arne hocha la tête, indifférent, et demanda :

— Pourquoi tu chiales ?

— Mes yeux ne sont plus ce qu'ils étaient. Dis-moi, les mouchoirs ça se périme ? Ceux-là n'absorbent pas très bien.

Il rassembla les boulettes de mouchoirs usagés qui traînaient sur le bureau et les jeta dans la corbeille. Arne lui répondit :

— Ils peuvent être de qualité variable, mais je doute qu'il y ait une date de péremption, si c'est ça que tu demandes.

Il te faut probablement des lunettes plus fortes. Tu devrais peut-être passer chez un opticien pour vérifier ?

— Merci du conseil. Qu'est-ce que tu veux ? C'est important ?

— Non, pas spécialement. J'ai quelque chose sur ce mail à propos des pédophiles que tu m'as demandé de regarder, mais je peux t'envoyer mon rapport si tu préfères.

— Non, pour l'amour du ciel, plus de rapports. Assieds-toi et raconte, de toute façon j'ai besoin d'une pause.

Arne Pedersen s'assit pendant que son chef se levait pour étirer ses jambes. Konrad se tint un moment près de la fenêtre, observant la ville. Le soleil se couchait, et il y avait du vent. Puis il retourna à son fauteuil et se concentra sur son subordonné, l'air crispé.

— Tant que je t'ai sous la main, il y a une chose qu'on ferait mieux d'aborder tout de suite, ce sera fait. Une chose à laquelle je veux que tu fasses gaffe à l'avenir.

Le ton de sa voix allait plus loin que les simples mots, et annonçait que Konrad Simonsen avait coiffé sa casquette de chef. Arne se redressa sur sa chaise.

— A partir de maintenant, tu tiens tes escapades amoureuses à l'écart de ton travail, et spécialement de mes scènes de crime. Tu peux considérer que ça veut dire toute la région.

— Mais…

— Et tu peux ranger ta panoplie de victime. J'ai eu un mal fou à convaincre Kurt Melsing de… disons de renoncer à certains examens techniques autour du cadavre de Per Clausen…

Il leva la main comme une butée et poursuivit.

— Et je ne veux pas savoir si c'était utile ou pas. Par contre, ce que je veux, c'est ne plus me retrouver dans une situation pareille. On se comprend ?

Les maigres défenses d'Arne étaient en morceaux :

— Oui, on se comprend. Ça ne se reproduira pas.

Les deux hommes gardèrent le silence un moment, puis Konrad se montra un peu plus conciliant :

— Alors, qu'est-ce qu'il a ce mail ? Qu'est-ce que tu as trouvé ?

— Il vient d'un serveur allemand, physiquement basé à Hambourg. Et je suis sûr que tu devines qui l'a loué.

— Per Clausen ?

— Tout juste. Il l'a depuis facilement un an, et paie la location *via* Internet avec sa carte Visa. Les adresses mails américaines ont été téléchargées en plusieurs fois au cours de l'été, à partir de l'ordinateur de la bibliothèque de l'école. C'est donc Per Clausen encore une fois. Mais ce qui est intéressant, c'est la façon dont les envois ont commencé. Ils ont été déclenchés depuis un téléphone mobile. Nous avons pu remonter le signal jusqu'à une antenne relais située à l'embranchement de Jyllingevej et du périphérique, c'est-à-dire à Rødovre. Des hommes sont sur un rapport que tu auras lundi au plus tard.

— Un téléphone mobile, tu dis. Et le numéro ?

— La carte SIM a été achetée dans une station d'essence. On ne sait pas encore laquelle exactement, mais on y travaille. Les adresses mails ont été achetées à un ou plusieurs endroits. Il y en a pas loin de cinq cent vingt mille, ça n'a pas dû être donné. On a quelques gars là-dessus aussi.

— OK, Arne. Je retiens donc que l'expédition de ces mails est reliée aux crimes *via* Per Clausen. C'est intéressant, mais on s'y attendait plus ou moins. De plus, Per Clausen est allé à Rødovre pour... Oups, non, il ne l'a évidemment pas fait. Pour de bonnes raisons. Je crois que je deviens trop vieux et fatigué pour ce boulot.

Arne eut un sourire en biais et conclut :

— On garde un œil sur Rødovre, au cas où ça ressorte ailleurs.

— Oui, je suis d'accord. Autre chose ? Du nouveau à propos des identifications ?

— Que dalle. Ces cinq hommes ne manquent à personne, pour le moment en tout cas. Evidemment, on retourne le cas Jens Allan Karlsen d'Århus dans tous les sens. Et la Comtesse et Pauline sont à Middelfart. Les photos d'Elvang ont été rendues publiques, les trois dernières identifications ne devraient donc pas tarder, si tout se passe normalement.

— Comment ça normalement ?

— Eh bien... On peut s'attendre à un déluge de fausses déclarations. Ça ne me surprendrait pas si on devait passer la matinée de demain à séparer le bon grain de l'ivraie. Il y a beaucoup de gens qui ne souhaitent pas voir cette enquête aboutir.

— C'est ce que je suis en train de réaliser. Tiens plus de monde prêt pour vérifier les noms. Il n'y a rien de plus à faire. Tu as découvert pourquoi c'était aussi important pour Anni Staal d'avoir ces photos quelques heures avant tout le monde ?

— Non, mais peut-être que je pourrai l'interroger ce soir. J'ai promis de l'appeler dès qu'on aurait des noms à mettre sur les visages.

— Oui, essaie ça. Et l'enterrement de Per Clausen ?

— Tout a été photographié, comme tu le sais. Mais il y avait beaucoup de participants, et la plupart d'entre eux nous sont inconnus. Par conséquent, sans moyen de comparaison, il n'y a rien à en tirer. J'ai arrêté l'identification du cortège.

— Pour quel motif ?

— Ça demande beaucoup trop de ressources par rapport à ce que ça pourrait nous apporter. D'autant plus que peu d'entre eux sont coopératifs. Mais je te l'ai dit dans le mail d'hier.

— Hum... J'ai pris du retard dans mes mails, mais ça m'a l'air raisonnable. Tu as autre chose ?

— Non, rien d'important.

La conversation était de toute évidence terminée, et Arne Pedersen aurait dû s'éclipser. Mais il n'en fit rien. Au lieu de cela, il gigotait sur son fauteuil, l'air gêné, prenant son élan sans se jeter à l'eau.

Quand la pause devint pénible, Konrad prit la parole :

— Eh ben alors ? Allez Arne, dis ce que tu as à dire. J'ai pas toute la vie, et toi non plus.

— Non, je sais bien... c'est juste que... j'ai toujours trouvé ça désagréable de prendre un savon de ta part.

— C'est bien le but, que ça soit désagréable ! Mais c'est du passé maintenant. Quel est ton problème ? Tu ne vas pas te plaindre, j'espère ?

— Non, bien sûr, pas du tout. Mais je veux dire, rapport à Pauline... je veux dire, c'était ma responsabilité, c'est moi qui l'ai emmenée dans cette salle de classe où on a trouvé Per Clausen, et...

Il s'interrompit de nouveau.

— Et alors ?

Les mots sortirent enfin :

— Et j'espérais que peut-être tu pourrais ne pas l'engueuler elle. Je veux dire, que tu te contentes de moi.

Konrad n'avait pas vraiment pensé au fait que Pauline méritait tout autant de se faire souffler dans les bronches qu'Arne. Il fronça les sourcils, observant ses mains jointes, et hocha la tête, pensif. Tel le père sévère mais juste, qui exceptionnellement laissait passer quelque chose. Mais lorsqu'il leva les yeux et regarda Arne, il se mit à rire.

— J'ai tourné ma langue sept fois dans ma bouche avant de me décider à te remonter les bretelles, et – égalité des sexes ou pas – ça suffit comme ça. Qui est avec qui, je m'en moque. Mais tu dois bien te comporter avec elle, et c'est un ordre. Parce que je l'apprécie beaucoup. A l'inverse de certaines autres personnes sur qui tu as jeté ton dévolu par le passé.

Le ton était plus léger, le chef était loin. La discussion d'homme à homme pouvait prendre le dessus. Rassuré, Arne dit :

— Je sais que c'est le bordel, Konrad. Avec ma famille, mes enfants et tout ça. Mais je suis super bien avec elle. C'est comme si j'avais reçu un cadeau que je méritais pas.

— Si ma mémoire est bonne, tu t'es déjà approprié un tas de cadeaux en dehors des périodes de fêtes…

Konrad ne termina pas sa phrase. Une pensée venait de le frapper. Lui-même avait reçu un cadeau récemment, sous la forme d'un livre d'échecs. Un livre d'échecs pour lequel il n'avait pas dit merci. Il tambourina nerveusement des mains sur le bureau et rougit. Intrigué, Arne Pedersen demanda :

— Qu'est-ce qui se passe ? Raconte-moi.

Il en fut pour ses frais. Son chef désigna la porte :

— Absolument pas ! C'est privé. Tire-toi.

35

La femme sur le palier expliquait avec une colère froide :

— La porte ne ferme pas, le loquet est cassé, comme vous pouvez le constater. Il m'a demandé de surveiller en son absence, comme si quelqu'un allait se taper sept étages pour un cambriolage. Mais j'ai dit oui, pour être une bonne voisine, et je regrette pas. J'ai regardé deux fois sur le palier, et la deuxième fois j'ai entendu du bruit et je suis entrée. C'était la télé, il avait oublié d'éteindre son magnétoscope. Entrez et regardez ce que votre animal d'ami fabrique.

Un doigt impérieux désignait la porte. L'un des deux hommes protesta sans conviction :

— On le connaît pas tant que ça, on peut pas débarquer chez lui comme ça, sans prévenir.

— Commencez donc par jeter un œil au film, vous allez changer d'avis. Et Angelina alors ?

Un puissant courant d'air traversa le couloir au moment où la porte derrière la femme s'ouvrit. Les cheveux noirs de la fille voltigèrent dans le vent. En silence, et sans regarder ni à droite ni à gauche, elle glissa devant les hommes et ouvrit la porte du voisin d'un doigt. Toujours sans un mot, elle fit demi-tour et retourna chez elle avec une étrange dignité, entraînant sa mère. Le vent cessa de souffler, et les jumeaux fixèrent la porte fermée. Il y était écrit *Ea Colt Jessen.* C'était leur cousine. Leur très insistante et despotique cousine, qui avait appelé pour exiger leur présence. Ils entrèrent en traînant les pieds.

La femme avait raison. Tous leurs scrupules s'évanouirent à la vue de la cassette. Ils s'assirent dans le canapé et attendirent. De méchante humeur.

— Tu crois qu'Angelina a eu peur de nous ? Elle n'a pas dit bonjour ni rien.

Ils avaient l'habitude de susciter une certaine nervosité chez les gens. Ils étaient tous deux immenses, et leurs traits étaient épais et grossiers. En outre, ils avaient tous les deux une paupière tombante : un défaut congénital qui leur donnait une apparence maléfique. A cela s'ajoutaient leurs vêtements de cuir style rock'n'roll, chauds et pratiques pour des tondeurs de moutons se rendant sur leur lieu de travail. Mais qui pouvaient effrayer les enfants.

— J'en sais rien. Ça avait pas tellement l'air.

Ils restèrent silencieux un moment.

— Putain, je supporte pas ça.

Ils avaient mis la cassette sur pause, mais l'image fixe était bien assez désagréable.

S'ensuivit une divine comédie. L'un des frères se leva et arracha la nappe de la table. Le vase qui était dessus tomba et se brisa. Il balança la nappe sur la télévision. Sur le mur derrière lui se trouvaient deux affiches sous verre. *Welcome to Disneyland* en grands et joyeux caractères au-dessus d'un Mickey Mouse souriant, probablement une affiche rapportée en souvenir d'un voyage. L'autre était une reproduction de la peinture d'Edvard Munch représentant Nietzsche, affublée de la célèbre phrase du philosophe à propos de la mort de Dieu d'une écriture manuscrite noire. Le frère qui se tenait debout saisit une chaise et la fracassa contre l'une des images. Le verre se fendit en diagonale, et un gros morceau tomba à terre. L'affiche, elle, resta en place. Il la déchira en suivant le trait des bris de verre et brandit le résultat devant lui. Une demi-souris et le message *neyland* ne voulaient plus rien dire, et il les chiffonna avant de passer à l'autre affiche. Son frère alla dans la chambre pour uriner.

Le locataire de l'appartement n'était pas un gringalet, et il était en bonne condition physique. Mais il n'avait aucune chance, les deux frères étaient bien trop costauds.

Sans se préoccuper de ses protestations furieuses, ils l'attrapèrent et le forcèrent à regarder l'écran de la télé. La boîte de la cassette était tombée par terre. Elle indiquait que le film parlait du siège de Leningrad. Une fausse étiquette. Ils retirèrent la nappe. La poigne qui tenait solidement ses cheveux roux le forçait à regarder l'enfant nu.

— Qu'est-ce que c'est que ça ? Réponds, espèce de salaud.

Le pauvre homme essaya comme il put. Malheureusement il fut peu convaincant. Entre autres parce qu'il était handicapé par une violente clef à la nuque.

— C'est pas mon film. Je l'ai emprunté à un de mes amis, qui est flic. Et j'ai jamais vu ça avant, bordel, vous me connaissez !

Cette dernière remarque était malvenue. Aucun des deux géants n'avait envie d'entendre parler de cette relation.

— Un flic ? Et depuis quand la police distribue du porno pédophile ?

Leur méfiance était trop grande pour être amadouée.

— T'aimes les enfants ? Ça nous fait un point commun. Moi aussi j'aime les enfants, mais pas vraiment de cette façon-là.

Un violent coup de poing, dur comme du bois, explosa dans la région de ses reins, et l'homme hurla de douleur. Un coup de pied visant son entrejambe rata sa cible et heurta sa cuisse. Le suivant fut plus précis. Le voisin du dessous appela la police.

36

La réunion dans la salle Viggo fut ajournée trois fois. Le directeur de *Dagbladet* était un homme très occupé, et Anni Staal n'avait pas d'autre possibilité que d'accepter les ajournements, avec une irritation grandissante. Et d'espérer que le prochain rendez-vous tiendrait. Elle dut attendre longtemps avant que ce moment n'arrive enfin.

Dans la salle de conférences, en dehors d'Anni Staal elle-même, il y avait le rédacteur en chef et la nouvelle juriste en chef du quotidien. La toile en bout de table reproduisait un écran d'ordinateur, et l'horloge en bas à droite indiquait 22 h 41. Sur un plat d'acier entre les trois personnes présentes, une poignée de sandwiches se battaient désespérément contre le dessèchement, mais personne ne se laissa tenter. Le rédacteur en chef décapsula une bière avec un petit plop. Il avait utilisé son briquet. Anni Staal lui fit un signe de tête entendu, et il en ouvrit une autre avant de la faire glisser vers elle. A ce moment, la porte s'ouvrit sur un homme à l'orée de la soixantaine, qui entra au petit trot. Le directeur balança son manteau sur une chaise et s'assit. Il salua l'assemblée tout en attrapant une bière à son tour. Ensuite, contrairement à ses collègues, il prit un verre en plastique, qu'il inspecta soigneusement en le levant vers la lumière. Puis il le remplit avec une lenteur exaspérante. Une fois le verre plein, il dit :

— Excusez mon retard, j'ai eu du mal à me libérer. Et soit dit en passant, Anni, j'espère que tu as un motif en béton armé. Je ne me souviens pas de la dernière fois où j'ai participé à une réunion sans en connaître le sujet, surtout à une heure pareille.

Anni Staal ne perdit pas de temps.

— Jugez vous-même. Cet après-midi, j'ai reçu un mail anonyme d'une personne qui s'est présentée comme Chelsea. C'est peut-être une référence au nom féminin, au quartier ou encore au club de football, je ne sais pas. Une séquence vidéo était en pièce jointe. Le film entier dure environ dix minutes, et il s'agit de petits morceaux choisis, assemblés entre eux. Pas besoin d'être un expert pour voir ça. Lundi dernier, j'avais reçu un mail semblable de cette Chelsea, également accompagné d'une séquence vidéo. Malheureusement, sur le moment je n'y ai pas accordé d'importance. Voyons cette séquence en premier, ça ne dure que quelques secondes.

Personne ne dit rien, et Anni Staal cliqua pour lancer la vidéo.

Le visage à l'expression concentrée et à la bouche bien trop rouge remplit l'écran. Anni dit :

— Ça se passe dans un véhicule, probablement un bus, et je crois qu'il n'est pas au courant qu'on le filme.

Une voix sourde demanda dans les haut-parleurs :

— *Alors ? Aucune marchandise ne tente le monsieur ?*

L'homme resta impassible quelques secondes, puis eut subitement l'air rasséréné : il se lécha les babines et répondit d'une voix caressante.

— *Alors je vais me faire le petit lutin n° 3, là.*

Le film prit fin, mais les mots flottèrent dans l'air un moment encore.

Le verre en plastique du directeur éclata. Il l'avait écrasé sans le vouloir. La bière coula le long de sa manche et sur son pantalon. Furieux, il exprima la pensée de tous :

— Quelle putain de saloperie.

La juriste bondit en brandissant une poignée de serviettes, mais il la chassa comme on chasse une mouche. Son exclamation ne concernait pas la bière, et il ne prit même pas la peine d'essuyer ses vêtements. Il se contenta de changer de chaise. Personne ne l'avait jamais entendu jurer jusqu'à ce jour. Le rédacteur en chef demanda doucement à Anni Staal :

— Tu sais ce qu'il est en train de regarder ?

— Non, mais ce n'est pas tellement difficile à deviner.

Le directeur grinça :

— Un menu. Avec des enfants.

Il tendit la main vers l'écran, où le visage de l'homme était toujours affiché, fixe.

— Enlève-moi ça, Anni. Je supporte pas sa vue.

— Alors il est temps de voir ce qui lui est arrivé.

Le visage réapparut sur l'image. Mais cette fois, la caméra était tenue par quelqu'un, la qualité de l'image était mauvaise, et floue par moments. De temps à autre, une surface blanche indistincte couvrait l'image. La caméra se tourna vers le bas une unique fois, montrant que l'homme était nu et visiblement attaché les mains dans le dos. Sa joue et son épaule étaient tachées de sang, et il avait une solide corde bleue autour du cou. Il débitait des paroles incohérentes, mais parlait clairement. Avec une forte émotion.

— *Nul enfant ne fera l'objet d'immixtions arbitraires ou illégales dans sa vie privée, sa famille, son domicile ou sa correspondance...*

Anni Staal mit sur pause et distribua trois petites liasses de papier. Sur le dessus, il y avait le même visage que sur l'écran.

— Il s'appelait Thor Gran et vivait à Århus. La photo que je vous ai donnée vient de la police. Je l'ai eue cet après-midi, et plus tard ma source m'a indiqué son nom. La photo a été prise après sa mort, et après qu'un spécialiste a réparé les traits de son visage. Thor Gran est l'un des cinq morts de l'école Langebæk à Bagsværd, et le film que vous voyez là est un enregistrement de son exécution. Il contient trois autres exécutions. J'ai deux incidences de plus, que vous pourrez vérifier dans quelques minutes.

Le rédacteur en chef l'interrompit d'un ton désarticulé et grinçant. Il était difficile de déterminer s'il était en colère ou choqué.

— Tu es complètement malade ? Bordel, c'est... mais c'est...

Le directeur le coupa durement :

— La ferme ! Ecoutez ce qu'elle a à dire.

Anni Staal reprit :

— Aucun des collègues d'autres médias que j'ai osé contacter n'a reçu quelque chose d'approchant. Pareil pour la police.

Elle relança le film, et le visage sur la toile reprit sa récitation :

— *... ni d'atteintes illégales à son honneur et à sa réputation.*

L'angle de la caméra changea brutalement. On avait visiblement coupé un passage.

— *L'enfant a droit à la protection de la loi contre de telles immixtions ou de telles atteintes.*

Le directeur demanda à Anni Staal :

— De quoi il parle ?

Elle mit sur pause à nouveau et expliqua :

— Il lit un extrait de la Convention des droits de l'enfant de l'ONU. Je crois que celui qui filme tient en même temps une feuille avec ce que l'homme doit dire. De temps en temps on l'aperçoit sur l'image, mais pas là. Du reste, ces informations m'ont coûté douze mille couronnes.

Le directeur n'hésita pas une seule seconde.

— Accordé. Continue.

Elle obéit, et la triste récitation reprit.

— … *protéger l'enfant contre toutes formes de violence, d'atteinte ou de brutalités physiques ou mentales, d'abandon ou de négligence…*

La mâchoire de l'homme tressaillit, comme s'il avait froid. Des larmes coulaient de ses yeux. Il y eut encore une coupure.

— … *de mauvais traitements ou d'exploitation, y compris la violence sexuelle, pendant qu'il est sous la garde de ses parents ou de l'un d'eux, de son ou ses représentants légaux ou de toute autre personne à qui il est confié.*

Un claquement sonore se fit entendre, et le visage disparut, remplacé par la corde bleue. La caméra était ensuite tournée vers le bas. Thor Gran avait l'air surpris, tandis qu'il se balançait doucement d'avant en arrière. L'image n'était nette qu'une seconde sur deux. Anni Staal stoppa le film et réinitialisa le projecteur.

— Il y en a trois autres que vous devez voir.

37

Le bistrot était aux trois quarts plein, l'air était lourd et l'atmosphère suffocante. Les gens buvaient de la bière, mais personne n'était bruyant, et encore moins soûl. Les lambeaux de fumée des cigarettes se mouvaient lentement sous le plafond bas, comme de facétieux serpents bleus devant le projecteur qui éclairait la femme sur la scène. Elle chantait en s'accompagnant à la guitare. Sa voix était profonde et rauque, avec un timbre entraînant qui emplissait la pièce et captivait l'assistance. La plupart des gens écoutaient, et même le barman derrière son comptoir d'acier brillant manifestait de l'intérêt. Elle chantait *The Crying Game*, du film éponyme – un morceau tragique qui allait bien avec sa voix, et qu'elle interprétait avec une grande pénétration et un parfait dosage de douleur.

Pauline se frotta les yeux, la fumée la gênait. Elle sirota un peu de sa bière en observant la Comtesse, qui était assise près d'elle et écoutait la chanteuse. C'était la première fois qu'elles étaient toutes les deux sur une grosse affaire. La Comtesse avait dévoilé des facettes de sa personnalité que Pauline n'avait jamais vues. Sa collègue pouvait se montrer particulièrement autoritaire quand la situation l'exigeait. Comme cet après-midi, quand elles étaient arrivées au domicile des frères Ditlevsen près de Middelfart.

La villa était une pompeuse boîte de deux étages avec cave, grenier, cabane de jardin et autres dépendances. Allan Ditlevsen avait vécu au premier étage, son frère aîné Frank au rez-de-chaussée. Sept agents de la police judiciaire perquisitionnaient les lieux. Sur l'avis de la Comtesse, les deux femmes avaient commencé par faire une ronde rapide pour se faire une idée. D'abord en haut, puis en bas. La ronde se termina dans la cuisine de Frank Ditlevsen, où le chef des opérations les attendait. C'était un homme taciturne d'une cinquantaine d'années. La Comtesse prit la parole, et elle s'adressait surtout à Pauline quand elle dit :

— Deux lieux de vie bien entretenus et de bon goût, visiblement un portefeuille permettant de satisfaire tout souhait raisonnable. Peut-être plus décoratif que cosy, mais c'est mon avis.

— Je suis d'accord, c'est charmant et cher, mais il n'y a pas d'ancien. Je veux dire, aucun objet de valeur, de buffet en acajou, d'armoire vitrée, d'étagères d'Amager, ce genre de choses.

La Comtesse approuva d'un hochement de tête. Pauline savoura cette louange silencieuse et tenta de prolonger le succès avec une question préliminaire adressée au responsable des opérations :

— Frank Ditlevsen était conseiller et avait un bon revenu, mais Allan ? On gagne autant d'argent en étant vendeur de hot-dogs à Middelfart ?

— Allerslev, pas Middelfart. Six kilomètres d'Odense, il vendait aussi des journaux. Allan Ditlevsen, deux cent cinquante mille couronnes et Frank, un million et demi sur la déclaration de revenus l'année dernière. Expert en *knowledge management*, il trouvait des cours, et les entreprises le payaient pour ça. Sont basés à Fredericia, font un rapport que vous pourrez lire quand il sera fini.

Les deux femmes se lancèrent un regard discret. L'homme n'était de toute évidence pas un expert en linguistique, et le contenu même de sa réponse laissait pas mal à désirer. Il n'en avait pas moins l'air satisfait.

La Comtesse prit la parole :

— Vous avez sept hommes à votre disposition, c'est trop peu. D'autres arrivent ?

— Huit, un est parti chercher ses gosses. Il revient quand sa femme rentre. Mais mes gars aimeraient bien retourner chez eux, pour le week-end, et tout. Et puis certains disent que l'affaire est… enfin, ils veulent se barrer, si vous voyez ce que je veux dire.

Week-end ou pas, l'effectif était évidemment inacceptable, mais la Comtesse ne fit aucun commentaire. Elle sortit son téléphone de son sac. Le responsable des opérations la fixa d'un air désapprobateur, et, contre toute attente, prit la parole de sa propre initiative.

— Frank Ditlevsen possède la maison, et le frère loue. Pas de finances communes, on a les factures. Le courrier est dans un tas sur la table de la cuisine, sûrement ramassé par l'autre. Copenhague a dit qu'on cherche des brochures d'agences de voyages ou des virements bancaires, y en a pas. Pour l'instant. Le passeport de Frank Ditlevsen est pas là non plus.

Il expira, reprit son souffle et poursuivit. Toujours de façon peu ordonnée.

— Allan Ditlevsen a été condamné deux fois, dont une pour pédophilie grave. On va vérifier si son grand frère était un pervers aussi, important. Vous savez, des photos interdites et ce genre de trucs. Mais les deux ont beaucoup, beaucoup de cassettes, vidéos et DVD, alors on les partage avec les collègues. Ceux qui ont du temps, mais j'ai une liste qui me montre qui en a, alors je peux gérer ça. C'est des films de guerre et d'action, c'est ce qui est marqué sur les boîtes, mais, en vrai, personne sait ce qu'il y a dedans. C'est ça qu'on regarde.

La Comtesse fourra son mobile dans sa poche intérieure. Le rapport devenait un peu plus cohérent.

— On regarde aussi l'ordinateur. Allan Ditlevsen en a pas. On fait très gaffe, comme il faut, un expert arrive bientôt. Il y a rien d'interdit dans l'ordinateur, qu'on peut voir en tout cas. Que des mails et ce genre de trucs, pas de photos. Et j'ai interrogé moi-même l'ex-femme de Frank Ditlevsen, aussi pour cette histoire de pédophilie, là, mais ça donne rien, elle veut pas du tout coopérer. Et la fille est pas là.

Il avait terminé. La Comtesse le remercia froidement et sortit, laissant Pauline derrière elle avec le collègue, dans un silence pénible.

Vingt minutes plus tard, huit agents se tenaient dans le salon et fixaient les fesses de la Comtesse. Le climat était tendu, et les deux femmes de la capitale n'étaient pas finalistes du concours de popularité. Mais ce n'était pas non plus leur objectif. Pourtant, elles réagissaient de façon très différente aux vibrations négatives de leurs collègues. Pauline souriait d'un air désolé dès qu'elle en avait l'opportunité, et souhaitait disparaître. La Comtesse travaillait.

Elle était agenouillée sur le sol avec un tournevis, avec à côté d'elle l'ordinateur démonté de Frank Ditlevsen. Un méli-mélo de câbles pendait depuis la bibliothèque. L'ordinateur était relié à un magnétoscope, à un graveur de CD externe et à un écran LCD géant de quarante-deux pouces qui trônait au centre de la pièce. En donnant quelques coups de biais sur l'unité centrale, elle enleva la coque. Ensuite elle alluma une lampe de poche miniature et se mit à parcourir méthodiquement les entrailles électroniques. Son téléphone mobile sonna, et elle le tendit sans un mot par-dessus son épaule au responsable de l'affaire, qui le prit et quitta la pièce.

A son retour, elle se leva et lui transmit ses ordres à haute et intelligible voix :

— Un inspecteur de la criminelle d'Århus arrive d'ici une heure, il prendra la direction du groupe. Personne ne fait rien avant son arrivée. Il y a aussi vingt-cinq collègues qui viennent de Glostrup et Århus. Ils s'ajouteront petit à petit.

Un jeune agent protesta. Nonchalamment étendu dans un canapé, avec une tasse de café et un problème de comportement.

— Vous croyez qu'on va rester ici à peigner la girafe, ma p'tite dame ?

La Comtesse se dirigea droit sur lui, l'air menaçant. Le futur ex-responsable des opérations fut plus rapide. Ce n'était peut-être pas un grand orateur, ses talents d'enquêteur n'avaient peut-être rien d'exceptionnel, mais il protégeait les siens. Il dit quelque chose à voix basse, et le jeune agent se leva et s'excusa. Et avec l'air d'y croire, par-dessus le marché. La Comtesse laissa filer et se contenta de brandir une sorte d'agglomérat de pièces électroniques.

— Le gros, c'est un disque dur, et ça, on appelle ça la carte mère. Est-ce qu'il y en a parmi vous qui sont tombés sur quelque chose de ce genre pendant vos recherches ?

Les hommes la regardaient en secouant la tête.

— Comme ça, vous savez au moins ce que vous cherchez. Il doit y avoir un disque dur, quelque part. Trouvez-le quand vous reprendrez la fouille.

— Excusez-moi, mais comment vous savez ça ?

C'était le jeune agent de nouveau, mais cette fois il avait compris la leçon.

— La poussière, ou plutôt l'absence de poussière. Frank Ditlevsen changeait fréquemment son disque dur. C'est le moyen le plus efficace et le plus simple de cacher le contenu de son ordinateur.

Elle balaya l'assemblée du regard pour voir s'il y avait d'autres questions, mais ce n'était pas le cas.

— Je m'en vais maintenant, mais je reviens ce soir. On se reverra donc tous à ce moment-là. Je répète, *tous.*

Puis elle sortit du salon, non sans une certaine arrogance. Les hommes se mirent à marmonner, énervés par sa conception de la direction. Pauline Berg sourit, mal à l'aise, avant d'emboîter le pas à sa supérieure.

Les deux femmes avaient passé les heures suivantes à rechercher la fille de Frank Ditlevsen. C'est ce qui les avait menées dans le bar où elles se trouvaient actuellement. Et c'est là que la Comtesse et Pauline réalisèrent que des agents maussades étaient le cadet de leurs soucis. Des collègues qui renâclaient au travail étaient une chose, une population hostile en était une autre.

Beaucoup de gens applaudirent quand la chanteuse termina. Sous les ovations, un homme monta sur la scène et lui tendit une note. Elle lut, s'excusa au micro, puis sauta agilement au bas de l'estrade. Une musique langoureuse et insipide se mit à filtrer par les haut-parleurs cachés.

La Comtesse et Pauline complimentèrent la chanteuse quand elle s'assit à leur table. Elle les remercia d'un air réservé. Le barman déposa un verre de jus de fruits devant elle. La Comtesse se lança :

— Vous êtes la fille de Frank Ditlevsen ?

— Il paraît.

Sa voix, qui était sensuelle quand elle chantait, semblait maintenant brutale. Grinçante et abîmée.

— Je m'appelle Nathalie, et voici Pauline. Nous sommes de la police criminelle, vous voulez voir nos insignes ?

— Non, c'est inutile.

— Vous savez ce qui est arrivé ?

— Que mon père et mon oncle sont morts ? Oui, je suis au courant. Tout le pays est au courant.

— Ils ont été assassinés.

— Oui, c'est ce que vous avez dit.

La femme essayait d'avoir l'air indifférent, mais sa voix tremblait. Pauline prit le relais :

— Votre mère a dit que vous étiez en vacances, pourquoi ?

— Je n'en sais rien.

— Elle a menti.

— Je ne suis pas responsable de ma mère. Parlez-en avec elle.

Pauline se dit qu'elle avait peut-être raison. Seulement, il était difficile d'extorquer quelques mots à la mère, et le peu qu'ils en avaient tiré étaient des mensonges. Comme le fait que sa fille était à Londres, ou Birmingham, ou bien était-ce Liverpool ? Elle ne prenait même pas la peine de cacher ses inventions.

La Comtesse changea de sujet.

— Vous n'êtes pas affectée par la mort de votre père ?

C'était une vraie question.

— Je ne le voyais jamais.

— Pourquoi ça ?

— C'était comme ça.

— Quel âge aviez-vous quand vos parents ont divorcé ?

— Neuf ans.

— Neuf ans, ça a dû être un choc.

De minuscules gouttes de sueur perlaient sur la lèvre supérieure et le front de la femme. Sur scène elle était belle, mais de près elle était cassante et fragile, presque laide. Son self-control était en train de se fissurer.

— Je n'en sais rien. Vous pouvez me laisser tranquille ? Je ne sais rien, je ne voyais ni mon père ni mon oncle, d'accord ?

Pauline n'était pas dénuée de compassion.

— Votre père et votre oncle ont été assassinés. Nous ne pouvons pas vous laisser tranquille.

— J'ai tué personne.

Les mots avaient du mal à sortir.

La Comtesse secoua la tête d'un air désolé. L'espace d'un instant, elle envisagea d'attendre le lendemain matin. Le lieu était très peu adapté aux questions intimes, mais elle rejeta cette idée. Juste avant, elles étaient allées à Allerslev, et la vision de la baraque à frites brisée n'engageait pas aux pertes de temps ni à la compassion. Quel que soit le responsable, il était en liberté et pouvait tuer à nouveau, n'importe quand.

— Je suis désolée, mais je dois vous poser une question. Votre père a-t-il abusé de vous pendant votre enfance ?

Ce fut la goutte d'eau qui fit déborder le vase. La réponse fusa dans un cri désespéré :

— Pourquoi vous me faites ça ?

Les gens se retournèrent ; la sympathie n'était pas du côté de la police. La femme pleurait doucement.

Un videur tiré à quatre épingles se leva de la table voisine. Il posa une main protectrice sur l'épaule de la chanteuse et dit doucement :

— Vous feriez peut-être mieux de partir.

La Comtesse sortit sa carte de police et lui colla sous le nez.

— C'est une menace ?

L'homme garda son calme.

— Non, c'est pas une menace, je suis pas assez stupide pour menacer la police. Mais vous devriez peut-être partir quand même. Elle a pas envie de parler avec vous, et si vous insistez, elle *pourra* plus du tout. De toute façon vous avez votre réponse, regardez-la. Vous êtes aveugles ou quoi ?

Les deux femmes se regardèrent. Puis elles se levèrent. La Comtesse posa une carte de visite sur la table. Elle fit un signe de la tête en direction de la chanteuse qui pleurait toujours.

— Si elle change d'avis, ou si quelqu'un d'autre peut aider.

Le videur était toujours calme.

— M'étonnerait. Dans la région, on aime pas trop les racoleurs d'enfants.

Les gens applaudirent tandis qu'elles se frayaient un chemin vers la sortie.

38

A Kregme, près du lac Arresø, Stig Åge Thorsen suivait des yeux la voiture de police qui serpentait entre les champs. Il sourit en voyant qu'elle s'arrêtait près du feu. Il se remémora les règles.

Evite les longues phrases, ne parle que si on te pose une question. Tais-toi si tu doutes. Tais-toi si tu es troublé, et ignore toute forme de menace. Le silence est ton ami, la récitation ton refuge.

Il pouvait presque entendre la voix de Per Clausen, et son sourire s'élargit. Il n'était pas nerveux, ce qui l'étonnait un peu. Il sortit dans la cour pour accueillir l'arrivant. Un blême soleil d'automne perçait la lourde couche nuageuse. Il faisait frais, et il se secoua.

La voiture de police passa près de lui. Il fit un signe de la tête au conducteur et observa la façon dont il gara la voiture le long de la maison, tout près du mur, bien que la place ne manquât pas. Comme si tout ce qui n'était pas rectiligne ou angles droits tenait de l'impertinence. Il constata un peu ennuyé qu'il connaissait l'agent. C'était un ancien camarade de classe. Ou bien d'une autre classe ? Il ne s'en souvenait pas précisément, mais il aurait préféré qu'il en soit autrement, cela aurait été plus facile. L'agent sortit de la voiture et avança vers lui. Il était en uniforme.

— Bonjour, Stig Åge.

— Salut.

— J'aurais aimé parler avec toi de ton feu dans le champ. On a reçu une plainte.

Ce n'était pas une question, et il ne dit rien. L'agent lui lança un regard décontenancé quand il réalisa qu'aucune réponse ne viendrait. Puis il recula imperceptiblement avant de retenter sa chance.

— Qu'est-ce que c'est qui brûle là-bas ?

— Un inconnu est arrivé et m'a donné vingt mille couronnes pour faire un trou dans mon champ. Il voulait brûler son minibus. J'ai creusé le trou et me suis occupé de faire du tirage. J'ai amené du combustible, des sacs de charbon, du bois et de l'essence, et je suis parti en vacances. A mon retour j'ai entretenu le feu deux fois par jour. C'était l'accord.

Il récitait sa leçon à haute et intelligible voix, sans cacher qu'il disait un texte appris.

L'agent recula encore d'un pas et l'observa, sceptique. Le mot *minibus* l'avait fait tiquer, et il réfléchissait, visiblement en pleine confusion. Il se grattait intensément l'arrière de la tête, comme s'il pouvait ainsi en extirper une conclusion. Enfin il dit :

— Dans quoi tu t'es fourré, Stig Åge. Est-ce que c'est le minibus qu'on recherche dans l'affaire de Bagsværd ?

— Un inconnu est arrivé…

Il fit la même réponse, avec le même staccato que la première fois.

— Tu ferais mieux de venir avec moi au poste.

— Je suis en état d'arrestation ?

— Non, non. Tu vas venir de ton plein gré, j'imagine.

— Hors de question.

L'agent se grattait comme s'il avait des poux.

— Tu peux répéter ce que tu as dit à propos du feu ?

Il débita sa tirade une nouvelle fois, au mot près. Le policier s'assit dans sa voiture, et Stig Åge Thorsen attendit patiemment. A travers le pare-brise, il voyait l'homme parler à la radio. Un moment passa, puis la vitre de la voiture descendit.

— Stig Åge, tu es en état d'arrestation. Nous sommes le samedi 28 octobre, il est 14 h 53. Je te prie de monter dans la voiture.

Il se gratta encore l'arrière de la tête, puis il ajouta :

— A l'avant, à côté de moi.

Stig Åge Thorsen obéit. Sans répondre.

39

La Comtesse fut réveillée à cinq heures et quart le samedi matin par un appel du concierge. Il lui signifia froidement qu'un agent de police attendait à la réception avec du courrier pour elle. Le choix de l'heure en lui-même avait tous les airs d'une petite vengeance mûrie par ceux qu'elle avait contraints à une overdose de travail la veille. Elle savait qu'elle l'avait cherché et ne se plaignit pas. En robe de chambre, recluse de fatigue, elle alla récupérer l'enveloppe que lui tendit un motard. Les documents lui étaient adressés personnellement. Pauline, elle, avait le droit de dormir.

Le rapport était long et très détaillé. Presque soixante pages sur la vie des frères Ditlevsen, dans lesquelles il fallait bien évidemment faire le tri. Un long bain repoussa la fatigue, et deux paquets de cacahuètes prises dans le minibar calmèrent à peu près sa faim. Elle se mit à lire.

Quelques heures plus tard, dans la voiture, elle avait pris une avance considérable sur Pauline qui, du fond du siège passager, parcourait le rapport. La Comtesse conduisait tout en taquinant sa jeune collègue :

— C'est du bon travail, tu trouves pas ? Tu as bientôt fini ?

— Fini ? Tu es folle ? Comment veux-tu que je lise tout ça en un quart d'heure ?

— Bah, c'est pas aussi difficile que ça en a l'air. Concentre-toi sur l'essentiel et laisse tomber le superflu.

Pauline approuva vaguement de la tête et tourna la page, résignée. La Comtesse lui vint en aide.

— Tu veux que je te le résume ? Tu peux suivre en même temps sur le rapport.

— Tu te souviens de tout ?

— Bien sûr que non, juste les points essentiels.
— Comment tu fais ça ? J'arrive pas à comprendre.
— Eh bien j'étais au calme pour me concentrer avant que tu ne descendes pour le petit-déjeuner. Tu apprendras ça avec le temps.
— Tu veux dire si je remplace les romans-feuilletons par une visite à la bibliothèque de temps en temps.
— Ça ne te ferait pas de mal, mais mettons-nous au boulot. Frank Ditlevsen est né en 1952 dans la bourgade d'Ullerløse à Odsherred. Son frère cadet est arrivé trois ans plus tard. Ils n'ont pas eu d'autre frère ou sœur. La mère se tire de la maison durant l'été 1956. Elle émigre à Leeds en Angleterre, où elle commence une nouvelle vie chez une amie d'enfance. Peut-être qu'elle fuit le père, c'est difficile à dire.

Pauline confirma. Elle suivait en lisant les notes, troublée par un obscur sentiment d'infériorité.

— La vie à la maison est modeste. Le père, Palle Ditlevsen, gagne sa vie comme manœuvre, comme journalier si tu veux. Un peu de travail au noir par-ci, quelques magouilles par-là. Du travail saisonnier, des récoltes, quelques remplacements pour la commune. Il répare des vélos, en vend même à un moment, qui sont volés dans les alentours. Il y a deux rapports de police sur lui, mais aucune condamnation ni amende, les affaires ont donc dû être réglées à l'amiable. Les garçons sont livrés à eux-mêmes, le père est alcoolique à ses heures, et les gifles pleuvent régulièrement. La commune enquête sur les relations dans la maison, et le rapport de l'assistante sociale est rude, avec cinq compléments d'enquête, le premier en 1962, le dernier en 1967. Les garçons auraient dû être placés, mais les autorités préfèrent utiliser l'argent du contribuable autrement. La commune laisse faire, les jours se suivent et se ressemblent, jusqu'à ce que les frères deviennent adultes.

La Comtesse donna du temps à sa passagère pour confirmer les informations. Pauline feuilletait et lisait, maintenant déterminée. Quand elle eut terminé, elle dit :

— Tout est vrai, continue.
— Frank Ditlevsen entre en apprentissage et obtient une qualification d'imprimeur lithographe en 1971. Sa vie a l'air stable. Même employeur jusqu'en 1986, où l'entreprise met la clef sous la porte, ruinée par l'arrivée de nouveaux matériels

sur le marché. Deux ans plus tôt, Frank Ditlevsen se marie. La mariée est une assistante de nettoyage de Rørvig, qui accouche la même année de leur seul enfant, notre chanteuse d'hier soir. Allan Ditlevsen, lui, reprend le flambeau de son père, si tu me passes l'expression. Sauf qu'il ne boit pas. Durant la période de 1971 à 1993, l'administration fiscale lui connaît pas moins de quarante-six emplois différents. Malheureusement, assistant pédagogique et concierge suppléant dans une école maternelle en font partie.

— Formidable, un sans-faute. Tu es incroyable.

— En 1985, le père des deux frères meurt. La même année, Frank Ditlevsen devient médiateur free-lance et maître ès lettres en danois en un temps record. C'est-à-dire juste le temps de fabriquer un faux diplôme. Il monte une solide petite affaire et fidélise une clientèle sous la forme de grandes entreprises dans la région de Copenhague. Personne ne doute de lui.

— Si je comprends bien, ça vient seulement de sortir maintenant. Je veux dire, du fait de notre enquête.

— Exact, ses clients ne se méfiaient pas de lui. Ou alors ils s'en moquaient, du moment qu'il faisait parfaitement son travail. Bref, reprenons le texte : en 1994, Frank Ditlevsen achète la villa de Middelfart, et deux ans plus tard il divorce. La mère et la fille déménagent. Après un séjour en prison, Allan Ditlevsen devient vendeur de hot-dogs et de journaux à Allerslev. Il trouve alors un peu de stabilité dans sa vie professionnelle. D'après le rapport, il n'y a pas grand-chose à dire sur les années qui ont suivi. Les gens qui connaissaient les deux frères parlent tous d'une vie calme, mais on n'a pas encore pu interroger des amis proches. Peut-être qu'ils n'en avaient pas.

La Comtesse freina brutalement, et un renard suicidaire disparut dans un buisson. Pauline Berg avait enfin compris. Sceptique, elle demanda :

— Quand est-ce que tu as eu ce rapport ?

— A cinq heures. Je l'ai eu pendant trois heures, pas la peine de faire un complexe d'infériorité.

— C'est quand même impressionnant, même si tu t'es préparée. Tu te souviens de toutes les dates…

— Tu n'en sais rien. Tu n'as pas le temps de me faire passer une interrogation-surprise.

— Pourquoi tu ne m'as pas réveillée ?

— Pourquoi je l'aurais fait ? Bon, écoute la fin, on est presque arrivées. En dehors des deux condamnations d'Allan et de la malheureuse tendance de Frank à se parer des plumes du paon, les deux frères sont un modèle de *success story*. Leur départ dans la vie était peu prometteur, mais petit à petit ils se sont forgé de bons cadres économiques et professionnels. La seule anguille sous roche, c'est que les finances de ces deux-là ne collent pas. Trois experts en économie ont comparé le mobilier de la villa et leurs extraits de compte avec leurs revenus. Compte tenu du poids des impôts danois, leurs finances se comprendraient mieux s'ils avaient des revenus parallèles inconnus du fisc. Mais ce ne sont que des suppositions, nous n'avons pas de preuve concrète.

Les conjectures sur les revenus douteux des deux frères se renforcèrent durant l'après-midi, quand la fouille de la maison produisit cent soixante mille couronnes en espèces. La découverte revenait à un agent de la criminelle qui exposa fièrement sa trouvaille à Pauline.

— Les billets étaient dans quatre paquets de farce de poisson surgelée, planqués tout au fond du congélateur. La farce se distinguait du reste du contenu du congel, uniquement des plats préparés à mettre direct au four. L'argent était au fond des boîtes, en liasses de quarante billets de mille couronnes. Le tout était recouvert de farce de poisson, et l'emballage avait été soigneusement recollé. Les boîtes ont été choisies pour leur largeur qui correspond parfaitement à la longueur des billets.

Pauline se demandait si elle devait le couvrir de louanges. L'agent avait au moins deux fois son âge, et l'idée lui paraissait saugrenue. Elle lança vainement un regard en direction de la Comtesse.

— C'était très malin. Vraiment très malin.

Elle se sentit bête, mais l'homme rayonnait comme un soleil.

— Avec ça et le fait que la plupart des cassettes contiennent du porno infantile, l'affaire est claire.

— Très claire.

— Si vous voulez mon avis, ils ont eu ce qu'ils méritaient.

Pauline Berg n'avait rien demandé. Elle se mit à compter les billets jusqu'à ce qu'il s'en aille. Ils étaient froids.

L'enquête fit deux nouveaux pas en avant au cours de l'après-midi. Le destin voulut que les deux femmes de Copenhague en soient responsables, ce qui était profondément injuste pour l'équipe qui se tuait à la tâche. Mais le grand détective là-haut n'était apparemment pas d'humeur à récompenser leur travail sur ce coup-là.

Le mérite le plus important revenait à la Comtesse, sa découverte étant le fruit d'une remarquable série de déductions. Le fait que les frères vendaient du porno infantile ne faisait aucun doute : les espèces dans le congélateur, leurs propres vidéos, le matériel de Frank et les condamnations d'Allan, tout allait dans la même direction. Et le moyen de distribution le plus évident était Internet. Une rapide enquête chez l'opérateur de Frank Ditlevsen exclut pourtant l'hypothèse d'une transmission de matériel illégal. Les deux frères se servaient peut-être de moyens plus traditionnels, plus lents mais plus sûrs. La baraque à frites était dans ce cas une façade cinq étoiles.

La Comtesse réquisitionna quatre agents et se rendit à Allerslev, où les restes du commerce d'Allan Ditlevsen avaient été balancés dans un conteneur. Repensant à la farce de poisson, elle demanda aux agents de chercher des paquets de produits précédemment conservés dans le congélateur de l'échoppe. Deux solides sacs de plastique furent trouvés et ouverts. La Comtesse était satisfaite. Elle lâcha quelques mots d'encouragement puis s'éloigna de l'odeur. Le résultat était édifiant : presque une trentaine de CD-ROM puants.

La contribution de Pauline à l'enquête résulta d'une démangeaison et d'une coïncidence. Une fois la Comtesse partie pour Allerslev, elle se sentit de trop. Tout le monde s'attendait qu'elle découvre quelque chose, c'était évident. Elle ne savait simplement pas quoi, et encore moins comment. En l'absence d'idée lumineuse, elle fit un tour dans le jardin, sans autre effet qu'une irritation persistante au mollet, à l'intérieur de sa botte. Elle tenta par deux fois de la faire disparaître en tapant du talon, mais sans résultat. La démangeaison finit par accaparer son attention et devint rapidement insupportable. Sur les marches menant à la porte d'entrée, elle s'arrêta et descendit la fermeture Eclair de sa botte tout en se tenant à la boîte aux lettres, qui était fixée au mur extérieur, à gauche de l'entrée. C'était maladroit, mais cela valait mieux que de s'asseoir sur les dalles mouillées. Après s'être grattée consciencieusement un certain temps, elle vit que le dessous de la boîte aux lettres avait une forme inhabituelle. La boîte était faite de telle manière que les bords descendent plus bas que le fond. Elle se pencha et regarda par-dessous. Deux emplacements avaient été ménagés, dans lesquels on pouvait cacher deux disques durs.

40

Le samedi fut un jour frustrant pour Konrad Simonsen et son enquête. A la suite de la publication des portraits posthumes réalisés par Arthur Elvang des victimes de Bagsværd, l'avalanche d'appels, prédite avec pessimisme par Arne Pedersen, devint une lourde réalité.

La veille au soir déjà, les appels se multipliaient aux postes de police du pays en général et à celui de Copenhague en particulier. La majorité venait de personnes qui tentaient de fournir des informations erronées sur les victimes. Il était facile de les percer à jour pour la plupart, mais pas toujours. L'identification des corps traînait en longueur. Excepté pour M. Nord-Ouest, qui fut avec certitude identifié comme étant Thor Gran, un architecte de cinquante-quatre ans d'Århus. Deux étudiants en architecture s'étaient rendus en personne au poste de police de Lyngby avec la revue professionnelle *L'Architecte* d'avril 1999. Elle contenait un article sur les techniques de restauration des bâtiments anciens écrit par Thor Gran. Un aveugle aurait pu établir le lien entre le portrait de la revue et la photo recréée d'Elvang. Avec l'identification de Thor Gran, il ne manquait plus que celles de M. Nord-Est et de M. Sud-Est. Konrad était rentré chez lui avec la conviction que ce serait chose faite à son retour le lendemain. Un optimisme qu'il aurait peut-être tempéré s'il avait su que les deux élèves architectes avaient été refoulés trois fois au téléphone, et que seule leur obstination avait permis l'identification.

Le samedi, Konrad n'arriva sur son lieu de travail que vers 11 heures. Il avait passé la matinée à régler quelques affaires personnelles importantes qu'il avait laissées de côté toute la semaine à cause de son travail. Il s'installa derrière son bureau, armé d'un café et d'un sac de croissants, et commença par téléphoner à sa fille. Anna Mia et lui avaient rendez-vous au cinéma le soir même, et il souhaitait fixer l'heure et le lieu où ils se retrouveraient avant de passer en revue les objectifs de la journée. Son téléphone ne fonctionnait pas. Etonné, il tambourina un moment sur le bouton de tonalité, sans résultat, et sortit son mobile de sa poche. Il l'avait éteint après plusieurs appels nocturnes de personnes qui ne souhaitaient rien d'autre que le réveiller. Il avait oublié de le rallumer le matin, ce qui était une erreur. Il le fit, attendit le signal et reçut un appel immédiatement après l'obtention du réseau. Une jeune femme, ou plus probablement une adolescente, lui raconta en pouffant de rire qu'elle reconnaissait l'une des victimes, qu'il s'agissait de son grand frère. En fond, il pouvait entendre des cris et des rires. Il raccrocha sans répondre, mais reçut un nouvel appel dans la seconde qui suivit. Cette fois c'était un homme qui affirmait avoir vu un des deux inconnus au stade de Brøndby, un an plus tôt. Konrad éteignit à nouveau son téléphone et se dirigea vers le bureau d'Arne. Une note accrochée sur la porte le renvoya au bureau de Poul Troulsen.

Ce dernier était de loin le plus agréable de toute la section criminelle. Une longue carrière et un goût certain avaient permis à son propriétaire de meubler la pièce de façon qu'elle ressemble plus à une salle de séjour qu'à un lieu de travail. Cerise sur le gâteau, un gigantesque téléviseur à écran plat trônait sur le mur. A l'origine, il devait servir de tableau d'affichage pour la cantine, mais, par un tragique accident bureaucratique, il s'était retrouvé sur le mur de son bureau. Personne ne souhaitait être dérangé en plein repas par de quelconques messages de la direction, et l'erreur satisfit tout le monde. Et chacun savait désormais où aller lorsqu'il s'agissait de suivre certains événements sportifs qu'il était tout simplement impensable de rater.

Lorsque Konrad entra dans le bureau, Poul regardait des dessins animés, allongé de tout son long sur le canapé. Arne, lui, était paresseusement installé dans un fauteuil et lisait une revue sportive. Ni l'un ni l'autre n'avaient l'air spécialement pressés de mettre fin à leur activité à la suite de l'arrivée du chef. Konrad Simonsen dit :

— On peut savoir ce qui se passe ici ?

Poul éteignit la télévision et répondit :

— Rien, si ce n'est que je m'étonne du manque de saveur des dessins animés actuels par rapport à ceux de mon enfance. C'est franchement dommage.

Arne se laissa encore un peu plus aller dans le fauteuil avant d'expliquer :

— La moitié de la population du pays a eu la mauvaise idée de nous appeler. Nos lignes sont hors service : plus aucun appel, ni sortant ni entrant.

Konrad était déconcerté :

— Comment ça ?

— Eh bien... La société moderne est fragile par bien des aspects. Evidemment, j'exagère quand je dis la moitié de la population, mais il suffit de quelques milliers d'appels pour dépasser nos capacités téléphoniques. Et je parle de tout le pays, pas juste du QG. On vient de voir un expert en téléphonie aux infos, ce qui va probablement déclencher encore plus d'appels.

— Tu veux dire que c'est pareil dans tous les postes de police ?

— Plus ou moins. On n'a pas de vue d'ensemble.

— Et la direction ? Ils sont informés ?

Poul s'était redressé sur le canapé. Il répondit avec ironie :

— On vient de leur envoyer un courrier.

Konrad lui lança un regard courroucé. Arne dit :

— Le chef de la police nationale est en conférence à Londres. Et le directeur de la police est parti fêter ses noces d'or sur l'île de Falster.

— Alors personne n'essaie d'arrêter ce délire ?

— Aucune idée. C'est devenu vraiment sérieux il y a à peine une demi-heure. Il y a trois quarts d'heure, le téléphone fonctionnait encore, mais le temps d'attente pour les appels entrants était absurdement long. Le standard...

Poul Troulsen l'interrompit :

— Le centre d'appels. Souviens-toi, on dit centre d'appels. Le standard, c'était il y a un siècle. Un souvenir poussiéreux d'une époque où les choses fonctionnaient.

— Arrête ça, Poul, dit Konrad avec irritation. Si tu ne veux pas participer de façon utile, alors rentre chez toi. Arne, continue.

— Malheureusement il n'y a pas grand-chose de plus à dire. Un ou plusieurs de nos collègues ont probablement jeté de l'huile sur le feu en répandant nos numéros privés sur Internet, mais tu es sûrement déjà au courant. Toi et moi, on est sur la liste, mais Poul, la Comtesse et Pauline y ont échappé. Tu veux voir un des sites Internet qui a publié nos numéros ?

Konrad secoua la tête. Poul prit la parole, de façon constructive cette fois :

— Je suis allé acheter douze cartes prépayées pour mobile. Elles sont dans le bureau d'Arne. Change ta carte SIM, Konrad, et inscris ton nouveau numéro sur le tableau.

— Bonne idée, mais ça attendra. A part ça, ils ont dit quelque chose au standard ? Ça sert à quelque chose d'aller les voir ?

— Absolument à rien. Ils courent dans tous les sens comme des poules sans tête en jactant dans un jargon technique. La vérité, c'est qu'ils sont aussi inutiles que nous autres. Ça s'arrangera quand les gens arrêteront d'appeler.

— Et c'est prévu pour quand ?

Poul haussa les épaules, l'air résigné. Konrad planta son regard dans celui d'Arne, qui secoua la tête en écartant les bras.

— Alors on attend juste que ça passe ?

La question était rhétorique. Aucun des deux hommes ne répondit, mais tous deux esquivèrent le regard de leur chef. Konrad Simonsen resta là un moment, silencieux, entre eux. Puis il partit brusquement, sans rien dire.

Il revint seulement une heure plus tard. Dans l'intervalle, rien n'avait réellement changé. Poul parcourait vaguement un tas de rapports d'un air peu concerné. Arne s'était relancé dans la lecture de son magazine. Konrad les fit réagir quand il dit :

— Nos petits soucis sont presque résolus. D'ici une heure ou deux, les lignes devraient être revenues à la normale. D'ici là, profitons-en pour faire le point sur M. Nord-Est et M. Sud-Est avant que les vraies infos ne commencent à tomber. Il faut prendre en compte le fait qu'il nous faudra au moins une journée de plus pour mettre de l'ordre dans tout ce bazar. Et j'aimerais aussi savoir où on en est avec Thor Gran. Et puis, vous pouvez remettre vos cartes SIM normales dans vos portables.

Arne Pedersen demanda d'un air surpris :

— Qu'est-ce qui s'est passé ? Pourquoi ça s'est arrêté ?

— C'est pas encore complètement terminé, mais ça s'est déjà bien calmé. Et si on se mettait au travail ?

Poul ignora l'invitation et alluma le téléviseur. Il trouva la chaîne des infos, où un portrait de Konrad en plus jeune remplissait la moitié de l'écran. La voix légèrement zozotante d'une animatrice télé demanda :

— Est-ce que ça ne remet pas la réputation de la police en cause quand les gens se mettent à faire ce genre de chose ?

Le son crachotant de la liaison téléphonique ne masquait que partiellement l'irritation de Konrad :

— Dites-moi, vous ne comprenez vraiment pas ce que je vous dis ? Je me moque de vos histoires de réputation. Dites-moi ce que vous feriez si on vous agressait quand vous rentrez chez vous.

— C'est moi qui pose les questions.

— Non. C'est vous qui vous faites cambrioler. C'est votre enfant qui disparaît. C'est votre voiture qui se fait torpiller par un chauffeur ivre. Et dans ces cas-là, vous faites quoi ?

La pause dura deux secondes de plus qu'elle n'aurait dû. Deux secondes, puis Konrad raccrocha, mettant ainsi fin à l'interview.

41

Le dimanche, l'enfer se déchaîna.

A la une du *Dagbladet*, cinq hommes condamnés à mort fixaient le lecteur. Ils vivaient leurs derniers instants, sauf pour l'un d'entre eux, qui était déjà passé de vie à trépas. On distinguait parfaitement l'épaisse corde bleue autour du cou de chacun d'entre eux. L'angoisse suintait de leurs regards, et il se vendit plus de journaux que pour le scandale royal le plus célèbre. Il n'y avait aucune pitié à attendre de la rédaction du journal, le gros titre prenait clairement parti contre les malchanceux : “Le jour du Jugement”, écrit en grands caractères gras. Pour l'occasion, le journal avait été rallongé d'un supplément de huit pages. Il contenait un photomontage réalisé à partir de la séquence vidéo reçue par Anni Staal, décomposée presque image par image, de façon qu'aucun des terribles détails ne soit caché aux lecteurs.

Anni Staal et le directeur du journal se tenaient devant l'entrée principale de leur lieu de travail et attendaient. Il était près de 9 heures, mais la rue semblait à l'agonie, déserte et brumeuse dans le matin froid. Anni Staal essaya pour la troisième fois :

— Vous êtes sûr que je ne dois pas participer ?

Son chef suprême bâilla à s'en décrocher la mâchoire. La nuit avait été longue, et il était fatigué.

— Oui, j'en suis sûr. Tu te montres et tu passes ton chemin. Ils ne doivent pas s'imaginer que tu te caches. Je ne veux pas risquer que tu sois recherchée, ou je ne sais quelle autre idée à la noix qu'ils pourraient avoir. Décris-moi plutôt l'ambiance.

— L'ambiance ?

— A la rédaction, dans la population, un peu partout. Il paraît que tu entends l'herbe pousser.

Anni Staal ignora le compliment.

— Ça jase beaucoup, mais notre site est en train d'exploser. On a dépassé les cent mille clics, et ce n'est que le début. Toute la section informatique a été appelée pour gérer la vague. Ils ont déjà reconfiguré nos serveurs vidéo trois fois pour réduire le temps de latence.

Le directeur ne se sentait pas concerné par les aspects techniques.

— Excellent, excellent. Mais que pensent les gens ? Une fois qu'ils ont vu les images, je veux dire. Sont-ils conquis par notre titre ? Avons-nous visé juste ?

— La séquence dans le minibus avec celui qui s'appelait Thor Gran frappe les gens et leur enlève toute compassion. Vous savez, celle où il choisit de se faire le petit…

— Tais-toi ! Je ne veux plus entendre cette phrase.

— Et voilà, votre réaction est typique, tout le monde réagit comme ça.

Le directeur dit d'un ton tranchant :

— Parlons d'autre chose.

Anni Staal ignora sa demande.

— Thor Gran s'est emparé de votre langue : il a sali ce qui était propre. Maintenant, vous ne pouvez plus utiliser ces mots. Vous ne pouvez même presque plus les penser.

— Parce que t'es psychologue maintenant ?

— Non, mais j'ai parlé avec quelqu'un qui l'est.

— OK, tu as peut-être raison. Dans tous les cas, c'est écœurant.

— Mais c'est aussi décisif. La compassion spontanée des gens s'évanouit aussitôt. La prochaine fois qu'ils verront les pendaisons, ce sera avec un regard plus dur, et un assentiment tacite. Parfois même clairement exprimé. Je reçois pas mal de mails.

— Mouais, il faut bien que la liberté d'expression serve à quelque chose… Et dans la Constitution, il n'est pas dit qu'on doive absolument désapprouver le meurtre.

— Ce n'est pas le cas, bien au contraire. Evidemment, ce sont les plus outrés qui écrivent. Mais, de manière générale, je ne pense pas qu'il y ait beaucoup de gens pour pleurer sur le sort des morts. Et je suis sûre qu'énormément de gens ont dans un coin de leur tête la même phrase que vous – qu'ils ne veulent pas prononcer et aimeraient oublier – quand ils prennent position.

Le directeur esquissa un sourire étroit. Il consulta sa montre et songea avec regret à son canapé. Puis il lança un regard au bout de la rue, mais il n'y avait rien à voir. Ils restèrent silencieux un moment.

— On a réussi à garder la nouvelle secrète ?

Anni Staal hésita une seconde avant de répondre.

— Je crois. Il faut dire qu'on s'est donné beaucoup de peine. Les distributions d'hier soir dans les kiosques de Copenhague ont été suspendues, et des gens de confiance ont été assignés à la garde des journaux en partance vers la province en train de nuit. Aucun employé n'a eu le droit de rapporter un exemplaire chez lui. Tout a été mis en œuvre pour que le choc touche tout le pays pratiquement en même temps. Vous redoutiez une saisie ?

— Peut-être pas à ce point-là, mais tu n'as pas l'air catégorique. Est-ce que, malgré nos efforts, la nouvelle a pu filtrer avant l'heure ?

— Je ne sais pas trop. En tout cas, la police a été prise au dépourvu, et beaucoup d'agents plus ou moins impliqués s'étonnent que, à chaque nouvel élément autour des meurtres des pédophiles, l'administration soit totalement dépassée par les événements. Ce n'est clairement pas l'inspecteur en chef Simonsen qui mène la danse. Et le ministre de la Justice ne devait pas être au courant. J'ai entendu les nouvelles à la radio à 9 heures, il fonçait à Christianborg, fou furieux, encerclé par des hordes de journalistes surexcités. Il s'est contenté de lâcher quelques sottises.

— Pauvre homme, d'abord on lui marche dessus, ensuite on le passe au mixeur.

— La chasse aux politiciens est ouverte toute l'année, et le sang de ministre est l'un des plus nobles liquides que l'on puisse extraire d'une histoire. Ce genre de fluide confère du prestige, et parfois même une promotion. Vous l'avez eu ?

— Non, je suis complètement insensible aux réclamations du menu fretin. Dis-moi pourquoi tu as hésité.

— Je n'avais pas de raison concrète. Je trouve simplement que cette rencontre a été un peu trop vite arrangée. Ne sous-estimez pas le chef de bureau Helmer Hammer, il a des amis puissants. Très puissants.

— Je ne vois pas le rapport.

— Il n'y en a peut-être pas. Mais ne soyons pas aveugles : le phénomène qu'on observe ces derniers jours – appelons ça le courant de l'opinion – écrase régulièrement des orteils délicats. Par exemple, des voix s'élèvent pour que le secteur du tourisme soit économiquement tenu pour responsable quand des touristes s'approchent trop des enfants de la région.

Le directeur n'était pas impressionné.

— Bah, le secteur du tourisme, vraiment...

— Ou les banques, pour tout virement sur Internet concernant des documents pornographiques ayant trait aux enfants. C'est une autre idée qui remporte une audience croissante... Mais voici vos invités, je crois.

Anni Staal pointait du doigt le taxi qui venait juste de tourner au coin de la rue. Elle dut le bousculer un peu pour qu'il tourne la tête.

Helmer Hammer, de son côté, bouscula un peu plus fortement Poul Troulsen, qui râlait au sujet de ce qu'il qualifiait de comité d'accueil douteux. Le chef de bureau se pencha en avant et constata d'un regard par la fenêtre qu'il n'avait pas tort. Si tant est que deux personnes puissent former un comité. Il se frotta les yeux et retint un bâillement. Le dimanche avait à peine commencé, mais il était déjà levé depuis plus de cinq heures.

Le téléphone avait sonné à trois heures et demie du matin. Une voix qu'il connaissait, mais dont la propriétaire n'était absolument pas censée le contacter à son domicile, l'avait réveillé sur-le-champ. La femme qui l'appelait avait deux noms. Elle en utilisait un pour son travail hautement qualifié dans le domaine de la bourse, l'autre était dédié aux activités mondaines. Il faisait partie des très rares personnes à connaître les deux. Il savait aussi que, si l'on était en possession d'une petite fortune et des bons contacts, on pouvait louer ses services – qui valaient chaque couronne investie. Tandis qu'il l'écoutait, il priait des forces supérieures pour qu'il y ait une bonne raison à son appel. Son vœu fut exaucé.

Elle avait un exemplaire de *Dagbladet* pour lui. Son appartement était à deux pas, et ils se rencontrèrent à mi-chemin. Il eut son journal, et même un baiser sur la joue. Elle était trop maligne pour mentionner qu'il lui devait désormais un grand service.

Le mot d'ordre dans les heures qui suivirent fut *damage control*. Le fait qu'il ait gagné dans le processus une raison légitime de détruire le sommeil de toute une série d'autres personnes constituait une maigre consolation. Progressivement, appel après appel, il reprit plus ou moins la mainmise sur la situation.

C'est pourquoi, quand il récupéra Poul Troulsen dans le taxi, il était d'humeur raisonnable, et avait donc assez d'énergie pour faire face au baratin agacé avec lequel l'agent de la Crim le salua.

— Autant le dire tout de suite, si vous prévoyez de réduire Konrad en miettes, vous pouvez toujours courir, quel que soit le pouvoir que vous avez. Inutile de compter sur moi.

Poul Troulsen n'était franchement pas du genre à craindre l'autorité hiérarchique. Helmer Hammer répondit doucement :

— Ce n'est pas le cas. Au contraire. Comme je l'ai dit au téléphone.

— Je déteste l'idée d'agir dans son dos. Pourquoi toutes ces cachotteries ?

— Votre chef est un formidable enquêteur, et un misérable médiateur. La dernière chose dont j'ai besoin, c'est qu'on le lâche sur *Dagbladet*. De plus, ce qui concerne la police peut être géré à un niveau inférieur, c'est-à-dire par vous.

Poul Troulsen apprécia sa franchise et se calma un peu.

— Que fait Konrad actuellement ? Où est-il ?

— Il est dans son lit et il dort. Il l'a sérieusement mérité et il en a vraiment besoin.

Poul Troulsen hocha la tête. Il était difficile de ne pas apprécier son interlocuteur.

— Comment avez-vous arrangé tout ça ?

— J'ai eu de la chance.

Ils se turent un moment. Puis Poul demanda :

— Pourquoi moi ? Moi non plus je ne supporte pas ces fouille-merde.

— Parce que vous aboyez mais ne mordez pas. Parce que vous connaissez votre rôle et tiendrez votre langue pendant la rencontre. Et parce que celle que vous appelez la Comtesse est à Odense.

Poul Troulsen eut un sourire crispé. Ils passèrent quelques rues de plus. Cette fois, ce fut Helmer Hammer qui brisa le silence.

— A quoi pensez-vous ?

— Au fait que la franchise peut mettre sur les dents. Etes-vous toujours aussi direct ?

Le chef de bureau n'eut pas à répondre. La radio diffusa le journal, et tous deux écoutèrent. L'information principale était une courte interview du ministre de la Justice, dont les plus belles astuces de langage ne parvinrent pas à masquer l'ignorance. Poul Troulsen commenta :

— Quel bouffon !

Helmer Hammer n'était pas aussi catégorique. Le ministre de la Justice avait été son seul échec, mais c'était une conséquence de son éloignement du monde politique.

— C'est un survivant. Peut-être le plus tenace de tous.

Le taxi était presque arrivé. Provocateur, Poul Troulsen dit :

— Voyez-vous ça, un comité d'accueil composé des pires charognards de la presse tabloïd.

C'est là que Helmer Hammer le poussa un peu. Sans effet.

— Je vais lui arracher les mamelles à cette garce.

— Non, vous allez rester tranquille, et vous taire. La diplomatie n'est pas votre fort, visiblement.

Le taxi s'arrêta. Helmer Hammer ajouta :

— De plus grands hommes que vous ont d'ailleurs dû ravaler ces mots.

Puis son visage passa en mode charme et il sortit de la voiture.

Les deux hommes furent conduits jusqu'à la salle dans laquelle Anni Staal avait présenté les séquences vidéo le vendredi précédent. Une femme d'une trentaine d'années attendait devant une table bien garnie. La juriste en chef du quotidien se leva et tendit la main en se présentant. Puis elle se rassit, dans l'expectative. Poul Troulsen ressentit immédiatement une certaine solidarité avec elle. Il était évident qu'elle aussi était destinée à ne jouer qu'un rôle secondaire. Les deux acteurs principaux échangeaient des bavardages futiles tout en se servant. La femme se contenta d'un verre de jus de fruits, Poul d'une tasse de café noir. Après trois petits pains et un croissant, le directeur se lança.

— Il me semble que c'est vous qui êtes à l'origine de cette rencontre. Vous pourriez peut-être commencer par nous raconter ce qu'on peut faire pour vous.

Helmer Hammer répondit d'un ton étonnamment tranchant.

— Laissons de côté ces bêtises. Vous ne pensez pas que vous nous devez une explication ?

Poul Troulsen compléta, en dépit des instructions qu'il avait reçues :

— Un brillant exemple d'obstruction à une enquête criminelle, et vous…

Il ne put aller plus loin. Helmer Hammer le stoppa d'un geste de la main. A sa propre surprise, Poul le respecta et laissa sa phrase en suspens. Mais leur hôte saisit la perche, et lança un regard impérieux à sa collègue.

— Peut-être qu'on devrait s'occuper des documents en premier, d'accord ?

La juriste acquiesça. Elle se lança dans un speech juridique d'une dizaine de minutes auquel personne ne prêta attention. Triomphante, elle termina par ces mots :

— De plus, nous avons envoyé les séquences vidéo par courrier suivi dans la nuit du vendredi au samedi. Les documents sont arrivés aux environs de deux heures du matin au poste de police national de Store Kongensgade. Dans la lettre jointe, il est clairement mentionné que les vidéos ont très certainement de l'intérêt pour l'enquête relative aux meurtres des pédophiles. Soit dit en passant, nous n'étions pas contraints de vous en informer.

— Vous avez une copie de cette lettre ?

En moins de temps qu'il n'en faut pour dire *pro forma*, elle fit apparaître deux exemplaires de ladite lettre et les tendit aux invités. Poul Troulsen et Helmer Hammer la remercièrent. Le directeur se servit une tasse de café d'un air satisfait. Galant, il en proposa à sa juriste, qui refusa d'un signe de tête. Les invités lisaient. Le texte était long, tortueux, et inutilement compliqué. Ce qui aurait dû tenir en huit lignes s'étirait sur trois pages et demie. Et ce n'était qu'au milieu de la deuxième page que le lecteur pouvait raisonnablement espérer saisir l'objet du message. Helmer Hammer finit en premier.

— Oui, vous pouviez être à peu près certains que ça finirait sous un tas de paperasses. Vous n'avez même pas pris la peine d'écrire ça sur votre propre papier à lettres.

La juriste s'excusa sans conviction.

— On a fait vite, au milieu de la nuit. Mais comme vous pouvez le constater, nous avons informé la police en bonne et due forme.

Helmer Hammer répondit à la juriste tout en fixant le directeur.

— Peut-être, peut-être pas. Jusqu'à présent, six personnes ont été assassinées. Et rien ne nous garantit que ça ne va pas continuer. S'il s'avère que ce… disons, *retard*, doit coûter des vies humaines, alors je vous promets que votre façon de faire sera l'objet d'un procès. Un long, très long procès, cela va sans dire.

Le directeur n'avait pas l'air d'apprécier la perspective d'un long procès. Il se tortilla sur sa chaise, mal à l'aise. Au contraire de la juriste, qui exposait sa dentition éclatante dans un large sourire plein d'assurance.

Helmer Hammer sortit alors un papier de sa poche intérieure. Poul Troulsen vit qu'il était manuscrit et assez court, mais il ne parvint pas à distinguer son contenu. Le directeur lut, blêmit et resta un moment silencieux. Puis il demanda :

— Qu'est-ce que vous voulez ?

Helmer Hammer reprit son papier et parla calmement, sans détour :

— Un enregistrement des discussions entre Anni Staal et vos lecteurs avant midi, l'accès aux coordonnées des personnes ayant des informations sérieuses sur les meurtres. Enfin, l'entière et active coopération d'Anni Staal avec Poul Troulsen ces prochaines heures.

Le teint du directeur vira au gris, et sa voix grimpa d'une octave.

— C'est absolument hors de question. Nous ne transmettons aucun nom de…

Il s'interrompit de lui-même quand Helmer Hammer sortit son téléphone et commença à composer un numéro. Résigné, il se tourna vers sa juriste.

— Merci, vous avez été d'une grande aide.

Il fallut à la femme un petit moment pour comprendre qu'on la mettait à la porte. Furieuse, elle se leva rapidement, rassembla ses papiers et quitta la pièce sans dire au revoir. Les hommes attendirent qu'elle soit partie.

A l'instant où la porte claqua, Helmer Hammer se leva.

— Je crois que je vais filer moi aussi, je vous laisse vous occuper des détails. Je suis sûr que vous trouverez un arrangement raisonnable. Poul, vous voudrez bien m'appeler dans une demi-heure, quand vous vous serez mis d'accord ?

Son arrogance caustique piquait. Le directeur n'avait pas l'habitude d'être traité comme quelqu'un qui s'occupe des détails. En l'absence d'alternative, il ravala son humiliation.

42

Le dimanche matin, Konrad Simonsen dormait. Compte tenu de son rythme de travail la semaine précédente, personne ne pouvait raisonnablement le lui reprocher. Spécialement si l'on prenait en compte son âge. Comme le fit sa fille Anna Mia en se glissant dans la chambre de son père pour couper le réveil, programmé pour 6 heures. La lumière blanche de la lune entrait par la fenêtre et tombait sur son visage. Elle resta longuement assise sur le bord du lit à le contempler. Sa respiration était lourde et inquiétante. De temps à autre, il cherchait son souffle. Ce son l'accablait et elle se jura de prendre en main le plus tôt possible le traitement de son diabète. Et sa consommation de tabac. Après un moment, son sommeil prit une tournure plus calme. Elle caressa doucement sa joue et replia délicatement sa couverture avant de partir.

Il était plus de 10 heures quand le chef de la criminelle, encore à moitié endormi, entra dans son propre salon où sa fille et son ancien patron l'attendaient avec le petit-déjeuner.

Le vieil homme et la jeune fille s'étaient depuis longtemps distribué les rôles. Anna Mia prit l'initiative avant même qu'il n'ait vraiment ouvert les yeux :

— Il s'est passé beaucoup de choses ce matin, mais on s'est tous mis d'accord pour te laisser dormir. Tous, c'est-à-dire moi, Kasper et l'autre, là, Hammer.

Elle lui versa du café et lui alluma même une cigarette. Ce qui n'était jamais arrivé auparavant. Konrad Simonsen inhala avidement, pendant que Kasper Planck poursuivait :

— Toutes les victimes sont maintenant identifiées avec cent pour cent de fiabilité. Il vient justement d'y avoir une conférence de presse. Mais lis d'abord ça.

Anna Mia déposa *Dagbladet* devant lui. Konrad était bouche bée, les yeux grands ouverts. Ils lui laissèrent le temps de lire. Sa première question démontra pourtant qu'il n'était pas encore vraiment réveillé :

— Pourquoi je ne sais rien de tout ça ?

— Tu as été provisoirement mis en quarantaine, répondit Planck. Pour éviter que tu ne te rendes ridicule. En un mot, on t'a mis à l'écart.

— Ça je crois que j'ai saisi. Quoi d'autre ?

— Helmer Hammer m'a téléphoné ce matin, ou plutôt cette nuit. On est convenus qu'il valait mieux pour tout le monde que tu profites d'un peu de sommeil. La journée va être longue. J'ai donc appelé Anna Mia. D'après ce que j'ai compris vous étiez au cinéma hier. J'espère que c'était un bon film.

Ce fut Anna Mia qui répondit.

— Il était bien. J'ai pleuré, papa a dormi.

Konrad grogna avec irritation et se leva.

— Je veux voir les vidéos.

— Tu ne penses pas que tu devrais manger d'abord, papa ? On t'a acheté des petits pains.

Il ne le pensait pas.

A son retour à table, il ne commenta pas ce qu'il avait vu mais son visage était grave. Ils mangèrent, pendant que Kasper Planck détaillait plus avant les événements de la matinée. Konrad écouta sans interrompre et les deux autres furent soulagés de le voir sourire en apprenant comment Anna Mia avait coupé son réveil. Ils ne s'y étaient pas attendus. Peu après ils l'entendirent siffloter sous la douche, et ils surent que l'opération était un succès. Ils trinquèrent avec du café, pour rire, avant qu'Anna Mia ne débarrasse la table. Pendant ce temps, Kasper s'assit devant l'ordinateur et visionna les vidéos encore une fois. Quand il s'agissait de tâches ménagères, il ressentait une brusque douleur dans les jambes.

Anna Mia prit congé quand Konrad revint, habillé. Les deux hommes eurent droit à une bise, et Kasper insista pour payer son taxi avec un bon venant d'un carnet tout neuf qu'il avait récupéré à la compta du poste. De son point de vue, les voitures de patrouille ne répondaient plus aux standards de l'époque en termes de confort.

Une fois seuls, les deux hommes s'assirent de nouveau à table.

— Dis donc, tu l'as bien pris.

Konrad ne répondit pas immédiatement. Il regarda par la fenêtre, suivant la courbe du ciel aussi loin que portait son regard. La grisaille avalait gloutonnement ce qui restait de ciel bleu. Il allait bientôt pleuvoir. Il se rendit compte que, pour la première fois depuis longtemps, il se réjouissait à l'idée du travail qui l'attendait. Le sommeil avait du bon. Enfin, il se concentra sur son invité, qu'il n'avait pas choisi, et dit :

— J'apprécie Helmer Hammer, et, du reste, vous ne m'avez pas laissé beaucoup de chances. D'après mes calculs, il nous a donné pas mal d'heures d'avance.

— Oui, probablement. Mais peu importe. Qu'est-ce que tu penses de ces vidéos ?

— Beaucoup de choses, mais d'abord qu'elles n'auraient jamais dû être publiées. C'est absolument odieux.

— Moui, je suis tombé sur cet adjectif un certain nombre de fois déjà. Avec des tonnes de variantes sur le même thème. *Diabolique, pervers, immonde, écœurant, repoussant*, pour ne citer que les plus gentils.

— Tombé où ça ?

— Dans les commentaires, il y en a déjà des centaines.

— La plupart des gens n'aiment pas les meurtres. Ça ne devrait pas te surprendre. Où veux-tu en venir ?

— Au fait que l'indignation ne vise pas les meurtriers, mais presque exclusivement Thor Gran et son… choix du troisième enfant. Même ta fille a réagi comme ça.

Konrad Simonsen hocha la tête, dubitatif. Il se sentait impuissant. En tant que chef de la criminelle, il ne pouvait tout de même pas être tenu pour responsable des réactions du grand public ! Et que pouvait-il faire face à cet emballement collectif, à part espérer qu'il finirait par passer ? Et s'occuper de son travail. Résigné, il répondit :

— Oui, mais il faut avouer que c'est dur à entendre.

Kasper Planck laissa le sujet de côté et dit avec optimisme :

— Bon, maintenant qu'on a enfin quelque chose de solide à se mettre sous la dent, allons au QG. Sincèrement, mon impression est que tu as conduit jusqu'ici une excellente enquête, mais c'est dans les jours qui vont venir que tu vas vraiment devoir prouver ce dont tu es capable.

— Je ne dois rien prouver du tout, et, vu que j'ai été tenu à l'écart toute la matinée, une demi-heure de plus ou de moins ne changera pas grand-chose. Une demi-heure que tu pourrais par exemple employer à me raconter ce que tu gagnes à boire des bières chez l'arabe du coin dans la rue principale de Bagsværd. On ne peut pas vraiment dire que tu sois très communicatif sur ce coup-là. Et les quelques fois où j'ai appelé, tu avais l'air à moitié ivre. J'imagine que tu ne passerais pas autant de temps là-bas s'il n'y avait pas une bonne raison. Ça fait longtemps que je voulais te poser la question.

Kasper Planck hocha la tête avec respect.

— Tu es de plus en plus fort. Mais je n'ai pas apporté mes notes, et ma mémoire n'est plus ce qu'elle…

— Et toi, tu es de pire en pire. Tu peux garder tes fadaises pour les jeunots. Lance-toi maintenant, tu n'es pas censé résoudre cette affaire tout seul.

Le vieil homme plissa les yeux, et un sourire rusé étira ses lèvres. Puis il se mit à produire des sons étranges. Il fallut un moment avant que Konrad ne réalise qu'il était en train de fredonner. C'était une expérience pénible.

— Arrête ça, c'est monstrueux. Qu'est-ce que c'est ?

— *Lady in Red*, de Chris De Burgh. Tu n'as donc aucune culture musicale ?

— J'ai des oreilles, et je souffre. Tu ne peux pas t'exprimer normalement ? Sans chanter, avec des mots ?

D'une voix monotone, Kasper Planck se mit à table.

— Le kiosque est situé dans la grand-rue de Bagsværd, et le propriétaire s'appelle Farshad Bakhtîshû. Mais bon, je l'appelle juste Farshad. Farshad a la soixantaine, il est né à Chirâz, en Iran. Il est diplômé d'astrophysique, a un doctorat et a enseigné à l'université de Téhéran jusqu'en 1984, où il a fui la révolution islamique de l'ayatollah Khomeiny. Au Danemark on n'a pas su utiliser son savoir, ce qu'il a compris quelques années plus tard. Il s'est marié en 1988, sa femme est aussi iranienne. Farshad est un homme bon et intelligent, qui au cours des vingt dernières années a surtout employé ses capacités intellectuelles à embobiner le fisc. Les citoyens de Bagsværd peuvent donc continuer de boire ses sodas discount, et sa famille garde plus ou moins la tête hors de l'eau. Il a trois fils et deux filles. Et il était ce qui se rapproche le plus d'un ami pour Per Clausen.

Il se tut pour réfléchir un moment. Konrad attendit sans rien dire.

— Le concierge et le propriétaire du kiosque sont devenus amis. Entre autres choses, ils partageaient un intérêt commun pour les mathématiques. Per Clausen venait ici jusqu'à deux fois par semaine, ils s'installaient tous les deux dans l'arrière-boutique et discutaient. Plutôt le soir, quand il n'y avait plus beaucoup de clients. L'échoppe ne ferme que vers minuit de toute façon. Per Clausen était souvent ivre, mais de moins en moins ces dernières années, et Farshad ne boit pas. Leur relation dure depuis facilement sept ans. La plupart de leurs sujets de discussion sont sans intérêt pour nous, mais pas tous. Par exemple, les deux hommes parlaient parfois de vengeance, vengeance pour le suicide de sa fille, contre celui qui abusait d'elle. Ça, c'est pour Per Clausen, mais Farshad a été durement touché aussi. Deux sœurs et un frère tombés dans les griffes de la révolution islamique, un destin terrible, je t'épargne les détails les plus moches. Les deux amis pleurent ensemble, allument des bougies à l'anniversaire de la naissance et de la mort de ceux qu'ils regrettent, ferment de temps en temps la boutique.

Le récit se faisant irrégulier, Konrad s'apprêtait à l'interrompre. Mais, brusquement, Kasper Planck revint à l'affaire :

— Depuis le printemps passé, les conversations au sujet de Helene Clausen et de la famille de Farshad ont cessé. Per Clausen élude et change de sujet quand Farshad lui en parle. Farshad ignore pourquoi, mais c'est un homme sensible et fin, qui sent le changement d'attitude de son ami et le respecte. Dans le même temps, des changements physiques frappants s'opèrent chez Per Clausen, qui diminue drastiquement sa consommation d'alcool. Pendant un temps, il est presque constamment sobre, puis il se remet à boire un peu, mais beaucoup moins qu'avant. Les changements ne sont pas progressifs, et, d'après Farshad, ils sont liés à un épisode qui est arrivé en février ou en mars de l'année dernière.

— La femme en rouge ?

— Bien vu, Konrad. Il fallait bien qu'elle apparaisse. Et c'est ce qu'elle a fait, littéralement. Dans la boutique, un soir, aux alentours de 22 heures. Per Clausen est allongé dans l'arrière-boutique. Farshad se souvient qu'il était encore plus soûl que d'habitude. Tellement bourré qu'il ne pouvait plus parler. Quand ça arrivait, il pouvait dormir sur un lit de camp jusqu'à ce que Farshad le ramène chez lui, après la fermeture. Bref, la femme a la trentaine, elle est belle et riche, d'après le tenancier, et aussi polie, déterminée et aimable. Elle réveille Per Clausen et l'emmène dans sa voiture, sans qu'il proteste. La voiture en question est une Porsche gris métallisé. Elle-même porte un tailleur d'un rouge très voyant. Elle laisse une note avec son nom, son adresse et son numéro de téléphone, et demande qu'on l'appelle la prochaine fois que le concierge sera plein comme une huître. Malheureusement la note a été jetée. Per Clausen n'a jamais parlé d'elle, mais la Porsche est revenue le chercher une autre fois. Cette fois-là il n'avait pas bu, et il avait l'air d'avoir un rendez-vous. Un des fils de Farshad, Farroukh Bakhtîshû, a aussi vu Per Clausen en voiture avec cette femme à une autre occasion, malheureusement on ne sait pas vraiment quand.

Kasper Planck avait prononcé cette dernière phrase lentement, se demandant en même temps s'il n'avait rien oublié. Apparemment tout y était.

— Voilà en gros ce que j'ai découvert. J'aimerais pouvoir te garantir que c'est important, mais je ne peux pas. Farshad est un homme prévenant qui aide volontiers la police, mais uniquement avec des informations factuelles. Il se refuse à faire la moindre spéculation concernant l'éventuelle implication de son ami dans ces meurtres.

— Elle m'intrigue, j'aimerais bien lui parler. Continue avec Farshad, si tu penses que c'est utile. Trouve quelqu'un qui peut recenser les Porsche métallisées qui roulent dans la région, et évaluer nos possibilités de la retrouver de cette façon. Envoie quelques hommes chez les voisins et le personnel de l'école pour poser des questions sur la voiture et la femme.

— Pour les voisins c'est déjà fait, ça n'a rien donné. Mais je retente ma chance avec Farshad, même si je pense qu'on n'aura rien de plus. On peut aller faire un tour au QG ensemble, que je voie où on en est. Ensuite je retournerai à Bagsværd.

— Allons-y.

Et Konrad Simonsen se leva. Frais et dispo.

43

Au poste de police d'Odense Midtby, la Comtesse avait emprunté un bureau.

On frappa à la porte. Un agent fit entrer un homme d'une trentaine d'années, étonnamment massif, et le plaça devant elle. L'une de ses paupières pendait méchamment, ce qui lui donnait un air indisposé, presque implorant. Et un rien comique. L'agent quitta la pièce. Elle laissa l'homme attendre un moment sans rien dire avant de commencer l'interrogatoire.

— Je m'appelle Nathalie von Rosen, je suis envoyée par la police criminelle de Copenhague, et tu es dans la mouise jusqu'au cou. Pareil pour ton frère.

La lèvre supérieure de l'homme frémit, il parla d'une voix saccadée.

— J'y ai réfléchi, et je crois bien que j'aimerais un avocat.

— Je comprends tout à fait, d'ailleurs tu vas en avoir sacrément besoin. Je reviens à peine de l'hôpital, où j'ai parlé avec votre victime. Enfin, parlé, c'est vite dit, pas facile avec une mâchoire en pièces détachées. Si tu vois ce que je veux dire.

— C'était un accident.

— Oui, bien sûr ! Et pas un petit : poignet cassé, deux côtes fracturées, nez cassé, comme je viens de le dire mâchoire cassée, des ecchymoses sur tout le corps. Sans parler de l'autre accident, celui qui a transformé son appartement en champ de ruines.

Le géant réfrénait des larmes, il avait complètement oublié l'avocat.

— On savait pas que c'était pas son film.

— Parce que, sinon, ça aurait été normal de le tabasser ?
— On supporte pas ce genre de type.
— On dirait que c'est à la mode en ce moment, mais aux yeux de la loi, le fait de savoir à qui appartient la fameuse cassette ne fait aucune différence. Ce qui pourrait en faire, par contre, c'est que notre ami que vous avez réduit en compote ne souhaite pas vous poursuivre. Il prétend qu'il vous comprend, j'imagine que ça doit être une personne dotée d'une tolérance absolument hors du commun.
Une lueur d'espoir traversa l'œil du géant.
— Il ne veut pas porter plainte ?
— Non. Il espère que vous pourrez vous mettre d'accord pour un dédommagement raisonnable concernant son appartement. Mais ne t'enflamme pas, ça ne change rien, vu que, s'il ne vous poursuit pas, moi je le ferai. En théorie, c'est l'avocat de la police, mais en pratique il se fie à moi. Et autant dire les choses comme elles sont, vous serez poursuivis pour violence en bande organisée. On parle de coups et blessures ayant entraîné une hospitalisation, prémédités, au domicile de la victime. Ça rime avec circonstances aggravantes. A mon avis, et je m'y connais, vous en avez pour six ans ferme. Mais la décision revient au juge, peut-être qu'avec un peu de chance vous vous en tirerez avec cinq.
La prédiction était terriblement exagérée. Elle avait parié que l'homme n'était pas doué en droit, et elle avait vu juste. Le coup des six ans lui était tombé dessus comme une massue. Sonné, il bredouilla d'un ton suppliant :
— Si y a pas de plainte, pourquoi vous voulez nous emprisonner ? Vous savez que c'était un accident, on n'est pas des gens violents.
— Si vous n'êtes pas des gens violents, j'espère ne jamais rencontrer des gens qui le sont.
Elle se leva et passa derrière lui. Elle était satisfaite de la tournure que prenait la conversation.
— Pourquoi je veux vous poursuivre ? A vrai dire, je devrais parler de sentiment de justice, d'égalité, ce genre de chose… Mais en vérité, c'est juste parce que je suis de mauvaise humeur.
— Parce que vous êtes de mauvaise humeur ?
— Exactement ! Quand je suis de mauvais poil, je deviens désagréable. Si je ne suis pas bien, les autres ne doivent pas

être bien non plus. Evidemment, c'est un peu injuste, mais c'est la vie. Après tout, c'est un peu injuste aussi que je sois de mauvaise humeur, tu ne trouves pas ?

— Si, bien sûr, mais...

— Tu ne m'as même pas demandé *pourquoi* je suis de mauvaise humeur.

— Pardon. Pourquoi alors ?

— Comme c'est gentil de ta part de demander ! Je vais te le dire, pourquoi. Hier soir, j'ai dû mettre la pression à une femme qui se faisait violer par son propre père quand elle était petite. Un sale boulot, mais quelqu'un devait le faire, et c'est tombé sur moi. Et puis, je suis aussi de mauvaise humeur à cause des journaux. Je n'aime pas ce qu'ils disent. Et puis aussi parce que je ne peux pas rentrer chez moi avant d'avoir bouclé une grosse affaire sur laquelle je trime jour et nuit. Est-ce que je ne suis pas à plaindre ?

— Si, bien sûr.

L'escogriffe avait plutôt l'air de penser que c'était lui qui était à plaindre. La Comtesse s'assit derrière son bureau et reprit :

— Ce matin pourtant, je pensais avoir eu une bonne idée, pour me remonter le moral. J'ai justement eu des infos sur un... disons un *monsieur*. Il est de Fredericia, et, contrairement à ton pauvre ami, ses préférences sexuelles vont effectivement vers les plus jeunes. Vraiment plus jeunes, même, quand il en a l'occasion. S'il voulait, aucun doute qu'il pourrait m'aider et me raconter des choses qu'il me faudrait autrement beaucoup de temps pour découvrir. J'ai donc récupéré des papiers sur lui, nom, photo, ce genre de choses.

Elle laissa lourdement tomber sa main sur un dossier posé sur le bureau qui les séparait.

— A vrai dire, j'avais décidé d'aller au stade Gudme, voir si je pouvais le trouver. Il y a un match ce soir, et il y va souvent en spectateur. Mais j'ai laissé tomber l'idée. Le problème, c'est que quoi que je lui demande, et bien qu'il puisse gagner à m'informer, je sais qu'il ne m'aidera pas. Il se refermera comme une huître. Attendra que j'abandonne et que je m'en aille. J'aimerais tellement qu'il ait une révélation. Qu'il comprenne brusquement que son devoir de citoyen est de me donner des infos sur son... son milieu. Ça me ferait plaisir.

Son interlocuteur commença à saisir où elle voulait en venir.

— Ça vous ferait plaisir ?

— Oui, c'est sûr. La seule pensée que quelqu'un pourrait le convaincre de me rencontrer me remonte déjà le moral.

— Vous voulez qu'on…

Elle l'interrompit brutalement.

— Qui parle de quoi avec qui, je ne peux pas tout savoir. Je dis simplement que je serais contente s'il venait me trouver pour une petite discussion. En pleine forme et en bon état bien sûr. Merci de répéter ces mots, *en pleine forme et en bon état.*

— *En pleine forme et en bon état.* J'ai compris, doux comme un agneau. On tape plus. Plus jamais, plus jamais de la vie.

— Tout ça m'a l'air terriblement raisonnable, mais hou là là l'heure tourne. Je n'ai pas du tout le temps de bavarder avec toi. Si tu tombes sur *Dagbladet*, tu comprendras à quel point je suis occupée. Et ce soir, l'équipe féminine de GOG joue à domicile contre Randers. Je *dois* voir ce match, maintenant que je suis à Odense. D'abord le handball et puis un café à la cafétéria. A partir de dix heures et quart.

La Comtesse se leva.

— Je vais voir si le garde de service est prêt à vous libérer. Pendant notre entretien, j'ai décidé que j'allais réfléchir encore un peu avant de vous poursuivre en justice, avec ton frère. Ne regarde pas dans mes affaires pendant que je suis absente.

Elle referma la porte et ajouta, fatiguée :

— T'as de la chance, espèce de crétin…

44

Le commissariat de police de Copenhague est un monumental bâtiment en forme de trapèze. A l'extérieur, ses façades sales, enduites de mortier gris, lui donnent l'air froid et inhospitalier. Il est dénué de toute ornementation, si l'on excepte l'entrée principale, où deux solides grilles de fer sont disposées de part et d'autre d'arcades. Des symboles transparents, rehaussés de massives étoiles dorées. L'ensemble du bâtiment est composé de longues lignes droites. Les fenêtres s'ouvrent toutes vers l'intérieur, comme pour ne pas rompre l'austérité de la façade.

Kasper Planck traversait la cour à son rythme. Konrad le suivait, ce qui lui laissait le temps d'apprécier l'architecture. Il en avait toujours aimé le côté sobre, qui, à ses yeux, seyait au lieu. A l'intérieur, en revanche, il trouvait l'aménagement maladroit et peu fonctionnel. Une sorte de couvent espagnol affublé d'une décoration clinquante, à l'exemple de l'éclairage art déco des toilettes. La célèbre cour intérieure circulaire, avec ses fausses colonnes antiques et son inutile balustrade au troisième étage, lui semblait d'une incomparable laideur. En outre, le véritable labyrinthe de couloirs courbes de longueurs variables qui la constituait rendait rédhibitoire toute tentative d'orientation pour un non-initié.

Konrad Simonsen arpentait son lieu de travail en habitué. En chemin, il avait perdu Kasper Planck, qui était tombé sur un ancien collègue. Il parvint bientôt à la section criminelle et frappa à la porte du bureau d'Arne Pedersen, puis entra sans attendre de réponse.

Arne était tout au fond de la pièce. Il était au téléphone, mais raccrocha brusquement à la vue de son chef. Konrad jeta son manteau sur le perroquet dans le coin.

— Fais-moi un résumé de ce que j'ai raté, Arne.

— On connaît les identités des cinq victimes, et les infos pleuvent.

Arne fit un geste de la main vers les tableaux d'affichage derrière lui, et ajouta avec un rire enfantin :

— Et toi ? Il paraît que tu as bien dormi ?

Konrad ignora la remarque et se tourna. Un schéma remplissait le tableau du milieu. Le papier avait été punaisé de travers. Il répara méticuleusement l'erreur avant de reculer d'un pas pour se concentrer sur le contenu.

Thor Gran
(M. Nord-Ouest)
Célibataire
Architecte
54 ans
Århus

Palle Huldgård
(M. Nord-Est)
Veuf
Chef de bureau
63 ans
Århus

Frank Ditlevsen
(M. Centre)
Divorcé
Consultant
52 ans
Middelfart

Jens Allan Karlsen
(M. Sud-Ouest)
Marié
Retraité
69 ans
Århus

Peder Jacobsen
(M. Sud-Est)
Divorcé
Cordonnier
44 ans
Vejle

Au-dessus de chaque nom figurait une photo du mort. Deux des clichés venaient de l'enregistrement et montraient des visages paniqués facilement reconnaissables. Pour les trois autres, il s'agissait de photos ordinaires, avec des expressions souriantes.

— Elvang et son équipe d'experts ont trimé jour et nuit pour recréer ces visages, et maintenant on nous les offre tous en quelques heures, commenta Arne.

Konrad haussa les épaules.

— C'est comme ça. Et n'oublie pas qu'on a trouvé trois noms nous-mêmes.

— Un seul était sûr.

— C'est sans importance maintenant. Des infos supplémentaires ?

— Des tas, et ça continue d'arriver. On a une dizaine de gars pour chaque cadavre, en dehors de Frank Ditlevsen bien sûr. Chaque groupe a un référent ici au QG, et le commissaire local est coordinateur. Mais tu es libre de changer l'organisation, évidemment.

— Non, c'est très bien. Des condamnations pour pédophilie ? Que ce soit confirmé dans la journée. Ou infirmé, si possible. Pour chacun d'entre eux.

— Peder Jacobsen a été inculpé mais a bénéficié d'un non-lieu, il y a douze ans de ça. Pour les autres, on n'a rien de solide, mais ça viendra. Tous les groupes sont mobilisés sur le sujet.

Konrad saisit un feutre et fit une grosse marque rouge à côté de Frank Ditlevsen.

— N'oublie pas Jens Allan Karlsen. Sa femme nous a parlé de son hobby, enfin, elle nous a dit qu'il aimait coucher avec des enfants.

— Ça ne suffit pas. Je veux quelque chose de plus que le témoignage de l'épouse. Pareil pour Peder Jacobsen, des poursuites abandonnées, ça ne suffit pas.

— OK. Et moi ? Je dois aller à Århus ?

— Non, au contraire. Et je veux que la Comtesse revienne de Middelfart au plus tard demain. Pauline peut rester si elle veut. Enfin, si la Comtesse veut. Tu t'en occupes. On a découvert si les morts partaient en vacances ? Et si c'est le cas, où ils allaient ?

— On sait qu'ils partaient en vacances. On sait qu'ils allaient à l'étranger et on sait que ça devait durer trois semaines, probablement en Thaïlande. Mais on n'a trouvé aucune brochure de voyage ni rien d'autre de ce genre chez eux. On suppose que le voyage a commencé avec le minibus tôt mercredi matin, quelque part à Århus. Et on suppose qu'ils allaient en direction de l'aéroport de Kastrup. Il n'y a pas eu de réservation inutilisée. Pour autant qu'on le sache.

— Supposer et deviner, depuis une semaine, on ne fait que ça. Et pour le pont de Storebælt ? Tu as bien envoyé une équipe pour examiner ce qu'on a le mercredi matin en question.

— Oui, bien sûr, deux hommes expérimentés de Korsør, mais… oui, c'est un peu…

Il chercha ses mots, ce qui était inhabituel de sa part dans le contexte du travail.

— Peut-être que je devrais commencer ailleurs. Tu as vu les sondages d'opinion sur la page web de *Dagbladet* ?

Konrad cachait mal son irritation. Il avait eu besoin de sommeil, mais il en payait maintenant les conséquences. Il ignorait tout ce qui s'était passé aujourd'hui.

— Je dormais, comme tu le sais. Et j'ai du mal à lire en dormant.

Arne ignora le sarcasme.

— Le sondage demande aux gens s'ils veulent ou non aider la police dans l'enquête sur les meurtres des pédophiles – c'est comme ça qu'ils les appellent. Sous-entendu s'ils possèdent des informations importantes. Soixante-quatre pour cent répondent que non.

Il éleva considérablement la voix.

— Putain, soixante-quatre pour cent, Konrad. C'est monstrueux. En plus de ça, il y a un lien mis en place par un lecteur de la faculté de droit vers un code de conduite expliquant comment ne pas nous transmettre des informations. Le plus simple et le plus efficace étant de dire qu'on ne se souvient de rien du tout, peu importe qu'on ait l'air abîmé du cerveau, débile ou que ce ne soit pas crédible.

— Quel rapport avec le pont de Storebælt ? Les lecteurs de la presse à scandale souhaitent le retour de la loi de la jungle, et alors ?

— J'ai bien peur que les lecteurs de *Dagbladet* ne soient pas les seuls à refuser de jouer les délateurs. Et avec les séquences vidéo… Tu sais, le garçon qui est mentionné… enfin, je veux dire que ça n'a pas vraiment arrangé les choses. Tu ne l'as pas vu ?

— Si, je l'ai vu. Le pont ?

— Oui, bien sûr. Les enregistrements du trafic sur le pont à l'heure qui nous intéresse ont mystérieusement disparu, figure-toi. Le plus probable, c'est qu'ils aient été effacés. En plus de ça, les employés responsables des enregistrements souffrent d'amnésie collective. La plupart d'entre eux en tout cas. Apparemment personne ne se souvient de rien.

Konrad réfléchit, l'air sombre, avant de chasser ses pensées. Leur portée était trop vaste, il ne servait à rien de spéculer.

— Prenons les choses comme elles viennent. Poul dit qu'Anni Staal a reçu deux courtes vidéos du minibus qui ne sont pas sur Internet. Quelque chose là-dessus ?

— Oui, c'est vrai. On ne peut pas vraiment appeler ça des vidéos, plutôt des séquences d'images. Chacune dure moins d'une seconde et est filmée de l'intérieur du véhicule et à travers une fenêtre. Les techniciens les ont déclarées authentiques, c'est-à-dire aucune retouche d'image ou autre astuce. La première montre l'entrée de service du gymnase, mais on ne sait pas d'où vient la seconde. On y voit un champ en jachère et un bout de forêt en arrière-plan.

— Dieu sait ce que ça peut vouloir dire. Une idée ?

— Non, ça m'a étonné aussi, mais je n'ai pas d'idée précise. Ceci dit, je n'ai pas eu une minute pour y réfléchir. Je manque de temps. Les rapports continuent de déferler. Le tas de notes concernant l'affaire est en train de gonfler à une allure catastrophique, et personne n'a le temps de les parcourir, même en diagonale. Ma vue d'ensemble est, au mieux, parcellaire.

— C'est mieux que de ne pas avoir d'infos du tout.

— Oui, bien sûr.

— Tu t'occupes de ce minibus, Arne. Le départ d'Århus, quand et comment, la marque du véhicule et son immatriculation, le lieu où a été tournée la seconde séquence, et tout le reste. Je reprends la responsabilité des groupes du Jutland.

— Alors j'ai quelque chose pour Arne.

Ils se tournèrent tous les deux.

Kasper Planck s'était glissé dans la pièce. Il avait un téléphone portable à la main.

— Tu es sûrement l'homme le plus difficile à contacter au Danemark en ce moment, Konrad. Le standard a créé un sas spécial juste pour toi. Apparemment il faut passer par trois filtres avant de tomber sur toi.

— Pour éliminer les imbéciles et les lourdauds. Sans ça je passe ma vie au téléphone. Je perds assez de temps comme ça.

— Celui-ci n'est ni un imbécile ni un lourdaud. Et il s'est fait jeter neuf fois.

Konrad ouvrit les bras avec une attitude théâtrale.

— Si seulement tu pouvais respecter le système. Il aura une minute, une seule. Explique-lui ça.

Kasper Planck annonça :

— Le chef suprême de la police criminelle est prêt maintenant. Surtout, prenez votre temps.

Puis il tendit le téléphone.

Konrad le saisit, marmonna son nom et écouta. Non pas une minute, mais cinq. De temps à autre, il posait une courte question. Arne essaya en vain de décoder la discussion, visiblement importante. Il ne comprit pas grand-chose. Konrad posa le téléphone sur le bureau, sans couper la liaison.

— Je crois que le terminus du minibus a été retrouvé.

Il montra le mobile du doigt.

— Emporte ça, Arne. Tu vas à Frederiksværk. Et tu as du boulot.

45

L'ordre de Konrad Simonsen visant à confirmer la pédophilie le plus vite possible se répandit comme une traînée de poudre dans le pays. Et malgré l'irritation de beaucoup d'agents contraints de travailler le week-end, la machinerie de la police fonctionna avec efficacité, et les résultats suivirent. Poul Troulsen tirait les ficelles. Il revenait du siège de *Dagbladet* avec une bonne connaissance de chacun des morts. Quand il pensait avoir assez d'informations sur l'un d'entre eux pour déterminer une orientation sexuelle pédophile, il allait voir son chef. Konrad attendait dans son bureau, où il avait accroché le schéma fauché à Arne. Le trait suivant fut pour Jens Allan Karlsen, d'Århus, *alias* M. Sud-Ouest. Poul annonça :

— On a trouvé des cartons pleins de cassettes dans le vide sanitaire, et des disquettes portant les empreintes digitales d'Allan Ditlevsen, le vendeur de hot-dogs de Middelfart. En outre, il chassait sur *kidsontheline.dk.* Au moins quatre rencontres avec ses petites connaissances virtuelles, et malheureusement très probablement des rencontres réelles. Enfin, il est indésirable auprès de la Fédération des scouts danois. Tu veux savoir pourquoi ?

Konrad secoua la tête et fit un trait rouge.

La confirmation des tendances pédophiles de Peder Jacobsen, *alias* M. Sud-Est, fut beaucoup plus délicate à obtenir. Le sujet était par nature sensible, et personne dans son entourage ne voulait se prononcer. Il n'y avait rien dans les biens qu'il avait laissés qui permît de présupposer une tendance pédophile. La police y avait longuement travaillé, sans résultat. L'affaire fut finalement résolue dans un bar à hamburgers de Brabrand.

Un garçon d'environ quatorze ans était assis à une table près de la fenêtre avec un quadragénaire. Deux policiers en civil traversèrent le local. L'un d'entre eux colla son insigne sous le nez de l'homme.

— Dégage.

L'autre attrapa son manteau sur le dossier de la chaise et le lui fourra brusquement dans les bras avant d'ajouter :

— Tout de suite !

L'homme débarrassa le plancher sans demander son reste, et les deux policiers s'assirent.

— Depuis combien de temps tu n'as pas mangé, Tommy ?

Le ton menaçant avait disparu.

— Hier, je crois.

— Tu as faim ?

— Un cheeseburger, ce serait super.

— On t'en prendra deux en partant.

L'agent assis à côté du garçon tira une photographie de sa poche intérieure. Elle était roulée en cylindre, et il l'appuya deux ou trois fois contre le bord de la table pour lui redonner forme.

— Tu le connais ?

Le garçon jeta un regard rapide.

— C'est un de ceux qui se sont fait charcuter, pas vrai ? Je l'ai vu dans le journal. C'est vrai ce qui est écrit ?

— Oui, c'est vrai. Tu le connais ?

— Il y a quelques années, maintenant je suis trop vieux. Il préfère les plus jeunes. Essayez de parler à Jørgen ou Kasper. Et aussi Sofie la Morve, peut-être.

— Pervers ? Violent ?

— Pas vraiment. Direct, en avant, en arrière, et terminé.

Les agents se regardèrent, et hochèrent la tête. C'était suffisant. Le plus vieux fixa l'enfant, l'air triste. Son fils avait le même âge. Il jouait aux jeux vidéo, était gardien de but au foot et devenait tout rouge quand on le taquinait avec les filles.

— Tu as un endroit où dormir cette nuit ?

— Non, vous venez de le faire fuir.

— Et si je te ramenais chez ta mère ? Elle sera sûrement contente de te voir. Même juste quelques jours.

Le garçon envisagea la possibilité, peu habitué aux propositions dénuées d'arrière-pensées.

— Non, mais merci de me l'avoir proposé.

Il n'expliqua pas son refus. Les deux agents se levèrent, et achetèrent en sortant deux cheeseburgers et un jus d'orange. Dix minutes plus tard, Konrad Simonsen ajoutait une marque rouge devant le nom de Peder Jacobsen.

Palle Huldgård, M. Nord-Est, posa également quelques difficultés. La percée fut l'œuvre d'une policière. L'homme chez qui elle s'était rendue était un psychologue, un praticien libéral, mais, comme la majorité des gens, il ne travaillait pas le dimanche. C'était elle qui avait eu l'idée d'aller le voir, et elle lui avait paru bonne au moment où elle l'avait eue, bien que peu orthodoxe. Maintenant elle était moins sûre. Le psychologue était soupçonneux et irrité, comme s'il avait déjà deviné ce qu'elle voulait. Elle se lança :

— Je fais partie de l'équipe qui examine le cas de Palle Huldgård. Il a été assassiné il y a dix jours à l'école Langebæk, à Bagsværd, et nous savons que ses deux filles vous consultent. Elles s'appellent Pia et Eva Huldgård.

Elle le regarda droit dans les yeux, sans noter d'autre réaction aux noms qu'une colère grandissante. Elle jeta le masque et ses mots se firent plus tranchants :

— En ce moment même, vingt de mes collègues sont en train de retourner la vie de Palle Huldgård dans tous les sens. On doit notamment découvrir s'il était pédophile, et plusieurs témoins ont raconté qu'il avait probablement violé ses filles lorsqu'elles étaient petites. Durant plusieurs années. Ils ont aussi parlé de vous.

— Voyez-vous ça. Je n'ai jamais rien entendu de ce genre. Continuez.

— Il n'y a rien de plus, vous m'avez parfaitement comprise. Soit vous confirmez les viols, si vous le pouvez, soit on se rabat sur les filles.

Elle ne dit rien du fait que les filles en question semblaient s'être envolées, et que c'était la raison de sa présence. Au contraire, elle fit de nécessité vertu :

— Ce que tout le monde préférerait éviter. Et je le comprends tout à fait. J'imagine à quel point un tel entretien serait pénible.

— Je doute fort que vous l'imaginiez vraiment. Seules de très rares personnes le peuvent. Grâce au ciel.

Elle ne répondit pas mais tenta de l'amadouer.

— Ce sera entre vous et moi. Ce ne sera consigné nulle part.

Il réfléchit longuement. Elle attendit.

— Si je n'accepte pas d'aller à l'encontre de toutes les règles de l'éthique, ça retombera sur Pia et Eva. C'est bien ça ?

— Oui, malheureusement.

— Vous avez votre confirmation, allez-vous-en.

Et c'est ce qu'elle fit. Plus heureuse de partir que de la réponse qu'elle avait obtenue.

A Copenhague, Palle Huldgård eut droit à son trait.

A la fin de l'après-midi, une image univoque se dessinait.

Poul Troulsen résuma :

— J'ai eu plusieurs doubles confirmations, parfois triples, de sources autonomes. Ça bouillonne comme du méthane dans un bac de lisier, tu veux des détails ?

— Absolument pas. Et Thor Gran alors ?

Thor Gran, *alias* M. Nord-Ouest, était le dernier à ne pas avoir de trait rouge.

— En dehors de ce fameux clip vidéo dans le minibus, on dirait qu'il fait exception. Il avait bien un album chez lui avec une quantité louche de motifs représentant des enfants nus… Mais il s'agit d'expression artistique sans contexte sexuel, ce qui en fait des documents esthétiques plutôt que pornographiques, que ce soit d'un point de vue pénal ou simplement moral.

— Oui. On ne pourra pas utiliser ça. Il n'y a rien d'autre ?

— Cinq ou six fois par an, il prenait de courtes vacances. Les voyages duraient environ une semaine, et chaque fois il allait dans des endroits où les enfants figurent au nombre des attractions. Alors peut-être qu'il réfrénait ses tendances au quotidien et ne se lâchait qu'à l'étranger. Mais ce sont juste des idées en l'air. Le fait est qu'on a analysé sa vie de toutes les façons possibles et qu'on n'a rien trouvé.

Pauline Berg et la Comtesse étaient en train de manger à Middelfart quand elles reçurent le coup de fil de Konrad. La Comtesse sortit du restaurant pour prendre l'appel. Pauline resta assise à farfouiller dans son repas avec sa fourchette. Elle ne le trouvait pas bon, et préférait avoir faim un peu plus tard plutôt que de se forcer à l'avaler. La Comtesse revint rapidement. Elle déposa un ticket devant sa collègue avant de se rasseoir.

— Tu vas à un match de handball, ma chérie, et moi, malheureusement, je fonce à Århus. Il y a des problèmes avec un des morts, enfin sur son éventuelle condition de pédophile. Konrad est complètement maniaque à ce sujet, il veut une réponse aujourd'hui.

— Tu veux dire que je prends en charge ton contact ? On peut pas reporter ?

— Pourquoi on ferait ça ? Tu t'en occupes, tu en es parfaitement capable. Je te raconterai comment cette rencontre a été organisée, tu verras, c'est un peu spécial.

— OK, mais on peut pas en finir d'abord avec ce film ?

La Comtesse regarda en l'air quelques secondes avant de dire lentement :

— La réponse à ta question est qu'il est effectivement important pour toi de voir un de ces films. La dernière fois que j'ai vu ce genre de chose, c'était il y a quelques années, et oui – je suis contente de l'avoir fait. Ça met les choses en perspective. On peut passer à la villa prendre une vidéo et un portable, mais je te préviens, c'est hyper dur, c'est vraiment pire que ce qu'on imagine.

Pauline hocha la tête d'un air grave. Puis elle changea de sujet :

— Et pour le handball ? Je suis obligée de voir le match ? Je peux pas juste utiliser le ticket pour aller à la cafétéria ? Le sport, ça me branche pas trop.

La Comtesse éclata de rire.

— Si tu peux regarder du porno infantile pour développer ton esprit professionnel, tu peux supporter un match de handball.

Trois heures plus tard, la Comtesse regrettait amèrement que les rôles aient été inversés. Pendant que Pauline subissait un match de handball qui aurait dû lui revenir, elle était à Århus avec un collègue local et hurlait intérieurement son irritation face au fossile de femme politique qu'elle avait devant elle. Celle-ci devait avoir dans les quatre-vingt-dix ans, et connaissait, selon son infirmière à domicile, de bien vilaines histoires sur Thor Gran quand il était jeune. Cela semblait plausible, la vieille avait l'air relativement saine d'esprit. Hélas, elle préférait parler d'autre chose.

La femme était communiste, et ce depuis plus de soixante-quinze ans. Stalin-Sally ou Sally la Russe, comme on l'appelait de son temps, des surnoms qu'elle portait avec fierté. Et elle était plus fière encore d'avoir entendu Beria parler, une fois. Sa voix était frêle, mais claire :

— Lavrenti Pavlovitch Beria lui-même. C'était à Tbilissi en 1937 à un rassemblement extraordinaire du Parti. J'étais au deuxième rang et j'écoutais ce célèbre discours où il parla de la fosse aux vipères des traîtres qui sévissaient sur toute la région transcaucasienne, et jusqu'au comité central pour l'Arménie. Il savait captiver les foules, cet homme-là ! La foule jubilait dans les rues et réclamait justice contre les criminels fascistes et les déviants trotskistes, et le procès a été rondement mené – si vous voyez ce que je veux dire.

Elle illustra ses propos en passant une main ridée devant son cou. La Comtesse secoua la tête et répéta, pour la cinquième fois au moins :

— Et pour Thor Gran alors ? Vous nous avez promis de parler de Thor Gran. C'est pour ça que nous sommes là.

— J'y viens, j'y viens, mais les choses sont liées. J'ai de jolies histoires sur lui, des choses que vous pourrez utiliser, croyez-moi.

Puis elle reprit dans le même registre sans rapport. Un moment plus tard, quand elle eut terminé de glorifier Beria, elle continua avec Kollontaï. Alexandra Kollontaï elle-même, qu'elle avait rencontrée à Stockholm pendant la guerre. Puis ce fut Richard Jensen, le navigateur qui avait dénoncé la traîtrise du président du Parti bien avant tout le monde.

Après une heure passée à parcourir tout le panthéon communiste, l'agent qui accompagnait la Comtesse jeta l'éponge. Il se leva en marmonnant qu'il avait la même mutuelle que Vivi Bak, oui, Vivi Bak en personne. Et que, en plus, il avait uriné dans les mêmes toilettes que le prince Joachim, oui, les mêmes toilettes. Il quitta la pièce.

La Comtesse resta. Elle pensait avoir circonvenu la vieille. Elle était tout simplement snob à sa façon, la Comtesse allait la brosser dans le sens du poil. N'hésitant pas, suivant une bonne vieille tradition communiste, à modifier un tantinet la réalité. Elle la coupa d'une voix franche et claire :

— Mon grand-père connaissait Dimitrov.

La vieille stoppa net son monologue et la regarda d'un air soupçonneux.

— *Le* Dimitrov ? Le secrétaire général du Komintern ?

— Exactement. Gueorgi Mikhailov Dimitrov, en personne.

La Comtesse avait entendu ce nom des centaines de fois. Quand elle était enfant, ses voisins de palier étaient des réfugiés bulgares. Un couple âgé et gentil, qui distribuait des bonbons et du sirop aux petites filles, en racontant des histoires du grand monde dans un danois approximatif et très drôle. Ils employaient le reste de leur temps à maudire Gueorgi Mikhailov Dimitrov, à un point tel que le nom était resté ancré en elle. La vieille montrait de l'intérêt.

— Videz votre sac.

— Non non, je vous écoute, à vous de parler d'abord. De Thor Gran, et uniquement de Thor Gran, si vraiment vous savez quelque chose de lui. Ensuite je vous parlerai du secrétaire général du comité.

La femme réfléchit, méfiante.

— Le Komintern. Il était secrétaire général du Komintern.

— Oui, évidemment. Tout le monde sait ça.

Enfin, la vieille dame se mit à raconter.

— J'étais ouvrière piqueuse, et au début des années 1960 je travaillais chez le père de Thor Gran, un fabricant de chaussures boursicoteur à ses heures. J'étais déléguée syndicale, et il y avait plus de cent employés, alors ce n'était pas rien. Sa maison était juste à côté de l'usine, et nous avons vu grandir son fils. Un sale gosse arrogant qui avait du mal à garder ses mains dans ses poches, une fois qu'il a eu l'âge. Mais c'était pas bien grave. On savait comment le remettre à sa place. Par contre, ce n'était pas le cas des deux gamines du jardinier. C'est ce genre de chose que vous voulez entendre, n'est-ce pas ?

La Comtesse acquiesça.

— Ça a duré un moment, jusqu'à ce qu'on l'attrape avec le pantalon sur les chevilles, littéralement, et ça a été tout un bazar. Le jardinier, qui était tendrement attaché à ses filles, a menacé d'appeler la police. Mais le vieux a réussi à le convaincre de régler ça à l'amiable. Après tout c'était fait, et les gamines étaient plus tranquilles avec une jolie somme d'argent, même si l'autre gosse aurait dû être mis derrière les barreaux. J'ai conduit les négociations, à la demande du jardinier. Vous me suivez ?

— Je vous suis, contentez-vous de raconter.

— Oui, oui. Le fabricant était évidemment un sale capitaliste, mais aussi un homme honnête. Et il a dû sacrément alléger son portefeuille, je peux vous le dire. Quatre-vingt mille couronnes à chacune des filles, et vingt mille de plus à la famille pour déménager à Bornholm. A l'époque c'était beaucoup d'argent. Mais, apparemment, les deux petites n'ont plus jamais vraiment été les mêmes, alors difficile de dire si ça a vraiment aidé. Après une bonne volée de coups de son paternel, le fils a été envoyé en pension en Angleterre. La punition faisait partie de l'arrangement, et je n'avais eu aucun mal à l'obtenir.

La Comtesse n'était pas impressionnée. L'épisode datait de quarante ans, et la vieille femme était aussi crédible qu'un palmier en Sibérie. En outre, il serait difficile de faire confirmer ses dires par un tiers. D'un autre côté, elle avait la vague impression que la vieille harpie gardait quelque chose par-devers elle. Elle tenta sa chance.

— Vous ne m'avez pas raconté toute l'histoire. Quand Thor Gran est rentré d'Angleterre…

Elle laissa sa phrase en suspens. Contrariée, la femme répondit :

— Oui, il nous rendait service de temps en temps. C'est vrai.

— Et après la dissolution du Parti, il a continué à vous rendre des services ?

La vieille fulminait.

— Le Parti vit. Le Parti vivra toujours. De toute façon, Thor Gran avait assez d'argent, il possédait tout un bureau d'études.

— Combien ?

Un moment s'écoula avant qu'elle ne réponde.

— C'était variable, quelques centaines de couronnes, quand il était ici.

La Comtesse masqua sa surprise.

— Il venait vous rendre visite ?

La vieille pointa du doigt un vase posé sur une étagère en teck derrière elle.

— Attrapez-le.

La Comtesse alla chercher le vase. Il était commun, avec des motifs grecs représentant trois danseuses. Elle le secoua et entendit un claquement métallique.

— Et que gardent ces trois Grâces ?

La vieille renifla bruyamment.

— Grâces ! Ce ne sont pas des Grâces. Ce sont des Erinyes. Retournez-le.

Elle obéit, et une clef tomba.

— Et maintenant ?

— Sous le lit, la caisse en bois avec les décorations. Je ne peux pas la sortir moi-même.

La Comtesse, elle, le pouvait. Elle ouvrit le coffre, impatiente. Sur le dessus elle trouva une brochure artisanale proposant un voyage de trois semaines à Chiang Maï, en Thaïlande. Deux des pages comportaient des photos d'enfants asiatiques.

Ils portaient des numéros.

La Comtesse fixa un moment l'image d'un garçon tout en haut à droite de la page. Il était difficile de s'en détacher, bien que rien ne le distinguât particulièrement des autres. Un gamin normal, souriant, aux dents blanches. Un visage bien trop enfantin.

La vieille femme tournait le dos à la caisse.

— Je ne suis pas responsable s'il garde des cochonneries. Parlez-moi de Dimitrov maintenant, comment votre grand-père l'a-t-il connu ?

— Je pourrais commencer par vous parler des prisons bulgares en 1946. J'en sais long là-dessus, et ensuite on reparlera de tout ceci. Mais d'abord il faut que je téléphone.

Son hôte siffla, la Comtesse téléphona, et Konrad Simonsen ajouta une dernière marque rouge à son tableau.

46

Pauline Berg assistait à son tout premier match de handball. Elle était arrivée en avance et avait observé avec curiosité la salle se remplir progressivement des supporters de l'équipe locale. Si le sport était au centre des discussions autour d'elle, les vidéos de la journée s'y taillaient aussi une belle place. Des bribes de conversations haineuses bourdonnaient dans l'air. *Personne n'a pitié de ce genre de gars… Ils n'ont eu que ce qu'ils méritaient… Enfin débarrassés de ces monstres… Ça m'a fait plaisir de voir ces animaux se balancer au bout d'une corde… Les prochains, j'espère qu'ils leur écraseront les couilles…*

Elle avait l'impression d'être une intruse. Placée par erreur au milieu de ce public agressif, si différent de celui qu'on trouvait à un ballet. Même les tenues vestimentaires étaient effrayantes. Dans le rang derrière elle, trois femmes portaient des peintures guerrières, ainsi que des tee-shirts et des écharpes criardes aux couleurs de l'équipe. Elles ressemblaient plus à des déesses vengeresses qu'à des supporters. L'homme à sa gauche avait un ventre proéminent et un pantalon blanc délavé de maçon. De temps à autre, il faisait sinistrement claquer le programme du match sur ses cuisses. L'une après l'autre, dans le seul but de faire du bruit. Le siège à la droite de Pauline resta inoccupé jusqu'à la dernière minute, puis un grand échalas se glissa élégamment dans la rangée et s'assit à côté d'elle. Il la salua à voix basse. Elle fit un bref signe de la tête et afficha un sourire hypocrite.

L'arbitre donna le coup d'envoi, et elle essaya de suivre la partie. C'était difficile, l'action était rapide. En une seconde, le public explosa et hurla comme un seul homme. Effrayée, elle s'enfonça dans son siège tandis que le maçon profitait du tumulte pour lui tripoter l'épaule. Le niveau sonore suivait les incantations du présentateur. Son voisin dégingandé ne participait pas. Elle se dit qu'il devait soutenir l'autre équipe.

Peu à peu, contre toute attente, elle se laissa prendre par l'atmosphère. Elle apprit tant bien que mal à décoder le jeu et les exclamations des spectateurs qui donnaient un sens aux mouvements sur le terrain. Elle se mit à apprécier les envolées passionnées et la beauté des actions collectives. Comme les feuilles d'un arbre ployées par le vent. Elle s'essaya à applaudir avec les autres, à se lever à la vue d'un but, à crier au moment opportun.

Les spectateurs se calmaient pendant les pauses, épargnaient leurs voix et reconstituaient leurs réserves. Pop-corn, chocolat, pommes et bananes étaient vendus sur des mélodies de grands-mères. Elle sourit au maçon, qui lui administra une tape amicale.

Au premier coup de sifflet de la deuxième mi-temps, toute la salle bouillonnait, et Pauline était prête à crier aussi fort que n'importe qui. La tension atteignit son paroxysme quand l'équipe locale égalisa enfin. Elle hurlait et bondissait. Une pomme, perdue dans l'allégresse, dessina une courbe gracieuse au-dessus d'elle. Son grand voisin l'attrapa au vol avec un réflexe impressionnant. Il observa sa prise, en se léchant les lèvres rapidement deux ou trois fois. Tel un étrange et perfide serpent. Elle le bouscula sans ménagement et hurla avec hargne :

— Aujourd'hui, c'est nous qui gagnons.

Il ne comprit pas sa colère, comme s'il était sourd. Il lui tendit le fruit d'un air serviable. Elle saisit le cadeau et le fourra dans son sac.

Les deux équipes se battaient, le suspense était insoutenable, et le panneau d'affichage indiquait qu'il y aurait bientôt égalité. Puis vint l'attaque qui devait déterminer l'issue du match. Cinq passes éclair avant que la balle n'atterrisse dans les filets adverses. Le but sembla détendre un ressort dans le corps de Pauline Berg, qui s'envola en hurlant de joie vers des hauteurs inconnues. A l'atterrissage, elle se jeta dans les bras du maçon, pinça ses grosses joues, et reçut de sa part un baiser baveux dans le cou. Ensuite elle grimpa sur son siège et se laissa tomber en arrière, bras tendus vers la victoire, convaincue que la communauté la rattraperait.

Après le match, elle se dirigea vers la cafétéria. Elle avait du mal à revenir au travail, et elle dut se concentrer pour retrouver son calme. Elle n'y parvint que lorsqu'elle aperçut l'homme qui était assis seul au fond de la pièce. Un homme du genre à attirer les quolibets, sur la fin de la quarantaine, propre sur lui, bien habillé et apprêté avec soin. Pauline ne lui tendit pas la main, elle se contenta d'un signe de tête professionnel avant de s'asseoir.

Elle commença par tester sa sincérité :

— Merci d'être venu. Est-ce qu'Allan Ditlevsen vendait des films interdits dans sa baraque à frites ?

La réponse se fit attendre. Il fixait son cou, et elle luttait contre le dégoût.

— Ne vous faites pas d'illusions. Je suis là uniquement à cause de vos méthodes de Gestapo, et en plus je vois que vous êtes chrétienne. *Par ce signe, tu vaincras.*

Il montra du doigt son pendentif, sorti de son chemisier dans un moment d'ivresse sportive. Un X et un P joliment fondus l'un dans l'autre, un bijou en or reçu quelques années plus tôt d'un petit ami grec. Il s'agissait de leurs initiales.

— Et pourtant, vous n'êtes même pas capable de tolérer une autre conception de l'amour.

Irritée, elle cacha le bijou.

— Arrêtez vos conneries, vous me rendez malade.

— Le vernis culturel est assez fin, à ce que je vois.

— Eh bien oui, si vous tenez à le savoir. Brutaliser et abîmer des enfants un jour et parler de culture et de protection de la justice le lendemain, ça me pose un problème. Parfois j'aimerais que la société s'occupe un peu moins de la culture et des principes de justice.

— Eh bien, on dirait que ce vœu est en voie d'être exaucé.

L'entretien était en train de dévier. Pauline Berg se ressaisit.

— Répondez à ma question, qu'on en finisse.

— Oui, Allan vendait des films.

Il ne dit rien de plus. Pauline le pressa :

— Mettez-vous à table. J'ai pas envie de vous tirer les vers du nez. Soit vous racontez, soit je m'en vais.

L'homme reprit d'un ton aigre :

— Allan vendait des films dans son commerce, et il avait beaucoup de clients. Spécialement du Jutland. Il était très prudent, ne vendait qu'à ceux qu'il connaissait, et ne prenait que du liquide. Des billets. C'était cher, mais de haute qualité. Les clients devaient acheter quelque chose au moins trois fois par an, à défaut de quoi ils étaient exclus. Mais la plupart d'entre eux achetaient tous les mois. Il a fait ça longtemps, et avant c'étaient des cassettes. Mais c'était moins bon. Je pense qu'il a dû changer de fournisseur il y a un an ou deux. Le matériel venait d'Allemagne, il me semble, et les frères les copiaient eux-mêmes.

— Frank Ditlevsen était dans le coup ?

— Oui, Allan ne faisait jamais rien sans Frank, qui le terrorisait d'ailleurs. Frank était le cerveau, Allan était bien trop bête pour conduire une telle affaire de lui-même.

Pauline sortit un exemplaire de *Dagbladet* et le posa devant son interlocuteur. Elle eut un rapide sourire quand elle le vit se crisper.

— Lesquels connaissiez-vous ?

— Tous.

— Ils avaient la même attitude envers les enfants que vous ?

— Oui.

— Ils partaient en voyage ?

— Trois semaines en Thaïlande, Frank arrangeait le séjour. C'était incroyablement bon marché, moins de dix mille couronnes, avec hôtels de luxe, repas et excursions.

— Comment faisaient-ils pour recruter des clients ?

— Je ne sais pas, probablement la baraque à frites. Mais c'était très discret. Comme tout ce que faisaient les deux frères.

— Vous n'étiez pas dans le coup ?

— Je ne pouvais pas me libérer.

— Et Allan Ditlevsen, il n'a pas pu se libérer non plus ?

— Il a été hospitalisé en raison d'un calcul biliaire. Frank a dû trouver un remplaçant. Je ne sais pas qui, mais ça n'a pas dû être difficile.

— Frank Ditlevsen a arrangé tout le voyage seul ?

— Je ne crois pas, mais je n'en suis pas sûr.

— Balancez.

— Eh bien, il me semble que Frank avait un de ses *vieux copains* qui allait chercher les films en Allemagne. Et je crois qu'il était impliqué aussi dans le voyage, mais je ne l'ai jamais vu. Frank gardait jalousement ce secret, et Allan ne devait rien dire. Je fais partie des rares personnes à être au courant de son existence.

— *Vieux copains*, qu'est-ce que vous entendez par là ?

— Ils se connaissaient de là où ils habitaient avant. Dans le Sjælland, je ne me souviens plus de l'endroit exact.

Pauline Berg bouillait intérieurement de fierté et de joie mêlées. Les informations qu'elle venait de recueillir représentaient peut-être la percée la plus importante dans l'affaire effectuée jusqu'à présent. Elle tenta quelques questions supplémentaires, mais l'homme n'avait plus rien à dire.

— On s'arrête là. Encore une dernière chose, et vous pourrez partir. Par curiosité… Pourquoi aucun d'entre vous ne nous aide de son plein gré, sachant que six… des vôtres ont été assassinés ? Nous essayons de retrouver vos meurtriers.

L'homme lâcha un rire sans joie.

— Trouver nos meurtriers ? Quelle naïveté.

Il se leva et sortit rapidement.

De retour à l'hôtel, Pauline prit une longue douche brûlante. Elle avait passé une soirée incroyable, que ce soit pour le match ou pour l'entretien, et elle tremblait d'impatience de tout raconter à la Comtesse. *Vieux copains*, deux petits mots qui pouvaient signifier une avancée décisive pour l'enquête.

Après sa douche, elle s'assit sur le lit, nue, et prit le temps de s'enduire de crème. Puis son regard tomba sur son ordinateur portable, et elle se dit que le moment était venu de se confronter à dix minutes d'images désagréables. Elle lança le film sans réfléchir et le regretta bientôt. Il était terrible, très dur. Elle fixait les images, horrifiée.

Le garçon était petit, beaucoup, beaucoup trop petit, personne au monde ne pouvait être aussi cruel. Elle cria ces mots dans la chambre, voulut éteindre, mais n'y parvint pas. Elle voyait l'enfer. Elle se mit à pleurer, d'abord doucement, puis à gros sanglots. Elle claqua l'écran du portable d'un pied et garda ses mains devant ses yeux. Mais les images étaient dans sa tête, et elle basculait d'avant en arrière comme une idiote. Son pendentif s'emmêla dans ses cheveux mouillés, et elle lutta pour l'en dégager, juste pour se concentrer sur autre chose. Elle ne réussit ni l'un ni l'autre. C'est alors que l'homme de la cafétéria lui revint en mémoire, et une rage dévorante s'empara d'elle. *Haute qualité.* C'était comme ça que ce sale porc avait décrit ce déchaînement de perversité. *Haute qualité.* Elle sécha ses larmes, d'abord avec son bras nu, puis avec un mouchoir qu'elle prit dans son sac. La pomme du match y était toujours. Elle la mangea en totalité, trognon et tige compris. Pendant ce temps, la colère se condensait progressivement en une haine maîtrisée, ardente. Le téléphone sonna. L'affichage indiquait qu'il s'agissait de la Comtesse. Elle se leva. Son pendentif était accroché à ses boucles. Elle l'arracha d'un coup sec avant de le jeter à terre. Plusieurs mèches de cheveux suivirent.

Le fruit avait réapprovisionné son cerveau en glucides, et ses pensées étaient de nouveau claires, étonnamment claires même. Elle réfléchit au problème qui se posait à elle. Le vendredi précédent, la Comtesse l'avait menacée jusqu'à ce qu'elle se range à son avis, et elle s'y était soumise. Peut-être parce qu'elle enviait l'intelligence de sa collègue, et tant qu'on y était, elle enviait aussi sa superbe maison d'été. Qui d'ailleurs était probablement une combine fiscale, un moyen de devenir encore plus riche, mais ça c'était une autre histoire. Les pensées se bousculaient dans sa tête, et elle chercha à gagner un peu de temps :

— Attends une minute, ma batterie est presque vide, il faut que je trouve mon chargeur.

Ce qui fonctionnait dans un couple s'appliquait aussi à une relation de travail – si le désaccord était trop important, il fallait se séparer, trouver un autre compagnon. Le fait était qu'elle acceptait les meurtres, à l'inverse de la Comtesse. Les enfants victimes d'inceste détestaient leurs parents, le peuple pourchassait les pédophiles, c'était dans l'ordre des choses. Elle avait trimé toute la journée du dimanche pour la justice, et le bon Dieu la remerciait avec un enfant brutalisé. Son altruisme, sa charité étaient loin, emportés par la vision d'un enfant perdu de cinq ans. Et une autre vérité, plus primaire, frappait à la porte. La justice de l'homme ordinaire, le bons sens du bas peuple. La bonne vieille vengeance.

Elle était prête. D'abord elle écouta : la Comtesse serait de retour dans une heure, les choses avaient duré – puis sa réponse, qui tomba sans la moindre hésitation :

— Je crois que je vais me coucher, dans ce cas. On se voit demain. Le type du match de handball, là, c'était un faux plan. Il ne savait rien du tout.

Elle raccrocha. Elle grimaça, et sentit d'un coup la pudeur l'envahir, à cause de sa nudité.

47

Les deux hommes flânaient dans le champ. Le temps automnal était peu adapté à la promenade. La boue collait aux bottes de Stig Åge Thorsen. Les chaussures d'Erik Mørk étaient fichues, et son pantalon était mouillé jusqu'aux genoux. Il ne pouvait s'en prendre qu'à lui-même. Malgré le mauvais temps et la bruine, le citadin avait insisté pour aller marcher. Le paysan avait accédé à sa demande et l'avait laissé décider seul de leur itinéraire.

— Comment ça s'est passé en Grèce ? Tu as fait un bon séjour ?

Stig Åge Thorsen hésita.

— Je préfère l'oublier. Il y avait une femme, mais… ça n'a vraiment pas marché. Raconte-moi plutôt comment avance la campagne, j'aime mieux parler de ça.

Erik Mørk acquiesça, soulagé d'échapper à cette histoire de femme.

— On a beaucoup à faire. Le soutien déferle de tous les recoins du pays, par téléphone, fax, mail, SMS, il y a même des gens qui viennent nous voir en personne. Il s'est passé tellement de choses… Enfin, le mieux, c'est que maintenant on a une base de données sur les pédophiles. On l'a établie à partir de registres de condamnations et d'état civil, et d'un fichier clients que Grimpeur a volé à Middelfart. Apparemment Per Clausen avait commencé le travail, il y a bien longtemps, en bon archiviste. *Menaces de récidives et déviants sexuels compulsifs*, c'est le nom de son rapport. Ce n'est pas encore un best-seller, mais c'est de l'excellent travail. En plus de ça, nous avons créé en un temps record un réseau d'informations très efficace : il se passe peu de choses dans le monde des médias ou au Parlement sans qu'on en soit informés dans les cinq minutes. Et ce soir, j'ai rendez-vous avec un producteur de télévision. C'est une légende dans le domaine des documentaires, mais j'ai promis de ne pas dire son nom. Per Clausen l'a branché sur une fille, il paraît qu'elle est fantastique. Elle fait partie des nôtres, et ils sont en train de la préparer à une interview.

— Bien, très bien, mais les gens ordinaires, qu'est-ce qu'ils pensent ? C'est ça que j'aimerais savoir.

— Eh bien, les vidéos sorties par *Dagbladet* ce matin ont été une gifle monumentale, et ce qui a fait le plus d'effet, je crois, ça a été la réflexion lubrique de Thor Gran. Tu vois de quoi je parle ?

— Oui, merci. Inutile de me la rappeler.

— Eh bien, c'est comme ça pour tout le monde. Je peux te dire que j'ai jubilé en voyant ça pour la première fois. "Le petit lutin n° 3", ces mots se sont imprimés au fer rouge dans l'esprit de beaucoup de gens. Et des gens paisibles, opposés à la violence, sont brusquement devenus… comment dire ? Plus nuancés. D'un côté, le meurtre est répréhensible, bien sûr, mais… Tu sais, au fond, c'est comme le terrorisme et la torture.

— Je n'en suis pas vraiment certain, mais peu importe. Combien d'inscriptions sur le site ?

— Presque huit mille pour le moment, et on atteindra à coup sûr les douze mille dans la journée. L'abnégation des gens est saisissante : beaucoup sont prêts à faire des choses qui pourraient leur coûter leur travail, d'autres veulent donner de l'argent. J'ai notammment rencontré deux hommes charmants, qui représentent trois grandes organisations religieuses américaines. Politiquement parlant très à droite, mais avec beaucoup de moyens. Ils proposent de nous soutenir financièrement et de façon anonyme. Ils paieront une série d'annonces en pleine page dans les journaux, plus tard.

— Et pour ceux qui se contentent de s'inscrire ?

— On les répartit en trois catégories. La plupart s'organisent en groupes locaux et lancent des initiatives de chez eux. La deuxième catégorie, on leur demande de venir nous rencontrer et de nous aider. Nous avons par exemple deux juristes qui rédigent une étude comparée sur les peines pour pédophilie au Danemark et dans d'autres pays. Leur travail sera sur le site demain, et le rapport sera envoyé à tous les dirigeants. Le problème, c'est que nous ne pourrons pas être beaucoup plus nombreux, je veux dire physiquement. Et ça nous amène à la dernière catégorie : ceux qui ont… comment dire… un tempérament plus vif. Et il y en a beaucoup, mais on essaie de conserver une certaine discrétion. En interne aussi. Tous mes partenaires ne savent pas qu'on les classe, tu comprends ?

Stig Åge Thorsen acquiesça, bien que tout ça lui parût compliqué. Pensif, il avança :

— On mène la bataille, en quelque sorte. C'est bien ça ?

— Nous bénéficions d'un énorme soutien, c'est certain, mais de là à prétendre que nous contrôlons les médias… Et puis il y a eu des contrecoups, tout n'est pas rose. Regarde ça.

Erik Mørk tira un badge de sa poche. Il était oblong et portait une inscription en caractères noirs sur fond jaune : 5, 6… 7, 10, 20 !

— Ce sont des lycéens qui ont fait ça. D'abord *cinq* pédophiles assassinés, puis *six* – et bientôt *sept*, *dix*, *vingt*. Ça va trop loin, et ça rebute pas mal de monde. Des slogans sont tagués un peu partout, et les gens n'aiment pas beaucoup ça. Malheureusement on ne peut pas y faire grand-chose. Par contre, il y en a qui impriment des tee-shirts de… devine qui.

— Per Clausen.

— Exactement, tu en as déjà vu ?

— Oui, depuis que tu as mis en ligne l'article sur mon arrestation, des gens viennent en pèlerinage. Ils apportent des combustibles qu'ils jettent dans la fosse du minibus, presque comme un rituel. De l'essence, et tout un tas d'autres choses. Hier soir c'était du magnésium, et ça a brillé pendant des heures comme un feu d'artifice. J'y suis passé ce matin, il y avait plein de gens. L'un d'entre eux portait un tee-shirt avec Per Clausen. Par-dessus son blouson, pour qu'on le voie bien. La police a des problèmes avec ce feu. Au début ils ont simplement mis des bandes de plastique autour de la fosse, mais elles ont été arrachées peu après. Alors ils ont installé une sorte de clôture mobile. Ça leur a pris tout un après-midi, mais elle a été enlevée aussi, la nuit suivante. Ils vont sûrement être obligés d'instaurer un tour de garde s'ils veulent éviter le sabotage.

Ils étaient arrivés au bout du champ. Un muret de pierre surmonté de noisetiers et de prunelliers ébouriffés les séparait de la prairie descendant vers l'eau. Les deux hommes se glissèrent à travers la haie. En contrebas, la forêt d'automne s'étalait dans toute sa splendeur bigarrée devant le lac silencieux grisé par la pluie. Erik Mørk s'arrêta sur le muret et savoura la vue.

— Ça doit être agréable de vivre ici.

Il sauta en bas du mur et commença à patauger dans l'herbe de la prairie avec enthousiasme. Son compagnon le stoppa. C'était un sol de vase impraticable.

— C'est plus agréable qu'une prison. Mais ne va pas par là, sinon tu vas m'obliger à aller chercher le tracteur pour te sortir de la choucroute.

Stig Åge Thorsen les mena sur un sentier d'animaux sauvages le long du muret.

— Au fait, comment s'est passé ton interrogatoire ? demanda Mørk.

— Je suis resté en garde à vue près de vingt-quatre heures, mais il ne s'est rien passé. De temps en temps ils m'interrogeaient rapidement, chaque fois c'était une personne différente, mais ils ne m'ont pas inculpé.

— Pourquoi est-ce qu'ils t'auraient inculpé ? Pour avoir fait un feu dans ton propre champ ?

— C'est sûrement la conclusion à laquelle ils sont arrivés eux aussi. D'un autre côté… je pense qu'ils auraient bien aimé me garder au chaud. Je suis resté là-bas presque à la minute près aussi longtemps qu'ils avaient le droit de me garder sans impliquer un juge. Mais à la fin, un inspecteur de la criminelle est arrivé, un certain Arne Pedersen. Il était très sympathique, et en même temps, il semblait beaucoup plus dangereux que les autres. Il s'intéressait beaucoup à ce que j'avais fait de l'argent, c'est-à-dire l'argent que je prétendais avoir reçu de l'inconnu.

— Qu'est-ce que tu as répondu ?

— Que je l'avais donné à des œuvres caritatives, et d'ailleurs c'est vrai, d'une certaine façon. Il n'a pas insisté plus que ça, mais, comme tu sais, je suis convoqué pour un nouvel entretien demain à Copenhague.

— Oui, et je vais m'arranger pour qu'il y ait des journalistes. Ce ne sera pas difficile, mais de ton côté il faut que tu continues à ne rien dire, sauf pour faire de la publicité pour ton interview de jeudi chez moi.

— Rendez-vous sur *onlesdeteste.dk* jeudi soir si vous voulez en savoir plus.

Stig Åge Thorsen rit. Mais pas Erik Mørk. La publicité, c'était du sérieux.

— Oui, quelque chose de ce genre. On a déjà fait tout un battage autour de ça. Et on n'y est pas allés de main morte. Autre chose ?

— Non. Enfin si, j'ai reçu une lettre de Helle, une vraie lettre et tout. Elle écrit qu'elle ne va pas bien, tu sais, avec son oncle et tout ça. Alors hier, je suis allé à Hillerød et je l'ai appelée d'une cabine. Et comment dire ? Elle avait l'air soûle, et vraiment malheureuse. Mais elle m'a demandé de te passer le bonjour. Et à Grimpeur aussi, si je le vois. J'espère juste que ça n'arrivera pas.

Erik Mørk répondit immédiatement :

— Ne t'inquiète pas. Il va partir dans très peu de temps pour l'Allemagne. D'ici quelques jours, à la fin de la semaine au plus tard.

— Pourquoi il ne partirait pas tout de suite ? Je n'ai plus la moindre confiance en lui, après l'épisode de la baraque à frites. L'arrangement, c'était qu'il se tire dès que ce serait fini.

— Oui, et c'est ce qu'il va faire. Malheureusement, depuis que tous ces gens nous soutiennent, il se croit invincible. En un sens, c'est très pratique de l'avoir sous la main. D'une certaine façon, il est mon ultime joker vis-à-vis des médias, encore plus que toi.

Ils marchèrent un moment sans rien dire. Le vent secouait régulièrement la cime des arbres au-dessus de leurs têtes, et quelques gouttes s'en échappaient chaque fois. Erik Mørk frappa quelques coups sur ses bras pour se réchauffer, et Stig Åge Thorsen demanda :

— Et maintenant ?

— Dans les jours qui viennent, on fait monter le suspense avant ton interview *on line* jeudi. Je m'en occupe cet après-midi, et on lancera les convocations pour la manifestation vendredi.

— Et s'ils m'inculpent, s'ils me mettent en prison ?

— Ils ne le feront pas. Il leur manque quelques petites preuves pour te garder.

— Et ensuite ? Nos revendications ?

— Elles seront annoncées juste après l'interview.

— Elles ne sont pas déjà sur le site ?

— Non, pour le moment, il y a juste quelques vagues formulations qui parlent de rendre la vie plus dure aux pédophiles du Danemark. Tout le monde est d'accord avec ça. En fin de compte, ça concernera les politiques, et à ce moment-là il faudra sortir l'artillerie lourde. L'opinion publique tire à boulets rouges sur notre ministre de la Justice populiste, mais personne d'autre n'a bougé. Ils restent assis et laissent filer, en espérant que les choses s'arrangent d'ici quelques semaines. Et qu'on nous retrouve, évidemment. C'est eux qu'on doit faire bouger, mais, crois-moi, ce ne sont pas quelques jours de grèves lycéennes qui les empêcheront de dormir. Il n'y a rien qui les force à négocier.

— Alors ils se moqueront probablement aussi des manifestations, et de mon interview.

— Bien sûr. Mais la situation nous est favorable, il ne manque plus qu'un petit coup de pouce. Malheureusement, cette petite poussée influencera l'opinion publique de manière négative. C'est inévitable. Il s'agit donc de *présenter* par tous les moyens la situation comme inchangée, et je crois que c'est possible, jusqu'à un certain point. Quelques jours en tout cas, mais ce sera suffisant. C'est surtout une question de points de vue et de timing.

Stig Åge Thorsen s'arrêta et posa une main sur l'épaule de son compagnon d'armes.

— Je sais très bien que toi et Per Clausen aviez discuté tout ça dans les détails, mais vous avez un peu oublié de tout nous expliquer, à nous autres. Tu parles comme si je savais quelle serait la prochaine étape, mais je ne le sais pas. La plupart du temps, j'ai du mal à comprendre ce que tu racontes.

Erik Mørk ouvrit les bras, comme désarmé.

— Je regrette, j'aurais dû en parler, mais l'étape suivante a été enclenchée ce matin. La base de données sur les pédophiles a été transmise à la catégorie trois.

L'expression de Stig Åge Thorsen montrait qu'il ne suivait toujours pas. Erik Mørk lâcha sans détour :

— La violence.

48

La transmission de la base de données d'Erik Mørk frappa le pays de plein fouet. Le Jutland était surreprésenté, le registre de clients des frères Ditlevsen ayant pesé lourd dans la balance.

A Kvaglund, Esbjerg, un grand nombre de personnes s'étaient rassemblées devant un immeuble. Tous penchaient la tête en arrière et observaient d'un air mauvais un homme au cinquième étage, à cheval sur le rebord d'une fenêtre, loin au-dessus d'eux. D'une main, il se tenait à la traverse et pleurait. De temps à autre, il regardait, terrorisé, vers le bas. Une femme entre deux âges, dont la fourrure de renard bleu indiquait qu'elle ne vivait pas dans le quartier, hurla d'un ton excité :

— Vas-y, bon sang, saute, espèce de nuisible. Allez, saute, on n'a pas toute la vie.

Assis sur son scooter, légèrement à l'écart des autres, un homme plus jeune renchérit :

— Ouais allez, vas-y, putain. Qu'on en finisse, espèce de lopette.

Une fenêtre de cuisine s'ouvrit au rez-de-chaussée, et une grosse femme aux cheveux rouges portant un tablier à carreaux se pencha et regarda en l'air. La dame au manteau de fourrure lança :

— C'est un racoleur d'enfants. Il a pris un an et demi pour avoir violé deux jeunes enfants à Nakskov. C'est terrifiant que nos enfants grandissent avec un type pareil en liberté dans les parages.

— *Nos enfants ?* M'étonnerait que t'aies des enfants ici.

La dame au manteau de fourrure ne répondit pas, mais un voisin le fit pour elle. Dans un mauvais danois.

— Je ai quatre enfants dehors sa porte.

La femme adressa un doigt d'honneur au groupe et claqua sa fenêtre. Les cris continuèrent. Peu après, une voiture de police apparut, et deux agents, un homme et une femme, en sortirent. Après s'être glissés dans la foule, qui avait encore grossi, ils disparurent tous deux dans le bâtiment. Au cinquième, la porte était recouverte de mots peu sympathiques, du genre *sale porc*, *violeur d'enfants*, *sale merde de pervers*. Il y avait également quelques symboles arabes, qui n'étaient sans doute pas plus aimables. Le policier ouvrit la porte d'un coup de pied mal ajusté sur la poignée, et la femme entra. Elle s'arrêta à quelques pas du candidat au suicide, et son collègue la suivit en boitant. L'homme à la fenêtre était désespéré :

— Si vous approchez encore, je lâche.

La policière attrapa une chaise au hasard et s'assit tranquillement. Les cris venant de la rue semblaient s'unir en un chœur cadencé. *Saute, saute, saute*. L'injonction résonnait entre les immeubles et l'écho leur parvenait avec un décalage, comme une basse déformée.

— On va rester là, on veut juste vous parler.

L'homme ne réagit pas.

— Ça vaut pas le coup. Les choses peuvent s'arranger.

La policière parlait lentement, d'un ton persuasif, mais ses mots était entrecoupés par le jugement qui montait de la rue. Elle envoya son collègue faire cesser les cris. L'homme la regardait d'un air suppliant, comme si elle était sa bouée de sauvetage. Mais il se trompait lourdement. Dès qu'ils furent seuls, elle changea brusquement d'attitude. Enfant, elle avait été la petite poupée de papa, jusqu'à ce que l'alcool le tue. Petit lutin, petite poupée – ces derniers jours avaient rouvert des blessures en elle. Elle se leva et s'avança vers lui.

— Saute ou rentre, au fond, je m'en tape complètement.

Il la regarda, incrédule, pendant une longue seconde. Puis il lâcha prise. Des cris de joie accompagnèrent sa chute.

A Arnborg, au sud de Herning, en revanche, l'épicier ne jubilait pas, bien au contraire. Il ne comprenait pas. Trois habitués venaient d'entrer dans sa boutique sans le saluer.

Ils étaient là, silencieux, l'air grave, sans panier à commissions. L'un se tenait près des confitures et marmelades, un autre près des rangées de vin, le dernier devant la caisse. Soudain, le son d'un pot de confiture se brisant sur les dalles du sol résonna dans la boutique.

— Oups, ça c'était vraiment pas de bol.

Le marchand le rassura.

— Aucun problème, Karsten, ça peut arriver.

— C'est exactement ça. Mince alors, ça vient de se reproduire. Oups, oups et re-oups.

Des éclats de verre venaient ponctuer chacune de ses exclamations.

— Mais qu'est-ce que vous foutez ? Sortez tous de ma boutique !

L'homme près des bouteilles de vin venait justement d'en choisir deux.

— Ces bouteilles ont l'air chouette, je crois qu'elles me tenteraient bien pour ce soir. Oh non, quel maladroit, alors ça c'est vraiment du gâchis.

Le client resté muet devant la caisse se pencha et posa sa main sur l'épaule du patron. Le commerçant était grand et bien bâti, mais le client l'était encore plus.

— Cette grande gigue de Sørvad, il est employé ici, non ?

— Non, plus maintenant. C'est pour ça que vous abîmez ma marchandise ? Je l'ai viré ce matin, je savais pas qu'il était… Enfin vous savez, quoi.

Cette information rendit le sourire aux trois hommes, et l'un d'entre eux sortit son porte-monnaie.

— Ah, mais dans ce cas c'est différent. On nous a dit que tu comptais le garder, malgré ces saloperies. Ça fera donc cinq pots de confiture, deux bouteilles de vin rouge, et puis donne-moi un paquet de King's. On te paie aussi une petite mousse.

L'épicier se laissa apaiser quand il vit l'argent et entendit parler de bière.

— Oui, y a intérêt.

Puis il hurla en direction de l'arrière-boutique.

— Magda, ça te dirait de te rendre utile avec une serpillière et un seau d'eau ?

Et il se retourna vers ses clients.

— Bordel, vous auriez pu demander avant, vous me connaissez quand même !

Ils acquiescèrent, un peu confus. C'était pourtant vrai – ils le connaissaient.

49

— La dame en rouge est à coup sûr un élément intrigant dans la vie de Per Clausen. Ne serait-ce que par leur différence d'âge et de statut social : ça montre que leur relation était particulière. Evidemment, le problème, c'est que nous ne savons pas par où commencer nos recherches. Une voiture, une tenue rouge et deux rencontres dans un commerce – le tout il y a plus de deux ans –, c'est trop mince pour constituer une base de travail.

Konrad Simonsen grommela avec impatience, mais Poul Troulsen resta impassible. Une bonne introduction, ça prenait son temps.

— Kasper Planck dit que le propriétaire du kiosque Farshad Bakhtîshû et ses fils se sont souvenus d'une chose. La femme en rouge boitait légèrement.

— Oui, c'est assez étrange. Et alors ?

— *A priori* rien, mais il y a un autre élément nouveau. Et il concerne la note avec le nom de la femme et son adresse, qu'elle avait laissée au kiosque. Un des fils s'est souvenu d'un détail singulier. Le domicile que la femme avait indiqué se terminait par *vej*, autrement dit chemin. C'est bien entendu inutile en soi, mais ce qui est important, c'est que le point au-dessus du *j* était en forme de cœur.

— Ce qui veut dire ?

— Eh bien, j'ai grandi près de Gentofte, et je sais que les panneaux de signalisation de cette commune possèdent une marque caractéristique. Si l'inscription d'un panneau se termine par *vej*, le *j* est orné d'un petit cœur rouge en guise de point. Les autres *j* – ou les *i* d'ailleurs – sont en revanche surmontés d'un simple point noir. En pratique il n'y a pour ainsi dire que les habitants de Gentofte qui connaissent ce cœur. Certains trouvent ça tellement mignon qu'ils le recopient quand ils écrivent leur adresse. Ma mère par exemple le faisait toujours quand elle écrivait des cartes postales. Et puis, la femme en rouge est probablement plutôt aisée, ce qui convient parfaitement à la commune.

— OK, j'admets que ça tient la route. Notre mystérieuse inconnue est peut-être bien de Gentofte. Continue.

— Au cours de sa vie, Per Clausen a eu deux liens avec Gentofte. Premièrement au cours de son enfance, deuxièmement pour la scolarité de sa fille. L'âge estimé de la femme en rouge suggère que la connexion entre elle et le concierge concerne sa fille.

— Je suis toujours d'accord, mais tu es en train de construire une hypothèse basée sur une hypothèse.

Poul Troulsen ignora l'objection.

— Après son retour de Suède en janvier 1993, Helene Clausen a été à l'école à Gentofte jusqu'en troisième. L'année suivante, elle a commencé en seconde au lycée Auregaard, juste à côté. Qu'elle aille à l'école à Gentofte alors qu'elle habitait à Gladsaxe aurait dû nous étonner tout de suite. Ce n'est pas normal.

Konrad l'interrompit.

— Je connais cette histoire aussi bien que toi.

Poul le regarda, sceptique. Il y avait maintenant des centaines de rapports liés à l'affaire, et lui-même n'avait fait le lien que la veille. Konrad sentit sa méfiance, et ajouta rapidement d'un ton acide :

— On n'y a pas fait attention au début, certes, mais quelques jours plus tard la relation a été faite grâce au voyage d'Arne en Suède. Quand Helene Clausen est revenue au Danemark, elle a refusé la thérapie. Son père a donc trouvé une autre solution. Il avait un collègue dont la femme travaillait avec des enfants traumatisés à Copenhague. Celle-ci était également psychologue à l'école de Gentofte. Per Clausen lui a rendu visite et elle a promis d'aider. Elle a parlé à une amie d'une certaine souplesse par rapport au choix de l'établissement scolaire de la petite. Cette amie était mariée au maire de Gentofte. Malheureusement, Helene Clausen n'a jamais pu recevoir l'aide dont elle avait besoin. Peut-être que c'est ce qui a causé la mort de huit personnes.

Et merci de ne pas douter quand je dis que je sais de quoi il s'agit.

— Je regrette, je pensais simplement que…

— La suite, Poul. Où est-ce que tu comptes commencer ? On a déjà envoyé une équipe à l'école, et une autre au lycée, et ils ont fourni un travail considérable. Qu'est-ce que tu peux apporter de plus ?

— Rien, peut-être, mais leur travail consistait avant tout à découvrir dans quelle mesure Helene Clausen avait subi des violences sexuelles durant son séjour en Suède, et à faire la lumière sur les circonstances de sa mort. En revanche, ils ne se sont pas occupés d'éventuelles relations entre Per Clausen et les camarades de classe de sa fille.

Konrad hocha la tête.

— Hum, tu marques un point.

— Oui, et le travail réalisé précédemment me donne un excellent point de départ. Il ressort des rapports qu'en 1993 le groupe de filles de la seconde A au lycée Auregaard était emmené par une sorte de leader informel. Aujourd'hui elle possède un petit bureau d'intérim à Hellerup, et j'ai un rendez-vous avec elle.

Konrad joignit ses mains et observa le plafond. Puis il prit sa décision.

— Tu chasses probablement des fantômes. Commence par rechercher une Porsche gris métallisé, maintenant que la zone se réduit à Gentofte, et garde ton téléphone allumé. Bonne route.

50

L'enquête avait donné lieu à un reportage assez long aux informations, ce qui était positif. En revanche, la réunion préparatoire entre la section criminelle et la chaîne de télévision, le lundi, tourna dans le vide, ce qui l'était beaucoup moins. Konrad Simonsen, Arne Pedersen, la Comtesse et Pauline Berg représentaient la police. La chaîne de télévision avait fourni un producteur et une assistante de production. La rencontre avait lieu au commissariat de police de Copenhague, et tous étaient fatigués et irritables.

Le producteur s'était retiré dès le départ. Il avait commencé par débiter un long speech inutile et plutôt décousu, dans lequel il expliquait aux enquêteurs l'importance de s'exprimer avec des phrases simples. Ensuite, il n'avait pratiquement plus rien dit. Il avait l'air de subir les conséquences d'un week-end arrosé, et son haleine sentait la bière rance. Les deux sièges autour du sien étaient donc vides. Son assistante était entièrement concentrée sur les touches de son ordinateur portable. En contrepartie de quoi elle notait tout, ce qui gênait les autres participants, bien que personne ne dît rien.

Pour l'émission, trois séquences de film avaient été élaborées, chacune d'environ une minute. La première concernait le transport des victimes, la deuxième montrait les meurtres en eux-mêmes, et la troisième, la plus courte et la dernière reconstituée, couvrait le trajet du minibus entre l'école et le champ à Kregme, près d'Arresø. Il manquait encore un commentaire à celle-là. Chaque film était animé par ordinateur avec des marionnettes en guise d'acteurs, ce qui bien entendu atténuait le réalisme, mais avait l'avantage de permettre une correction rapide. Après chaque film, la police pouvait commenter et faire appel à d'éventuels témoins. Le problème était là : quel commentaire faire, et quel genre de témoin fallait-il trouver ?

Konrad Simonsen saisit la télécommande et la pointa vers la télévision. La première partie n'était pas encore terminée.

— On la regarde encore ?

Les trois autres, fait rare, protestèrent d'un commun accord. Le producteur avait l'air soulagé, et l'assistante écrivait. Tout le monde se demandait ce qu'elle pouvait bien noter. Arne Pedersen redit son point de vue :

— Je penche plus pour la femme. Le film ne montre pas qu'elle s'occupe des injections, qu'elle calcule les doses de Stesolid par rapport au poids des corps. Et sa formation médicale supposée ne ressort pas non plus. Médecin, infirmière, aide-soignante, sage-femme, vétérinaire, étudiante en médecine… Il faut vraiment dire tout ça.

Il n'y avait rien de nouveau, il ne faisait que redire la même chose pour la énième fois. C'était ce que pensait la Comtesse, et elle prit la parole aussitôt :

— Je persiste à penser que le minibus est un meilleur angle d'attaque. Nous n'avons que six témoins adultes à l'avoir vu. Il y en a forcément d'autres, et peut-être qu'on peut obtenir une marque, une année de production ou même sa plaque minéralogique. Ce que je veux dire, c'est que ce minibus vient de quelque part, il a dû être acheté, vendu, enregistré et doit avoir un propriétaire. L'alternative, c'est d'attendre un résultat de la part des experts à Kregme, mais on vient à peine d'obtenir une commission rogatoire. On dirait qu'il y a eu du sabotage.

Pauline Berg répéta le point de vue de la Comtesse, en utilisant simplement deux fois plus de mots. Comme si elle tentait délibérément d'infliger une migraine à des hommes sans défense. C'était ce que pensait Arne, tandis qu'il se préparait lui-même à revenir à la charge.

Konrad lui demanda :

— Comment ça se passe avec ce minibus ? Quand est-ce qu'on aura un rapport technique ?

Pessimiste, Arne répondit :

— Il y a eu des problèmes, notamment pour garder les gens à l'écart. Ils jettent des tas de saloperies dans le trou pour entretenir le feu le plus longtemps possible, mais ça devrait se régler assez vite. Les experts veulent laisser le feu s'éteindre tout seul, pour ne pas risquer de détruire d'éventuelles preuves. Dans trois jours au plus tôt, ils pourront nous dire quand ils pensent avoir des informations à nous donner. Ça peut durer des semaines, voire des mois avant qu'on ait quelque chose d'utile, et c'est même pas sûr. Il faut compter avec le fait qu'il a fait plus de mille degrés dans cette fosse pendant plusieurs jours.

Konrad secoua la tête, agacé, comme s'il voulait écarter ces mauvaises nouvelles. Il transpirait, ses jambes étaient douloureuses, et il avait longuement hésité entre les points de vue respectifs de la Comtesse et d'Arne. Il tenta un compromis.

— On mentionne le minibus et on lance un appel à témoins, mais on se concentre sur la femme.

Tout le monde était content. Sauf l'assistante de production, qui démontra qu'elle avait un avenir glorieux dans le monde des médias. Un court moment, elle laissa de côté son clavier et se joignit au débat. C'était la première fois qu'elle disait quelque chose, et sa petite voix fine lui valut une attention sans partage.

— Des messages simples.

Retour au point de départ.

Pauline Berg observait avec curiosité son cou blanc, songeant sérieusement à l'étrangler. Konrad s'essuya le front avec un mouchoir, le producteur bâilla sans la moindre gêne, et Arne tenta une nouvelle version de son argumentation.

Le travail avançait à pas de souris. Au bout d'un certain temps, ils se mirent d'accord sur le message qui devait suivre le premier film. Le message simple. Konrad avait enfin pris le parti d'Arne : ils allaient se concentrer sur la femme avec les anesthésiants. Elle avait été aperçue par un automobiliste au moment où elle montait dans le minibus. C'était au fin fond d'une aire de repos, sur l'autoroute entre Slagelse et Ringsted. Par la suite, le témoin avait retiré sa déclaration, mais personne n'accordait d'importance à ce revirement. Le film suivant fut visionné quatre fois, et, après quelques menues corrections, la question se posa de savoir quel message y associer.

Le producteur disparut un moment, et les policiers pensèrent avec inquiétude qu'il avait pu se perdre dans les méandres du bâtiment. A son retour, son visage avait pris des couleurs. Il avait rapporté une bière forte qu'il avait dégotée quelque part, et qu'il se mit à siroter tranquillement. L'alcool lui donna la force de participer, ce qui se révéla un réel avantage. Si l'on faisait abstraction de son odeur désagréable et de ses manières peu édifiantes, il faisait un parfait meneur de réunion. Tous s'accordèrent sur le titre, *L'Homme à la caméra*. Ensuite, comme on pouvait s'y attendre, les avis divergèrent de nouveau. Konrad Simonsen énonça :

— *Alias* l'ami caché de Frank Ditlevsen ? *Alias* le meurtrier et bûcheron d'Allerslev ? *Alias* l'inconnu de Stig Åge Thorsen ? *Alias* le chauffeur du minibus et le bourreau de Bagsværd ?

C'était une vraie question.

— Oui, répondit la Comtesse, inébranlable.

Arne Pedersen prit à nouveau son contre-pied.

— Peut-être. C'est bien trop risqué de tabler là-dessus, on pourrait faire dérailler toute l'enquête. On ne peut pas se baser sur des devinettes et des spéculations.

Konrad hochait la tête, pensif, pendant qu'Arne ajoutait :

— En particulier en ce qui concerne l'inconnu de Stig Åge Thorsen, on n'est même pas sûrs qu'il existe. Ça peut être un homme, ou cinq, ou dix femmes pour ce qu'on en sait. Cet agriculteur n'est pas un témoin crédible, et ses motivations sont incertaines, même s'il risque d'avoir un grand impact médiatique. On ne sait même pas si les restes du minibus se trouvent réellement dans cette foutue fosse.

— Les techniciens ont établi un lien entre la dernière séquence vidéo et le paysage vu de chez lui, intervint la Comtesse.

— Un lien provisoire, et d'ailleurs ça ne veut pas forcément dire que le minibus s'est arrêté là.

— Commençons par le début, finit par trancher Konrad, c'est-à-dire par l'ami caché de Frank Ditlevsen. Pauline, fais-nous un résumé.

Elle aurait préféré qu'il demande à la Comtesse. Le secret sur le soi-disant *vieux copain* de Frank Ditlevsen lui pesait sur la conscience. A cet instant, elle aurait donné cher pour changer le cours des événements de la veille. Elle se redressa sur sa chaise. Le producteur étudiait consciencieusement sa poitrine, et l'assistante martelait son clavier.

— Tout ce qu'on a, c'est deux témoignages de voisins, et un seul a de l'intérêt. Au cours de l'année passée, les voisins d'en face ont vu à plusieurs reprises un homme d'une trentaine d'années rendre visite aux frères. Ils disent qu'il avait sa propre clef. Mais leur description est très lacunaire ; cheveux clairs, plus grand que la moyenne, mince et bien bâti. Il arrivait toujours à pied, ou avec Frank Ditlevsen dans la voiture de ce dernier.

Tout d'un coup, Konrad l'interrompit :

— Fais-moi un résumé du meurtre d'Allan Ditlevsen, concentre-toi sur la coupe de l'arbre.

Le ton de sa voix était étonnamment tranchant. Pauline le regarda, troublée. Personne ne dit rien, mais elle voyait sur leurs visages qu'ils partageaient son indécision. Elle suivit l'ordre qu'on lui avait donné. Au vu de l'expression de son chef, il était de toute façon impensable de faire autrement. Mais son changement d'humeur était surprenant, presque inquiétant. Heureusement, elle connaissait les faits entourant la coupe de l'arbre presque par cœur :

— Le meurtrier prépare l'arbre avec huit coupes entre 4 heures et cinq heures moins dix, dans la nuit de mercredi à jeudi de la semaine dernière. L'arbre est définitivement abattu à 5 h 38. Juste avant, Allan Ditlevsen est assassiné d'un coup porté par un bâton en bois de hêtre. La baraque à frites est détruite, le meurtrier ramasse ses affaires et disparaît dans l'escalier d'une résidence située au 18, Ved Torvet. Là, il descend au sous-sol et emprunte la sortie vers la rue Garvergade. Tout le long, on trouve de la sciure provenant de l'arbre, mais ensuite on perd sa trace. Notre meilleure piste, ce sont quatre traces de pas dans la cage d'escalier du numéro 18. Le bâtiment est vide par ailleurs, il sera bientôt démoli.

La Comtesse comprit enfin la situation. Elle se leva et disparut tandis que Pauline continuait son récit. Elle résuma jusqu'au rapport des techniciens sans avoir besoin de ses notes. Un instant plus tard, la Comtesse revint en traînant Malte Borup, complètement désorienté. Konrad stoppa Pauline aussi brusquement qu'il l'avait lancée. Puis il s'adressa au producteur.

— Votre assistante est très consciencieuse. Dites-moi, qu'est-ce qu'elle écrit au juste ?

La surprise qui se peignit sur le visage bouffi du producteur le disculpa immédiatement de tout soupçon de conspiration.

— Ça m'étonne aussi. Pourquoi tu notes tout ça, Marie ?

Le cliquètement des touches s'arrêta, et Marie tendit la main vers la souris. La Comtesse saisit son poignet à quelques centimètres de son objectif. Malte Borup s'empara du clavier.

Arne fut le premier à commenter la situation.

— Putain.

La réunion fut suspendue et repoussée au lendemain matin, et le producteur promit de se trouver une nouvelle assistante. Il était visiblement secoué et, à moins d'être un acteur exemplaire, il n'y était pour rien. Et impossible de savoir à qui elle avait fait son rapport sur le net. Le moral au sein de l'équipe était au plus bas. Il ne s'agissait pas tant des dommages qu'avait pu causer l'assistante, ni du fait que les discussions internes de la police se baladaient maintenant dans le cyberespace. C'était évidemment une pensée désagréable, mais ça n'allait pas plus loin. Le plus embarrassant, c'était que l'épisode prouvait de manière irréfutable qu'une partie de la population travaillait ouvertement contre la police. Si certains parmi les personnes présentes avaient pu entretenir des doutes sur cet état de fait, ce n'était maintenant plus le cas.

Konrad Simonsen tenta d'insuffler un peu d'ardeur à son équipe.

— Ce n'est pas très grave. La situation change en permanence, le fait que les journaux aient des informations sur notre travail ne va pas changer la donne. Quoi qu'il en soit, il va falloir reprendre le travail et oublier cette histoire.

A la surprise générale, ce fut Malte Borup qui répondit.

— C'est sûrement pas pour un journal, plutôt pour un de ces sites anti-flics qui fleurissent sur le net. Il y en a d'assez importants.

Les autres le regardèrent avec surprise. Pauline demanda pour tous :

— Sites anti-flics ? Qu'est-ce que tu veux dire ?

— Mais vous suivez rien ou quoi ? Il y a *lepilori.dk* et *sixseptdix-sept.com*, et bien sûr ce type qui a parlé de lui dans le journal, là, qui dit qu'il a été… violé quand il était petit. C'est de loin le plus gros. Il s'appelle *onlesdeteste.dk*.

Il se tut. Les rapports oraux n'étaient pas encore son point fort. Pauline lui tendit une perche :

— Qu'est-ce qu'ils font, Malte ? Tu peux nous expliquer ?

— Ben, on peut rejoindre le site pour dire qu'on les soutient, et ils veulent que ça soit criminel d'être… enfin de… d'être méchant avec les enfants.

Il s'interrompit, écarlate. Pauline avait envie de le prendre par la main. Après une petite pause, il reprit de lui-même.

— Enfin, je veux dire, vraiment interdit, comme aux Etats-Unis, où on a vraiment pas le droit de faire ce genre de truc.

— Ils font quoi de plus, Malte ? demanda la Comtesse.

— J'en sais pas plus, désolé.

Arne Pedersen était sur le seuil de la porte. Il tenait à la main une liasse de documents, et respirait le sérieux.

— Ils se chargent de faire en sorte que des gens sans défense se fassent tabasser, ou soient poussés à la mort. Vingt-trois cas, dans tout le pays.

Il jeta les papiers sur la table, et les autres se penchèrent pour lire. Puis personne ne dit plus rien, jusqu'à ce que Malte Borup rompe le silence.

— Je peux faire virer leurs pages du net, si vous…

Pauline posa une main sur sa bouche, et il rougit plus que jamais. Le téléphone de Konrad sonna.

Il décrocha d'un mouvement brusque et écouta un moment. Quand il raccrocha, tous espéraient qu'il ne s'agisse pas d'une mauvaise nouvelle. Et pour une fois, leurs espérances ne furent pas déçues.

— Troulsen a trouvé la femme en rouge. Ils sont tous les deux en chemin.

51

La propriétaire du bureau d'intérim s'avéra charmante. Poul Troulsen savait qu'elle avait moins de trente ans. En revanche, les autres idées qu'il s'était faites sur son compte étaient totalement fausses. Son image d'une femme d'affaires efficace et arrogante se fissura devant la femme joviale et légèrement enrobée qui ne dilapidait manifestement pas ses deniers en faveur de son apparence physique ou de l'aménagement de son entreprise. Elle le conduisit dans une pièce qui ressemblait plus à un lieu d'accueil pour SDF qu'à une salle de réunion et lui tendit spontanément un gobelet en plastique contenant du café tiède. Il la remercia et but par politesse. Le café avait un goût effroyable.

— Comme vous le savez, il s'agit de la période où Helene Clausen était au lycée. J'ai cru comprendre que vous étiez une de ces filles qui savaient tout ce qui se passait dans la classe.

— On peut dire ça. J'étais une vraie sorcière, pour dire ça poliment. Lors des réunions d'anciens élèves, il y en a encore qui me détestent, et je les comprends. Je n'étais pas très aimable, mais il est vrai que j'étais bien informée.

— Vous avez été dans la même classe que Helene Clausen pendant un an, c'est bien ça ?

— Oui, jusqu'à ce qu'elle se noie, mais je ne me souviens pas très bien d'elle. J'ai eu du mal à me remémorer, enfin, vous savez, à revoir son visage dans ma tête. Je me souviens que, la première fois que je l'ai vue, j'étais aux aguets. Elle était à la fois jolie et intelligente, et je craignais une rivale potentielle.

Elle secoua la tête à ses propres paroles.

— Eh oui, malheureusement j'étais comme ça. Bref, je n'avais aucune raison de m'inquiéter de ce côté-là. Helene n'était pas intégrée socialement, et je ne lui ai pas accordé beaucoup d'attention par la suite. Je me souviens parfaitement de sa mort, bien sûr. Nous avons toutes pleuré à chaudes larmes, et puis nous l'avons oubliée.

— J'ai une photo d'elle, si ça peut vous aider.

— Non, c'est inutile, et au fond je préfère éviter. Nous n'étions pas très liées. Helene n'était liée à personne dans la classe.

Cette information ressortait de pratiquement tous les rapports que Poul Troulsen avait lus.

— Vous n'êtes pas la première à dire ça.

— Elle préférait être seule. C'est pourquoi j'ai failli vous appeler pour vous dire que je n'avais rien à raconter.

— Mais vous ne l'avez pas fait...

— Non, parce qu'il se pourrait que je puisse vous aider, après tout. Un tout petit peu au moins. Voyez-vous, en ce temps-là je tenais un journal intime, et après votre appel j'ai jeté un œil à mes scribouillardises. Il n'y avait pas grand-chose sur Helene. Presque rien. Mais ça a relancé ma mémoire, et je me suis souvenue de quelque chose que j'avais oublié. Un jour, Helene et moi étions en voiture ensemble. Je ne me souviens pas où nous allions, ni s'il y avait d'autres personnes de la classe avec nous, juste qu'elle insista fortement pour qu'on mette la ceinture de sécurité, toutes les deux. J'ai dû lui demander pourquoi cette insistance, et elle m'a parlé d'une amie qu'elle avait eue en troisième, et qui avait eu un accident de voiture. Un terrible accident. Le plus intéressant bien sûr, c'est qu'elle ait dit *amie*. Voilà, c'est tout ce que j'ai. Je suis désolée.

Poul Troulsen ne l'était pas.

— Ne le soyez pas, c'est peut-être une information capitale.

— A propos des exécutions de l'école Langebæk ?

— Oui.

— Je ne suis pas certaine de souhaiter votre réussite.

— Eh bien dans ce cas vous n'êtes pas la seule. Vous avez au moins l'honnêteté de le reconnaître.

Poul Troulsen se leva. Elle resta assise.

— Je trouve que c'est bien compliqué. D'un côté, un crime a été commis, c'est vrai. Mais de l'autre c'est vraiment... compliqué.

— Je ne trouve pas, mais merci pour votre aide, et votre temps.

Elle le raccompagna.

Poul Troulsen se rendit à l'ancienne école de Helene Clausen en sifflotant joyeusement. Les rapports ne parlaient pas d'une amie de troisième, il tenait peut-être quelque chose.

L'école en question était une institution à l'architecture classique. Un cube comportant trois ailes sur quatre étages, une cour asphaltée, des cloches pour la sonnerie et une vieille fontaine d'eau potable pour les enfants assoiffés d'autrefois. Les indications pour se rendre à l'administration de l'école étaient claires, et au secrétariat une femme sur la fin de la quarantaine était assise derrière un bureau. Elle portait une oreillette et tapait sur un clavier. Poul Troulsen dut toussoter deux ou trois fois pour attirer son attention.

— Excusez-moi, je ne vous avais pas vu. Vous êtes là depuis longtemps ?

— Non, je viens juste d'arriver.

— Que puis-je faire pour vous ?

— Vous êtes la secrétaire de l'école ?

— Oui.

Il sortit sa plaque de police.

— Poul Troulsen, police criminelle.

Elle retira son oreillette et la posa sur le bureau, où elle continua à crachoter.

— Eh bien dites donc, ça m'a l'air grave.

— Pas du tout. Je cherche des informations sur un ancien élève.

— Son nom ?

— C'est exactement l'information que je recherche. Depuis combien de temps êtes-vous ici ?

— Plus longtemps que je ne voudrais. L'année prochaine, ça fera vingt-cinq ans.

— Ça m'a l'air parfait. La classe de troisième de l'année 1992-1993, il s'agit d'une fille.

— Eh bien, nous en avons eu un certain nombre. J'espère que vous avez des informations complémentaires.

Elle lui adressa un sourire plein d'optimisme. Il le lui retourna.

— Oui. Elle a été victime d'un accident de la route, probablement grave.

Il s'apprêtait à parler de la relation avec Helene Clausen, mais la secrétaire plissa les yeux et agita un doigt en l'air. Il se retint donc et attendit.

Quelques instants plus tard, son visage s'éclaira.

— Emilie, elle s'appelait Emilie. Oui, une terrible catastrophe. Les deux filles ont été grièvement blessées. C'est arrivé près de Helsingør, c'était Emilie la responsable. Elle roulait trop vite et avait bu, mais elles s'en sont sorties toutes les deux.

Le front de Poul Troulsen se plissa. Ça ne collait pas, des élèves de troisième ne peuvent pas avoir le permis de conduire. Mais la secrétaire lui donna une explication avant même qu'il ne la demande.

— Ah, mais c'était la grande sœur. Elle était plus âgée de quatre, peut-être cinq ans. C'est d'elle que je me souviens. Elle était ici quand l'école a eu soixante-quinze ans, et j'ai parlé rapidement avec elle. Je ne me souviens pas de la petite sœur, je sais juste qu'elle était impliquée dans l'accident, et que c'était peu après sa sortie de l'école.

— Nom de famille ?

La secrétaire secoua la tête.

— Non, mais elle est devenue docteur, si ça peut vous aider. C'est étrange, je vois très bien la grande sœur, mais le visage de la petite m'échappe. Allons faire un tour à la cave.

— La cave ?

— Tout à fait, suivez-moi, nous allons trouver son nom de famille et ce que nous avons sur elle. Je conserve toutes les annales en bas. Bon, ce ne sont pas les archives nationales, hein, mais il arrive régulièrement que j'aide quelqu'un à retrouver un ancien élève. Vous savez, pour les réunions d'anciens élèves, ce genre de choses.

Une voix puissante et grave les interrompit.

— Je peux savoir ce qui se passe ici ?

Le directeur de l'école se tenait sur le seuil de son bureau. Poul Troulsen l'observa. Son imposante bedaine tendait les bretelles rouges jusqu'à un seuil critique, son visage était charnu et sévère, et une paire de lunettes massive trônait sur le sommet chauve de son crâne.

— Je suis de la police criminelle et je recherche des informations sur…

Le directeur l'interrompit.

— Oui, j'ai entendu ça. A quoi vous serviront ces informations ?

— A quoi elles me serviront ? Et bien, j'en ai besoin pour élucider les circonstances d'un crime.

— Quel crime ?

— Ça ne vous regarde pas, répondit Troulsen, irrité.

— Je crois bien que je sais de quel crime il s'agit. Je vous ai vu sur Internet.

— Et ?

— Vous avez un mandat ?

— Un mandat ? Mais pour quoi faire ?

— Les archives de cette école ne sont pas en libre accès.

D'une main lourde, il repoussa la secrétaire qui s'était levée sur sa chaise.

— On ne livre pas d'informations sur nos anciens élèves sans une raison valable.

Les yeux de la secrétaire lancèrent des éclairs. Elle repoussa la main du directeur avec colère, puis lança un regard implorant à Poul. Malheureusement, celui-ci ne pouvait pas faire grand-chose.

— Dois-je comprendre que vous refusez de m'aider à faire mon travail ?

— Votre travail ne me concerne pas. Je vous refuse l'accès à nos données personnelles, à moins que vous n'ayez un mandat de perquisition ou un ordre écrit de l'un de mes supérieurs administratifs. Je n'ai rien de plus à vous dire.

— Vos données personnelles, mais c'est complètement dingue, il me faut juste un nom !

— Je vous le répète, je n'ai rien de plus à vous dire.

— Alors j'imagine que je n'ai plus qu'à aller à la mairie pour discuter avec vos supérieurs.

Poul Troulsen avait espéré que l'homme se laisserait effrayer.

— Excellente idée. L'inspecteur d'Académie, le directeur régional à la protection de l'enfance, le responsable communal ou le maire, vous avez le choix.

Il avait l'air bien sûr de son fait.

— Merci beaucoup. J'espère que nous aurons l'occasion d'en rediscuter bientôt.

— J'en doute, mais qui sait ?

Poul Troulsen sortit une carte et la tendit à la secrétaire sans rien dire. C'était inutile. Elle accepta la carte sous le nez de son chef, et ils virent tous les deux à quel point ses doigts le démangeaient.

— Essayez ça, et je vous arrête dans la seconde pour obstruction à une enquête criminelle.

La menace fit son effet. Le directeur ne bougea pas. Au grand dam de Troulsen.

— L'inspecteur d'Académie, le directeur régional à la protection de l'enfance, le responsable communal ou le maire.

Poul Troulsen suivait la trame hiérarchique que le directeur lui avait donnée. La réceptionniste de la mairie de Gentofte ne sembla pas se formaliser de la profusion des choix. Elle fit danser ses doigts sur le clavier puis regarda l'écran.

— Eventuellement le directeur de l'enfance et de la culture, quel motif dois-je donner ?

Elle avait insisté sur *éventuellement.* Il montra sa plaque de police, qu'elle scruta longuement d'un air soupçonneux avant de décider qu'elle devait être vraie. Ensuite, elle lui tendit une petite carte portant l'indication d'un bureau et pointa un ongle lilas d'une longueur démesurée pour le mettre sur la voie. Il tourna les talons sans la remercier.

Le directeur était un petit homme très soigné et d'allure indolente. Sa poignée de main molle collait comme de la pâte à pain. Son invité se vit indiquer une chaise et dut attendre patiemment qu'il ait méticuleusement rangé ses papiers. Enfin, il appuya ses coudes sur la table, joignit ses mains et posa le menton sur le bout de ses doigts, prêt à écouter. Poul Troulsen présenta rapidement et précisément sa requête. L'homme hocha doucement la tête pendant l'explication, l'air concentré, comme si le propos était complexe et sa compréhension réservée à quelques élus. Une fois que Poul eut terminé, il continua à dodeliner de la tête un moment, avant de se lancer d'une voix traînante dans une série de réflexions incompréhensibles.

Au beau milieu de sa tirade, le téléphone portable de Poul sonna. Il répondit, surtout pour agacer son interlocuteur. C'était la secrétaire de l'école qui s'était discrètement glissée dans les archives. Elle lui donna rendez-vous une heure plus tard au kiosque de Bagsværd. Tout se passait on ne peut mieux. Il nota ses nom et adresse avant de raccrocher.

L'interruption avait duré moins d'une minute, mais, bien entendu, elle avait changé la donne. Sa requête était maintenant superflue, il pouvait donc partir mais resta assis.

Son interlocuteur avait marqué une pause pendant la conversation téléphonique. Son attitude n'avait pas changé, et, aussitôt que Poul Troulsen fut de nouveau attentif, il reprit là où il s'était arrêté.

— Mais, comme je l'ai dit, je ne suis pas juriste, et il se peut que certains aspects de l'affaire...

Poul Troulsen bondit jusqu'à la ligne suivante :

— En conclusion, vous ne voulez pas m'aider.

Son ton était vif et impertinent.

— Absolument pas, agent Troulsen, vous anticipez. L'affaire sera soumise à un examen approfondi et impartial.

— Et quand pensez-vous pouvoir convenir d'un arrangement ?

— Je crois que ça peut être rapide. Il est de la plus haute importance que le système éducatif de la commune de Gentofte fasse preuve de fiabilité dans sa collaboration avec tout autre organisme public, et cela englobe la police.

— Et rapide, ça veut dire quoi ?

— Je préférerais éviter de fixer une échéance.

Le coin de sa bouche s'éleva de quelques millimètres. C'était un sourire, et Poul Troulsen sentit que l'homme savourait la conversation. Il se leva.

— Je parie que, quand vous étiez gamin, vous étiez de ceux qui couraient se planquer au fond de la cour quand il y avait de la bagarre.

— Pardon ?

— Je dis que, à tous les coups, vous vous pissiez dessus à l'idée de vous retrouver dans une bagarre. Au fait, vous avez déjà entendu parler de brutalité policière ?

A cette idée, le directeur se dégonfla comme une bouée de bain crevée. Il croisa les bras, effrayé, et sa voix s'éleva de quelques octaves.

— Dites-moi, vous me menacez ?

— Oui, c'est exactement ce que je fais, et si vous aimez votre nez comme il est, vous restez tranquille.

L'homme obtempéra. De petites gouttes de sueur perlaient à son front et à la base de son nez encore entier. Le regard de Poul Troulsen se fixa sur une paire de ciseaux posée sur le bureau. Il joua un instant avec l'idée de couper une mèche de cheveux de son interlocuteur pour la lui faire manger. Puis son bon sens reprit le dessus, et il se contenta d'infliger une petite tape sur l'arrière de la tête du bonhomme.

— Avant de partir, je pourrais prendre le temps de vous expliquer la procédure pour porter plainte contre la police. Il suffit de déposer une plainte au poste de police le plus proche. Au bout de quelques années, on vous adressera une fin de non-recevoir.

Tout en parlant, il s'était dirigé lentement vers la porte. Il fit un signe de tête et un sourire en guise d'au revoir, satisfait d'avoir su maîtriser son tempérament.

52

L'épisode de la mairie de Gentofte n'avait pas entamé l'humeur de Poul Troulsen. Il était très satisfait de l'évolution de la journée. Il ne manquait qu'une chose, c'était que la femme en rouge se montre conciliante, et leur courte discussion téléphonique semblait aller dans ce sens. De plus, elle détenait sans doute des informations susceptibles de faire avancer l'enquête. Un grand pas en avant, voilà de quoi ils avaient besoin.

Emilie Mosberg Floyd était une charmante femme d'une trentaine d'années et de taille moyenne. Sa silhouette était mince et bien proportionnée, son visage beau et vivant, sa tenue vestimentaire aussi chère qu'inesthétique. Une jupe de satin rouge orangé, un chemisier de coton dans les mêmes tons et un petit gilet en laine grossièrement tissée. La couleur de celui-ci passait du lilas à l'orange sur un motif de tulipes stylisé. Ses solides chaussures noires semblaient faites pour la randonnée.

Elle vint l'accueillir à la porte de sa belle maison en briques et le mena à la cuisine pour le café. Les politesses d'usage furent vite expédiées. Ce fut elle qui entra dans le vif du sujet :

— Vous voulez parler de Helene et Per Clausen. Excusez-moi de mettre les pieds dans le plat comme ça, mais je n'ai qu'une demi-heure, ensuite il faudra que j'aille travailler.

Elle lui adressa un agréable sourire. Ses dents étaient régulières et ses yeux verts très vifs. Les mots avaient un léger parfum de charme joueur.

— D'accord, vous les connaissiez tous les deux ?

— Oui, mais c'est Per que je connaissais le mieux. Ma relation avec Helene était plus lointaine, elle était l'amie de ma petite sœur, pas la mienne. Elles étaient dans la même classe, mais ça vous le savez.

La réponse le surprit, mais elle était prometteuse. Décidément plus intéressé par le père que par la fille, Poul Troulsen ne pouvait s'empêcher de ressentir une certaine impatience. Il se força pourtant à conserver un minimum de méthode.

— Peut-être pourriez-vous commencer par me parler un peu de votre propre histoire ?

— Bien entendu. Eh bien, je suis née et j'ai grandi à Gentofte. En 1992, j'ai commencé mes études de médecine. L'année suivante, ma sœur et moi avons eu un accident avec la voiture de mon père. J'avais un peu bu et je me suis endormie. C'était en été. Nous avons toutes les deux été grièvement blessées, et la rééducation a duré presque un an. Mais les conséquences psychiques ont été les pires. Quand j'ai repris mes études, je n'étais pas encore totalement guérie, je souffrais de problèmes de concentration et de crises de larmes spontanées. Un jour, j'ai été contactée par un psychiatre, Jeremy Floyd, médecin-chef à la clinique de sexologie de l'hôpital principal. Mes problèmes ne concernaient pas sa spécialité, mais il avait promis à l'un de mes professeurs de prendre un quart d'heure avec moi, essentiellement pour me pousser à chercher l'aide d'un professionnel. Quatre mois plus tard nous étions mariés, et cela a changé ma vie. J'ai mis au monde et élevé nos deux garçons tout en continuant d'étudier. Durant quelques années j'ai travaillé constamment, quand je ne dormais pas. En 2001 j'ai terminé ma médecine, et j'ai été moi aussi prise à l'hôpital principal. Je suis en train de me spécialiser en chirurgie cardiaque. L'année dernière, Jeremy est décédé dans un accident. En dehors de sa famille et de son travail, l'escalade en montagne était sa passion, et ça l'a tué. L'Aconcagua me l'a pris.

Elle leva les yeux vers lui, l'air interrogateur, et il hocha la tête. Il se dit que l'Aconcagua devait être une montagne, mais ne voulut pas l'interrompre dans sa lancée en lui posant la question.

— Cette dernière année, j'ai donc été seule avec les enfants, qui sont d'ailleurs tous les deux allés faire une excursion en forêt.

Le récit semblait se terminer avec la localisation des enfants. Elle regarda sa montre et prit une mine exagérément embarrassée. Poul Troulsen l'ignora et la relança :

— Helene et Per Clausen ?

Elle vida sa tasse de café et s'en servit immédiatement une autre, avant de continuer sur un tempo légèrement plus vif.

— Helene Clausen était donc l'amie de ma petite sœur. Ma sœur s'appelle Katja, Katja Mosberg, et elle vit en Autriche. Son petit ami est un diplomate norvégien envoyé par le ministère des Affaires étrangères. Le ministère norvégien, je veux dire. En 1993, Helene s'est retrouvée dans la même classe que Katja. Elle venait de Suède, où elle avait vécu un moment avec sa mère et son beau-père. Helene était timide et renfermée, mais elle et Katja se sont bien trouvées de ce côté-là, et elles passaient pas mal de temps toutes les deux. Elles faisaient leurs devoirs ensemble, par exemple, et elles se complétaient bien. Helene était douée en mathématiques, physique et chimie, et de manière générale pour tout ce qui touchait aux sciences naturelles. En revanche elle avait du mal à suivre en danois, probablement en raison des nombreuses années qu'elle avait passées en Suède. Pour Katja, c'était l'inverse. Elle se débrouillait parfaitement en danois, mais pas en maths. Pour les maths, c'est malheureusement de famille, et on peut dire que c'est la raison pour laquelle j'ai rencontré Per. Quand Helene et Katja étaient en troisième, j'étais en première année de médecine, et la matière qui me donnait le plus de fil à retordre, c'étaient les statistiques avancées. Alors que tous les autres suaient en anatomie ou dans d'autres matières principales, moi, c'étaient les statistiques qui menaçaient de mettre fin à ma carrière avant même qu'elle ne commence. Je n'arrivais tout simplement pas à saisir le truc, et encore aujourd'hui je suis prise de nausée quand on me parle d'analyse de régression, ou de niveau significatif.

Elle sourit, comme pour s'excuser de ses lacunes en statistiques. Poul se dit que, s'il avait un jour des problèmes cardiaques, il se moquerait éperdument de savoir si son chirurgien s'y connaissait en probabilités. Elle regarda sa montre une fois de plus, cette fois sans afficher son empressement. Il savait qu'il devrait bientôt se conformer à son manque de temps.

— Katja a parlé de moi à Per. Elle a toujours été très zélée. Elle voulait sans arrêt régler les soucis des autres, mais cette fois elle a réussi. Per était très heureux du lien qui existait entre Helene et Katja, et de toute façon c'était quelqu'un de très sympathique, toujours prêt à aider quand il le pouvait. J'ai commencé à prendre des cours chez lui. Un ou deux soirs par semaine, gratuitement. Il ne voulait en aucun cas entendre parler d'argent. Mon père était pourtant prêt à mettre la main à la poche, surtout si c'était pour l'éducation de ses filles. Mais, à cette époque-là, Per gagnait déjà bien sa vie.

Elle secoua la tête et corrigea :

— Non, ce n'est pas ce que je voulais dire, il n'aurait pas voulu d'argent même s'il avait été sans le sou. Il était comme ça, toujours serviable.

Poul Troulsen sentit l'affection de la femme pour son ancien répétiteur. Ce n'était pas la première fois qu'il observait ce phénomène. Per Clausen avait une forte influence sur son entourage.

— Bref, la fin de l'histoire, c'est que j'ai été reçue à mon examen avec une note tout à fait correcte, ce que je dois à Per, au fond. Ensuite il y a eu l'été avec cet accident, et plus tard Helene est décédée, comme vous le savez. Katja et moi sommes sans doute les seules à connaître les circonstances. Elle s'est probablement suicidée en se noyant. Per le savait aussi, bien sûr, mais je n'ai pu le découvrir que quelques années plus tard.

Elle le regarda droit dans les yeux.

— Vous savez que Helene se faisait violer par son beau-père ?

Poul Troulsen confirma, et elle reprit :

— Les années suivantes, je n'ai pas revu Per. Bien sûr, je pensais à lui de temps en temps, et à lui rendre visite aussi, mais je ne l'ai jamais fait. C'est une mauvaise excuse, mais à ce moment-là j'avais beaucoup à faire entre les deux petits et mes études que je devais terminer. Mais, avant d'en venir aux circonstances de ma rencontre suivante avec Per, je suppose qu'il faut que je vous parle un peu de mon mari.

Elle se tut, attendant la réaction de Poul. Il acquiesça, ce qu'il aurait fait de toute manière quoi qu'elle dise. Elle était une excellente conteuse, le genre de témoin qu'on pouvait se contenter d'écouter.

— Comme je l'ai dit, mon mari s'appelait Jeremy Floyd. Son père était canadien et sa mère danoise. Il a lui-même vécu les onze premières années de sa vie à Québec, jusqu'à ce que sa famille vienne s'installer dans notre pays. Il était médecin diplômé d'Århus, et s'est spécialisé en psychiatrie à l'hôpital principal. Son grand dada, c'étaient les mœurs sexuelles des gens, et, après son doctorat sur le psychisme des criminels sexuels, on lui a proposé le poste de médecin-chef à la clinique de sexologie. En parallèle de son travail à l'hôpital, il a créé un cabinet privé, ici, à la maison, où il a d'abord aidé les victimes d'inceste, et plus tard tous ceux qui avaient souffert de violences sexuelles durant leur enfance. Au début, ses patients privés étaient plus un moyen de satisfaire sa curiosité professionnelle. Travailler tantôt avec des délinquants sexuels et tantôt avec des personnes victimes de viol lui permettait de faire le tour de la question, selon lui. Mais peu à peu la clinique privée a pris le dessus, sa liste d'attente était de plus en plus longue. Il ne savait pas dire non, et – oui, je peux le dire, après tout – il aimait l'argent.

Elle attrapa le thermos de café et le secoua. Il était vide. Elle se leva alors et prit deux canettes de Coca dans le frigo, qu'elle posa sur la table. Bizarrement, elle ne les ouvrit pas. De toute manière, Poul détestait le Coca.

— Durant l'automne 2003, l'ancienne classe de troisième de ma sœur s'est réunie. A cette occasion, Katja a par hasard entendu dire ce qui était arrivé à Per à la suite de la mort de sa fille. La perte de son travail, son alcoolisme et sa ruine. Quand elle m'a raconté ça, je me suis enfin décidée à lui rendre visite. On pourrait parler de *service rendu*. Il m'avait aidée quand j'en avais besoin, le moment était venu de lui rendre la pareille. Je crois que je suis allée le voir une dizaine de fois. La plupart du temps il était ivre ou presque, mais toujours content de me voir. On parlait le plus souvent de Helene, même si le noyau du sujet était rapidement épuisé. Nos discussions étaient donc une éternelle répétition du même triste thème. Et pour être honnête, j'ai fini par me lasser de ces visites, même si l'initiative venait toujours de moi. C'est alors que j'ai eu une idée. J'ai convaincu Jeremy de prendre Per comme patient. Ça a été difficile, mais j'ai réussi. D'une certaine façon, Per était bien une victime de viol, bien qu'indirectement. Il a donc fallu insister, mais Jeremy a fini par accepter. Il s'est avéré encore plus difficile de convaincre Per d'endosser le rôle du patient. Au début, j'ai même pensé que ça ne marcherait pas, mais Jeremy était doué et mettait un point d'honneur à réussir ce qu'il entreprenait. Et puis je pense que Per a fini par reconnaître qu'il avait besoin d'aide. Dans tous les cas, avec le temps, un suivi s'est installé, et je n'ai eu besoin d'aller chercher Per que deux ou trois fois, quand il ratait un rendez-vous. Par deux fois il a fallu lui faire suivre une cure, il n'a jamais voulu entendre parler de Disulfirame, qui l'aurait pourtant bien aidé.

Poul Troulsen se permit une remarque.

— Vous êtes allée le chercher une fois dans un kiosque à Bagsværd ?

— Oui, c'est exact.

— Vous conduisiez une Porsche gris métallisé ?

— C'est également exact. C'était celle de mon père, moi j'ai une Audi.

Poul hocha la tête, cela concordait.

— Nous avons passé le système hospitalier au peigne fin, y compris ce qui concernait l'alcoolisme. Per Clausen n'a jamais été admis, pour autant qu'on le sache.

Elle sourit, légèrement embarrassée.

— Eh bien, Jeremy et moi travaillions tous les deux au principal. Disons simplement qu'il a de temps à autre eu droit à un lit inoccupé ? A l'insu de l'administration.

Poul Troulsen jura intérieurement. C'était typiquement ce genre de choses qui rendaient une enquête deux fois plus complexe.

— Quoi qu'il en soit, Per reprenait peu à peu le contrôle de sa vie, à mesure qu'il s'entretenait avec Jeremy. La thérapie l'aidait effectivement. Mais je ne sais pas grand-chose sur la façon dont elle se déroulait concrètement, Jeremy ne parlait jamais de ses patients. Ils avaient droit à l'anonymat, et Jeremy respectait strictement le secret médical. Les patients avaient leur propre entrée, et je ne devais pas me trouver dans mon jardin quand ils allaient et venaient. J'ai bien appris quelques petites choses, mais, paradoxalement, surtout à travers Per. Après une bonne année de consultation, il a intégré un groupe de parole.

Elle se tut. Les mots avaient empli la pièce, ainsi que le petit tremblement de sa voix, au moment où elle les avait prononcés. Elle était loin d'être idiote, et avait sans doute depuis longtemps compris l'intérêt de son savoir. Poul sentit au fond de lui son antipathie pour elle grandir brutalement. Il dut faire un grand effort pour parler calmement.

— Pourquoi vous ne vous êtes pas présentée à la police ?

Elle aurait pu facilement esquiver sa question, mais elle n'en fit rien.

— Au fond, je n'en sais rien. Peut-être que je préférais ne pas être impliquée. De toute façon, je ne connais pas les noms des membres de ce groupe. Je ne sais même pas combien ils sont.

Elle regarda un moment en l'air avant de poursuivre.

— Je pense que tuer ces gens était mal, aucun doute là-dessus. Vraiment mal, et Jeremy aurait pensé la même chose. Mais il n'est pas certain qu'il y ait un rapport…

Elle ne termina pas sa phrase. Peut-être parce qu'elle n'y croyait pas elle-même. Poul Troulsen dit avec gravité :

— Vous n'irez pas travailler. Nous allons devoir aller au commissariat général de Copenhague.

Emilie Mosberg Floyd sentit immédiatement qu'elle n'avait pas le choix.

— Oui, j'imagine que c'est nécessaire.

Elle hocha la tête, et se répéta.

— C'est nécessaire.

C'était bien l'avis de Poul Troulsen.

53

Anita Dahlgren était assise dans le réfectoire de *Dagbladet*. Elle était seule à sa table, ce qui valait mieux. L'une des nombreuses règles non écrites du quotidien proscrivait les conversations téléphoniques dans la salle de déjeuner, et elle était précisément en train de la transgresser. D'un autre côté, une loi plus importante encore du journal leur demandait bien de trouver des nouvelles intéressantes. Et dans cette optique, l'invitation à dîner qu'elle venait de recevoir de la part de Kasper Planck compensait largement son infraction, pensait-elle. Elle ignora totalement les regards agacés de ses collègues alentour. L'invitation était surprenante, et elle en fut d'abord heureuse et flattée. Mais il y avait une ombre au tableau :

— Ce que tu es en train de dire, c'est que je dois faire les courses et préparer le repas ?

Elle écouta. L'impudence du vieil homme était sans limites.

— Je me demande pourquoi je n'ai pas encore raccroché.

Un homme à une table voisine cria qu'il trouvait l'idée excellente. Au même moment, Anni Staal s'asseyait juste en face d'elle, comme si elle se matérialisait de nulle part. Une prestation stupéfiante, compte tenu de son volume. Elle tenait d'une main experte deux bières, chacune avec un verre retourné sur le goulot. Sans un mot, elle poussa l'une des deux bouteilles par-dessus la table. Anita Dahlgren mit fin à son appel :

— Oui, je sais que tu es un vieux monsieur fragile, mais... d'accord... on fait comme ça. On se voit demain, 5 heures.

La conversation était intenable avec sa chef à moins d'un mètre, elle avait donc cédé à Planck. Elle aurait sans doute fini par jeter l'éponge de toute façon. Avec une certaine agressivité, elle fixa son attention sur la femme assise en face d'elle.

— Je ne bois jamais de bière à cette heure-ci. Qu'est-ce que tu veux ? Je suis en pause.

Anni Staal sourit avec une certaine autodérision.

— Moi non plus, je n'en bois pas.

— Pourquoi tu les as achetées alors ?

— Parce que ce que j'ai à dire est personnel, et que nous sommes danoises. On ne parle pas de façon personnelle sans boire de bière, pas vrai ?

Anita Dahlgren comprit la logique, on ne renie pas son héritage culturel. Elle versa la bière dans son verre et en but une gorgée, sans trinquer. Il ne faut tout de même pas exagérer. Anni Staal but à son tour. Avant d'essuyer la mousse autour de ses lèvres avec le dos de sa main.

— Tu ne m'aimes pas, pas vrai ?

La question était idiote. Elles connaissaient toutes deux la réponse.

— Non, je ne t'aime pas. Tu es douée et j'ai beaucoup de choses à apprendre de toi, mais je ne t'aime pas.

— Tu n'es pas la seule, mais avec le temps j'ai appris à faire avec.

— Avec ton arrogance, ça ne m'étonne pas.

— Si tu le dis. Je ne suis pas là pour me disputer avec toi.

— Pourquoi alors ?

— Tu as une excellente source à la section criminelle, pas vrai ?

— Tu t'imagines vraiment que je vais te répondre ?

— Tu remarqueras que je ne t'ai pas demandé qui c'était, uniquement si c'était bien le cas. De toute façon, il est facile de deviner de qui il s'agit, donc tu n'as pas besoin de le dire. Je pars du principe que j'ai raison.

— Tu as bien tes propres sources.

— Laissons ça. Quelle est ton opinion sur les meurtres des pédophiles ?

— Tu la connais parfaitement.

— Ne sois pas si contrariante. Dis-la-moi dans les grandes lignes.

— Si tu veux. Mon lieu de travail bat un triste record dans l'appel à l'auto-justice et aux expéditions punitives. La chasse aux sorcières contre les pédophiles est détestable, et, quand il s'agit de mettre de l'huile sur le feu, ça y va dans les pages du journal. Les politiques font la queue pour faire comprendre en douceur à leurs stupides électeurs que le message est passé. *5, 6... 10, 20, 200, 1 000*, ce sont des bêtes, pas des hommes, exterminons-les. Morte la bête, mort le venin. Où est-ce que j'ai entendu ça, déjà ?

Contre son gré, Anni Staal se mit en colère et se sentit légèrement blessée, un sentiment qui lui était habituellement étranger. Mais le parallèle historique de la gamine transperçait son armure. Elle prit soin de ne pas paraître trop affectée.

— Je suis contre la violence, mais je suis aussi contre le viol d'enfants. Et encore plus contre le fait qu'on traite des enfants comme de la marchandise. Tu ne peux pas ignorer ce passage de la vidéo, si ?

Anita Dahlgren écarta les bras en signe de résignation. La discussion était vaine.

— A ton avis, qu'est-ce qui nous fait vivre ? Tu as vu nos chiffres de ventes ces jours-ci ?

— Non, mais j'ai lu des récits de passages à tabac et d'équipes de "justiciers" partout dans le pays. Mais on va probablement choisir d'atténuer ces aspects-là dans l'édition du matin. Question de place.

— Dis-moi, pourquoi tu ne te trouves pas un autre boulot ?

— Qui te dit que je ne cherche pas ?

— Tu as vu les résultats de notre nouveau sondage d'opinion ? C'était sur le site web hier.

— Non, heureusement.

— La question : *Souhaitez-vous, en toute sincérité, que l'affaire des meurtres de pédophiles soit résolue ?* Tu veux deviner ?

— Je préfère pas.

— 64 % de non, 28 % ne se prononce pas, 8 % de oui. Ce sera en première page.

— Je m'en serais doutée, y a que les chiens pour bouffer leur propre merde.

— Qu'est-ce que tu veux dire ?

Anita Dahlgren ne répondit pas tout de suite, elle termina d'abord sa bière. Qui avait disparu à une vitesse inquiétante. Déformation professionnelle prématurée, se dit-elle avec ironie. Elle lâcha un petit sourire sans joie.

— Peu importe. Tu peux me dire ce que tu attends de moi ?

— Ton aide. Je crois que le plus gros problème de la police pour le moment, c'est l'opinion publique. La section criminelle n'a pas seulement un souci d'enquête, mais aussi un souci de presse. En d'autres termes, s'ils n'arrivent pas à renverser la tendance dans la population, leur travail va devenir de plus en plus compliqué, et ils en viendront forcément à un moment ou à un autre à la même conclusion.

— Quel rapport avec moi ?

— Je veux une interview solo avec Konrad Simonsen.

— *Tu* veux ? Toi ?

— Oui, moi. Et il faut que ça soit lui, pas une de ces personnes derrière lesquelles il se planque quand il s'agit d'informer le grand public. Si nous mettons chacun de côté nos antipathies personnelles, cet entretien pourrait être d'un grand profit mutuel.

Anni Staal souligna la logique en tapant du doigt sur la table. Elle omit de mentionner que l'idée venait d'un mail de lecteur. Anita Dahlgren réfléchit un moment avant de conclure que sa chef avait raison.

— Et tu veux que je transmette ? Pourquoi faire aussi compliqué ? Pourquoi tu ne l'appelles pas pour lui demander, tout simplement ?

— Parce que je veux laisser un peu mûrir l'idée, et il est préférable que ce soit présenté de façon indirecte. De toute façon, je ne peux pas lui parler en personne.

— Je vais y réfléchir.

— Des clous. Réfléchis vite et dis-moi si c'est oui ou non.

La réponse tomba, froide et hautaine :

— Peut-être, peut-être pas, tu verras bien.

Anita Dahlgren se leva.

— Merci pour la bière.

Anni Staal la suivit du regard.

— De rien, pouffiasse.

54

— Salope égoïste.

Poul Troulsen grognait de colère et d'exaspération à l'encontre d'Emilie Mosberg Floyd. Arne et Pauline échangèrent un regard. Sa réaction était inhabituelle, il était généralement calme et équilibré – du moins quand il était entouré de ses collègues. Mais cette femme lui sortait manifestement par les yeux.

Tous trois étaient assis dans un petit réduit derrière la salle d'interrogatoire n° 4, au commissariat de Copenhague. La vitre donnant sur la pièce où l'entretien se déroulait remplissait presque la totalité du mur. De l'autre côté, un miroir, une disposition traditionnelle que l'on retrouve dans les commissariats du monde entier. Cela permettait de suivre la conversation sans être vu ni entendu. En tout cas, c'était la façon dont le dispositif avait été pensé. Mais le système de haut-parleurs qui retransmettait l'interrogatoire datait sérieusement, et la qualité du son était déplorable. Les voix se voyaient infliger un écho métallique exaspérant. De temps à autre elles disparaissaient complètement. La voix de la Comtesse en particulier était déformée et faisait penser à celle d'un personnage de dessin animé. Celle de Konrad, plus grave, passait mieux.

Poul Troulsen demanda sans tourner la tête :

— Vous n'êtes pas censés partir, vous deux ?

Pauline se leva comme si elle avait reçu un ordre. Arne demanda :

— Pourquoi tu lui en veux à ce point ?

— Je ne sais pas exactement. Peut-être parce que je doute qu'elle se serait présentée à nous si on ne l'avait pas trouvée.

Peut-être parce que j'en ai marre de devoir arracher leur collaboration aux gens. Je n'ai pas trouvé mon travail aussi désagréable depuis la manifestation contre la guerre du Viêtnam en 1967, où j'étais en poste devant l'ambassade américaine. Et il y a quelques heures, je me suis emporté devant un petit con de fonctionnaire à la mairie de Gentofte, ce qui m'a profondément agacé et va sûrement nous valoir une plainte dont je me serais bien passé.

Arne se laissa contaminer par la mauvaise humeur de son collègue découragé.

— Je vois ce que tu veux dire. Vendredi, un de mes fils s'est fait emmerder par ses camarades de classe à cause de mon travail. Et je suis convoqué à l'école parce qu'il a mis un coup de boule à l'un d'entre eux. Habituellement j'essaie de leur apprendre à se débrouiller sans violence, mais cette fois j'ai fait une exception et j'ai dit que j'étais fier de lui. J'aimerais que la fierté soit un peu réciproque. Malheureusement c'est pas tellement ça en ce moment, même s'il ne dit rien directement.

Il aurait pu ajouter qu'il était profondément agacé de devoir livrer tous les deux jours une info de choix à *Dagbladet*, tout ça parce qu'un retraité sénile tout droit sorti d'un musée avait eu une vague intuition. Mais il garda cette partie-là pour lui.

— Pourquoi vous demandez pas à être provisoirement assignés à une…

La proposition de Pauline était amicale, mais leur expression incrédule la fit taire.

— En le laissant tout seul dans la merde ?

Poul fit un geste presque révérencieux de la main en direction de Konrad. Arne se leva et poussa Pauline devant lui. Il lui pardonnait, elle était d'une autre génération. Peut-être moins versée dans l'autoflagellation, peut-être juste plus bête.

De l'autre côté de la vitre, l'interrogatoire d'Emilie Mosberg Floyd se déroulait parfaitement. Elle se montrait coopérative. Elle répéta sans protester ce qu'elle avait déjà expliqué à Poul. Elle racontait, acceptant volontiers de transmettre des sentiments, des opinions ou des émotions. De temps en temps, si la question lui paraissait délicate, elle réfléchissait un long moment avant de parler. Ces pauses n'avaient rien de pénible, et Konrad et la Comtesse attendaient patiemment.

Comme à l'instant, même si la pause était plus longue encore que les fois précédentes. En contrepartie, la réponse fut détaillée.

— Honnêtement, je ne sais pas s'il est réellement exact qu'il ait arrêté de boire. A la période où je lui rendais visite, Per était alcoolique, aucun doute là-dessus. Il faisait à grand-peine son travail, et ne se sentait concerné par rien. Sa vie est tombée en morceaux quand il a perdu Helene, et je suppose qu'il se punissait lui-même en détruisant sa santé et son psychisme. Mais les entretiens qu'il avait avec Jeremy ont fini par donner des résultats. Comme je l'ai déjà dit, j'allais parfois le chercher à Bagsværd et je le ramenais chez lui. Et mis à part au début du traitement, il n'était jamais ivre quand j'arrivais, pas même un peu. Comment il se débrouillait le reste du temps, je n'en sais rien. Il pouvait se passer deux semaines sans que je le voie. C'est pourquoi je ne peux pas dire s'il avait arrêté de boire, mais je peux affirmer qu'il avait changé. Il avait arrêté de se moquer de tout, et participait de plus en plus.

Elle chercha ses mots.

— Et... comment dire... il était très lucide. Per pouvait être extrêmement... presque dominateur. Non, pas *presque* dominateur, absolument dominateur. Et très intelligent à sa propre manière, posé. C'était comme s'il avait la capacité d'être à la fois aussi humble qu'arrogant. Une caractéristique rare. Pour le meilleur et pour le pire, Jeremy était fasciné par Per, il l'a convaincu de partager son histoire avec d'autres patients.

— Vous êtes sûre que c'était Jeremy qui était fasciné par Per Clausen ?

— Je ne comprends pas.

La Comtesse n'eut pas le temps d'approfondir sa question, Konrad lui dama le pion :

— Aviez-vous une liaison d'ordre sexuel avec Per Clausen ?

Seule l'habitude permit à la Comtesse de masquer sa stupéfaction. Une relation amoureuse entre la femme et le concierge était la dernière chose à laquelle elle aurait pensé. Leur écart en termes d'âge à lui seul rendait la question incongrue. S'y ajoutait la différence de leurs modes de vie. A sa grande surprise, Emilie Mosberg Floyd n'avait pas l'air choquée le moins du monde.

— Non, pas sexuellement, nous n'avons jamais couché ensemble. Per n'aurait jamais accepté ça.

— Mais vous aviez une relation ?

— On peut sans doute dire ça. Oui, sûrement.

Pour la première fois depuis le début de l'entretien, la femme se fit réservée, et la Comtesse eut une pensée admirative pour son chef. Quand il était bon, il était vraiment bon. Le maillon faible, c'était évidemment l'épouse du psychiatre. Tout ceci commençait à prendre du sens. Elle glissa la question suivante :

— Quand vous le rameniez, vous restiez chez lui ?

— Au début nous parlions dans la voiture, ensuite nous entrions chez lui pour discuter, parfois toute la nuit. Ou alors je dormais pendant qu'il restait près de moi. Mon couple battait sérieusement de l'aile à ce moment-là, mon mari était en permanence occupé par son travail et s'attendait que je m'occupe de tout à la maison. Et puis il avait d'autres femmes et passait ses vacances ailleurs. Per m'a aidée. Il m'indiquait quel combat je devais mener à quel moment, et ce que je devais laisser de côté provisoirement. Il consultait Jeremy, je le consultais lui, et au final nous avons tous été gagnants. Du moins, avant ce… crime. Et puis Per est mort, et les journaux ont commencé à écrire des tas de choses sur lui. C'était dur. J'étais frustrée, en colère, triste aussi, il me manque terriblement. Beaucoup plus que Jeremy, mais je n'ai pas trouvé la force d'aller à son enterrement, je me suis contentée d'aller déposer un bouquet sur sa tombe le lendemain.

— C'était peut-être aussi parce que vous aviez deviné le lien et que vous ne souhaitiez pas être impliquée ? remarqua la Comtesse.

Emilie Mosberg Floyd lança un regard en coin en direction du magnétophone, puis se contenta de hocher la tête. Ils laissèrent faire.

Konrad prit la parole :

— Difficile de croire que vous n'avez jamais parlé de son traitement. Que ce soit avec lui ou avec votre mari.

— On en parlait très peu. Per ne voulait pas tout mélanger. Jeremy non plus, et il détestait que je parle avec Per, mais il a dû l'accepter. Quand je le lui ai dit, il était furieux et a menacé d'interrompre ses séances avec Per. Mais, pour la première fois, je lui ai tenu tête. S'il le faisait, je partais avec les enfants. Il a plié, et ça a été mon premier succès. Il y en a eu d'autres par la suite.

— Mais de temps à autre vous abordiez quand même le sujet de Clausen.

— Oui, parfois. Quand les entretiens directs entre Jeremy et l'un de ses patients étaient terminés, il les impliquait volontiers dans des groupes de parole. Le temps qu'il fallait avant qu'un patient soit prêt à intégrer un tel groupe variait fortement selon la personne. Cela pouvait aller de quelques mois à plus de deux ans. Jeremy était très, très minutieux dans la composition des groupes. Il prenait également en compte l'aspect géographique, quand c'était possible. Certains patients venaient de loin, parfois même du Jutland. Un groupe était habituellement constitué de quatre à six personnes, qui au début se rencontraient chez Jeremy, et fonctionnait sous sa surveillance. Après un moment, ils devaient se débrouiller sans lui. C'était une sorte de période d'émancipation, qui durait facilement quelques mois, selon les groupes.

— Et Per Clausen a intégré un de ces groupes de parole ?

— C'était exactement le problème. J'en ai parlé une ou deux fois avec Jeremy. Il hésitait à mettre fin au suivi de Per de cette façon. Per souhaitait ardemment intégrer un groupe, il me l'a dit à plusieurs reprises. J'ai fait pression sur Jeremy pour qu'il accède à sa requête.

Elle eut un regard triste.

— Oui, je l'ai pressé de le faire, et Jeremy voulait se débarrasser de Per. Le pousser hors de notre vie, en quelque sorte. Dans le cas de Per, il lui était difficile de séparer le travail de la famille.

— Pourquoi hésitait-il ? Parce que Per Clausen n'avait pas été violé lui-même ?

— Non, c'était autre chose. D'une part, il avait peur que Per domine le groupe, et je dois admettre que c'était un risque réel. Je l'ai déjà dit, Per avait une capacité de manipulation hors du commun, mais ce n'était pas le pire. C'était plus que Per… Per détestait les pédophiles. Une haine viscérale. Une fois, nous avons parlé du beau-père de Helene, qui était gravement malade. Per a raconté ça et s'en réjouissait, je ne sais pas comment il l'avait appris. Une autre fois, il y a eu un crime terrible, un enfant a été tué. La réaction de Per était morbide. Il n'était pas bouleversé, plutôt l'inverse… Il a réussi à m'effrayer, sans pourtant dire grand-chose. C'est difficile à expliquer, il était… je ne sais pas comment vous dire, il était… sinistre. C'était une facette de lui que je n'aimais pas, mais peut-être que c'était son véritable visage. Jeremy a dit un jour qu'il n'existait pas de couleur assez noire pour peindre le portrait psychique de Per. Mais c'était au cours d'une dispute, il exagérait.

Aucun des deux policiers ne fut entièrement convaincu par ce dernier détail, mais tous deux se turent. Derrière la vitre, Troulsen secoua la tête, agacé. Le récit de la femme était très différent de celui qu'elle lui avait fait, à lui. Konrad demanda :

— Donc, Clausen a fini par intégrer un groupe ?

— Oui, et Jeremy l'a lié à des personnes qu'il supposait capables de lui faire face, c'est-à-dire d'autres fortes personnalités. Ça lui a causé quelques migraines.

— Vous n'avez jamais su leurs noms ? Par votre mari, ou par Per Clausen ?

— Non, jamais.

Elle hésita. Il y avait autre chose, et la Comtesse lui tendit la perche :

— Mais…

— Mais… il y a eu… des épisodes. Un jour, Per a déclaré qu'il y avait beaucoup à dire sur les pédophiles, que leurs victimes se retrouvaient dans tous les milieux sociaux, quelque chose de ce genre. Et il a ajouté *une infirmière, un fermier, un jeune mec dans la pub, un concierge et un grimpeur.* C'était juste après la constitution de son groupe.

— *Un grimpeur ?* Qu'est-ce que c'est ?

— Je ne sais pas, et ça m'a étonnée aussi, quand j'y ai repensé. Au début, je me suis dit qu'il faisait référence à Jeremy, qui aimait l'escalade, mais il parlait sûrement de quelqu'un d'autre. Per n'aurait pas qualifié Jeremy de *grimpeur.* Mais paradoxalement, je crois bien que c'est ce mot qui me permet de me souvenir de la phrase. Oui, je me souviens même de l'ordre des mots. En revanche, je ne sais pas s'il les a tous cités.

— Vous ne les avez jamais vus ?

— Jamais, aucun d'entre eux. En dehors de Per, bien entendu. Il venait toujours un peu en avance et buvait un café avec moi dans la cuisine. Du moins les fois où je ne suis pas allée le chercher. Ensuite il rejoignait Jeremy. Les autres empruntaient la porte du sous-sol.

La Comtesse ouvrit les bras avant de les laisser retomber mollement, l'air ennuyé. La femme comprit le geste de travers, l'interprétant comme un témoignage de mépris envers le droit d'anonymat des patients. Elle se fit soudain plus tranchante et autoritaire :

— Dans ce genre de suivi, une violation de l'anonymat au mauvais moment peut très bien faire la différence entre réussite et fiasco. Je ne crois pas que vous réalisez ce que peuvent causer des violences sexuelles durant l'enfance chez une personne, ni à quelle profondeur cela peut s'ancrer dans l'âme. Vous saviez que certaines victimes de pédophilie doivent consulter à vie un dentiste spécial, parce que ouvrir la bouche pour quelqu'un leur paraît un geste insurmontable ?

C'était une facette de sa personne qu'ils n'avaient pas encore vue. C'était le chirurgien de pointe qui commandait à son aide-soignante. La Comtesse ne tenta pas de s'expliquer et se contenta de s'excuser. C'était plus simple. Konrad ramena la discussion sur les rails :

— Il y a autre chose que vous pouvez nous dire sur le groupe de Clausen ? N'importe quoi, même si ça ne vous semble pas important. Vous imaginez à quel point ces cinq personnes nous intéressent.

— Oui, il y a une chose. L'une des personnes du groupe de Per s'appelait Helle.

— L'infirmière ?

— Probablement. Elle avait oublié un pull-over dans la cave, et j'allais ramener Per chez lui. Nous étions dans la cuisine quand elle a sonné à la porte principale. C'est mon fils aîné qui lui a ouvert, et il ne devait pas avoir beaucoup plus de trois ans. Je me souviens qu'il est entré fièrement dans la cuisine en expliquant que *ça était Helle qu'a oublié sa pull*. Per et moi avons ri un peu de cette phrase qui pourtant était relativement compréhensible. Mais Jeremy avait dû l'entendre, car il s'en est occupé. Je ne l'ai jamais vue.

Elle fit une de ses longues pauses. Ils attendirent, mais en vain cette fois.

— Je ne sais rien d'autre, en tout cas, rien ne me revient.

Konrad tenta une approche plus concrète :

— Les archives de votre mari ?

— Détruites après sa mort. J'ai brûlé tous les dossiers dans notre cheminée sans en ouvrir un seul. Il y en avait plusieurs centaines, et ça m'a pris plusieurs soirées. Avant de le faire, j'ai parlé à quelques-uns de ses collègues, ils étaient tous d'accord. C'était la bonne chose à faire.

— Et pour les paiements ? Comment votre mari recevait-il de l'argent de ses patients ?

— Toujours en espèces, et avant chaque consultation. Il faisait tout un plat de cet échange physique consistant à remettre des billets, il prétendait que ça poussait les patients à faire ressortir quelque chose de la consultation.

— On dirait que vous n'êtes pas d'accord.

— C'était son domaine ; ses pratiques, pas les miennes. Personnellement, je pense qu'une partie de ses raisons étaient purement fiscales, si vous voyez ce que je veux dire. En tout cas, nous avions toujours beaucoup d'argent liquide à portée de main. De temps à autre, Jeremy m'achetait des bijoux hors de prix, alors même que j'ai horreur du clinquant. Et à sa mort, quand j'ai rangé ses affaires, j'ai rassemblé presque six cent mille couronnes. Une partie dans notre coffre-fort, et le reste disséminé partout dans la maison en liasses de billets. J'ai encore retrouvé une enveloppe récemment. Je n'hésite pas à qualifier cette attitude de pathologique, même s'il s'agissait de mon mari. Mais avant que vous commenciez à vous faire des idées, sachez que je me suis présentée au fisc de mon plein gré, et que, après avoir longuement réfléchi, ils ont décidé que je pouvais garder l'argent.

Konrad et la Comtesse hochèrent la tête d'un air approbateur, même s'ils n'avaient pas la moindre intention de la coffrer pour fraude. Ils posèrent encore une dizaine de questions, sans réelle avancée. Le nom Stig Åge Thorsen ne lui disait rien, et la photo de l'homme ne la fit pas réagir non plus. Ils apprirent que les rendez-vous pour les consultations privées de Jeremy Floyd étaient fixés dans la journée, pendant qu'il était à l'hôpital, et que d'éventuels renseignements téléphoniques seraient plus que délicats à pister.

Et ce fut tout. Ils n'eurent rien de plus cette fois-là. L'interrogatoire avait en outre duré plus de deux heures, et tous trois souhaitaient y mettre fin. Cette décision revenait pourtant à Konrad. Après avoir vainement tenté de fouiller encore un peu du côté des relations entre la femme et sa sœur, et après avoir ignoré deux ou trois fois les regards implorants de la Comtesse, il se décida enfin. Il regarda sa montre, indiqua l'heure pour le magnétophone, et mit un terme officiel à l'entretien. Ils se levèrent, mais Emilie Mosberg Floyd resta assise.

— Vous avez arrêté la cassette ?

La question était adressée à Konrad, qui confirma.

— Il y a quelque chose que je veux vous raconter, mais je ne veux pas que ça soit enregistré.

Ils se rassirent.

— En tout premier lieu, je souhaite affirmer, aussi fort que possible, que je ne fais en aucun cas partie de ces gens qui pensent que le meurtre est légitime à l'encontre des pédophiles. Que ce soit d'un point de vue juridique, moral ou n'importe quoi d'autre. Et je me sens trahie par Per, mais je l'aime encore. C'est étrange, ça me déconcerte, je ne le comprends pas, mais c'est comme ça. Et ce, même si je pense maintenant qu'il est derrière le cambriolage que nous avons eu en mars l'an dernier. Peut-être même que c'est lui qui a mis l'idée de l'Aconcagua dans la tête de Jeremy. Une montagne qu'il n'était pas prêt à gravir, je le sais maintenant.

Elle se battit un moment avec ses sentiments, puis lança :

— Œdème cérébral.

Après un instant de silence, elle expliqua :

— Mal des montagnes aigu.

Konrad Simonsen dit doucement :

— Le cambriolage.

— Oui, j'y viens. Quand nous étions au Canada chez le frère de Jeremy, quelqu'un s'est introduit chez nous et a eu accès à ses journaux. La fenêtre du sous-sol et l'armoire des archives ont été brisées. Mais il ne manquait rien, et nous ne l'avons pas signalé, même si l'épisode a beaucoup travaillé Jeremy. Il a parlé de déplacer ses journaux vers son lieu de travail, mais n'a pas eu le temps de le faire avant de mourir. Per savait que nous allions au Canada, et aujourd'hui je pense qu'il était derrière cette effraction.

— A votre avis, que comptait-il faire de ces informations ?

— Et vous, qu'en pensez-vous ? C'était un excellent point de départ s'il voulait recruter des partisans, si l'on peut dire. Et souvenez-vous que Jeremy lui avait déjà présenté une partie de ces personnes. S'il leur a rendu visite, il n'est pas venu les mains vides.

Cette fois ce fut elle qui se leva, et, de l'autre côté de la vitre, Poul Troulsen suivit son exemple. Il avait une envie terriblement pressante. En sortant, il frappa violemment le chambranle de la porte de son poing serré. Cette fois, son accès de colère n'était pas dirigé contre la femme, mais contre son mari décédé. Pour la rétention d'informations confidentielles et potentiellement d'une importance capitale.

55

Comme toutes les infirmières de la maison de retraite, Helle Smidt Jørgensen était experte en comptage de pilules. Elle avait disposé en ligne dix sortes de pilules devant elle. Les sept premières étaient dans des pots de verre ordinaires avec capuchon en plastique. Les trois autres sous blister. Elle montra les dernières du doigt et dit à son élève :

— Celles-là, tu vas les détester. Elles abîmeront de façon permanente ton pouce droit.

L'élève regarda son pouce comme si elle voulait lui dire au revoir. Helle Smidt Jørgensen ajouta, d'une voix fatiguée :

— Ça prend du temps. D'abord, tu enlèves le couvercle de chaque doseur, il y en a pour quinze jours. Ensuite, tu répartis systématiquement, d'abord les comprimés du matin, ensuite ceux du midi, du soir, et enfin les somnifères pour la nuit. En tout, vingt-deux pilules par jour pour Signe Petersen, comme tu vois. Si elle ne l'est pas encore, les pilules se chargeront de la rendre malade.

Tandis qu'elle parlait, elle se sentait mal elle-même. Elle était mal placée pour exposer un avis critique quant à l'utilisation des médicaments. Sa vue se brouilla, et son discours devint incohérent.

— … les somnifères et les psychotropes en quantités inquiétantes, et depuis des années. Il est dangereux de boire en même temps, mais sinon je ne passe pas la journée. Avant c'était juste la nuit, mais maintenant il y a aussi les voix dans le couloir. Peut-être la police.

Elle fixa l'élève, qui donnait l'impression d'être perdue et de ne rien comprendre. Ils ne comprenaient jamais. Elle expliqua patiemment :

— Le pouls grimpe, les mains tremblent. C'est de l'adrénaline chargée en hormones de stress qui stimule le système nerveux sympathique, quand on est poursuivi toute la journée. C'est-à-dire tout le temps, jour et nuit. L'oncle la nuit, la police la journée, il faut que tu comprennes. Un petit verre et un Stesolid supplémentaire pour régler ça.

Quelque chose n'allait pas, mais elle ne saisissait pas quoi. Elle quitta son bureau, traversa un couloir d'un pas incertain et s'assit sur les marches de pierre devant l'entrée de service de la maison de retraite. Ici, elle pouvait respirer et se remettre. Le vent frais caressait agréablement son front, et un unique rayon de soleil perça les nuages gris pour venir la toucher. Elle inspira profondément deux ou trois fois, et sentit l'univers se rétrécir d'un coup, comme si rien d'autre ne comptait qu'être assise là où elle l'était. Un sentiment inhabituel l'étreignit, un sentiment lointain et maintenant de nouveau si proche. Elle était enfant, elle jouait au ballon, et c'était important. *Karen, Maren, Mette boum, Anni, Anne, Anette boum, Kylle, Pylle, Rylle boum, Bente boum.* Les comptines étaient faciles, même la nouvelle, *Alecto, Mégère, Tisiphone boum, Némésis boum*, mais il était difficile de diriger les ballons. Spécialement de les lancer au-dessus de la tête. De temps en temps, elle en perdait un, et devait recommencer au début. C'était la règle. Elle recommençait donc, fermement décidée à devenir aussi forte que les grandes filles. Un ballon lui échappa, et elle dut s'efforcer de le retrouver. Alors elle ouvrit les yeux et chercha. Il y avait des gens autour d'elle. Des gens qui lui voulaient du bien.

Elle expliqua qu'ils ne devaient pas s'inquiéter, que tout allait rentrer dans l'ordre. Ils la comprenaient. Bien sûr qu'ils comprenaient, c'était facile à comprendre. Nager aussi c'est facile, une fois qu'on a appris. Sans ceinture de liège, elle nageait fièrement à côté de sa mère. Elle adorait être à la piscine d'Østerbro, juste avec sa mère, et puis bien sûr avec tous ces autres gens qu'elle ne connaissait pas. Elle se risqua un peu plus loin, mais son courage s'évanouit quand un grand garçon d'au moins dix ans crawla vers elle. Faire demi-tour était difficile, mais elle y parvint. Puis elle entendit une voix résonner dans le hall : tous ceux avec un bandeau jaune doivent sortir. C'était elle, elle avait un bandeau jaune, un élastique jaune avec une clef pour l'armoire des vestiaires autour de la cheville. Elle eut une mimique fâchée pour sa mère, puis elles s'embrassèrent en riant joyeusement parce qu'il fallait en même temps garder la tête hors de l'eau. Enfin, elles nagèrent lentement vers le bord du bassin.

56

A la section criminelle du commissariat de Copenhague, l'ambiance était tendue.

Le ministre de la Justice parlait à la radio. L'homme avait déjà mauvaise réputation pour ses flamboyantes diatribes et ses tournures pleines de vent. Mais, ce matin-là, il battait des records. Entre autres parce que l'intervieweur n'avait pas souvent l'occasion d'en placer une. Malte Borup prit un papier et un stylo et s'enferma dans son propre univers de dessins énigmatiques et de formules cryptées. Peu après, l'interview était terminée et le speaker annonçait le titre suivant. Arne Pedersen éteignit la radio, et Poul Troulsen résuma parfaitement l'opinion qui régnait dans le local :

— Trou du cul de populiste.

Le téléphone de Konrad sonna. C'était Helmer Hammer, et il alla s'enfoncer dans un coin éloigné de la pièce. Pendant ce temps, Arne se laissa lui aussi aller à piétiner le ministre :

— Chacune de ses phrases n'est que du vent, mais au fond le message est clair. *Conformer l'édifice politique au goût du peuple. Resserrer la vis de la loi pour empêcher la colère justifiée de l'homme de la rue. Revenir à des voies hiérarchiques bien connues pour que les gens ordinaires retrouvent leur police.* De la merde en boîte, voilà ce que j'en pense.

Poul renchérit en grimaçant :

— *Des enfants, commandés comme des pizzas. Nous avons tous vu ça, nous sommes tous écœurés.* Il sait vraiment parler à la bête qui est à l'intérieur de chacun d'entre nous, et pas un mot sur les cinq meurtres qui ont suivi. Il faudrait l'enfermer, ce type.

Arne et la Comtesse secouèrent la tête, résignés. Pauline Berg fixa le sol.

Konrad revint et transmit le message du chef de bureau.

— Le ministre de la Justice parle dans le vide, et sa déclaration comme quoi nous allons revenir aux voies hiérarchiques normales n'est en aucun cas fondée. Et même si ça devait arriver, ça n'aurait pas d'importance. J'ai fait mon rapport à mes supérieurs, exactement comme d'habitude. L'idée d'un groupe spécial ne vient pas de nous et n'est qu'une astuce politique pour montrer à la population que des moyens extraordinaires sont consacrés à cette enquête. Les meurtres de masse ne sont après tout pas un événement quotidien, grâce au ciel.

Sceptique, Arne demanda :

— Helmer Hammer a vraiment dit ça ?

— Non, c'est mon interprétation. En revanche, il a raconté que les législateurs débattent sérieusement des peines pour pédophilie, et qu'elles seront probablement revues à la hausse. Le ministre de la Justice et ses joyeux compères ont tâté le terrain, et l'idée a été bien accueillie par plusieurs autres partis. Beaucoup reculent encore devant des solutions précipitées. Pour le moment. Quoi qu'il en soit, ça ne nous regarde pas. Il faut qu'on continue notre travail, en évitant tout commentaire sur la scène politique. Cette dernière remarque vaut surtout pour moi. J'avais déjà une interdiction formelle de m'exprimer, maintenant j'en ai deux.

La Comtesse secoua la tête.

— J'ai pas envie de bosser pour un marchand de tapis pareil.

Dans sa bouche, ces mots étaient forts. Habituellement, les commentaires qu'elle faisait sur les gens étaient toujours plutôt sympathiques. Konrad Simonsen, large et imposant, se planta au milieu du groupe.

— C'est pas le cas. Tu travailles pour moi, et pour la démocratie. Si tu n'es pas satisfaite de la composition du gouvernement, adhère à un parti politique.

Il aurait aimé dire quelque chose de plus approprié. Quelque chose qui les aurait rapprochés, mais il ne savait pas quoi. Bordel, qu'est-ce qu'ils pouvaient bien attendre ? Il n'était ni politicien, ni curé. Il en resta donc au plus terre à terre. Maladroitement, il écarta les bras vers eux et dit :

— Et n'oublions pas que la journée a été profitable. Nous avons quelques nouvelles pistes solides à étudier. Et demain il y aura l'interrogatoire de Stig Åge Thorsen. Je ne sais pas encore qui s'en chargera, probablement la Comtesse et moi, mais je souhaite que vous soyez tous parfaitement préparés. Par contre, Arne et moi allons nous occuper seuls de terminer le travail avec la télévision. Ça nous a pris bien trop longtemps la dernière fois. Demain je viendrai un peu tard, j'ai un rendez-vous privé. Peut-être que je peux nous dégoter un fournisseur parallèle très sûr pour les informations téléphoniques. Ça peut nous être utile quand on voit à quel point nos sources officielles peuvent être lentes et incertaines en ce moment. Et enfin, une dernière chose.

Il fit une petite pause avant de continuer.

— Etant donné qu'il semblerait que notre situation actuelle risque de ne pas durer, je veux dire en ce qui concerne nos ressources, je souhaiterais inviter toutes les personnes présentes à un dîner gargantuesque et dispendieux aux frais de l'Etat, tant que c'est encore possible. Et je me ferai une joie d'envoyer par la suite une copie de la note à la dame de fer de *Dagbladet.* Des volontaires ?

La Comtesse en était, mais Troulsen refusa. Il avait longtemps ignoré une grippe et souhaitait rentrer chez lui pour se reposer. Arne dut également passer son tour. Le lendemain soir il devait dîner avec Konrad chez Kasper Planck, ce qu'il ne pouvait mentionner ici. Mais deux soirs loin de son foyer sans réelle raison professionnelle, c'était tout simplement impossible. Le premier avait déjà été assez difficile à expliquer. Restaient donc Pauline Berg et Malte Borup, mais, pour une fois, Pauline saisit rapidement les choses : c'était peut-être le moment de laisser Konrad et la Comtesse seuls.

— Nous non plus. Malte m'a promis de jeter un œil à mon ordinateur à la maison. Il déconne complètement, et il faut vraiment y faire quelque chose.

Malte Borup leva rapidement les yeux de ses équations en entendant son nom. Comme d'habitude, il ne comprit rien. Pas même assez pour rougir.

57

La jeune fille était assise au beau milieu du studio et avait l'air d'un ange. Elle portait une chemise de lin claire et sans prétention. Elle n'avait pas de bijou, en dehors d'un simple collier d'ambre qui scintillait sur son cou blanc, dégageant une sensation d'été. Ses anglaises dorées ondulaient légèrement autour de son beau visage. Ses yeux clairs et rayonnants de vie ensorcelaient au premier regard. Belle comme un rêve, naturelle, pure, parfaite. Pour peu que l'on prenne la peine de couper son blue-jean serré, usé comme le veut la mode, et ses provocantes bottes de cuir noir. Exactement comme le faisait la caméra.

Erik Mørk avait du mal à détourner le regard. Elle captivait son attention, comme la rosée sous le soleil de juillet.

Le metteur en scène menait son monde à la baguette. Il ne regardait pas directement la fille, mais un écran de télévision surdimensionné sur le mur du fond qui retransmettait sa moitié supérieure. De temps en temps, il donnait quelques instructions au caméraman et à l'intervieweur.

— On refait celle du viol.

La fille râla.

— Rah, c'est au moins la dixième fois.

— C'est seulement la sixième, et tu es bien, très bien, mais tu peux être encore mieux. On ne refait que le début, le reste est parfait. Tu es prête ?

— OK, OK, mais c'est la dernière fois.

Son visage passa en un instant de l'acide au sucré. Le metteur en scène dit :

— Réplique : On a abusé de toi au cours de ton enfance.

L'intervieweur fit écho, avec le ton de circonstance.

— On a abusé de toi au cours de ton enfance ?

Elle ferma les yeux et ne répondit pas. Deux larmes roulèrent le long de ses joues, mais elle restait silencieuse, un silence assourdissant. Puis elle redressa la tête et essuya ses joues. Sa première phrase était hésitante. Prudente et incertaine.

— Oui, on a abusé de moi, quand j'étais petite.

Ensuite, sa voix se fit plus claire et plus ferme, et en même temps légèrement étonnée.

— Abusé, c'est comme ça que vous dites. Abusé. C'est comme si on m'avait forcée à distribuer des journaux sans être payée. C'est l'euphémisme qu'emploient les adultes.

Sa voix était maintenant forte et distincte. Accusatrice, mais pas hystérique et encore moins agressive.

— J'ai été violée. De mes neuf ans à mes quatorze ans, j'ai été violée. Souvent, très souvent. Si j'étais violée moins de trois fois, c'était une bonne semaine. Et ça durait, mois après mois, année après année. C'est pour ça que je ne suis pas allée à l'école aujourd'hui, et c'est pour ça que le sort des victimes m'intéresse plus que celui des criminels.

— Et tu penses que c'est utile ?

Elle ignora la question. C'était la troisième fois qu'Erik Mørk vivait ce passage, et pourtant il lui semblait toujours aussi fort que la première fois. Le désespoir et l'impuissance irradiaient du beau visage de la fille.

— Vous devriez voir mon frère. Il ne pouvait vraiment pas le supporter, et, aujourd'hui, il est si gravement malade, et ils n'ont même pas de lit pour lui à la clinique.

L'envie de la serrer contre lui détourna son attention. Juste la presser doucement dans ses bras, la consoler et la protéger. Il rejeta cette pensée absurde, mais fit inconsciemment quelques pas en avant.

L'intervieweur la laissa maintenir sa pause sans poser de question. Quand elle reprit la parole, elle était plus posée, et sa voix plus basse.

— Où étaient les adultes quand j'avais le plus besoin d'eux ? Où était ma mère ? Ma famille ? Mes professeurs ? Les éducateurs ? Tous ceux qui auraient dû s'occuper de moi ?

Elle avait tourné la tête dans un sursaut et parlé directement à la caméra. Le metteur en scène intervint.

— OK, coupez. Il va falloir refaire ce mouvement une ou deux fois, qu'il ait l'air spontané. C'est trop rapide.

La fille grogna, agacée :

— Avant c'était trop lent.

— Oui, et comme je viens de le dire, maintenant c'est trop rapide. Et il faudrait que tu sois un tout petit peu moins accusatrice, avec une pointe d'incertitude. Prends un peu de temps pour ne pas avoir l'air de réciter. Tu peux exprimer tout ça en même temps ?

Mørk avait du mal à imaginer ce qu'il voulait dire. Jusqu'à ce qu'il voie la fille, et qu'il comprenne. Elle réussit le passage et eut le droit de continuer.

— Où étiez-vous ? Où êtes-vous maintenant ? Pourquoi ne faites-vous rien contre les réseaux pédophiles ? Pourquoi les peines pour viols ordinaires sont plus fortes que celles qui concernent les enfants ? Pourquoi…

Le metteur en scène l'interrompit.

— Merci, merci, c'était parfait.

La fille se redressa, et son expression disparut.

— Qu'est-ce que je fais si on m'interrompt ?

— Ça n'arrivera pas, mais il y a un détail…

— Putain, vous vous arrêtez jamais.

— Tu peux essayer d'être un peu plus triste quand tu parles de ton frère ?

— Je peux rire quand je parle de mon frère.

Ils firent une pause. L'intervieweur quitta le studio, la fille, le caméraman et le metteur en scène se dirigèrent vers Erik Mørk. Le metteur en scène dit :

— C'est la fille la plus talentueuse avec qui j'aie jamais travaillé. Elle peut rougir comme si elle était la vertu personnifiée, à en faire pleurer un prêteur sur gages. Son sourire ferait jaillir le soleil une nuit d'hiver. Le phrasé, le ton, l'apparence – elle a tout et, en plus, elle apprend vite.

Il parlait comme si la fille n'était pas là. Erik Mørk était d'accord. Son potentiel médiatique était hors du commun. Et pourtant, il ressentit une pointe d'inquiétude.

— Mais tout ce qu'elle raconte, c'est aussi ce que… ce qui lui est arrivé ?

— Arrivé ? Je comprends pas ce que vous voulez dire.

— Eh bien, si c'est arrivé en vrai.

Le metteur en scène fit volte-face et partit. Erik Mørk le regarda, étonné, et demanda au caméraman.

— Pourquoi il s'en va ? Je l'ai vexé ou quoi ?

— Ne vous occupez pas de ça, il est un peu excentrique. Il y a des mots qu'il ne supporte pas. Mais on a de la chance d'avoir un type de ce gabarit, il est fabuleux.

Erik Mørk hocha la tête comme s'il comprenait. Le caméraman en remit une couche :

— Vous devriez lire son bouquin. *Dans le village global la caméra est Dieu*, ou *Tout le monde marche sur les coléoptères, mais personne sur les coccinelles.* Ce sont deux de ses citations les plus célèbres.

— Mouais.

— Vous ne comprenez pas, pas vrai ?

— Non, probablement pas.

L'homme sortit un paquet de cigarettes. Il le tendit à la fille, qui secoua la tête sans répondre. Puis il en prit une et la glissa derrière son oreille avant de fouiller dans ses poches à la recherche d'un briquet.

— Vous avez vu la mère, là, hier ? Celle dans les ruines de HLM. C'était sur CNN.

Erik Mørk confirma, il en avait vu un passage.

— Un exemple type de casting raté. Même la mise en scène était catastrophique. Long manteau noir, peau mal soignée, des sourcils comme la crinière d'un poney. Et vous vous souvenez comment elle hurlait ? Elle se plaignait tellement que les sous-titres avaient du mal à suivre. Elle se jetait d'avant en arrière, gesticulait et roulait des yeux comme un boucher qui vient de se sectionner un doigt. La vérité, c'est qu'elle a bousillé son unique chance. Les gens se sont sentis embarrassés par millions, et où croyez-vous que ses enfants morts sont maintenant ? Ils ont été relégués directement en dernière page du livre des oubliés.

Il alluma sa cigarette et ajouta :

— Vous avez demandé ce qui est arrivé, mais ce qui est arrivé dépend du futur, pas du passé. C'est pour ça qu'on s'entraîne.

Erik Mørk comprit la logique. Evidemment, l'autre avait raison.

— Je le sais. C'est juste que ça avait l'air… je ne sais pas… salissant peut-être.

— Vous n'êtes pas dans la pub ?

— Si.

— Alors où est le problème ? Elle était super à la base, on la rend géniale. Evidemment, il faudra la préparer pour qu'on ne voie pas son maquillage, mais on verra ça après-demain. Et vous aurez des photos exclusives pour votre site web. En noir et blanc, je crois qu'elle est mieux en noir et blanc. Et attendez de voir l'émission, vous allez être emballé.

La fille était juste à côté et avait l'air de s'ennuyer ferme. Elle prit soudain la parole :

— Dites, vous avez laissé votre cerveau à la maison ? Per Clausen disait pourtant que vous étiez malin. Evidemment qu'il faut que je m'entraîne. Vous ne vous êtes pas entraîné pour votre sœur morte ?

— Comment sais-tu ça ?

— A votre avis ? J'étais là quand vous avez parlé d'elle. Vous vous êtes entraîné ou pas ?

— Oui, mais… c'était… différent.

La fille haussa les épaules et demanda avec impatience :

— On reprend bientôt ? Cette loque va me refiler la gale.

58

Konrad Simonsen acheta un café dans le hall de la gare d'Østerport et s'installa à l'une des tables les plus éloignées de la cafétéria. La matinée avait agréablement commencé, pour finir de façon épouvantable. La soirée avec la Comtesse avait été superbe. Ils s'étaient promis de ressortir ensemble au plus tôt, et il s'était réveillé d'une humeur lumineuse, avec une sensation agréable dans le corps. Il avait même chanté dans son bain, ce qui n'était pas arrivé depuis des lustres. Mais au moment où il avait franchi la porte de son domicile, le courrier était venu faire éclater son petit monde.

La lettre était de Per Clausen. C'était une enveloppe jaune, format A4, portant le cachet de Fredericia datant de la veille. Elle contenait six photos floues d'Anna Mia. Une où elle sortait de chez elle, deux où elle enlevait l'antivol de son vélo, et trois où elle pédalait vers le photographe. Suivaient deux lignes d'un psaume que Konrad ne reconnaissait que trop bien. *Que la nuit m'apporte la mort, et l'aube l'amour.* Des centaines de pensées traversèrent son crâne, et l'angoisse compressa son diaphragme. La sueur jaillit de ses tempes. Il laissa tomber les documents et s'assit par terre au milieu du tas. Progressivement, il combattit son angoisse et força ses pensées à revenir à la réalité. La veille, Anna Mia était allée à Bornholm rendre visite à une amie qui venait d'accoucher, elle ne courait pas de danger immédiat. Son bon sens lui disait que la menace à peine voilée de la lettre avait pour seule raison d'être de le perturber, pas d'être mise à exécution. Une considération froide, et sans doute juste, que son corps refusa dans un premier temps d'intégrer. Peu à peu, à mesure que les questions se rangeaient dans sa tête, il reprit le contrôle. Comment Per Clausen pouvait-il savoir qu'Anna Mia était sa fille ? Et connaître l'endroit où elle habitait. L'avait-on surveillé ? Les journaux avaient-ils parlé mardi dernier de leurs vacances interrompues ? Y avait-il une autre explication ? Il n'avait pas de réponse immédiate à toutes ces questions, qui ne faisaient que souligner son impuissance. Il continuait pourtant de se les poser inlassablement, jusqu'à ce qu'un autre sentiment prenne peu à peu toute la place, le remettant sur pied. Enfin, il fit un effort mental et réussit à repousser l'événement, à le cacher. Quand il quitta les lieux, tout paraissait comme avant. Mais une haine froide plus forte que jamais le tenaillait.

Perdu dans ses pensées, Konrad ne remarqua la personne qu'il attendait que lorsque celle-ci fut tout près de lui. Il enferma son humeur noire à double tour et salua poliment :

— Bonjour.

L'homme était bien habillé, dans un style un peu conservateur. La cravate témoignait de son statut de fonctionnaire. Il était entre deux âges, mais son crâne presque chauve et sa posture voûtée lui donnaient l'air plus âgé qu'il ne l'était en réalité.

— Bonjour, inspecteur, ou quel que soit votre grade maintenant, dit-il d'une voix atone.

— C'est gentil d'être venu.

L'homme eut un sourire ironique.

— Avais-je le choix ?

— Ceci n'est pas un interrogatoire. Au contraire. J'ai un service à vous demander.

— Quand la police demande un service, il y a en général un joli bouquet de menaces derrière.

— Pas cette fois. Ce dont je veux entendre parler est un peu limite légalement, donc si vous ne voulez pas m'aider, on restera quand même bons amis.

— Parce qu'on est amis ?

La question se posait. Pour dépeindre leur relation comme de l'amitié, il fallait avoir une vision assez large des concepts. Konrad avait eu l'occasion de rencontrer l'homme par hasard au cours d'un tournoi d'échecs. Mais il ne l'avait pas revu depuis près de douze ans, depuis qu'il l'avait interrogé et avait témoigné contre lui dans un procès. Pensif, Konrad rectifia :

— Non, bien entendu, mes mots étaient mal choisis. Excusez-moi. Nous ne sommes pas *amis.*

Il but une goutte de son café. Il avait refroidi. Un instant, il envisagea de parler de sa sincère réticence vis-à-vis de la sanction supplémentaire que représentait l'exclusion sociale. Cela créait encore plus de criminalité et était de toute façon injuste. D'après lui, quand une personne avait purgé sa peine, il fallait effacer l'ardoise. Mais il garda sa réflexion pour lui et dit :

— Peut-être que vous pourriez me raconter comment ça se passe pour vous.

L'homme répondit d'une voix hésitante :

— Ça se passe comme ça se passe depuis longtemps. Je suis mon traitement, je prends mes médicaments, je me tiens à l'écart des enfants, je ne regarde pas de photos ni de films, je ne lis pas de magazines.

— Je le sais, je vous ai suivi autant que je le pouvais. Mais ce n'était pas vraiment ce que je voulais dire, je pensais plus comme ça, en général.

L'homme l'observa, surpris. Puis il répondit :

— Eh bien, puisque vous voulez le savoir, ça ne va pas très fort. Je reste seul la plupart du temps, je regarde beaucoup la télé, je vais au théâtre de temps en temps, je lis des livres pour faire passer le temps. Les week-ends sont longs, les vacances aussi, mais le quotidien s'écoule relativement vite. J'ai mon travail.

Il baissa la tête.

— Mes garçons me manquent tellement. Chaque jour. Oui, ils sont adultes maintenant, mais je ne les vois jamais. C'est probablement normal.

Konrad ne savait pas quoi dire.

— Probablement.

— Oui, bien sûr que c'est normal.

L'homme releva la tête. Sa souffrance était manifeste.

— Merci de demander. Dites-moi maintenant, comment pourrais-je vous aider ?

— Dites-moi tout d'abord ce que vous pensez de ce débat autour des pédophiles en ce moment.

— *Débat.* Oui, si on peut dire ça.

— Je n'ai pas trouvé de mot plus adapté.

— La vérité, c'est que j'ai peur. Mais il n'y a pas grand-chose à faire, je baisse la tête et j'attends que ça passe.

Konrad hocha la tête, l'air ennuyé, avant d'expliquer sa requête.

— Je manque d'une source alternative et rapide d'informations concernant des conversations téléphoniques. Vous savez, qui appelle qui, quand et pendant combien de temps. Mais je n'ai pas de mandat, et même si j'en avais un, il y a un certain risque que quelqu'un, par une regrettable erreur, efface justement les données que je recherche. Je n'ose pas faire confiance à nos sources officielles, et mes sources officieuses se sont taries.

Ces derniers mots étaient ceux de la Comtesse. Elle était pourtant habituellement capable de trouver des informations téléphoniques en un tournemain.

— Oui, ça ne m'étonne pas.

— Ça risque d'être un travail assez important. Vous voulez bien m'aider ? Et est-ce que vous le pouvez ?

— C'est possible. J'ai un collègue de travail qui a la responsabilité de nos commutateurs, et il dispose d'un accès libre à toutes nos bases de données, y compris d'anciennes bandes archivées. Il faut que je lui parle, mais je suis presque certain qu'il sera d'accord. Même si mon passé devait être… exposé.

— Ça vous inquiète ?

— Vous ne suivez pas ce qui se passe ?

Konrad se dit qu'il commençait à prendre l'habitude qu'on lui pose cette question. Il ne répondit pas, mais sortit une enveloppe de sa poche et une carte de son portefeuille. Il nota quelque chose dessus.

— Voilà, prenez ça. Mon numéro privé est inscrit derrière. L'enveloppe contient une série de choses que nous aimerions clarifier. Pour être franc, c'est urgent, mais je sais que vous n'êtes pas magicien. Appelez-moi quand vous aurez parlé à votre ami. Et appelez-moi aussi si vous rencontrez des problèmes.

L'homme prit les documents. Il glissa la carte dans sa poche et l'enveloppe dans son attaché-case.

— Vous allez trouver ceux qui ont charcuté ces personnes ?

— Oh, oui. Et tous. Peut-être pas aujourd'hui, mais demain, ou la semaine prochaine, ou dans un an. Mais je les trouverai, et avec un peu de chance ça ira vite.

— Je l'espère. Après, la haine se calmera peu à peu.

C'était presque une conjuration.

Ils marchèrent un peu dans la même direction et se serrèrent la main avant de se quitter.

59

Pauline déroulait son propos avec enthousiasme, et Konrad la laissait parler. Ce n'est que lorsqu'elle se mit à se répéter qu'il l'arrêta. Il résuma son point de vue sans préciser ce qu'il en pensait :

— Tu prétends que Stig Åge Thorsen a peur des femmes, ou plus précisément des contacts rapprochés avec des femmes de son âge, et tu proposes qu'on exploite cette aversion supposée pendant son interrogatoire. Ce qui veut dire que tu devras te charger toi-même de poser les questions, bien que tu sois objectivement la moins qualifiée de l'équipe. Et tu proposes ça moins de deux heures avant qu'on commence, en t'appuyant sur une conversation téléphonique de dix minutes avec une personne qu'il aurait rencontrée pendant sa croisière en Grèce. C'est bien ça ?

— Oui, c'est ça, répondit-elle sans se démonter.

— La femme de la croisière a appelé d'elle-même, et on n'a aucune certitude sur la véracité de ses dires, c'est toujours correct ?

— Oui.

— Continue.

— La Comtesse et moi, on devrait s'occuper de l'interrogatoire, et on devrait modifier l'aménagement du local. Il faut que ça soit plus intime, qu'on soit tous plus rapprochés les uns des autres.

Arne observait le plafond. Konrad, lui, approuvait de la tête. Pas la proposition à propos de laquelle il n'avait pas encore pris sa décision, mais sa détermination. Il dit :

— On me vire, moi aussi ?

Pauline Berg évita la question :

— La femme de la croisière rapporte les mêmes petits signes que j'ai moi-même pu observer chez certains hommes. Je les rends nerveux, et parfois je leur fais carrément peur. Ce genre de réaction est typique d'un homme ayant eu une enfance douloureuse, j'ai lu ça quelque part. Et ça collerait bien avec le fait que Stig Åge Thorsen ait cherché de l'aide auprès du Dr Jeremy Floyd.

Arne se tourna vers elle, surpris. Voilà une facette de Pauline Berg qu'il ne connaissait pas. Elle ne lui rendit pas son regard, gardant son attention fixée sur Konrad. Celui-ci, concentré, contemplait la course irrégulière des gouttes de pluie sur la vitre du bureau. L'assurance de Pauline était à son comble.

La veille au soir, elle s'était rendue les larmes aux yeux au domicile de Kasper Planck, à l'improviste, en quête de pardon. Le mensonge qu'elle avait fait à la Comtesse pesait trop lourdement sur sa conscience. N'y tenant plus, elle avait donc souhaité consulter l'ancien chef de la section criminelle. Elle était persuadée qu'il était le seul à pouvoir la comprendre.

Le vieil homme lui avait donné un mouchoir et avait écouté calmement. Puis il avait posé une main ridée sur la tête de la jeune femme et simplement dit :

— Je crois que la communauté te pardonne. Pourquoi tu devrais rester de glace, alors que tant d'autres sont pris de folie ? La majorité de la population ne souhaite même pas qu'on retrouve les coupables, si l'on en croit les médias.

— Mais pour l'ami de Frank Ditlevsen ? *L'un de ses vieux copains.* C'est une information capitale. J'aurais dû la transmettre depuis longtemps.

— Laisse Konrad trouver ça tout seul. Il devrait déjà l'avoir fait.

— Et comment ? Il ne peut pas savoir.

— Bien sûr qu'il le peut. Le meurtre des deux frères était personnel : Frank Ditlevsen a été pendu le dernier et au centre, et Allan Ditlevsen était M. Bonus – un parfait choix de mots. Et quand c'est personnel, ça finit toujours par ressortir.

Pauline Berg resta bouche bée.

— Depuis combien de temps savez-vous ça ?

— Savoir est un grand mot, ce n'est qu'une idée que j'avais. Mais j'ai un rendez-vous dans la semaine qui devrait jeter un peu de lumière sur le passé. On se réjouira quand le moment sera venu. Viens donc par ici, j'ai quelque chose pour toi.

Le vieil homme récupéra une boîte dans le tiroir dérobé d'un secrétaire en acajou. La boîte contenait un bijou qu'il tint en l'air. C'était un poisson en or, très beau, sur une chaîne simple et légère.

— Il appartenait à mon épouse. Maintenant, il est à toi.

— Mais…

Il mit un doigt devant sa bouche, et elle se tut. Puis elle mit le bijou. Il tombait élégamment sur son cou et ne lui pesait pas. Comme si elle l'avait toujours porté.

— Il est magnifique, mais…

Le doigt de nouveau. Elle se sentit légère et libérée, et ses larmes étaient cette fois de bonheur. Elle prit un autre mouchoir, l'utilisa, et se sentit embarrassée.

— Vous donnez et donnez, il n'y a rien que je puisse faire pour vous ?

Le visage de Kasper Planck s'illumina :

— Tu peux arroser mes fleurs, elles crèvent de soif.

Pauline Berg eut un petit sourire en repensant à la ronde qu'elle avait faite, armée d'un arrosoir, sous les ordres du vieil homme. Et ce sourire joua en sa faveur. Konrad conclut qu'il avait affaire à une experte en nervosité masculine.

— La Comtesse dirigera l'interrogatoire, et toi tu te contenteras d'être présente. Mais je ne validerai cette décision qu'une fois que la Comtesse aura parlé avec la femme de la croisière et accepté ta proposition. Une dernière chose, Pauline.

Il la regardait droit dans les yeux.

— Si tu fais un pas de travers, ou si la Comtesse a besoin d'aide, on te remplacera immédiatement. Et si ça arrive, je ne veux pas entendre la moindre protestation. C'est clair ?

— Comme du cristal, et merci de ta confiance. Je crois que tu fais le bon choix.

— Je n'ai encore rien décidé. Il te reste deux heures avec la Comtesse, utilise-les.

Et c'est ce qu'elle fit. Elle était dehors avant même qu'Arne ait eu le temps de se lever.

Stig Åge Thorsen et son avocat furent ponctuels, et il s'avéra immédiatement que Pauline avait vu juste. Le témoin n'appréciait guère la proximité avec les deux femmes, et les contacts rapprochés avec la plus jeune semblaient le crisper. Ainsi, lorsque Pauline le salua en posant gentiment sa main sur la sienne, il se retira vivement. Derrière la vitre, Konrad s'adressa à Arne :

— Elle avait raison. Tu as vu ça ? C'est évident une fois qu'on le sait, regarde comment il se recroqueville. Peut-être qu'il n'en est même pas conscient. En tout cas, son avocat ne s'aperçoit de rien.

Dans la salle, la Comtesse écarta les bras en s'adressant à l'avocat.

— Asseyez-vous. Comme vous pouvez le constater, un inventaire complet des installations nous a forcés à utiliser cet ameublement provisoire. Mais ça devrait aller.

L'équipe avait installé à toute vitesse une petite table carrée, et quatre chaises autour. De cette façon, quelle que soit la place choisie par l'avocat, Pauline pouvait s'asseoir tout près de Stig Åge Thorsen.

Konrad commenta avec enthousiasme :

— C'est du génie.

Arne était plus partagé :

— Il s'est passé quoi pour cette émission de télé ? Ils ne devaient pas venir aujourd'hui eux aussi ?

— Ils l'ont reportée *sine die*. Apparemment, quelque chose d'autre a capté leur attention. Mais tais-toi maintenant, il faut qu'on suive ça.

L'heure et demie suivante fut une épreuve pour Stig Åge Thorsen. Malgré une longue et minutieuse préparation, sa défense ne fut efficace qu'un temps. La Comtesse l'entraîna sur le ring en attaquant de tous les côtés.

— Le 18 novembre 2003, votre voiture a été abîmée alors qu'elle était garée sur Lille Strandvej à Gentofte. Que faisiez-vous là-bas ?

Il n'était jamais allé à Gentofte. Il repoussa la copie du constat de sinistre, ce devait être une erreur.

— Qui a payé votre croisière en Grèce ? C'est encore cet inconnu ?

Il pérora, ne se souvenait pas, refusa de répondre, et enfin prétendit qu'il l'avait payée lui-même, qu'il avait économisé plusieurs années.

— En avril, vous vous êtes présenté à l'usine de laminage de Frederiksværk, où vous avez acheté un tas de charbon que l'usine laissait traîner depuis des années. Pourquoi aviez-vous besoin de ce charbon ?

Il trouvait utile de posséder un tas de charbon, et, oui, il l'avait utilisé pour le minibus, mais, non, ce n'était pas prévu.

— Parlons de votre enfance. Vos anciens instituteurs de l'école de Kregme racontent que vous avez eu une enfance difficile. C'est vrai ?

Pas du tout, il avait eu une enfance normale, tout à fait normale, à cent pour cent normale, et les enseignants étaient de vieux imbéciles complètement séniles.

— Vous avez agressé une femme sur une plage de Salonique. Que s'est-il passé ?

L'avocat intervint, mais l'allégation laissa des traces. Stig Åge Thorsen affichait une mine de chien battu.

La Comtesse continua, encore et encore. Elle sautait d'un sujet à l'autre, tantôt piquante, tantôt mordante. Elle laissait le sujet de côté quand il était sonné, pour frapper de plus belle dix minutes après. Au bout d'un moment, des signes de fatigue mentale commencèrent à marquer l'agriculteur. Une phrase sur laquelle il trébuchait, un doigt qui frottait son œil, une veine qui battait sur sa tempe. De la colère, de l'irritation et par conséquent de l'imprudence. La mise à mort était proche :

— Connaissez-vous Jeremy Floyd ?

— Jamais entendu parler.

— Je peux le faire entrer pour qu'il vous reconnaisse. C'est ce que vous voulez ?

Pauline Berg intervint. Jusqu'à présent elle n'avait rien dit. Elle tenta une objection prudente :

— Mais il est…

La Comtesse la repoussa, irritée :

— Je sais bien qu'il est psychiatre, mais le secret médical n'a pas lieu d'être dans une affaire de meurtre comme celle-là. Monsieur Thorsen, dois-je arranger une confrontation ?

Pauline insista :

— Mais, mais…

— Ferme-la.

La Comtesse grognait, l'avocat ne comprenait rien, et Stig Åge Thorsen se planta.

— Il est mort, vous pouvez rien arranger du tout.

— Hum, alors dites-m'en plus à ce sujet. Cela m'étonne que…

Le sourire de Konrad Simonsen était aussi large que mordant.

— Il n'a même pas remarqué sa bourde.

— L'avocat non plus. Il reste planté là, aussi utile qu'une tétine sur un coude.

— Ne te laisse pas tromper par sa posture. Je le connais, il est doué. Mais tu as raison, on dirait qu'il n'en fera pas plus que ce pour quoi il est payé.

Un quart d'heure plus tard, la Comtesse décida qu'il était temps. Elle s'avança et posa ses coudes sur la table.

— Les vingt mille couronnes que vous avez reçues de cet inconnu, vous les avez données *via* Internet à une association d'aide indienne, Sanlaap. Pourquoi cette organisation ?

Stig Åge Thorsen attendait visiblement cette question.

— Je crois que j'en ai entendu parler à la télé, mais je suis pas sûr, peut-être que c'était une coïncidence, je sais pas.

Il croisa les bras. Pour lui, le sujet était clos.

Mais pas pour Pauline. Elle se pencha vers l'homme.

— Sanlaap opère à Bombay, plus exactement dans le plus grand bordel du monde, à Kamathipura. Deux cent mille femmes et enfants y sont à vendre. Les plus jeunes ont moins de sept ans. Les enfants sont utilisés comme esclaves sexuels dans des maisons closes prêtes à s'effondrer. Ils reçoivent quotidiennement quinze à vingt clients. La plupart de ces enfants viennent de Katmandou au Népal, où ils sont enlevés par des vendeurs d'esclaves qui les vendent de l'autre côté de la frontière indienne. Les premières semaines, ils sont battus voire carrément torturés jusqu'à ce qu'ils s'effondrent intérieurement et acceptent leur nouveau métier. Quand ils ne se font pas violer, ils sont cachés par les mères maquerelles dans des lieux étroits et sombres, dans des vides sanitaires ou sous des combles, pour que la police ne les trouve pas. Parce que bien sûr, si un policier les trouve, il réclame sa part du gâteau. Presque toutes les filles sont séropositives. Elles ne sont pas soignées et développent le sida. Beaucoup se retrouvent aussi enceintes et élèvent leur bébé dans des conditions indescriptibles.

Elle avait parlé lentement et d'une voix claire, en s'adressant directement à Stig Åge Thorsen. Il s'éloigna d'elle autant que le dossier de sa chaise le lui permettait, mais il ne pouvait éviter son regard. Quand elle eut terminé, il lui répondit sans penser au fait qu'elle n'avait pas posé de question.

— Oui, c'est horrible, et tout le monde s'en fout.

La Comtesse intervint d'une voix accusatrice et tranchante comme un rasoir.

— Vous avez versé cette somme à Sanlaap pour vous débarrasser de votre mauvaise conscience, n'est-ce pas ? Vous étiez suivi chez Jeremy Floyd parce que vous n'arriviez pas à garder vos mains loin des enfants. Ce n'est pas vrai ?

L'avocat réagit avec colère :

— Qu'est-ce qui vous prend ?

Mais la réaction de Stig Åge Thorsen fut plus violente encore. C'était presque un cri.

— Non, non, c'est l'inverse ! C'est à moi qu'on a fait du mal !

Pauline éleva la voix à son tour, folle de rage contre la Comtesse.

— Mais qu'est-ce que tu fais ? Il ne fait rien aux enfants, tu n'as rien compris ou quoi ?

Elle posa une main protectrice sur l'avant-bras de Stig Åge Thorsen.

La Comtesse ne tenta pas de masquer la mésentente avec sa collègue.

— Tu parles, il faisait partie du groupe avec le concierge Per Clausen et l'infirmière Helle… Helle… comment s'appelle-t-elle, déjà ? Helle… ?

Elle claqua des doigts deux ou trois fois, l'air de réfléchir, regardant Stig Åge Thorsen en quête d'aide. Et le miracle se produisit :

— *Jørgensen, Helle Smidt Jørgensen*, mais c'était nous qui…

Il n'alla pas plus loin. L'avocat venait de comprendre ce qui était en train de se passer, et il posa tout simplement sa main sur la bouche de son client.

— C'est assez, mesdames, bien plus qu'assez. Tout cela est délirant.

Il était en colère. Il déclara à haute voix sans s'adresser à personne :

— Que ce soit clair pour l'enregistrement, je garde la main devant la bouche de mon client et lui conseille fortement de mettre fin à l'interrogatoire.

Puis il se leva et traîna presque Stig Åge Thorsen derrière lui, tout en se plaçant entre lui et les deux femmes. Il se tourna vers le miroir.

— C'est de la terreur psychologique. Konrad, viens ici.

Konrad Simonsen se leva lourdement.

— Il vaut mieux que j'aille arrondir un peu les angles. Arne, tu as le nom ?

— Infirmière Helle Smidt Jørgensen.

— Trouve-la. Et je la veux pour hier.

60

La Comtesse attrapa son chef juste après l'interrogatoire de Stig Åge Thorsen. Elle avait attendu patiemment dans le couloir pendant un quart d'heure pour qu'il ne s'échappe pas. Elle lui fonça dessus dès qu'il eut pris congé de l'avocat.

— Konrad, il faut qu'on parle.

Konrad se retourna, surpris. Le ton de sa voix était insistant, pour ne pas dire autoritaire. Il la repoussa aussi aimablement que possible :

— Je suis désolé, Comtesse, mais ça attendra. J'ai une réunion avec les chefs et ensuite…

Elle le saisit par la main et l'attira dans son bureau. A sa surprise, il suivit sans protester et obéit lorsqu'elle dit d'un ton autoritaire :

— Assieds-toi.

Elle resta debout près de lui. Il leva les yeux vers elle et demanda :

— Il y a un problème ?

— Pas avec moi. Mais il y en a un avec toi.

— Qu'est-ce que tu veux dire ?

— Je veux dire que, dès que tu as dix secondes de pause, tu es complètement ailleurs. Arrête de tourner autour du pot et dis-moi ce qui se passe.

La main de la Comtesse sur son épaule, plus encore que ses paroles, le fit céder. Il ouvrit un tiroir de son bureau et lui tendit l'enveloppe. Puis il se leva et se posa près de la fenêtre, le dos tourné. Il entendit qu'elle s'asseyait à sa place, et un long moment de silence passa. Tout à coup, il sentit les bras de la Comtesse autour de lui. Elle parla doucement, mais d'une voix claire.

— Tu as fait quelque chose ?

Konrad ne répondit pas. Ses mots furent étouffés quand il sentit brusquement un intense goût aigre-doux dans sa bouche. Il était arrivé sans prévenir, et lui rappela les bonbons acidulés de son enfance qu'on pouvait acheter à la *Mère-Bonbon* dans la grand-rue, pour cinq centimes, ou est-ce que c'était deux ? Il ne se souvenait plus, il n'y avait que le goût puissant du citron et du sucre qui se fixait au palais et restait longtemps après le bonbon lui-même. Exactement comme maintenant.

La sensation l'effraya, mais pas autant que l'image qui suivit. Il eut la vision éclair d'Anna Mia se balançant au bout d'une corde. Ses bras et ses jambes secoués de convulsions, ses yeux suppliants qui l'appelaient vainement. La vision ne dura qu'une seconde, puis la haine prit le dessus. Il hocha la tête, reconnaissant, à mesure que les idées sataniques se rangeaient dans sa tête pour être digérées les unes après les autres. Un tendon entaillé, quelques pouces cassés ou, mieux encore, un violent coup de pied dans la nuque de sa victime à terre. Personne ne menaçait sa fille. Il frappa la paume de sa main de son poing serré. Une fois, deux fois, plusieurs fois, doucement, pour ne pas repousser les bras de la Comtesse. Elle répéta sa question et le ramena à la réalité.

— Konrad, est-ce que tu as fait quelque chose ?

— Anna Mia est chez sa mère à Bornholm. Tu n'aurais pas un peu de réglisse ? Tu as souvent des Gajol, je peux en avoir ? Ou de l'eau.

— Pour combien de temps ?

— Quoi ?

— Pour combien de temps Anna Mia est à Bornholm ?

— Jusqu'à vendredi, je crois.

— Tu lui en as parlé ?

— Non.

— Tu en as parlé à quelqu'un d'autre ?

— Juste à toi.

Ils restèrent un moment l'un contre l'autre, jusqu'à ce que le téléphone de Konrad sonne. Il se dégagea à contrecœur. La Comtesse s'assit en face de lui et nota avec une certaine satisfaction qu'il repoussait sa réunion sans excuse ni explication. Il montra l'enveloppe qu'elle tenait à la main et demanda :

— Qu'est-ce que tu comptes faire ?

Elle lui répondit d'un ton détaché, comme si la question était de moindre importance.

— Suivre la procédure habituelle, Konrad.

— Je peux le faire moi-même.

— Non, je vais le faire. Mais il n'y a pas de raison d'être nerveux. Il est clair que ça a été envoyé juste pour te secouer.

— Oui, c'est vrai. Et j'ai déjà reçu des tas de lettres de menaces.

— Exactement. Il ne faut pas accorder d'importance à ces choses-là.

— Je crois que c'est parce que j'ai amené Pauline à son interrogatoire. Je parle de Per Clausen, à propos de sa fille. Il se venge peut-être pour ça. Tu vois de quoi je veux parler.

— Bien sûr que je vois. Maintenant, file à ta réunion et arrête de t'en faire pour cette histoire.

Konrad acquiesça, et la Comtesse s'échappa avec l'enveloppe. Quand la porte se referma derrière elle, Konrad se sentit brusquement exténué.

61

Anita Dahlgren n'était pas une pro de la cuisine, aussi resta-t-elle en terrain sûr. Un cocktail de crevettes avec du pain à l'ail pour l'entrée, suivi d'un filet de bœuf avec une simple garniture de pommes de terre au four et du beurre de persil, le tout servi avec une sauce béarnaise en boîte et accompagné d'une salade avec de la feta et des olives. En dessert, de la glace à la vanille. Même elle ne pouvait pas louper ce repas.

Konrad Simonsen la complimenta pour la cinquième fois, au moins :

— C'était vraiment délicieux.

Arne Pedersen renchérit avec un petit rire :

— Oui, c'est du bon travail, Planck.

Kasper Planck ignora la remarque et parla sérieusement :

— Je ne vous ai pas invités juste pour votre agréable compagnie. J'ai eu une idée dont il faut qu'on parle. Mais tout d'abord, sachez que je n'irai plus au QG. Ma santé est devenue fragile ces derniers temps, et je n'ai plus la force de vous rendre visite.

L'ambiance chuta d'un cran. Le vieil homme lança un regard rapide à chacune des personnes présentes.

— Laissez tomber ces tronches consternées, j'ai pas prévu de vivre cent ans. Anita, tu peux sécher tes larmes, je vais pas mourir demain.

— Désolée. C'est juste que je me suis attachée à toi.

— Je t'apprécie aussi, ma grande. Aide-moi à débarrasser la table pendant que ces messieurs réfléchissent à une petite devinette. Notre ami à la tronçonneuse – comment est-ce qu'on l'appelle, déjà, Konrad ?

Konrad ne répondit pas tout de suite. Kasper remarqua qu'il observait Anita.

— Ce soir, Anita joue avec nous.

— Hum, si tu le dis. On l'appelle Grimpeur.

— Grimpeur, oui, un nom parfait. Quelle est la grande faiblesse de ce Grimpeur ?

L'ancêtre et la jeune femme se levèrent et allèrent à la cuisine. Anita commença à rincer les assiettes que Kasper lui tendait. Au bout d'un moment, il dit :

— Tu veux deviner aussi ?

— Non, mais je veux bien entendre la réponse.

— La réponse, c'est son image. C'est somme toute assez banal, mais c'est important.

Elle réfléchit un instant.

— Oui, c'est vrai. Je veux dire pour son image. Tu crois qu'ils vont trouver ?

— Konrad trouvera, pas Arne. Il ne réfléchit pas assez simplement. Et puis sa concentration mentale est tournée vers ce qu'il ne peut pas changer. Il n'a parlé que d'une seule chose ce soir, cette infirmière qui nous a claqué entre les doigts. Il ne trouvera pas.

— Tu es toujours si sûr de toi.

— Tu verras.

Kasper Planck avait vu juste. Ils revinrent dans le salon avec du café et des tasses, et, avant même qu'Anita ait fini de les distribuer, Arne jetait l'éponge.

— J'abandonne. Au fond, je dirais son enfance, mais d'une part je ne sais pas si c'est correct, et, si c'est ça, je ne vois pas de réel signe de faiblesse dans ce qu'il a fait. Alors je me suis dit qu'on s'imagine qu'il connait les frères Ditlevsen depuis le temps où ils vivaient dans le Sjælland, mais ce n'est pas vraiment une faiblesse. Est-ce que c'est ce rapport que tu as en tête ?

Sa remarque fut gentiment laissée de côté. Tous regardèrent Konrad, qui sourit et se donna du temps. Son habituelle suée d'après repas n'avait pas eu lieu, et même le fourmillement qu'il avait eu toute la journée dans les pieds avait disparu. De plus, il avait la réponse à la question de Kasper Planck. Que pouvait donc désirer de plus un inspecteur en chef en surcharge pondérale et un peu délicat ? Avec un visage joyeux, il annonça :

— Tu parles de son exposition médiatique, pas vrai ?

— Bingo, Konrad. C'est exactement ce que je voulais dire. Et que se passera-t-il si on le menace avec coupes franches dans son image officielle ? Ne vous demandez pas comment ; supposons qu'on y arrive, qu'est-ce qui se passera ?

Arne redora légèrement sa propre image en réagissant vite.

— Il répondra, s'il le peut. Il nous fera face.

Konrad hochait la tête en signe de consentement.

— Dans tous les cas, quelqu'un s'est donné beaucoup de mal pour marteler des images et des mots désagréables dans la tête des gens. Et avec succès, malheureusement.

Anita renchérit :

— Vous avez vu l'interview avec cette malade du comité du Parlement ? Comme par hasard avec une affiche de Thor Gran en fond.

Elle lança un regard à l'assistance pour voir leurs réactions. Ils secouèrent la tête, et elle expliqua :

— L'affiche en question n'est rien d'autre qu'un gros plan de Thor Gran dans le minibus, vous savez, quand il parle de petits lutins avec des numéros. En dessous ils ont ajouté l'inscription *Non, tu n'en feras rien !* – histoire de répondre à l'attente des gens. Mais si je devais choisir une chose, parmi toute cette propagande qui tourne dans les médias, une seule, qui a vraiment touché la conscience des Danois… Ce serait bien Thor Gran, quand il est en train de… oui, choisir un enfant. L'affiche n'a été visible qu'une minute, ou une minute et demie, et l'interview n'était sûrement qu'un prétexte pour la montrer. C'est comme ces bouteilles de Coca qu'on ajoutait dans les films dans les années 1950 pour booster les ventes à l'entracte. Quelqu'un trifouille notre subconscient, et personne ne réagit.

Konrad intervint :

— On appelle ça la perception subliminale, et c'est un mythe. Ça n'a jamais pu être prouvé, et personne n'a jamais manipulé un film de cette façon. Mais l'histoire est bonne.

Arne ajouta d'un ton ironique :

— Contrairement à l'affiche de Thor Gran. Cette histoire-là est beaucoup moins bonne.

Soudain, Konrad se raidit. Il ferma les yeux deux ou trois secondes, puis sortit un sachet de réglisse de sa poche et se servit, avant d'en proposer aux autres. Personne n'en voulait. Arne s'étonna :

— D'habitude tu détestes ces trucs-là. Qu'est-ce qui se passe ?

— Rien.

Il n'aimait toujours pas le réglisse, mais les Piratos faisaient une bonne parade à l'acidité de sa bouche. Que pouvait-il dire ? Que les photos qu'il avait reçues d'Anna Mia envahissaient régulièrement son palais ? Qui comprendrait, quand lui-même n'y parvenait pas ? Et en quoi cela concernait-il les autres ? Ça n'avait pas d'importance, il maîtrisait la situation. C'était exactement ça – il maîtrisait la situation. Dès qu'il mettrait la main sur les enfoirés qui avaient menacé sa fille, il leur montrerait à quel point il maîtrisait la situation. Bâtards de psychopathes.

Kasper Planck ramena efficacement la discussion sur les rails :

— Ecoutez donc, et arrêtez de perdre votre temps avec ces sottises. J'ai trouvé comment raconter une vérité alternative, mais pour ça j'ai besoin de vous trois. Chacun devra y mettre du sien. Ça vous intéresse ?

Il avait posé la question d'une façon théâtrale, et Anita dit ce qu'ils pensaient tous :

— Tu aimes vraiment t'entendre parler, pas vrai ? Evidemment que ça nous intéresse.

Kasper Planck ne répondit pas à la critique. Au lieu de cela, il s'adressa à chacun d'entre eux.

— Anita, il faut que tu oublies tout ce qui concerne l'éthique professionnelle, sans parler de ta loyauté envers ton employeur. En outre, on va t'imposer un petit ami, provisoirement. Arne, tu dois être prêt à planter efficacement ta copine dodue de *Dagbladet*. Et tant que j'y suis, je vais t'accorder un conseil d'homme mûr. Tu devrais accepter l'aide d'un professionnel pour ton problème de jeu avant que ça s'emballe. Et tu pourrais aussi faire un peu de ménage dans ta vie privée, au passage.

Arne devint cramoisi. Il ne dit rien, mais essuya la sueur de son front avec sa cravate. C'était du jamais vu. Kasper se tourna vers Konrad.

— Konrad, tu as droit à la partie la plus délicate. Premièrement, il ne faudra pas coller de trop près aux règles ces jours-ci. Parmi les choses que je vais vous proposer, plusieurs sont illégales. Deuxièmement, tu devras accorder une interview solo à Anni Staal, et, troisièmement, il faut absolument garder Helmer Hammer et tous les autres au QG en dehors de tout ça.

Konrad hocha la tête, un peu réservé. Kasper Planck s'adressa ensuite à tous :

— Peut-être que vous devriez prendre quelques minutes pour réfléchir avant que je continue. Si vous voulez entendre ma proposition.

Anita Dahlgren n'avait pas besoin d'y réfléchir.

— J'emmerde mon employeur. Et pour l'éthique professionnelle, on repassera. Ça a l'air passionnant. Mon petit ami est mignon ?

Les deux hommes mirent quelques minutes avant de donner leur assentiment.

62

La soirée de Konrad Simonsen connut une fin abrupte. Une fois la stratégie de leur offensive médiatique en place, quand chacun commençait à se détendre, son téléphone sonna. Une infirmière du service de chirurgie orthopédique de l'hôpital de Herlev avait trouvé sa carte de visite.

Une bonne demi-heure plus tard, il était sur place. L'homme qui n'était pas vraiment son ami dormait d'un sommeil agité. Konrad l'observait en secouant la tête tandis que ses yeux s'habituaient à la semi-obscurité de la pièce. Le dormeur était recouvert d'un drap bleu ciel, et le haut du lit avait été légèrement surélevé. Un système de tuyaux allait de ses narines à un distributeur d'oxygène sur le mur. Un faible bourdonnement s'échappait en continu de la machine, témoin de son bon fonctionnement. L'homme avait un bandage de gaze blanche autour de la tête et un large pansement de plastique sur son nez cassé. Le tout lui donnait un aspect macabre.

— Vous voulez savoir ce qui s'est passé ?

Surpris, Konrad se retourna. Un homme était assis sur une chaise un peu à l'écart du lit. Sans attendre de réponse, celui-ci commença à raconter :

— Ils étaient sept ou huit à l'attendre dans l'escalier, certains avec des battes de baseball, tous avec des bottes de sécurité. Moi ils m'ont retenu, et, lui, ils lui ont cassé la gueule. Il n'avait aucune chance. Ils ont frappé sans interruption, et en moins d'une minute il gisait inanimé sur le sol, couvert de sang.

Konrad répondit à voix basse, comme l'homme avait parlé :

— Oui, c'est moche. Et il n'est pas le seul, c'est arrivé à plusieurs endroits dans le pays.

— Vous n'avez pas entendu le pire. L'un d'entre eux lui a entaillé le front avec un cutter. *Pour l'enfance que tu as assassinée, pour la douleur que tu as causée,* c'est ce qu'il a dit. Et le premier chiffre a été gravé. Comme un rituel pervers. Même les autres types trouvaient que c'était trop, mais aucun n'a osé réagir.

— Qu'est-ce que c'était que ces vers ? Je les ai pas compris.

— Ils viennent d'un poème haineux trouvé sur l'un de ces sites anti-pédophiles, je ne sais plus lequel, mais je me souviens des mots. Ils ont été récités six fois, pour cinq chiffres et trois points. *5, 6... 7, 10, 20 !* Son front est entièrement détruit.

La voix de l'homme se cassa.

— Le simple fait d'y penser... Laissez-moi une minute.

Konrad tourna le dos à la voix. Après un moment, l'homme dans l'obscurité dit :

— C'est bon.

— Vous pourriez reconnaître celui qui tenait le cutter ?

— C'était une femme. Une très jeune femme. Je n'ai jamais vu quelque chose d'aussi horrible, même à la télé, les hommes à côté, c'était rien du tout. Même eux trouvaient qu'elle allait trop loin, et on aurait dit qu'ils avaient peur d'elle.

Le regard de l'homme se perdit dans la pénombre. La faible lumière de la lampe éclaira un instant son visage mélancolique. Il ajouta d'un ton légèrement étonné :

— Il y a eu des femmes toute la journée. Son renvoi, le couteau – et ici, maintenant.

— Oh, non. Il a été renvoyé ?

— Il a été débauché cet après-midi. C'est pour ça que je suis rentré avec lui. Je ne voulais pas le laisser seul. Ils ont appelé ça restructuration, mais tout le monde sait que c'est des conneries. Une jeune sorcière du service du personnel s'en est occupée et, croyez-moi, elle a adoré ça. Putain, elle était hideuse. Tout juste sortie de son école de commerce, pleine d'arrogance. Elle avait même apporté des fleurs, et vous savez ce qu'elle lui a dit ?

Konrad secoua la tête.

— Qu'elle l'enviait.

— Qu'elle l'enviait ?

— Un long monologue prétentieux. Elle enviait la liberté dont il allait profiter, elle enviait ses possibilités de se choisir une autre vie, elle enviait le fait qu'il allait pouvoir dormir plus longtemps le matin, elle enviait son indemnité de licenciement importante. Elle enviait au moins dix autres choses, pendant qu'elle humiliait sa victime. Il a parlé de son traitement hormonal, de ses enfants à qui il envoie chaque mois la quasi-totalité de son salaire, sans jamais avoir un mot de leur part. De ses remords. Oui, il a pleuré et supplié, mais ça n'a servi à rien, bien sûr. Et elle, elle était si bienveillante et si envieuse de son courage et de sa sensibilité ! Son mépris faisait rire les gens qui regardaient. Il connaissait certaines de ces personnes depuis plus de quinze ans. Je ne sais pas quoi dire, à part que ces personnes…

Il s'interrompit, à court de mots. Konrad resta silencieux, seul le distributeur d'oxygène sifflait. L'homme fit une nouvelle tentative un moment après :

— Ces gens, et ceux qui ont lancé tout ça… c'est une erreur. C'est mal, et cruel, c'est tout ce que je peux dire.

Le patient gémit, comme pour approuver. L'homme ne répondit pas. Konrad sentit une fatigue rampante l'envahir, et se dit que, s'il restait là, il finirait par s'endormir lui aussi.

— Que vouliez-vous dire par *ici, maintenant* ? Il y a autre chose ?

— Vous devriez avoir un aperçu bientôt.

Konrad n'eut pas à attendre longtemps. Tout à coup, un grincement effrayant envahit la pièce, et une voix de femme hurla sa haine par les haut-parleurs. Un cri perçant qu'on aurait dit venu d'un autre monde. Le patient se réveilla et sanglota un moment, mais il se rendormit vite, sous l'effet des médicaments. Konrad avait bondi comme un ressort, et le calme ne revint que lentement. Il se sentait nauséeux.

— Bordel, c'était quoi ça ?

— Un démon qui a décidé que cet homme ne mérite pas de se reposer. C'est mon avis.

— Qu'est-ce qu'elle hurle ?

— Je ne sais pas exactement. Quelque chose comme quoi elle est la fille de la nuit, qui ne dort jamais, et qui est éternellement en colère. Le reste, j'ai pas compris.

— C'est de la démence, pourquoi le personnel ne l'arrête pas ?

— Je suis allé voir l'infirmière de garde quatre fois, mais apparemment personne ne sait d'où vient la voix, ou alors ils s'en foutent. Peut-être même qu'ils le font exprès, je sais pas, mais c'est difficile à supporter.

Konrad ressentit une envie de frapper quelqu'un, ce qui ne lui ressemblait pas. Coller quelques taloches à l'infirmière de garde. D'abord une joue puis l'autre, et la regarder courir effrayée le long du couloir dans ses sabots d'infirmière jaunes et moches. Juste pour commencer. Il se rendit compte qu'il avait peur. Peur de cette communauté occulte qu'il n'arrivait pas à cerner. D'un complot sans visage, d'une opinion publique qui suivait ses propres lois – terrible par sa haine, et peut-être pis encore par son indifférence. Faute de mieux, Konrad frappa le mur de son pied et heurta une conduite chaude. Le coup résonna dans la pièce. L'homme dans le lit frémit nerveusement.

— Putain de bordel.

Lui-même ne savait pas s'il pestait contre la situation ou contre le bruit qu'il venait de faire. Il se fit violence pour se concentrer sur quelque chose de constructif.

— C'est vous qui pouvez m'aider avec les infos téléphoniques ?

— Oui, c'est moi, et j'ai eu votre message. Ce matin, je n'étais pas emballé par cette idée, mais les choses ont changé. Vous aurez toute l'aide que vous voudrez.

— Et pour les autres compagnies, je veux dire vos concurrents, vous pouvez aussi m'aider pour eux ?

— Il n'y a pas de base de données dans ce secteur à laquelle je n'aie pas accès. Nous autres agents de sécurité, on travaille ensemble, on compte les uns sur les autres. Mais j'aurai besoin d'un contact de votre côté concernant les registres d'état civil et ce genre de choses. On pourra fixer les détails demain.

— C'est parfait, mais j'ai pensé à autre chose, je ne sais même pas si c'est possible.

— Commencez par me dire à quoi vous pensez.

Konrad Simonsen expliqua. L'homme ne parut pas surpris.

— A quel numéro de téléphone pensez-vous ?

L'homme écouta le numéro et tira un mobile de sa poche intérieure. Le reflet bleu de l'écran éclaira son visage. Pour la première fois, Konrad put l'observer vraiment, et il se rendit compte qu'il ne connaissait même pas son nom. Les pouces de l'homme bougeaient à toute vitesse. Quand il eut terminé, il hocha la tête deux ou trois fois.

— La police commence à espionner la presse libre de notre pays, hein ? Quelle époque !

Sa voix s'était soudainement teintée d'un soupçon d'humour déplacé. Konrad comprit que c'était une façon de conjurer le mal. Surmonter la mélancolie et repousser d'un sourire les trois femmes démoniaques dans l'enfer sombre auquel elles appartenaient. Depuis la pénombre, il ouvrit les bras, comme pour confirmer. D'une façon théâtrale mais libératrice.

— Oui, les temps sont durs.

63

Anni Staal attendait Simonsen.

Un court moment plus tôt, Anita Dahlgren avait appelé pour signaler que sa manœuvre avait porté ses fruits.

— La borne kilométrique près de la place de la mairie, à 14 heures. Simonsen aura cinq minutes.

Anita Dahlgren avait raccroché avant qu'Anni Staal ait eu le temps de dire quoi que ce soit. Elle n'avait donc rien eu de mieux à faire que de se rendre au point de rendez-vous. Et elle commençait à se demander si elle n'avait pas compris le message de travers, quand elle aperçut enfin l'inspecteur en chef de la criminelle trottiner vers elle. Il affichait un air très pressé et ne perdit pas de temps en politesses inutiles.

— Désolé pour l'endroit, mais j'avais une course à faire dans le coin, et c'est tout ce que j'ai pu trouver sur le moment. Mais lançons-nous. Il paraît que vous voulez une interview. Longue, en plus.

Anni Staal eut un sourire satisfait. L'entrée en matière était prometteuse.

— Oui, et j'espère que vous le voulez aussi. Nous avons besoin l'un de l'autre.

— Vous avez peut-être raison, mais je dois admettre qu'il m'a fallu du temps pour entrevoir l'intérêt d'une telle mésalliance. Et soyons clairs, je ne supporte pas votre canard en général, et je méprise votre attitude concernant mon affaire en particulier.

Elle esquiva la réplique avec un petit rire avant de répondre :

— Mais vous avez fini par comprendre que la police avait un problème d'image ?

— Vous en êtes largement responsable.

— Alors, il est temps d'avoir votre point de vue.

— J'imagine. Mais j'ai quelques conditions, et c'est tout ou rien, pas de marchandage.

— Dites toujours.

— Je veux un document juridique officiel signé par vous, votre rédacteur en chef et quelqu'un de la direction, dans lequel vous vous engagez à ne pas publier une ligne de l'interview avant que je l'aie relue et donné mon accord par écrit. Vous ne devrez pas non plus imprimer les informations que je vous donnerai, que ce soit de façon directe ou indirecte. Si vous le faites, vous verserez cinq millions de couronnes à la Croix-Rouge.

Anni Staal n'eut pas à réfléchir longtemps, mais elle lança tout de même :

— Vous ne nous faites pas confiance.

— J'ai confiance en une chose : tout ce que vous respectez, c'est l'argent. Particulièrement celui que vous risquez de perdre.

— Vous aurez votre document par coursier chez vous dans la soirée.

— Parfait, glissez-le dans la boîte aux lettres, je serai sorti. Demain 10 heures à *Dagbladet.*

— Et si on faisait ça chez vous ? En privé.

— Vous êtes malade ?

— Pas complètement. Si vous voulez atteindre les gens, il va falloir les inviter chez vous. Ce serait une bonne opportunité pour apparaître sous un jour plus humain, de montrer que vous n'êtes pas qu'un cerveau. Croyez-moi, je sais de quoi je parle.

Anni Staal croisait les doigts. Il était de toute évidence opposé à cette idée, mais son argument pesa. Un long moment s'écoula puis il finit par dire :

— Chez moi à 10 heures, zéro photographie.

— Merveilleux, 10 heures chez vous, et le photographe ne prendra qu'une seule photo de nous deux en train de parler, ensuite il dégage, juré, craché.

Konrad ouvrit les bras, agacé, ce qu'elle considéra comme un assentiment. Ils se quittèrent sans plus de cérémonie.

Personne ne pouvait reprocher à Anni Staal de se reposer sur ses lauriers. L'interview solo de Konrad Simonsen était une victoire de taille, mais, de retour sur son lieu de travail, elle laissa cette pensée de côté et resta concentrée sur l'édition du lendemain. Elle refusa un article proposé par son élève, profitant de l'occasion pour rendre la monnaie de sa pièce à la jeune femme. Elle jeta une liasse de feuilles pliées sur son bureau.

— Ça, tu peux l'envoyer à la casse.

Anita Dahlgren leva les yeux avec une grimace agacée. Le refus ne la surprenait pas.

— Tu l'as lu, au moins ? On lui a tailladé le front pendant qu'il était dans les pommes.

La voix d'Anni Staal était froide et son choix de mots légèrement plus cynique et provocant qu'elle ne l'aurait voulu. Elle avait son interview, il n'y avait donc plus aucune raison de caresser la gamine dans le sens du poil.

— Je me fous qu'ils lui aient coupé la queue ou n'importe quoi d'autre, ce que tu as écrit ne fait pas partie de notre ligne, et tu le sais très bien. Ce n'est pas ce que les gens ont envie de lire, et mon chou… ça ne sera pas imprimé.

Anita se leva, sa voix était stridente :

— Je ne suis pas *ton chou*, et tu devrais faire plus attention. Les choses ne sont pas toujours ce qu'elles ont l'air d'être. S'il s'avérait que le motif de cette boucherie était un peu moins noble que prétendu… Oui, toute cette merde t'exploserait à la gueule. Si les braves gens exigent un bouc émissaire, j'en connais une qui va en prendre plein son gros cul.

Anni Staal se raidit. Ses voyants d'avertissement étaient dans le rouge, et plusieurs collègues regardaient dans sa direction. Même dans un lieu où les discussions avaient tendance à être directes et acerbes, la tirade de l'élève dépassait largement les bornes. Pourtant, ce n'était pas l'insulte qui heurtait la journaliste-vedette.

— Qu'est-ce que tu veux dire ? Explicite un peu.

Anita Dahlgren n'avait aucune intention d'approfondir. Elle ramassa son sac et vida les lieux, en lançant :

— Je protège mes sources.

Anni Staal reprit le travail, mais sans arriver à se défaire de la remarque d'Anita, qui la rongea pour le reste de la journée. A un moment, elle était si tourmentée qu'elle envisagea même d'appeler sa source numéro un dans la police, sachant pertinemment que l'homme serait fou de rage. Cela resta au stade d'idée, et finalement, le soir venu, ce fut lui qui appela. Son message avait un air de déjà-vu pour Anni Staal.

— Le parking près du centre communautaire de Nansensgade, dans une demi-heure. Prévoyez du cash.

Elle eut à peine le temps de confirmer qu'il avait raccroché.

Quand elle fut sur place, Arne Pedersen somnolait dans sa voiture. Elle s'assit sur le siège du passager.

— Bonsoir, mon petit oiseau chanteur. Dehors à cette heure-ci. Les finances recommencent à faire pression ?

Ses paroles le blessèrent, et il se dit qu'il la détestait plus qu'il n'aurait dû.

— Bonsoir, Anni. J'apprécierais que vous ne m'appeliez pas comme ça, ça me gêne.

Elle s'excusa, consciente qu'elle était allée trop loin.

— Ce n'était pas le but, je regrette. Mais dites-moi… dites-moi ce que vous avez pour moi.

— Ça va vous coûter cinq mille, et vous devrez confirmer ces informations auprès de Konrad Simonsen avant de les publier. Mon chef commence à bien cacher son jeu. Il ne fait plus confiance à personne en dehors de Kasper Planck, même pas à moi. Ça vire à la paranoïa. Cette affaire est en train de le briser, et le moral au QG est au plus bas.

Il se dit avec ironie que la description n'était pas si fausse que ça.

— Cinq mille, c'est une grosse somme.

— Peut-être. Vous voulez entendre parler de grosses sommes ? Alors écoutez bien. Cinq séjours en Thaïlande à vingt-quatre mille chacun, plus environ cinq fois vingt mille en argent de poche, ça fait pas loin de deux cent cinquante mille couronnes. Ajoutez trois cartes bleues, dont les anciens propriétaires étaient plus que disposés à donner les codes quand la tronçonneuse a démarré, ce qui fait cent dix mille de plus. De plus, le compte de Frank Ditlevsen à Zurich a été vidé d'environ deux millions, ce qui nous donne au total dans les deux millions trois cent mille. Et ce n'est que provisoire, de nouveaux montants s'ajoutent tout le temps.

J'ai des extraits de compte de deux des victimes qui couvrent les trois dernières semaines, vous verrez par vous-même. N'oubliez pas que les victimes sont mortes depuis deux semaines et notez les dates des derniers retraits. Mais il faudra me rendre ces documents. Si vous les publiez, je me fais clouer avant d'avoir pu dire ouf.

Anni Staal parcourut attentivement les relevés bancaires. Sa voix partit dans les aigus :

— Qu'est-ce que ça veut dire ?

— Le mobile des crimes est le vol.

— Qu'est-ce que vous me racontez là ?

— Oubliez toutes ces histoires de vengeance exaltée, oubliez l'encens, il n'y a que des impasses et des écrans de fumée. Le mobile était purement matériel.

— Mais c'est horrible… Vous en êtes sûr ?

— Non, quatre-vingts pour cent, c'est ce que je disais. Il vous faudrait la confirmation de Simonsen. Mais je peux vous fournir une info gratos. Il va vous accorder une interview. Il me l'a dit tout à l'heure.

— Je le savais déjà. Je le rencontre demain matin.

— Ah, bon. Vous savez aussi qu'il va à Riga ce weekend ? Les coupables font partie de la mafia balte, ils travaillaient avec le vendeur de hot-dogs, mais il a tenté de les doubler. La police lettone en a chopé un hier, et ça ne devrait pas leur prendre trop de temps de le faire parler. Là-bas, les méthodes de la police sont un peu plus fermes qu'ici.

Anni Staal fronça les sourcils. Elle était loin d'être bête.

— Pourquoi garder tout ça secret ?

— Simonsen assemble tranquillement des preuves pendant que tout le monde pense qu'il s'agit de… disons de politique sexuelle. Même Helmer Hammer n'est pas au courant, je peux l'affirmer. Je crois que Simonsen veut donner une leçon à l'ensemble de la population. Rien de moins. Laisser les cochons griller dans leur propre graisse. Ça, c'est une citation. C'est ce qu'il a dit à Kasper Planck l'autre jour, mais je ne l'ai pas compris tout de suite. Maintenant, je crois comprendre. Evidemment, il veut être sûr à cent pour cent avant de passer à l'acte, notre crédibilité est au fond du trou. La moitié du pays pense qu'on cache l'orientation pédophile des victimes.

— Mais, mais… enfin, il y a des centaines de choses… Per Clausen, le concierge, comment est-il mêlé à tout ça ?

Arne attendait la question. Il répondit tranquillement.

— C'était un idiot bien pratique, mais il a découvert l'histoire. Mais trop tard. Les victimes étaient sur la table d'autopsie, et les coupables déjà loin. Pourquoi croyez-vous qu'il s'est suicidé ?

Anni Staal acquiesça à contrecœur.

— Et le vendeur de hot-dogs ? Il a tué son propre frère ?

— Ils se détestaient ouvertement et étaient aussi obtus l'un que l'autre.

— Mais… et la mort du vendeur lui-même ? Je veux dire… toute cette ménagerie, avec l'arbre, c'était pour quoi ? Ça a surpris tout le monde.

Il sourit pour gagner du temps et se creusa la tête pour trouver une réponse qui tienne la route.

— Vous ne connaissez pas grand-chose aux proverbes lettons, visiblement. Mais ceux qui s'y connaissent comprennent facilement le message. *Les fleurs récompensent les fidèles, les branches frappent les traîtres.* L'adage vient de l'Eglise orthodoxe russe. Maintenant dites-moi… ça ne valait pas cinq mille ?

Elle ne répondit pas tout de suite. Elle tentait de reprendre ses esprits, de retrouver le fil. Elle finit par déclarer :

— Eh ben, ça va faire tomber quelques têtes. Et ça vaut bien cinq mille.

Arne Pedersen sourit discrètement.

64

La Comtesse observait le tableau d'affichage, perdue dans ses pensées. Il était juste à côté de son bureau, et elle avait reculé un peu sa chaise pour mieux voir les quatre noms qu'elle y avait inscrits de son écriture légèrement impersonnelle de petite fille. *Per Clausen, Stig Åge Thorsen, Helle Smidt Jørgensen, Erik Mørk.*

— Tu es sûre, Comtesse ?

Elle se retourna, stupéfaite. Konrad était entré sans qu'elle l'entende. Il affichait une mine exténuée assez inquiétante. L'idée qu'on puisse dire la même chose d'elle ne l'effleura pas.

— Oui, je suis sûre. Les infos viennent des agendas de Helle Smidt Jørgensen, elle les conserve depuis plus de vingt ans. Des agendas Mayland, même type chaque année, seule la couleur change. Poul les a minutieusement analysés.

— Le fait qu'elle soit morte est un coup dur. Est-ce qu'on est certains qu'il s'agit d'une mort naturelle ?

— Tout à fait certains, elle a fait une attaque. Probablement due au stress, aux médocs et à l'alcool. On est arrivés deux jours trop tard. Mais elle était coupable de ces meurtres, aucun doute. Poul est du même avis.

— On m'a dit qu'il était rentré chez lui ?

— Rampé chez lui, plutôt. Il avait l'air d'un cadavre. Il aurait dû rester au lit hier déjà. Et toi ? Tu as l'air fatigué. Tu manges bien ?

Konrad haussa les épaules. Son dernier repas s'était résumé à des pizzas surgelées, qu'il avait d'ailleurs oubliées dans le four. Elles avaient un goût de biscuit au fromage carbonisé. Il montra les noms du doigt :

— Et si tu me parlais plutôt de tes conclusions ? J'ai un rendez-vous en ville dans une vingtaine de minutes. Mais je reviens dans la soirée, je pourrai lire ton rapport.

— Excuse-moi, Konrad, mais je ne vois vraiment pas ce qui pourrait être plus important que ça. Et tant qu'on y est, que sont devenues nos réunions communes ? En ce moment, tu es le seul à avoir une vue d'ensemble. Nous autres, on ne voit qu'une partie du puzzle. C'est ta nouvelle façon de diriger ? Si c'est ça, ça ne me plaît pas.

Ses mots étaient plus tranchants que sa voix, qui était teintée de tristesse. Il ne répondit pas immédiatement. Et quand il attrapa une chaise pour s'asseoir lourdement dessus, elle regretta de lui avoir parlé de cette façon.

— Ce n'est qu'à moitié délibéré. Je veux dire, que ce soit devenu… fragmenté. Mais tu as raison, il y a quelque chose que je ne t'ai pas dit. Et si je ne l'ai pas fait, c'est parce que je sais que tu ne seras pas d'accord avec l'idée. Tu l'aurais su tôt ou tard, mais maintenant que tu demandes… C'est peut-être une bonne occasion. Tu peux venir ici ce soir, assez tard ? Vers minuit, par exemple. Tu peux amener Pauline si tu veux.

La Comtesse fit marche arrière. Quelle que soit cette affaire, elle pouvait attendre. Il ferait mieux de s'occuper de ses nombreuses heures de sommeil en retard.

— Je pourrais, mais demain ça ira très bien aussi. Comme ça tu n'es pas obligé de revenir ce soir.

Konrad fronça les sourcils, désorienté par ce dialogue mi-accusateur mi-protecteur.

— Il faudra que je vienne de toute façon.

— Il s'agit de cet anonyme expert en informatique qui a réquisitionné Malte ? Et qui a une autorisation spéciale de ta part pour courir dans tous les sens plus ou moins comme il le veut ?

Ça, c'était une question.

— Pas tout à fait, lui et Malte se débrouillent, et je lis leurs rapports.

— Je crois que je vais préserver le suspense encore un peu.

Il changea de sujet en montrant le tableau.

— Fais-moi donc un résumé avant que je parte. Je vois que tu as inclus Erik Mørk dans ce groupuscule d'auto-justice.

Le choix de ses mots fit sourire la Comtesse. C'était assez bien vu. Elle saisit l'un des agendas de Helle Smidt Jørgensen et l'ouvrit à l'une des pages que Poul Troulsen avait marquées d'un post-it.

— 6 mai 2005, *chez Per, 20 : 00.* 11 octobre 2005, *chez Per, 19 : 30.* 2 novembre 2005, *chez Erik, 20 : 00*, et ainsi de suite. Il y a soixante-trois notes de ce genre, environ une par semaine. Hormis les périodes de vacances. La première date du 3 février 2005, la dernière du 26 septembre de cette année. Et depuis cet été, la fréquence des réunions a beaucoup augmenté. Elle écrivait chaque fois le prénom seul, et ça change. *Chez Per, chez Erik*, et *chez Stig*. Apparemment, quand la réunion avait lieu chez elle, elle mettait simplement une croix. C'est arrivé neuf fois. Evidemment, il y a d'autres rendez-vous avec d'autres noms, mais aucun autre avec une telle fréquence. En puis il y a Jeremy Floyd. Il est inscrit vingt-deux fois. Ça va du printemps 2003 à mi-2004, c'est-à-dire un an et demi avant le début des réunions avec les autres. Elle inscrivait *PF* pour Floyd. Ça colle parfaitement. J'ai fait une liste.

— Des noms de famille, adresses, numéros de téléphone ou adresses mails ?

— Malheureusement non, Poul a vérifié tous les agendas quatre fois et moi deux. Mais quelques pages ont été arrachées ici et là. Elle a dû faire du rangement.

— Et pour celui qu'on appelle Grimpeur ? Pas de réunion chez lui ? Aucune référence ?

— Rien. Ça peut vouloir dire qu'il n'y a pas assez de place chez lui, ou qu'il habite trop loin. Stig Åge Thorsen ne les a reçus que trois fois à Kregme, probablement à cause de la distance. Mais il y a deux notes très intéressantes. Le weekend du 8 au 10 septembre de cette année, *creuser chez Stig, faire le repas*, et le 10 décembre 2005, *repas de Noël (Erik paie) réserver une table pour cinq à 19 : 00 à* L'Auberge du Coin, *23, rue Nørrebro.* J'ai pensé que le cinquième invité pouvait être le toubib, et j'ai appelé Emilie Mosberg Floyd. C'était assez gênant. Premièrement, il n'aurait jamais pris part à un arrangement privé entre ses patients, et c'était ce que j'imaginais et espérais. Et deuxièmement, il était déjà mort depuis plusieurs mois.

Konrad secoua la main comme s'il s'était brûlé les doigts. Puis il jeta un œil à sa montre, et la Comtesse accéléra la cadence.

— Erik Mørk, c'est celui qui a publié cette annonce disant qu'il avait été violé dans son enfance. C'est son entreprise qui gère *onlesdeteste.dk*. Presque deux cent cinquante mille visites jusqu'à présent, et le portail est en développement constant, même si le ton est plutôt agressif. *Tu ne devrais pas avoir honte, ils devraient avoir honte, tu ne devrais pas te cacher, ils devraient se cacher, tu ne devrais pas avoir peur, ils devraient avoir peur*, et ainsi de suite. Ils ont mis la main sur la brochure des victimes sur leur excursion sexuelle à Chiang Maï, en Thaïlande. Celle qu'on a trouvée dans le coffre secret de Thor Gran. Ça vaudra sûrement le coup de se demander comment ils sont tombés dessus. A mon avis, Erik Mørk l'avait à l'avance, et je crois qu'il l'a lui-même conçue.

— Intéressant, quoi d'autre ?

— Erik Mørk a transformé toute son entreprise en groupe d'opinion haineux, pour monter l'opinion publique contre les pédophiles.

— On le savait déjà.

— Oui, mais ce qui est nouveau, c'est que Poul et moi établissons un lien avec le crime. Voici une des raisons, regarde bien. Ça, c'est la liste trouvée sur le disque dur de Frank Ditlevsen, pour ses acheteurs de porno infantile. Et les trois autres, ce sont des listes envoyées par la firme d'Erik Mørk à de petits groupes soutenant sa cause. Des groupes qui savent quoi faire des pédophiles de leur région, quand ils reçoivent leurs noms et adresses. C'est donc la raison principale de ces violences. Mais regarde, il y a des fautes.

Konrad regarda attentivement pendant qu'elle expliquait :

— *Bjarne Anton Adersen* au lieu d'*Andersen. Hans Orne Nielsen* à la place de *Hans Arne Nielsen. Pale Henriksen* au lieu de *Palle Henriksen.* Ce sont les mêmes listes, Konrad, et mieux encore, c'est difficile à réfuter devant un tribunal.

— Tu as raison, ça m'a l'air convaincant.

— Il faut aussi que tu saches que le site *onlesdeteste.dk* fait rouler les tambours pour l'interview en ligne de Stig Åge Thorsen demain soir. M'étonnerait pas que ce soit une frappe d'envergure nationale.

— C'est peut-être un hasard. Il a pu rejoindre le… mouvement.

— Oui, mais c'est pas tout. Nous avons une note avec les numéros qui ont appelé l'école Langebæk ces quatre dernières années. On l'a eue la semaine dernière, quand les gens voulaient encore nous aider, donc elle doit être juste. Erik Mørk a téléphoné deux fois à Clausen sur son lieu de travail, et Stig Åge Thorsen une fois. De plus, l'un est fermier, et l'autre publicitaire, ça colle parfaitement avec les informations qu'Emilie Mosberg Floyd a reçues de Clausen.

— OK. Poul et toi avez fait de l'excellent boulot. Assure-toi d'informer Arne, et si tu veux tu peux lui demander un coup de main pour le rapport.

— J'ai déjà parlé à Arne, mais je ne trouve pas Planck, donc je lui ai fait un résumé sur son répondeur. Il est où, en fait ?

— Désolé, j'avais oublié. Il est malade aussi. Ou plutôt fatigué. Il n'a plus le courage de venir, et on ne peut pas vraiment le lui reprocher.

— Non, bien sûr. Qu'est-ce que tu en penses, toi ? On fait venir Erik Mørk ?

Konrad ne répondit pas immédiatement. Il avait envie de rester un peu, discuter avec elle de tout et de rien. Ne serait-ce que pour briser son planning si serré, dont il était en grande partie responsable. C'était peut-être une forme d'arrogance, une façon de souligner sa propre importance. Il jeta un nouveau regard à sa montre et abandonna ses illusions. De toute façon, qui pouvait savoir si elle avait envie de discuter avec lui, elle ? Elle avait son propre programme. Il dit :

— Excuse-moi, j'ai perdu le fil.

— On fait venir Erik Mørk ?

L'idée de mettre la main sur l'un de ceux qui avaient photographié sa fille fit son chemin. La bouche de Konrad avait besoin de réglisse. Il sortit ses Piratos. Le sachet était presque vide, il saisit les trois derniers tout en cachant son regard plein de haine à la Comtesse. Puis il répondit :

— Non, on n'en fait plus venir, à moins d'avoir un chef d'inculpation qui tienne la route. La prochaine fois, ils ne doivent pas avoir la possibilité de rentrer chez eux pendant longtemps, très longtemps. Par contre, tu peux envoyer

Pauline à l'auberge où ils ont mangé et faire une petite prière pour qu'Erik Mørk ait payé avec sa carte.

— Oui, c'est exactement ce que je vais faire.

La Comtesse le suivit longuement des yeux tandis qu'il s'en allait. Peut-être bien qu'il était énorme, et peut-être bien que l'affaire le préoccupait plus qu'elle ne devrait, mais sa tête restait claire.

65

Sur la place de la Mairie, à Copenhague, une jeune femme se glissait d'une tache d'ombre à une autre, se cachant derrière les promeneurs de la nuit, les panneaux publicitaires ou les voitures. Elle parvint à se faufiler sans être vue jusqu'à un porche tout près de la personne qu'elle souhaitait surprendre. Quand la personne en question tourna la tête pour regarder le long de la rue, elle franchit sur la pointe des pieds les derniers mètres qui les séparaient. Et elle posa son index sur sa nuque.

— Bang, t'es mort.

Malte Borup se retourna.

— Salut, Anita. D'où tu viens ?

— Du ciel. Tu fais un espion minable, on peut se glisser derrière toi les yeux fermés.

— Je suis pas espion.

— C'est la même chose, tu survivras pas longtemps. Allez, viens, et n'oublie pas qu'on forme un couple.

Elle glissa son bras autour de sa taille et l'emmena.

Cela faisait à peine huit heures qu'on les avait présentés, et pourtant Anita avait l'impression de le connaître depuis des années. Elle avait ressenti ça au premier regard. C'était au McDonald's de Strøget à Copenhague.

Elle était déjà installée quand Arne Pedersen et Malte avaient passé la porte. Elle s'était levée pour les accueillir dès qu'elle les avait vus. Le flic de la criminelle avait, à sa grande surprise, eu droit à une étreinte chaleureuse. Ensuite elle s'était tournée vers son futur partenaire. Il avait l'air gentil. Elle l'avait salué poliment en tendant la main.

— Anita Dahlgren, élève journaliste. Tu dois être le génie de l'espionnage informatique.

Malte Borup avait répondu à son salut, en acceptant le titre.

— Oui, c'est moi. Je m'appelle Malte.

Ils s'étaient installés et avaient partagé les Coca apportés par les deux hommes. Arne avait commencé par un avertissement :

— Vous devez tous les deux être conscients que ce que vous allez faire est illégal. En d'autres termes, si vous vous faites attraper, vous ramasserez un bon paquet d'emmerdes. Et de notre côté, nous nierons toute implication. C'est injuste, mais c'est comme ça.

Les deux jeunes avaient acquiescé. Anita avait alors posé son menton sur ses mains pour le regarder droit dans les yeux.

— Combien de temps ça prendra pour l'installer ?

— Une minute sur le PC cible, deux minutes sur le tien, et entre une et cinq minutes pour te montrer comment le programme fonctionne.

— Trente secondes devraient suffire, je suis assez vive.

Arne avait dû la bousculer un peu pour récupérer le contact visuel.

— Comment vous allez entrer ?

— Le plan, c'est de passer par la porte. C'est pour ça qu'on est un couple. Tu ne te souviens pas de ce qu'a dit Kasper ?

Malte avait alors lancé un regard incertain à Arne. Anita avait demandé d'une voix aiguë :

— Tu ne lui as pas dit ?

— Euh, non, enfin, pas vraiment, j'ai pensé qu'il vaudrait mieux que tu le lui dises. Mais, de toute façon, vous avez l'air d'être tout à fait capables de vous débrouiller, donc je vous laisse. J'étais juste là pour faire les présentations. Vous pouvez partager mon Coca, j'y ai pas touché.

Il s'était alors levé et avait rapidement disparu, avant que le regard d'Anita n'ait eu le temps de transpercer son blouson pour le brûler vif.

Malte avait retenté sa chance :

— Un couple ?

— Oui, tu sais, le genre qui se baladent main dans la main et se regardent tendrement. Tu as une copine ?

— Une copine ? Euh, non.

— Parfait, moi non plus. Maintenant on est un couple.
— Ah, bon. OK. Je veux dire, merci…
Elle lui avait souri.

Le gardien les accueillit poliment.
— Salut, Anita. Il est tard, tu as oublié quelque chose ?
— Oui, il faut que j'imprime quelques fichiers. Tu n'aurais pas un vieux badge d'invité pour que mon copain puisse entrer ? S'il doit rester ici dans le froid, je risque de le perdre, et je tiens à lui.
— C'est pas la peine, j'ai rien vu. Allez-y.
Sans se presser, ils se dirigèrent vers l'ascenseur. Pendant qu'ils montaient, Malte demanda :
— Tu n'aimes pas ta chef ?
— Pas le moins du monde. Elle est vraiment… berk macroule.
— Berk macroule ?
— Exactement.
Après un instant, elle ajouta :
— Je suis une sorte de pygmée en matière de renouvellement de la langue. Forcément, en tant que journaliste.
Il hocha la tête, l'air grave. Elle lui mit un coup sur l'épaule.
— C'était une blague, crétin. T'as pas compris ?
— Non, je suis assez lent. Sauf en informatique.
Durant les minutes qui suivirent, Malte s'employa à le démontrer. Peu après, ses programmes étaient installés sur l'ordinateur d'Anni Staal ainsi que sur celui d'Anita.
— C'est fait, regarde. Si tu lances ton navigateur et que tu écris *Garfield* comme URL – pas *www* ou *http* ou n'importe quoi d'autre – juste *Garfield*, le navigateur retransmet l'image de l'écran de l'autre ordinateur. Comme ça, tu peux suivre ce qu'elle fait. Si quelqu'un arrive et que tu veux quitter rapidement, tu appuies sur *espace*. C'est bon ?
— Ça marche, *Garfield* et un espace.
— Voilà. Si tu entres *Garfield/code*, tu pourras voir ses identifiants et mots de passe, mais seulement la prochaine fois qu'elle se connectera. Souviens-toi, c'est slash, pas antislash. Ensuite tu pourras te connecter à sa place. A partir de ton propre PC et en même temps qu'elle, si tu veux. Comme ça tu peux lire ses mails. Ou envoyer des mails à partir de sa boîte.

— *Garfield* slash, pas antislash, et ensuite code. Et je pique ses identifiants.

— Voilà. Si tu veux te connecter à sa place, tu éteins ton PC et tu le redémarres avec cette disquette dans ton lecteur. Tu verras pas de différence, mais ça fait que personne ne pourra voir quel ordinateur tu as utilisé.

— Démarrer à partir de la disquette espion pour me connecter en son nom.

— Oui, et une dernière chose. Si tu fais *Ctrl, Alt, Echap*, mes applis se supprimeront et personne ne saura ce que t'as fait. Mais tu pourras plus les utiliser, bien sûr. Et tu pourras pas revenir en arrière.

— *Ctrl, Alt, Echap*, et je suis blanche comme neige.

— Euh, c'est tout.

— C'était rapide.

Anita Dahlgren descendit du bureau et l'embrassa. En s'attardant.

— Pourquoi tu as fait ça ? Il n'y a personne ici.

— Prudence est mère de sûreté.

Elle lui adressa un sourire affectueux, auquel il répondit par un sourire gêné.

L'horloge de la mairie sonna minuit, et un nouveau jour s'étendit sur la ville.

66

Konrad Simonsen passait l'aspirateur. L'arrangement avec Anni Staal n'aurait pas pu tomber plus mal, vu l'état de sa demeure. La femme de ménage venait un dimanche sur deux, et il se retrouvait donc avec presque deux semaines de crasse et de poussière sur les bras. Dans ce contexte, s'il ne voulait pas passer pour un malpropre aux yeux des quelques milliers de lecteurs de *Dagbladet*, l'aspirateur était son seul recours. L'activité fut brusquement interrompue lorsqu'une chaussette envahit le tube et boucha l'embouchure de l'appareil. Konrad interpréta l'événement comme un signe qu'une force supérieure indiquait que tout cela était exagéré. Il éteignit l'aspirateur. Il n'y avait aucune raison de passer d'un extrême à l'autre et de passer pour un monomaniaque de la propreté.

Peu après, on sonna à la porte. L'homme de l'hôpital attendait derrière.

— Bonjour, monsieur Simonsen. Oui, ça a pris moins de temps que prévu. Votre jeune collègue est talentueux. Avec le bon apprentissage, il finira par devenir vraiment bon, mais vous devriez le laisser finir ses études.

Konrad fit un pas de côté. L'homme entra, mais s'immobilisa dans le couloir sans faire mine d'enlever son manteau. Il fit apparaître une enveloppe.

— Nous avons trouvé quarante et un hommes ayant appelé le standard de l'hôpital principal entre 2002 et 2005 et ayant vécu dans la commune de Trundholm entre 1965 et 1980. En restreignant la liste aux célibataires entre vingt-cinq et quarante ans *n'ayant pas* été admis à l'hôpital, il n'en reste que quatre. L'un d'entre eux a émigré en 2005, on peut certainement l'éliminer aussi. Mais on l'a gardé quand même, parce qu'il habitait dans le même village que vos deux frères décédés. Il est le premier de la liste.

Konrad prit l'enveloppe et le remercia. L'homme reprit :

— J'allais oublier. Votre invitée de *Dagbladet* a été retardée. Un problème avec son photographe. Il a eu une panne de réveil, et elle n'est pas encore partie.

Il présentait son téléphone. Konrad dit :

— Si je comprends bien, votre astuce technique fonctionne.

— Evidemment que ça fonctionne. C'est plus facile que ce qu'on croit, une fois qu'on a le savoir et les accès nécessaires. Et c'est simple à utiliser. Il sonnera chaque fois qu'elle aura un contact téléphonique, peu importe dans quel sens. Il vous suffit de décrocher et vous entendrez la conversation. Ni elle ni son interlocuteur ne pourront vous entendre. Une fois l'appel terminé, ou si vous ne voulez plus écouter, vous n'aurez qu'à raccrocher. En revanche, n'essayez pas de vous en servir comme d'un téléphone normal, ça ne fonctionnera pas.

— Il n'y a aucun risque que vous soyez découvert ?

— Pas de mon côté, et si c'est le cas, ce sera par moi-même. En terme de risques, c'est vous qui êtes le maillon faible. Par conséquent, quand vous aurez terminé, je récupérerai *bibi*.

Konrad eut un petit rire.

— Ça me faciliterait pourtant la tâche d'avoir un engin comme ça au quotidien.

— Ne soyez pas si modeste, pensez plus grand. Pourquoi ne pas nous coller à tous une puce électronique, pour que l'Etat puisse nous surveiller plus facilement ?

A travers l'exagération, ses mots soulignaient le fait qu'ils s'aventuraient sur une pente glissante. Aucun des deux hommes ne commenta plus le sujet.

L'instant suivant, le faux téléphone sonna, et l'homme le tendit à Konrad, qui l'inaugura avec brio. Il écouta la conversation d'Anni Staal, mais un inhabituel sentiment de pudeur lui fit tourner le dos à son invité. L'échange téléphonique fut court. Le photographe avait été remplacé par un autre, plus frais, et la journaliste était en route.

Le début de l'entretien entre Konrad Simonsen et le quotidien *Dagbladet* en la personne d'Anni Staal ne fut pas exempt d'une certaine tension. Le photographe termina rapidement son travail avant de quitter les lieux, et les deux fiers coqs de combat se retrouvèrent seuls et quelque peu embarrassés. Mais il s'avéra rapidement qu'ils avaient de nombreuses affinités – bien que les points de départ en soient différents. Ainsi, ils discutèrent de tout et de rien le premier quart d'heure. L'ambiance tendue s'évapora au profit d'une sorte de bonne humeur mêlée d'un peu de méfiance qui laissait même un peu de place pour quelques sourires.

Peu après, ils en vinrent au travail lui-même. Anni Staal proposa de séparer le dialogue en deux parties.

— On commencera par rassembler des informations pour faire votre portrait. Je pose des questions, vous répondez, et j'écrirai tout ça plus tard. Ensuite, on fera une interview classique à propos de l'affaire de meurtre dont vous avez la charge, où je vous citerai directement et en principe sans rédiger.

Konrad était d'accord, et, durant l'heure qui suivit, ils parlèrent à bâtons rompus de sa vie et de son travail. Les questions d'Anni Staal témoignaient d'une grande connaissance de l'activité de Konrad, et même quand elle s'arrêtait sur des banalités ou des rumeurs, son professionnalisme forçait le respect. Sa maîtrise des détails de l'affaire était également impressionnante. Mais Konrad ne se détendit pas tout à fait : d'une part, il avait son propre objectif secret de la journée à accomplir, et d'autre part il avait constamment l'impression de passer un examen. Ou peut-être était-ce seulement parce que, dans la plupart de ses entretiens professionnels, c'était lui qui menait la danse, qui posait les questions et qui pouvait coincer son interlocuteur à loisir.

Il n'y eut que deux questions qu'il trouva vraiment désagréables.

— Vous faites parfois appel à une parapsychologue. Croyez-vous aux exorcismes et aux *poltergeists* ?

Le sujet sentait le terrain miné, mais il réussit plus ou moins à l'éviter. Il atténua les propos et donna quelques exemples d'aides qu'il avait pu recevoir.

L'autre sujet sensible, qui le fit se pencher en avant sur sa chaise, était sa propre relation avec la presse.

— Dans le milieu du journalisme, vous êtes considéré comme arrogant et peu coopératif. Toujours froid et souvent rude. Pourquoi ?

Au lieu de se lancer dans une longue explication de sa vision de la criminalité, du divertissement, des ventes de journaux et de l'audience, il reconnut honnêtement :

— C'est l'une de mes faiblesses. Je me débrouille certainement mieux dans le rôle d'enquêteur que dans celui de source d'informations.

Ce fut tout ce qu'elle put grignoter.

Soudain, il y eut un épisode qui aurait pu être fatal. Le mobile d'Anni Staal sonna, elle s'excusa et répondit. Au même moment, la sonnerie du faux téléphone retentit, faisant écho à son alter ego. Il s'empressa de l'éteindre. Anni Staal n'avait rien remarqué, et quand elle raccrocha, il revenait de la cuisine où il avait pris le temps de se ressaisir. Il termina la phrase qu'il avait commencée avant l'interruption :

— Comme je le disais, il arrive qu'une enquête bâclée amène a une inculpation et à une condamnation alors qu'une enquête habile n'aboutit pas. On apprend à l'accepter et à oublier que, parfois, le travail est injuste. Et dans quelques minutes il y aura du café chaud.

Anni Staal hocha la tête avec gratitude.

— Ça a l'air tentant. A vrai dire, je devrais faire attention, j'enfile au moins vingt tasses par jour. Eh bien, c'était parfait, je crois que j'ai ce qu'il me faut. Vous voulez ajouter quelque chose ? Quelque chose qui manquerait ?

— Je ne veux pas que vous mentionniez le nom de ma fille, et je préférerais que vous la laissiez en dehors de tout ça.

La journaliste acquiesça, tandis qu'elle tendait la main pour interrompre son magnétophone.

— Considérant l'époque, je dois dire que je vous comprends. Pas de problème, je ne parlerai pas d'elle.

Il saisit un réglisse Piratos dans un bol sur la table et le fit tourner rapidement dans sa bouche. Puis il siffla :

— On peut jamais savoir quel genre de saloperies de pervers se baladent dehors.

— Pardon ?

La réflexion lui avait échappé. Il se racla la gorge.

— Rien, aucune importance. Merci d'épargner ma fille.

— Je vous en prie, même s'il n'y a pas vraiment de raison de me remercier. C'est vous qui tenez le bon bout.

Il rit, l'air plus assuré qu'il ne l'était en vérité.

— Oui, probablement.

— Passons à la seconde étape, c'est-à-dire votre actuelle affaire. Comme je l'ai dit, je propose que ce soit une interview tout à fait classique, avec vos réponses à mes questions. Directement citées.

— Et comme je l'ai dit, je suis d'accord.

— Parfait, nous ne nous disputerons pas là-dessus. Il faut que je change de cassette.

Elle prit une nouvelle bande dans son sac et enleva le plastique qui l'entourait. Habituellement, elle utilisait un dictaphone numérique pour ses interviews, mais changer les cassettes permettait de ménager des pauses naturelles, et c'était exactement ce dont elle avait besoin. Elle annota minutieusement le carton de la bande avant de l'insérer dans le magnétophone. Pendant ce temps, elle expliqua :

— Oui, pour aujourd'hui j'ai dû reprendre mon bon vieux magnéto. Ma merveille technologique de dictaphone numérique grésille comme un vieux vinyle, et les techniciens n'y peuvent rien.

— Je connais ça. La plupart de mes collaborateurs préfèrent les vieux magnétos au dictaphone, trop instable.

Konrad employait le ton de la conversation, comme son interlocutrice, mais il sentait la tension monter en lui. Il se laissa aller dans le canapé en essayant d'avoir l'air détendu. Il avait fait beaucoup de suppositions sur la façon dont elle prendrait les choses en main. Spécialement au sujet du mobile économique du crime qu'on lui avait soufflé, bien sûr. Et que faire si elle n'en parlait pas ? Il avait tenté de mettre fin à ses tribulations mentales, ce qui n'était pas facile. Même si elles tournaient en rond et ne menaient à rien.

Pourtant, c'est peut-être précisément parce qu'il avait tourné et retourné chaque hypothèse un nombre incalculable de fois qu'il réussit à passer au travers de la première question, en apparence innocente. Elle sembla tomber tout à fait par hasard, avant même que l'enregistrement ait repris. Mais quand il y repensa par la suite, il se dit qu'elle avait été posée à dessein. De la même façon, sa réponse ne fut pas sans conséquence.

— Au fond, c'était votre propre idée d'accepter cet entretien avec moi ?

Elle venait de mettre le doigt sur le point le plus illogique du plan de Kasper Planck. S'il était réellement en possession d'informations impliquant l'argent dans le mobile du crime, et que tous les autres – y compris la presse tabloïd, qu'il avait de notoriété publique en horreur – se trompaient, il n'avait aucune raison valable d'améliorer son image auprès du public, spécialement *via* Anni Staal. Au contraire, il vaudrait mieux laisser *Dagbladet* suivre son propre chemin, jusqu'à ce que l'avocat de la police soit en mesure de dresser quelques solides inculpations pour meurtre crapuleux.

Il fit mine de serrer les dents, comme s'il refoulait une certaine amertume.

— Non, pas entièrement.

— Helmer Hammer ?

Il haussa les épaules. Que pouvait-il faire d'autre que de suivre les directives qu'on lui avait données ? Puis il ajouta :

— Si vous me demandez avec le magnéto en marche, je vous répondrai que c'était mon idée. Par contre, les engagements que vous avez pris, c'était mon idée à cent pour cent, même si ça a été validé par mon chef par la suite.

Anni Staal sourit d'un air entendu. Elle aussi avait des chefs auxquels il lui fallait se soumettre. Il se leva, alla chercher le café, et les servit tous les deux avant de se rasseoir. Elle le remercia et lança l'enregistrement.

— Jetons-nous à l'eau. S'il y a des questions que vous ne comprenez pas, dites-le, on en parlera avant que vous ne répondiez.

Il acquiesça.

— Parfait.

— Laissez-moi commencer de façon directe. Est-il exact que le mobile pour les meurtres des pédophiles était l'argent, que c'était tout simplement une histoire de fric ?

Konrad Simonsen renversa la moitié de son café sur ses jambes. C'était très convaincant, mais ça faisait un mal de chien.

67

Arne Pedersen avait des ennuis. Les deux femmes auprès desquelles il s'expliquait manquaient de compréhension. Avec leurs attitudes ironiques et leurs petites remarques sceptiques, elles laissaient entendre que ses explications ne leur plaisaient pas du tout. Leurs petites piques acerbes ne faisaient pas avancer le dialogue. Il insista autant que possible, et personne ne pourrait lui reprocher de ne pas s'efforcer de faire le travail ingrat que son chef lui avait assigné. Il termina en expliquant longuement pourquoi il avait été nécessaire de garder les deux femmes dans l'ignorance pendant plus de vingt-quatre heures, et même plus longtemps encore à propos de certains détails.

Les yeux de la Comtesse brillaient de colère, et il se concentra sur Pauline. Jusqu'à ce qu'elle lui tire la langue. Puis il se concentra sur le plafond. Quand il se tut enfin, il n'y eut pas de réponse. Il espéra pendant une seconde que l'épreuve était terminée, et qu'il pourrait retourner en un seul morceau dans son propre bureau. Mais c'était pur optimisme, sans considération pour la réalité. La voix de la Comtesse sonnait excessivement fatiguée, comme si elle parlait à un enfant :

— C'est Konrad qui t'a envoyé raconter tout ça ? Il en a pas assez pour remplir son propre pantalon ou quoi ? Quand est-ce qu'il arrive ? L'interview ne va pas durer toute la journée quand même.

— Il ne viendra pas, il reste chez lui aujourd'hui. Putain, Pauline, arrête avec ça.

Pauline avait saisi une poignée de trombones qu'elle lançait un par un à intervalles réguliers en visant le visage d'Arne. A cette distance, elle pouvait difficilement rater sa cible, et le dernier projectile avait touché Arne au front. La Comtesse ignora l'interruption.

— Chez lui ? Il est malade ?

— Non, il est juste chez lui. Il a peut-être besoin de réfléchir tranquillement. Laisse tomber ce ton de victime, Konrad sait ce qu'il fait.

— C'est pas le problème. Le problème, c'est que, *nous*, on sait pas ce qu'il fait. Et toi, d'ailleurs ? Tu sais ce qu'il a en tête ?

Arne dut admettre que tout ça l'étonnait aussi.

— Non, je sais pas.

Pauline prit la suite.

— Dis-moi encore pourquoi vous ne nous avez rien dit jusqu'à maintenant, mais épargne-moi toutes ces inquiétudes idiotes. Si vous n'avez pas confiance en nous, suffit de le dire. Pourquoi on n'était pas invités à cette réunion, mardi dernier ?

— C'était pas vraiment une réunion, juste un dîner. Et rien ne dit que notre plan va marcher – bordel, Pauline, arrête –, beaucoup de choses doivent se mettre en place. Et bien sûr qu'on a confiance en vous, vous avez, plus que n'importe qui, fait de l'excellent travail, jusqu'à présent.

— Idiot.

La Comtesse renchérit :

— Attardé.

— Je vais vomir.

— Fais la queue, comme tout le monde.

Arne se tourna vers la Comtesse. Bien que leurs rapports soient de temps à autre un peu tendus, il se sentait mal à l'aise. Avec Pauline, ce serait plus facile, une fois qu'ils se retrouveraient seuls.

— Bon, écoute. C'était pas moi qui voulais vous tenir à l'écart.

— Tu es pitoyable, Arne, laisse tomber. Dis-moi plutôt qui a eu cette idée. C'était Konrad lui-même ? Et qui a trouvé cette élève journaliste ?

— Kasper Planck. Deux fois Kasper Planck.

— J'aurais dû m'en douter. Autre chose, je comprends pas pourquoi Anni Staal te fait confiance.

— Euh… oui, c'est-à-dire… c'est pas facile, mais j'ai une affaire avec elle.

Pauline Berg explosa :

— T'as une affaire avec ce tas de graisse ?

— Non, attends, non, pas ce genre d'affaire. Enfin… bon, autant que je vous explique les choses comme elles sont.

Il raconta comment il avait été choisi par Anni Staal comme source potentielle en raison de son goût pour le jeu, et afficha un air contrit, histoire de soulager l'ambiance. Ça fonctionna. Pauline reposa les trombones dans leur boîte. La Comtesse hocha la tête et revint au sujet :

— Voyons si j'ai bien suivi. Vous avez préalablement implanté l'idée de meurtre… disons crapuleux dans la tête d'Anni Staal. Konrad est contraint de l'avouer dans l'interview d'aujourd'hui. Elle retourne à la rédaction, termine son article, mais, avant de faire encore une fois la une, elle doit avoir un accord écrit. Elle envoie donc une copie de l'article à Konrad, que son élève journaliste file montrer à Erik Mørk. A la suite de quoi vous espérez choper Grimpeur. Comment exactement, ça m'échappe. Et pour pouvoir suivre tout ça, nous avons installé un système d'écoute dans la rédaction du plus grand quotidien du pays. En plus de ça, on exploite illégalement le téléphone d'une journaliste, grâce à un homme serviable et tout à fait inconnu qui a trifouillé sa ligne. Je résume à peu près la situation ?

Arne apprécia moyennement sa vision réaliste des choses, mais elle était dans le vrai.

— Oui, je crois bien. Cette histoire de téléphone n'est venue qu'après. Et Konrad a dit que tu ne serais sûrement pas d'accord.

Elle ignora la remarque, regarda un moment par la fenêtre. Et puis elle stupéfia son auditoire.

— *Damage control*, oui… c'est pas complètement idiot. Et ce groupe d'auto-justice n'aura sûrement pas d'autre alternative qu'une interview du meurtrier pour contrer une telle nouvelle. En tout cas, protection des sources ou pas, ils prendraient un énorme risque.

— Pas plus qu'au moment du meurtre, où ils comptaient sur le fait que l'école serait déserte à cause des vacances. Beaucoup de choses auraient pu déconner à ce moment-là. Et cette histoire de mobile financier, ça va les toucher durement, ça sera destructeur pour leur image. Ils perdront tout soutien, ils vont donc être obligés de tenter quelque chose. Konrad pense que le plan a cinquante pour cent de chances de marcher, mais je pense que c'est plus.

— Et nous alors ? A quel moment on entre dans la danse ?

C'était Pauline, qui termina sa remarque d'une façon plus que théâtrale.

Arne expliqua :

— Quand l'élève journaliste – qui d'ailleurs s'appelle Anita Dahlgren – aura déposé la copie de l'article à la firme d'Erik Mørk, Konrad veut les mettre à l'écart, elle et Malte. On les envoie en week-end à l'hôtel, et tu iras avec eux pour les protéger. Avec quelques autres collègues.

Il définit les détails en ignorant l'expression acide de Pauline. Ensuite, il se tourna vers la Comtesse pour l'instruire, mais elle le stoppa immédiatement.

— Te fatigue pas. Si Konrad veut me faire participer à tout ça, il vient m'en parler en personne. A vrai dire, je devrais refuser, tout simplement. Et d'un autre côté, je suis probablement la seule à pouvoir me dispenser de mon salaire, vu qu'on va tous être suspendus.

Touché. Arne blêmit, comme s'il venait de chiffonner son dernier ticket à gratter. Et ça empira lorsque la Comtesse quitta son propre bureau après un rapide échange de regards avec Pauline. La jeune femme se dressa devant lui. Beaucoup trop près.

— Il y a un truc qu'il faut que tu saches, Arne. Quelque chose que je veux te dire depuis un bon moment.

Il se contenta de hocher la tête.

— Nous deux, en fait, pour toi, c'est juste comme ça, pour rigoler.

— Non, pas du tout. Ne crois pas ça.

Son déni était sincère, et il tendit la main vers elle.

— Arrête et écoute. Tu as tes enfants. Ta femme, ta maison, tes repas à heures fixes.

Encore une fois il hocha la tête, ne sachant que dire. Elle lui prit la tête entre ses mains et le regarda droit dans les yeux.

— A partir de maintenant, c'est moi qui décide. C'est quand *je* veux, *si* je veux. Compris ?

Troisième hochement de tête. Elle l'embrassa sur la bouche avant de le repousser. Puis elle changea brusquement d'attitude, prenant une voix d'écolière vexée :

— J'ai pas envie de jouer à la nounou pour Malte ou cette pseudo-journaliste qui lui a fait tourner la tête. Week-end à l'hôtel, bon Dieu. Pourquoi je peux pas être comme vous autres ? Tu peux pas en parler à Konrad ?

68

Le trajet jusqu'à Ullerløse, à quatre kilomètres au nord-est de Vig dans la région d'Odsherred, dura plus d'une heure, et Konrad savoura la balade. A mesure qu'il avançait vers l'est, le ciel se dégageait, et bientôt la campagne danoise et le soleil se mirent à resplendir, ce qui fit grimper son moral.

L'interview avec Anni Staal avait dépassé toutes ses attentes, et il était convaincu qu'elle retournait à sa rédaction certaine de faire sensation. Elle pensait détenir un scoop qui ferait trembler le pays et referait grimper le tirage de son canard bas de plafond à des hauteurs records. Sous la contrainte, il lui avait confirmé la nature crapuleuse du meurtre avant de la nourrir d'une longue série de détails tous plus faux les uns que les autres, mais réfléchis et impossibles à vérifier. De plus, il lui avait demandé d'arrêter l'enregistrement et l'avait contrainte à reprendre des notes, ce que visiblement elle n'avait pas fait depuis longtemps. Elle ne pourrait rien contre lui à l'avenir. Que l'article suffise à secouer le groupe d'auto-justice et peut-être même à forcer Erik Mørk à pousser Grimpeur dans la lumière restait à voir. L'espoir fait vivre.

Il trouva sans mal le village, en fait un petit regroupement de maisons autour d'une supérette et d'une église. Il ralentit et traversa lentement le hameau pour se faire une idée des lieux. Il n'y avait aucun signe d'activité professionnelle ou artisanale, et, en dehors d'une vieille femme sur un vélo, il ne vit personne. Il fut rapidement de l'autre côté, où il n'y avait que des champs. Il fit donc demi-tour et alla se garer près de la supérette, qu'il supposa être le point de rassemblement du village. Il y fut accueilli par une aimable propriétaire largement en surpoids, qui avait le rire contagieux.

— A propos du passé ici à Ullerløse, vous devriez vous adresser au vieux Severinsen. Et vous devriez lui en apporter quelques-unes de ce genre, ça aide beaucoup sa mémoire.

Elle rit en lui tendant deux bières de garde. Puis elle le suivit hors de la boutique et, toujours en riant, elle montra du doigt la maison de l'homme.

Peu après, il entrait dans le jardin du vieux Severinsen, où il entendit qu'on coupait du bois. C'était un vieillard au corps hâlé et tendineux. Il portait une combinaison de travail usée et sale, plus ou moins verte, et ses fins cheveux blancs voletaient autour de son beau visage ridé. Quand il vit qu'il avait de la visite, il posa sa hache. Un chien d'origine indéfinissable leva rapidement la tête pour fixer Konrad, avant de se rendormir. Après lui avoir cordialement serré la main, le vieil homme le mena à un banc fatigué contre le mur de la maison. Konrad s'assit en craignant le pire. Le banc tint bon, et il ouvrit les bières.

— On dit que vous avez vécu ici longtemps.

— Toute ma vie.

— Je viens de Copenhague, je cherche des informations sur les frères Ditlevsen, Frank et Allan. Vous vous souvenez d'eux ?

Le vieil homme but une gorgée de bière, et Konrad suivit son exemple. L'homme cracha d'une façon éhontée, et Konrad s'empressa de l'imiter, pour une autre raison. La bière avait un goût désastreux.

— Vous ne les aimiez pas ?

— Non, c'étaient de vrais sales gosses. Toujours à traîner plutôt qu'à faire un travail honnête, trichant dès qu'ils pouvaient.

Une expression furtive passa sur son vieux visage.

— Ils sont morts, quelqu'un les a pendus à la capitale. Ils ne valaient pas la corde qui leur a brisé la nuque.

La localisation n'était pas tout à fait exacte, mais Konrad s'abstint de corriger.

— J'ai flanqué une raclée à leur père une fois, quand on était jeunes. Il est mort lui aussi, bien entendu, et ça fait longtemps. Mais ils ne manquent à personne, ici. Des nuisibles, si vous voulez mon avis.

— J'ai quelques noms, j'aimerais savoir s'ils vous disent quelque chose.

— Allez-y.

Il commença par le premier nom de sa courte liste.

— Andreas Linke ?

Le vieux réfléchit un moment.

— *Andreas*, oui, peut-être... j'ai une bonne mémoire pour les années et les visages, mais j'oublie les noms.

— Donc, vous ne le connaissez pas ?

— Peut-être, *Andreas* – ça peut être le fils, enfin le petit-fils, mais Linke je connais, bien sûr. L'Allemand. Oui, on l'a jamais appelé autrement que *l'Allemand*, même si son vrai nom c'était *Linke*. Il a vécu ici longtemps, juste à côté des deux frères, d'ailleurs.

Konrad sentit une lueur de triomphe l'envahir. Ça commença par une intense sensation de légèreté dans son corps, suivie d'une fierté presque déplacée, et culmina en un puissant cri intérieur qui occulta tout le reste en lui. Il tenait Grimpeur !

Il fut pris d'une soudaine envie de faire un petit tour dans le jardin, histoire de savourer le moment présent, mais bien sûr il avait mieux à faire. Il reprit la discussion :

— Ils étaient voisins ?

— Oui, mais les adresses sont différentes. L'Allemand habitait dans l'allée près de l'église. L'allée suit une grande courbe, et les deux dernières maisons sont tout près de la forêt, derrière celle des deux frères, qui, elle, donne sur la grand-route. Maintenant la maison appartient à un citadin, mais il n'est jamais là.

— Vous pouvez me parler de l'Allemand ?

Le vieux acquiesça. Il prit un moment pour se replonger dans le passé, puis se mit à raconter.

— L'Allemand, oui, une longue histoire. Après la guerre, durant l'été 1945, il a emménagé ici avec sa femme. Ils voulaient s'isoler un peu, la dame avait fait quelques expériences, genre rasée de près, vous voyez ? A cette époque, personne ne voulait avoir affaire avec ces gens-là. D'ailleurs, ils sont venus le chercher plus tard. Oui, il n'était pas vraiment allemand, il était de Tønder, enfin de la minorité allemande du sud, mais il avait bel et bien pris le parti de Hitler. Et il avait quelques années à passer à l'ombre, pendant que sa femme accouchait et tout le reste. Ce n'était pas une mère aimante. On entendait beaucoup de choses pas très jolies sur ce qu'il avait fait pendant la guerre. Même si la plupart étaient des rumeurs, sinon il ne s'en serait pas sorti avec trois ans.

— Et sa femme a donc eu un enfant.

— Oui, une fille. Et elle en a eu une autre pendant qu'il était en prison, mais apparemment elle l'a donnée. Oui, c'est honteux, mais d'un autre côté… enfin, c'était pas vraiment facile pour elle, je veux dire de se débrouiller au quotidien. Ils se sont réconciliés à sa sortie en 1949, et ils étaient de nouveau deux à faire marcher le foyer. Il a travaillé dans les fermes du coin comme journalier, comme on disait à l'époque. Il était fort, et, avec le temps, on a pensé de moins en moins à la guerre, et il était très demandé. Mais la fille a grandi. Elle était gentille, d'ailleurs. Elle est partie étudier à Nykøbing, ça devait être en 1960 ou 1961. Mais ça n'a pas duré longtemps, elle est vite revenue. Mais pas toute seule, si vous voyez ce que je veux dire. Oui, oui – elle tenait de sa mère, rebelote pour les deux vieux.

— Elle était enceinte ?

— Tout juste, et elle devait pas avoir beaucoup plus de seize ans. C'est pas que les vieux s'en plaignaient, faut dire qu'ils commençaient à avoir l'habitude. Cette fois, il avait trouvé un travail fixe au garage de Vig, et la mère et la fille avaient un potager, des poules, et tout ça. Ça rapportait un peu. Et ils s'occupaient du gosse. Mais, ensuite, il y a eu l'incendie. C'était en 1964, octobre 1964, je m'en souviens très bien. Une triste histoire.

— Leur maison a brûlé ?

— Exactement. C'était l'électricité, une vieille saloperie, et le feu a pris pendant la nuit. L'Allemand a pu sortir son petit-fils. Les deux autres sont restées dedans.

— Il est donc resté seul avec l'enfant.

— Oui, et une maison détruite. L'assurance a remboursé un peu, mais il a dû reconstruire la plus grande partie seul, même si de temps à autre on filait un coup de main. Et il était devenu bizarre. Comme s'il ne comprenait plus vraiment ce qui se passait. Le front de l'Est, il avait pu y faire face, mais pas l'incendie.

— Le garçon vivait seul avec son grand-père.

— Oui, jusqu'en 1975 ou 1976, et il est mort. L'Allemand, je veux dire. La commune a pris le gosse, mais il était déjà presque adulte. Enfin non, attendez un peu. Il me semble qu'il a été envoyé un moment chez des parents en Allemagne.

Konrad se força à boire une gorgée de sa bière. Le vieux remarqua son manque d'enthousiasme.

— Si vous l'aimez pas, vous pouvez la laisser. Je la donnerai à Klods-Hans, il sait ce qui est bon, lui.

Il fit un signe en direction du chien, qui leva paresseusement les yeux sans faire mine de bouger. Konrad posa la bouteille sur le banc et reprit :

— Si je veux retrouver Andreas Linke dans le registre paroissial, à qui dois-je m'adresser ?

— Retournez voir Super-Katrine. Vous lui avez forcément parlé quand vous avez acheté les bières. Elle est catéchiste remplaçante, sacristaine, jardinière, choriste, et tout un tas d'autres trucs qu'elle a réussi à s'attribuer. Elle vous aidera volontiers, mais faudra attendre qu'elle soit revenue, elle vient d'accompagner le policier à la retraite dans la forêt.

— Le policier à la retraite ?

— Oui, il était là hier aussi. Un type sympa, par ailleurs. Ils viennent de passer devant nous. Pour un inspecteur de la criminelle, vous êtes plutôt lent à la détente, vous les avez pas vus ? Il doit avoir de bons arguments, d'habitude la marche c'est pas sa tasse de thé, à elle.

Le vieux rit, son ton était moqueur mais pas méchant. Puis il ajouta :

— Même au fin fond de la cambrousse on lit les journaux, monsieur Simonsen.

Konrad se leva. L'homme lui expliqua comment se rendre dans la forêt. Le registre paroissial pouvait attendre.

Le chien s'était levé aussi. Il y avait de la bière à la clef.

Dans la forêt d'Ullerløse, Konrad se traînait entre les hêtres. Le terrain grimpait, le sol était humide et couvert de feuilles mortes trempées, qui rendaient la marche difficile. Après quelques pas, il haletait comme un soufflet de forge. Il ralentit le pas. A une courte distance sur sa gauche, il aperçut une silhouette de dos. Il changea de direction et se dirigea droit sur l'autre. Quand il fut à quelques mètres, il se fit remarquer à haute et intelligible voix, pour ne pas effrayer. Kasper Planck se redressa sans se retourner.

— Arrête de hurler, je ne suis pas sourd.

— Non, et d'ailleurs on dirait que ça va beaucoup mieux. Où sont passées ta fatigue et tes douleurs ?

— La douceur de la nature fait du bien aux personnes âgées.

Kasper Planck donna un coup de pied dans une souche et en montra deux autres non loin.

— C'est ici que ça a commencé, ou presque. Frank était le premier, mais c'était dans la grange. Allan, c'était plus tard, et c'était un amateur du grand air. Mais tu dois le savoir, je t'ai vu parler au vieux.

— Apparemment pas assez.

— Non, ça a toujours été ton problème, tu ne te donnes pas assez de temps. Et ça, tu ne l'apprendras jamais.

Konrad ressentit une pointe d'irritation.

— Je suis là, non ?

Kasper ne répondit pas à la question, et se contenta de poursuivre :

— Ils ont été abattus durant l'hiver 1984, et ensuite ils ont été soigneusement débités. Quatre grands hêtres dans leur plus bel âge. Tout le village l'a entendu, mais personne n'a cru bon de prévenir la police, ou les gardes forestiers. On a aussi mis le feu à un appentis, mais ça n'a pas été signalé non plus.

— Ça a dû être terrible pour lui. Ça a duré combien de temps à ton avis ?

— Quatre à six ans. Le grand-père ne pouvait pas vraiment s'occuper de lui. Ils disent qu'il est devenu étrange.

— Ils savaient ? Et personne n'a rien fait ?

C'était une sacrée question. Kasper en savait visiblement plus sur ce qui se passait dans le village, et sur ses petits secrets obscurs.

— Savoir est un grand mot, mais, dans une petite communauté comme ça, on peut pas péter en pleine tempête sans que le voisin se bouche le nez. Ils ont forcément deviné quelque chose. Régulièrement, le pauvre gosse pouvait à peine marcher normalement. Mais il a fallu y mettre quelques bières avant que le vieux n'accepte d'en parler. D'ailleurs, elles sont dégueulasses, non ?

— Oui, absolument horribles. Donc ce pauvre gosse, Grimpeur, il est revenu pour en finir avec son passé ? De façon physique, en quelque sorte.

Konrad montra du doigt les souches autour d'eux.

— Oui, mais c'est étrange, il ne l'a pas fait, si j'en crois le vieux. Il a payé deux autres pour le faire à sa place. Ils avaient une carte de l'endroit où étaient les arbres. Lui-même n'a pas supporté l'idée de revenir.

Konrad regardait vers le ciel, pensif. Puis il dit :

— Qu'est-ce qui t'amène ici ?

— Le meurtre des deux frères était personnel, c'était mon postulat de départ. La réflexion peut mener loin, et brusquement la vérité jaillit. Comme un ange déchu qui se présente à ta porte une nuit et t'ouvre les yeux. Et quand le puzzle est assemblé, beaucoup de choses prennent du sens.

D'après Konrad, ça sonnait un peu pompeux, pour ne pas dire incompréhensible.

— Tu pourrais être un peu plus terre à terre ?

— C'était pour ça que le vendeur de hot-dogs a eu droit à cinq tonnes de hêtre sur la tronche après sa mort. Notre cher Andreas devait se relever avec cet arbre près duquel il était tombé. Et le grand frère s'est balancé au centre de tous les autres, après avoir assisté au départ de ses compagnons de voyage.

— Andreas Linke, tu connais le nom. Tu as regardé le registre paroissial ?

Kasper tapota la poche intérieure de son blouson.

— Super-Katrine m'a donné une photocopie, mais je suppose que tout ton barda électronique t'a craché son nom aussi. Où il habite maintenant ? Tu vas l'interpeller ?

Konrad hésita. Ils prirent le chemin du village. Puis il dit :

— C'est pas si simple. Dans les registres d'état civil, il est indiqué qu'il a émigré il y a un an et demi. Si je le fais rechercher, le public risque de jouer contre moi. Je crois que je vais le garder de côté quelques jours, pour voir si ton idée avec *Dagbladet* porte ses fruits. Si c'est le cas, il me suffira peut-être de le cueillir, tranquillement.

Kasper s'immobilisa et observa son ex-collègue avec méfiance.

— Attention, Konrad. On a tous les deux déjà vu ça avant, et la glace sur laquelle tu marches est fragile. Il ne t'appartient pas, et tes explications ont l'air tirées par les cheveux.

— Juste quelques jours.

Kasper secoua la tête.

— C'est toujours juste pour quelques jours.

— Je *veux* l'avoir. Il ne va pas s'échapper après avoir tué six personnes, et les autres non plus.

— Non, il n'en fera rien.

— Si je n'obtiens pas des aveux avec des infos que lui et nous sommes les seuls à connaître, je risque de me retrouver les mains vides. L'avocat de la police m'a ri au nez quand je lui ai parlé d'inculper Stig Åge Thorsen, et Erik Mørk est loin de courir ce risque.

— Oui, ça va être difficile à gérer au tribunal, mais ces deux-là vont tomber, c'est juste une question de temps. Et tu le sais très bien.

— Grimpeur aussi doit aller en cabane, il ne doit pas s'échapper.

— Evidemment qu'il ne doit pas s'échapper, ce n'est pas ce que je veux dire. Ça ne concerne pas Grimpeur, ça te concerne toi.

Konrad se remplit la bouche de Piratos. Ils marchèrent un moment en silence, puis le vieil homme dit :

— Si j'étais ton chef, je te retirerais l'affaire et je te renverrais chez toi.

Il n'obtint pas de réponse, juste un mouvement de tête.

— Tu n'es pas comme eux, Konrad.

— Non, bien sûr, pourquoi tu dis ça ?

— Arrête avec ces conneries. Tu crois vraiment que tu peux effacer quatorze années de négligence envers Anna Mia en te prenant pour Popeye ?

— Putain, comment tu peux savoir ce que je vais faire ?

— Tu as toujours été comme un livre ouvert pour moi, bien que tu t'imagines le contraire. Mais peu importe. Le plus important, c'est que tu comprennes que tu n'es pas comme eux. C'est aussi simple que ça. Penses-y.

Konrad s'arrêta, cracha les réglisses à moitié mâchonnés dans le sous-bois. Puis il se tourna vers son ancien chef et secoua encore une fois la tête. Que pouvait-il savoir de ce que signifiait être père, lui qui n'avait pas d'enfant ?

Kasper changea de sujet.

— Comment s'est passée l'interview ?

— Au-delà de toutes nos espérances. Anni Staal a tout gobé, et Anita a déjà été chercher la copie de l'article chez moi. Elle se rendra à l'entreprise d'Erik Mørk dans la soirée.

En plein pendant leur prétendue interview en ligne de Stig Åge Thorsen. J'attends de voir ça, ça va jeter un sacré pavé dans la mare.

— Fais attention à elle, n'oublie pas que ce sont des meurtriers.

— On la couvre tellement que même un moustique pourrait rien contre elle, jusqu'à ce qu'elle retourne à *Dagbladet*, et dès qu'elle a fini là-bas on l'expédie en week-end avec Malte Borup, aux frais du contribuable. J'ai trois agents pour les surveiller. Pauline y sera aussi, mais elle c'est plus pour la tenir à l'écart. Il n'y a aucune raison qu'elle joue sa carrière elle aussi.

Kasper Planck acquiesça, satisfait, et demanda :

— Tu crois que c'est un hasard si Andreas Grimpeur Linke – ou quel que soit le nom qu'on lui donne – passe sa vie à couper des arbres ?

— C'est le cas ?

— Oui, il a fait ses études dans une école du bois en Allemagne. C'est Super-Katrine qui me l'a dit, elle l'a rencontré une fois à Odense.

— Je suis pas psy.

— Qu'est-ce que ça veut dire ? Il me semble que je t'ai alloué une série de cours en criminalité et psychologie, une fois. Tu as bien dû apprendre quelque chose, ou est-ce que c'était de l'argent jeté par les fenêtres ?

Kasper Planck rit exagérément de sa propre blague et refusa toute aide pour passer le fossé qui séparait la forêt de la route vers le village.

Konrad n'avait pas envie de rire.

69

A Rødovre, près de Copenhague, dans l'entreprise d'Erik Mørk, Stig Åge Thorsen sentait son humeur empirer. Comme prévu, il était arrivé trois heures avant le début de l'interview. Mais après une fastidieuse visite guidée, dont il ne retiendrait rien, au milieu d'une foule d'inconnus, il fut parqué dans une salle de conférences. Là, le flot d'informations inutiles fut remplacé par une longue attente passive. Un parfum d'ambiance super branché saturait le local, et il se sentit mal. Son irritation grandissait.

Un moment s'écoula avant que son ami ne se montre enfin. Il apportait un plat avec six sandwiches et semblait pressé.

— Pardon, Stig Åge, désolé de t'avoir fait attendre. Mais il est arrivé quelque chose.

Stig Åge Thorsen marmonna de façon incompréhensible et se força à afficher un sourire poli. Erik Mørk s'assit et attrapa un sandwich au hasard. Il ne ressemblait pas à un homme qui maîtrisait la situation.

— Peut-être que tu devrais te calmer un peu, Erik.

Erik Mørk desserra sa cravate et tenta de suivre le conseil.

— Tu as raison, tout ça est tellement intense. J'ai jamais autant travaillé. Mais tu n'as pas suivi les médias hier et aujourd'hui ?

— Si tu parles de la lycéenne, là, elle était très convaincante. J'ai failli en chialer.

— Elle a été utile, aucun doute là-dessus, mais c'est sur toi que je me suis concentré. Tout le monde attend ton interview. Cinq chaînes de télé locales vont la diffuser en direct, enfin depuis leurs écrans d'ordinateur. Si on peut vraiment appeler ça du direct. Avec des commentaires du studio, si tu vois ce que je veux dire. C'est l'une des choses sur lesquelles on a le plus travaillé ces jours-ci.

— Qu'est-ce qui va se passer, après l'interview ?

Erik Mørk eut l'air surpris.

— Après l'interview ? Eh bien, il y aura une manifestation devant le Parlement et en divers endroits du pays, demain. Au beau milieu de ton émission, on balance à la tête des spectateurs un écran avec nos revendications, notre slogan et bien sûr les heures et les lieux de rendez-vous. C'est bien là l'essentiel. On utilise l'intérêt médiatique des gens pour toi pour lancer la mobilisation et s'assurer une bonne propagation de nos idées. Demain, on enchaîne avec des annonces en pleine page dans tous les grands quotidiens. Avec notre lycéenne d'ailleurs, pour capter l'attention. Je te montrerai une maquette tout à l'heure. Si tu veux mon avis, elle est très réussie.

— Euh, attends une seconde. Nos revendications…

Mais Erik Mørk était difficile à arrêter. Trop peu de sommeil et trop d'adrénaline avaient laissé des traces.

— On a mené des campagnes de lobbying massives auprès d'une centaine de membres du Parlement, ça transpire et ça bout dans les partis. Mon dernier rapport sur la situation politique dit qu'ils parlent maintenant ouvertement du dossier pédophile. La presse électorale, le désir obscène de Thor Gran, la violence et notre lycéenne, tout ça a préparé le terrain. D'ailleurs, sais-tu ce qu'est un *demi-USA* ?

— Pas la moindre idée, mais je sais que tu marches sur des…

— Des peines moitié aussi lourdes que celles des Etats-Unis, ce qui représenterait déjà ici une bonne évolution. Et le soutien dont on bénéficie sur Internet est tout simplement fantastique. Si j'envoie quelques mails en demandant cinq cents pâtisseries orange fluo pour une rencontre citoyenne à Thisted, en moins d'une…

Stig Åge Thorsen frappa un grand coup sur la table du plat de sa main.

— Maintenant tu arrêtes, Erik. Et tu écoutes, pour une fois.

Erik Mørk se tut. Et écouta.

— Premièrement, qu'est-ce que tu veux dire par nos revendications ? Il me semble que, dans le groupe, on s'était mis d'accord sur nos revendications des mois à l'avance. Ne me dis pas que tu les as changées.

— Non, juste un peu rationalisées.

— Je t'écoute.

— Elles concernent trois domaines. Le juridique, où on réclame des peines plus sévères et la suppression de la prescription. La prévention, où on demande des fonds pour des aides communales et des stages pour les instituteurs et tous les éducateurs. Et enfin, si le mal est fait, on exige une aide psychologique gratuite.

Stig Åge Thorsen approuva. C'était dans les grandes lignes ce qu'ils avaient décidé.

— Tu as parlé de slogan, quel slogan ?

— *Moins de violence, plus de lois.* C'est le seul slogan pour demain, il n'y aura pas de discours ni d'activité. L'idée, c'est que tout le monde reste sur la place jusqu'à ce que les politiques accouchent de quelque chose. Dans le silence et la dignité.

— Très bien, tu sembles revenu à ton état normal, tant mieux. Il ne te reste plus qu'à me briefer sur l'interview, calmement.

— On a fait venir une consultante en médias. Elle te lira les questions, tu répondras oralement, et elle écrira les réponses pour ceux qui sont connectés. Ça ira plus vite que si tu dois écrire toi-même. Les gens dont on sélectionnera les questions auront en principe aussi le droit de développer un peu, de demander des précisions. Ça prendra la forme d'un petit dialogue, mais c'est la consultante et toi qui garderez la main. En gros, ça fonctionne un peu comme quand un auditeur appelle à la radio. Un petit filtrage en plus.

— Ça a l'air très simple.

— Ça l'est, et, bien entendu, tu décides toi-même de ce à quoi tu veux répondre. Mais la consultante t'aidera autant qu'elle le pourra, et elle te dira aussi si elle pense que tu te plantes.

— Très bien.

— Je serai la seule autre personne dans la pièce, mais je ne me mêlerai de rien. Je ferai simplement office de soutien. Il y a autre chose que tu voudrais approfondir ?

— Non, c'était très… pédagogique.

Erik Mørk sourit.

— Tu veux que j'aille chercher la maquette de notre annonce ?

— Oui, s'il te plaît.

Il se leva et passa la porte. Stig Åge Thorsen était de nouveau seul.

Quelques heures plus tard, l'interview en ligne commençait. Stig Åge Thorsen était un peu nerveux lors des premières questions, mais la consultante et lui parvinrent bientôt à un certain équilibre. De temps à autre, Erik Mørk les informait du nombre de personnes suivant l'interview. Sa voix était triomphante, ils étaient plus de deux cent quatre-vingt mille. La consultante lisait sur son écran :

— Suite : *Approuvez-vous le fait qu'il ait assassiné cinq personnes ?* Proposition : *Approuvez-vous le fait qu'il ait éliminé cinq pédophiles ?*

Stig Åge Thorsen acquiesça :

— Oui, j'approuve.

— Proposition : *J'approuve son combat contre les pédophiles.*

— Oui, c'est bien.

La consultante pianota rapidement sur son clavier. Soudain, la porte du local s'ouvrit violemment ; tous trois se retournèrent. Une poignée de collaborateurs envahirent la pièce. Une porte-parole montra Erik Mørk du doigt, sans rien faire pour masquer le sérieux de la situation.

— Erik, il faut que tu viennes. On a de gros problèmes.

Erik Mørk la suivit. Persuadé que la police venait le chercher. On le mena dans son propre bureau, où une jeune fille attendait. Sa collègue la lui présenta :

— Anita Dahlgren, elle est élève journaliste à *Dagbladet.* Lis ça.

On lui fourra une liasse de photocopies dans les mains, avec le logo du journal en haut de chaque page. Il se mit à lire. Au bout des deux premiers paragraphes, il commença à transpirer et dut s'asseoir. Quand il eut terminé, il continua de fixer le texte, le temps de rassembler ses pensées. Ainsi, quand il leva les yeux et buta sur les regards accusateurs des personnes présentes, il ne se retrouva pas entièrement démuni. Il prit les choses en main et se tourna vers la jeune femme.

— Comment t'as eu ces papiers ? Et pourquoi tu me les apportes ?

Anita Dahlgren parla de sa sympathie envers sa cause. Et elle expliqua comment Anni Staal avait obtenu une interview inattendue de l'inspecteur en chef de la criminelle, Konrad Simonsen.

— Si tu nous en informes, c'est probablement que tu ne crois pas au contenu ?

— Je suis venue pour gueuler. Quand j'ai entendu parler de l'interview, je ne savais rien de son sujet, bien sûr. Anni Staal l'a gardée pour elle. Mais je me suis dit que si je pouvais… m'assurer que vous la voyiez à l'avance, ça pourrait vous aider. Dès que j'en ai eu l'occasion, j'ai fait une photocopie. Mais quand je l'ai lue… oui, j'étais en colère, et je le suis encore maintenant. En venant ici, j'ai pensé à tout un tas de choses que je pourrais hurler, mais, bon, je me suis abstenue. Enfin, quand j'ai vu l'endroit… je sais pas, c'est difficile de hurler ici, mais j'aurais aimé pouvoir le faire.

La porte-parole la soutint.

— C'est gentil de ta part d'être venue, et je comprends ta colère. Moi aussi, je suis en colère.

Erik Mørk n'essaya même pas de discréditer la jeune femme. Une gamine aussi naïve que banale, mais malheureusement extrêmement crédible.

— Quand est-ce que ce sera publié ?

— Aucune idée, demain ou dans l'édition du week-end, j'imagine. Mais j'espère sincèrement qu'il y a une explication raisonnable. Sinon, c'est clair que je ne vous soutiendrai plus.

La porte-parole enchaîna en lançant un regard dur à Erik Mørk.

— J'espère la même chose. Je ne sais pas à quel wagon tu t'es accroché, mais si tout ça est vrai, moi je descends immédiatement.

Il l'ignora, se concentrant sur l'élève journaliste.

— Tu as le numéro de téléphone privé d'Anni Staal ?

La réponse fut hésitante, mais Anita jubilait intérieurement.

— Je sais pas trop… oui, bien sûr que je l'ai, c'est juste que… si vous lui dites que j'ai…

— Je ne lui dirai rien, bien entendu. Sous aucun prétexte. Mais la police lui a raconté un énorme bobard, il est à la fois dans mon intérêt et dans le sien de rectifier ça.

Le scepticisme de ses collaborateurs ne s'en trouva que partiellement atténué. Il continua, en s'efforçant d'être aussi convaincant que possible.

— C'est complètement faux, ni plus ni moins.

— Pourquoi la police mentirait ? Ça n'a aucun sens, dit la porte-parole.

— Si, bien au contraire. Ils veulent que la population les aide, et dès que cette pure invention sera publiée, je vous garantis qu'ils lanceront quelques avis de recherche.

Il pointa son doigt vers elle.

— Tu es libre de tirer tes propres conclusions. Tu as été d'une aide extrêmement précieuse, mais si tu ne me soutiens pas à cent pour cent, il vaut mieux que tu rentres chez toi. J'ai besoin de toi, plus que jamais, mais pas à contrecœur.

La femme ne cacha pas qu'elle réfléchissait sérieusement à la proposition. Le sang d'Erik Mørk cognait dur contre ses tempes tandis qu'il attendait. Pas spécialement à cause de la femme, elle n'avait aucune importance. Mais elle pouvait être la première pierre qui provoquerait l'éboulement. Après ce qui lui sembla une éternité, elle se décida enfin.

— Si ce truc est publié, je m'en vais. Il y a d'autres choses que je n'apprécie pas vraiment, ces derniers temps. Des gens qui se font tabasser, entre autres. Mais ça…

Elle pointa les photocopies du doigt.

— Je ne peux pas vivre avec ça.

Plusieurs autres signifièrent qu'ils étaient d'accord avec elle. La marge de manœuvre d'Erik Mørk se réduisait, mais, avec toute l'assurance qu'il put rassembler, il affirma :

— Ce ne sera pas publié.

Cette promesse ne serait pas simple à tenir, comme il devait l'admettre quelques heures plus tard.

Dans le bar du restaurant Andrikken, au centre de Copenhague, la méfiance d'Anni Staal était palpable.

— Que vous connaissiez le nom *Chelsea* ne m'impressionne pas du tout. Vous auriez pu obtenir cette information de trente-six façons différentes. Ça ne prouve pas pour autant que c'est vous qui m'avez envoyé ces films. Et vos prétendus extraits supprimés ne suffiront pas à me convaincre.

Elle brandissait la clef USB qu'il lui avait donnée.

— De même, l'un de vos soutiens aurait très bien pu vous les faire parvenir. Mais je vais quand même regarder tout ça. En revanche, je dois être honnête, vos élucubrations sur un complot policier, j'y crois autant qu'au père Noël. Au fond, Erik, je n'ai pas confiance en vous. Peut-être qu'on vous a vous-même trompé, peut-être que vous mentez, qui sait ? Je n'ai pas encore complètement cerné votre rôle dans tout ce foutoir. Ce que je sais, c'est que vous ne m'avez pas convaincue de ne pas publier mon article.

Anni Staal savourait la situation. Il était évident qu'elle avait tous les atouts en main, et tout aussi évident que l'homme ne connaissait rien de la clause particulière de Konrad Simonsen. Peut-être que cela pouvait amener un profit supplémentaire, si tant est qu'il eût autre chose à offrir.

— J'ai beaucoup de travail. L'heure du bouclage approche, et, de toute façon, ça ne sert à rien de rester là à perdre notre temps. Autant agir. Commencez par me raconter comment vous avez eu cette copie de mon interview. J'aimerais bien le savoir.

Erik Mørk avait exactement l'air d'être ce qu'il était, à savoir un homme sous haute pression. S'il ne balança pas Anita Dahlgren, ce fut tout simplement parce qu'il avait oublié son nom. En revanche, il se souvenait parfaitement du nom de la secrétaire de *Dagbladet* qui avait appelé peu après pour dire exactement la même chose. Mais elle n'avait pas l'interview en elle-même. Anni Staal nota le nom.

— Voyez-vous ça... Bon, le prochain et dernier point est celui-ci : qu'avez-vous à me proposer ? Vous dites que je me suis fait avoir, mais vous n'avez aucune preuve. Moi, j'ai plusieurs confirmations venant de différentes sources. Mettez-vous à ma place. Vous avez quelque chose, ou vous n'avez rien ? Pour faire simple, Erik, accouchez ou dégagez.

Au fond, il avait toujours su comment cela se terminerait.

— Si je vous arrange une interview avec l'homme qui a réalisé les exécutions, vous voudrez bien repousser la publication de l'interview avec l'inspecteur en chef ? Jusqu'à ce que vous ayez entendu ce qu'il a à dire ? Lui aussi, il sait où est passé cet argent, et il n'attend qu'une chose, c'est de le prouver.

— Une interview avec le meurtrier lui-même, ce n'est pas rien.

Il ne répondit pas. Et n'envisagea même pas qu'elle puisse avoir peur.

— Une journée, je vous donne une journée. Je veux un arrangement dans la soirée, l'interview demain matin. Si je n'ai rien, et que l'heure du bouclage est passée, la nouvelle des meurtres crapuleux atterrit direct sur notre site Internet. Encore une chose. Le bourreau doit me contacter en personne, et j'ai l'intention de vérifier si c'est bien lui. C'est compris ?

Il avait compris. Le barman leur apporta des boissons qu'ils n'avaient pas commandées. C'était un cadeau d'un client qui avait reconnu la journaliste. Anni Staal but une gorgée et leva son verre en direction d'un vieil homme chauve à l'autre bout du comptoir. Celui-ci esquissa un sourire en retour. Erik Mørk leva également son verre, bêtement. Puis il dit :

— Il ne vous parlera que s'il n'y a pas de policiers.

— Sans déconner. Oui, c'est souvent comme ça avec les meurtriers. J'attends de ses nouvelles, Erik, disons à 11 heures sur mon mobile.

Elle engloutit son nouveau verre et rangea ses cigarettes dans son sac, avant de glisser avec une élégance surprenante en bas de sa chaise. En sortant, elle gratifia le philanthrope chauve d'un baiser claquant sur le front. Son rouge à lèvres y laissa une trace. Erik Mørk trouva cela grotesque, mais l'homme rit à gorge déployée. Il avait l'air d'un cochon.

70

Sur la route du retour, Konrad Simonsen convoqua toute son équipe à une réunion nocturne dans son propre appartement. Tous sauf Poul Troulsen, qui prétendait être au plus mal et ne plus espérer de salut que dans une mort rapide. Sa femme, elle, avait diagnostiqué une petite fatigue passagère. Konrad partait donc du principe que la vérité se situait quelque part entre les deux. Mais, quoi qu'il en soit, il dut se passer de lui. Les autres promirent de venir à 10 heures. Pauline fut la seule à protester, et Konrad dut la remettre à sa place :

— Ça ne souffre pas de discussion, Pauline. Tu iras chercher Anita Dahlgren à 11 heures à *Dagbladet*, et tu la conduiras à l'auberge de Søllerød. En chemin, vous récupérerez Malte au QG, et vous resterez là-bas jusqu'à ce que je vous rappelle. Tu y vas pour les surveiller, et c'est un ordre.

Fait incroyable, Pauline restait toujours aussi obstinée, et Konrad dut serrer la vis :

— Tu auras le droit de participer à la réunion, tout du moins au début. Et je promets de t'informer en cours de route, mais c'est comme ça, accepte-le.

Kasper Planck, qui était assis sur le siège du passager, lui prit le téléphone des mains et dit tranquillement :

— Salut, Pauline. Il faut que tu fasses ce que Konrad te demande, c'est important.

Peu après, il raccrocha. Konrad commenta :

— Comment t'as fait ça ? Elle était complètement hystérique.

— Il faut leur parler lentement et avec un message clair, et elles se calment. Ça marche pour toutes les femmes.

Konrad cogita sur la question pendant tout le reste du trajet vers Copenhague.

A l'arrivée, il sortit l'échiquier, mais le vieil homme était exténué. Et, cette fois, la fatigue n'était pas fictive. Konrad se racla la gorge deux ou trois fois quand son adversaire prenait un temps déraisonnablement long pour réfléchir sur un coup *a priori* facile, sans résultat. Les blancs pouvaient se racler la gorge autant qu'ils voulaient, les noirs s'endormaient. Konrad traîna le vieil homme jusqu'à son propre lit et le libéra de ses chaussures, légèrement déçu quant au développement de la partie, vu qu'il s'estimait en position de force. Mais l'interruption fut finalement profitable, car peu après la Comtesse sonnait à la porte. Avec une heure et demie d'avance et un air plutôt maussade.

Elle avait à peine suspendu son manteau qu'elle commençait à lui souffler dans les bronches.

— Je me sens trahie, Konrad, trahie et sous-estimée. Et ça m'attriste d'autant plus quand je pense à notre soirée de lundi. C'était très agréable, mais vu ton désir de partager ce que tu savais, j'ai fini par croire que, tout ça, c'était du pipeau. Et tu pourras dire autant que tu veux qu'il ne faut pas mélanger travail et vie privée, mais tu fais toi-même, plus que n'importe qui, exactement l'inverse, et tu me tiens à l'écart de...

Elle continua bille en tête dans la même veine pendant un bon moment. Konrad essaya plusieurs fois d'appliquer le conseil de Kasper Planck, mais ça n'eut pas plus d'effet qu'une tisane contre la syphilis. A la fin, il se borna à lui donner raison en priant pour qu'elle tombe à court de munitions. Ce qui finit par arriver, mais d'une façon plutôt désagréable.

— Je me suis longuement demandé si je voulais ne serait-ce que participer à cette histoire. Risquer job et carrière sur une idée qui est aussi illégale que privée. Maintenant, la question c'est : pourquoi je t'aiderais, Konrad, quand toi-même tu ne t'aides pas ?

Il ne comprit pas tout de suite. Elle étrangla toutes ses objections.

— J'ai eu plusieurs fois Anna Mia au téléphone. Elle n'a pas la moindre idée de ce qui se passe, et elle est profondément inquiète. Ce que je comprends tout à fait. Elle t'aime, et peut-être bien que moi aussi, je crois. Voici donc mes conditions. Je suis avec toi et Arne sur ce coup-là, où que ça mène. Mais tu jures à haute et intelligible voix : un, de prendre scrupuleusement ton traitement contre le diabète. Deux, d'aller voir un diététicien, et de suivre exactement les instructions qu'il te donnera. Trois, d'arrêter de fumer. Maintenant le choix t'appartient, Konrad, mais ne t'avise pas de me dire que ta vie privée ne me regarde pas. Tu as ouvert le sachet, maintenant tu manges les bonbons.

C'était beaucoup en une seule fois, même pour un homme endurci comme lui. Il se dit que l'amour rendait peut-être bien aveugle, mais certainement pas muet. En tout cas pas en ce qui la concernait, même s'il fallait creuser pour trouver une once de romantisme dans ses revendications numérotées. Konrad Simonsen cilla, et choisit la fuite. Ou essaya, du moins.

— Kasper et moi, on a trouvé l'identité de Grimpeur, aujourd'hui. Il s'appelle Andreas Linke. Mais on ne sait pas où il est, donc on est obligés de voir si on peut l'appâter. Exactement comme avant qu'on trouve son nom.

La Comtesse était réellement surprise.

— Vous l'avez trouvé ? Pourquoi tu ne l'as pas dit avant ? Vous étiez où ?

La voix de l'ancien chef de la Crim se fit entendre depuis la chambre, impossible à ignorer.

— Il sème des petits cailloux pour s'échapper, comme le Petit Poucet. Mais lui, c'est des pierres précieuses.

Konrad lança un regard stupéfait en direction de la voix. Il pensait que le vieux dormait. Puis il vrilla sa tempe d'un doigt, pour indiquer à la Comtesse que son prédécesseur était mentalement instable. Ce fut peu utile, car la réflexion suivante de Kasper Planck ne se perdit pas dans le brouillard de la mythologie.

— Et maintenant il se tire. Alors accroche-toi à lui, bonne femme !

Konrad écarta les bras, irrité. Il hurla en retour.

— Parle mieux. C'est fini le temps où on se parlait comme ça.

Il lança un regard désolé à la Comtesse, mais trois fois c'était trop.

— Je t'ai posé une question, Konrad. Merci de me donner une réponse.

Quelques heures plus tard, Kasper Planck, Arne Pedersen, Pauline Berg et la Comtesse étaient rassemblés dans le salon de Konrad, pendant que leur hôte fumait une cigarette à la porte-fenêtre. Arne gardait une ligne téléphonique ouverte pour Anita Dahlgren, qui se trouvait à la rédaction de *Dagbladet*. Il transmettait pour les autres :

— Elle a un micro-casque sur la tête, et peut parler à peu près librement. Son ordinateur est programmé pour retransmettre l'écran de celui d'Anni Staal. Mais pour l'instant le résultat est plutôt sombre, Anni Staal n'est pas encore là. Elle est inquiète, parce que les lieux se vident. La plupart des gens rentrent chez eux.

Konrad jeta son mégot et ferma la porte. Puis il déclara :

— Anni Staal est en route vers *Dagbladet*, Erik Mørk vient de l'appeler. Il a dit qu'elle serait contactée d'ici une demi-heure. Vous pouvez commencer à croiser les doigts.

Personne ne dit rien pendant un moment, tous attendaient avec impatience. Jusqu'à ce que la Comtesse interrompe la pause :

— J'ai une bonne nouvelle. Konrad arrête de fumer à partir de lundi.

Les autres hochèrent la tête avec admiration, sauf Kasper Planck, qui hennit doucement.

Un instant plus tard, les choses prirent forme. Arne transmit :

— Anni Staal est arrivée.

Un moment s'écoula avant qu'il ne reprenne. Les autres étaient sur des charbons ardents.

— Elle a allumé son ordinateur, et elle branche une clef USB au… une seconde, elle lance peut-être un film, Anita n'est pas sûre ; si, c'est sûr, ce sont les pendaisons. Anita n'a pas de son, mais l'homme du film pleure, elle pense que c'est Thor Gren. Enfin, *Gran*. C'est écœurant, vraiment écœurant, d'après Anita. Anni Staal arrête le film. Elle appelle à partir de son téléphone fixe.

Il fit une petite pause.

— On dirait qu'elle n'obtient pas la communication.

Soudain, il hurla :

— Bordel, Anita, raccroche, je te rappelle !

Puis il interrompit l'appel pour en prendre un autre, qui lui avait été signalé par le bip de double appel. Les autres furent impressionnés par sa réactivité. Il se mit à hurler.

— Qu'est-ce que c'est que cette histoire, Anni, vous pouvez pas vous enfoncer dans le crâne que vous ne devez pas m'appeler ? Vous avez promis que ça n'arriverait plus. C'est quoi, votre excuse, cette fois ?

Il écouta, avant de répondre.

— Je ne *crois* plus, j'en suis sûr maintenant, mais si vous en doutez, trouvez-vous une autre source.

Il écouta un moment encore avant de répondre :

— Non, c'est correct, l'ordre dans les films était différent. Jens Allan Karlsen a été le premier à mourir, c'était le plus proche à gauche, et le dernier c'était Frank Ditlevsen, au milieu. Dites-moi, pourquoi vous voulez savoir tout ça ?

Encore une pause, puis il termina :

— Oui, faites ça, et vous pouvez ajouter mille couronnes à mes émoluments. Et ne me contactez plus.

Il coupa la liaison et rappela immédiatement Anita. La communication reprit comme avant.

Rien ne se passa au cours des vingt minutes suivantes, en dehors du départ de Pauline, sans protestation. A *Dagbladet*, Anni Staal écrivait un mail sur la façon dont son interview avec Konrad Simonsen s'était faufilée vers l'extérieur. Elle soupçonnait une certaine secrétaire.

Enfin, quelque chose se produisit. Arne transmit :

— Son téléphone sonne.

Au même moment, le téléphone espion sonna. Konrad décrocha et écouta. A un moment, il nota quelque chose sur un papier, et quand il coupa le mobile, tout le monde le fixait intensément.

— Il a passé son petit test sur l'ordre des victimes, et ils doivent se rencontrer demain.

Des exclamations de joie répondirent au message. Même Kasper Planck leva ses mains jointes en signe de victoire.

— La pâtisserie *La Brioche Royale* dans la grand-rue de Hindstrup, à huit kilomètres de Middelfart. Midi précis.

La Comtesse posa sa main sur le bras de Konrad et serra légèrement. Puis elle demanda :

— Il lui a donné un nom ?

Konrad ronronnait comme un chat affamé.

— Il l'a fait, oui, il l'a fait. Il a dit qu'elle pouvait l'appeler Grimpeur.

71

Le château de Stenholm datait du milieu du XVIe siècle. La baronne feudataire Lydike Rantzau l'avait fait construire dans le style Renaissance. En ce temps-là, le souvenir de la révolte du capitaine Clement et de son armée de gueux qui maltraitaient les baronnies était encore vif dans l'esprit des gens. C'est pourquoi le nouveau foyer de la baronne fut aménagé de manière à faire face à une populace belliqueuse – ramassé sur lui-même, inaccessible, avec une épaisse double enceinte, d'innombrables meurtrières et mâchicoulis, entouré de douves avec un seul pont-levis. La plus belle partie du domaine tenait sans aucun doute dans ses rhododendrons en mai, et dans son parc, qui conservait un style anglais avec ses sentiers alambiqués et ses petits ponts inutiles sur de minuscules mares artificielles. Ce parc s'étirait jusqu'au fjord de Gamborg et continuait vers les plantations de sapins de Hind.

En contrebas du château, la petite ville de Hindstrup proposait un parfait port de plaisance, quelques modestes manufactures, et une place rallongée de quelques rues piétonnes où une poignée de boutiques luttaient pour survivre. On n'aurait pas pu aller jusqu'à qualifier la ville de dynamique, mais les habitants se débrouillaient, et, bien que la plupart d'entre eux gagnent leur vie à Middelfart ou Odense, la bourgade était loin d'être morte. En tout premier lieu parce que le prix de l'immobilier y était abordable et le tourisme florissant pendant l'été.

A Hindstrup, Konrad Simonsen ajouta *entrée par effraction dans une propriété privée* aux péchés considérables qu'il avait accumulés ces derniers jours. Il est vrai qu'il n'envahissait qu'un abri à bois, et que la villa attenante était en vente, mais il n'avait aucune couverture légale pour s'y trouver. En revanche, l'endroit était parfait.

Il était arrivé de nuit et avait commencé par inspecter l'avenue principale. Une blanche lune d'automne lui donnait une visibilité correcte. En face de la pâtisserie *La Brioche Royale*, il y avait une bibliothèque, où un panneau indiquait l'ouverture à 8 heures le lendemain. Il avait contacté la Comtesse et expliqué la situation. Elle avait confirmé d'une voix avide de sommeil. Peu après, il trouvait l'abri dans une rue attenante. Il n'était pas fermé et rempli de bois de chauffage, réparti en bûches irrégulières dans un empilage de sacs de nylon ajourés qui couvrait un mur entier. Deux des murs seulement étaient en dur, les deux n'étaient composés que de voliges horizontales séparées par de larges espaces, pour que le bois puisse sécher au vent. Il se fraya un chemin à travers le bois en déplaçant les sacs les uns après les autres. Quand une partie du mur fut libérée, il constata que c'était exactement l'endroit dont il avait besoin.

A droite, il avait une bonne vue sur la pâtisserie, et plus loin, en haut de la colline, il distinguait la silhouette du château. La forêt au bout du parc s'étendait un peu plus à gauche, et, même à l'œil nu, il pouvait voir la plus grande partie de la lisière à la clarté de la lune. Ça ne pouvait être mieux. Il alla récupérer des couvertures et son sac de voyage dans sa voiture. Il s'installa aussi confortablement que possible sur le tas de bois et régla le réveil qu'il avait apporté. Juste avant de fermer les yeux, il lança un dernier regard vers la forêt, et dit :

— Bonne nuit, Grimpeur, demain je serai là pour te cueillir.

Et il s'endormit.

Cinq heures plus tard, le réveil sonna. Konrad commença la journée comme il l'avait terminée la veille, en regardant à travers les planches vers la forêt et le château. Dans le noir, la différence de hauteur lui avait semblé plus importante. Mais la scène n'était pas si différente de celle qu'il avait imaginée la veille chez lui, quand la Comtesse avait bricolé une excellente carte de Hindstrup et de ses environs, à l'aide d'une paire de ciseaux, de scotch et d'impressions d'Internet. Ils l'avaient installée sur la table et l'avaient étudiée aussi intensément qu'un plan de bataille avant une offensive. Après un moment, Arne s'était essayé à systématiser, frappant du plat de la main différentes zones :

— OK, ville, château, parc qui va vers la forêt, fjord et plantation. La forêt et le château sont en hauteur, la ville en contrebas. Si on s'imagine qu'on est Grimpeur. Où est-ce qu'il a la meilleure vue d'ensemble ? Oui, c'est presque évident.

Il avait fait glisser son doigt le long de la lisière de la forêt.

— De là, il a une vue dégagée sur l'avenue principale. En tout cas l'un des côtés, et je parie cinq choux à la crème que *La Brioche Royale* se trouve de ce côté.

La Comtesse était d'accord.

— En dehors du fait que parier ne fait plus partie de ton vocabulaire, ça colle parfaitement. Ce bâtiment doit être la maison de retraite, et elle porte un numéro impair. La pâtisserie doit être en face. Mais il peut aussi habiter en ville ou avoir accès au château. De là-haut, la vue est sûrement encore meilleure. A quoi il sert, déjà ?

— Une école pour enfants dyslexiques. Je crois qu'aucune de ces éventualités n'est vraiment crédible. Sa retraite serait compliquée, si…

Konrad s'était contenté d'observer la carte un long moment. Il finit par intervenir :

— Ce sera la forêt. Il s'y sent en sécurité, il restera là pour voir si la voie est libre. Je le sens. Il y sera sûrement avant le lever du jour, souvenez-vous qu'il est resté la moitié de la nuit à attendre près de la baraque à frites à Allerslev.

Kasper Planck avait secoué la tête, la Comtesse avait eu un regard inquiet, et Arne avait dit :

— Je propose huit à dix hommes en civil en ville, si possible des services spéciaux, au moins une trentaine d'hommes dans la forêt, et autant dans la plantation. Ça fera une souricière à laquelle il n'aura aucune chance d'échapper.

Il s'était alors directement adressé à Konrad :

— Demande les commandos ou les hommes-grenouilles, si tu peux. Ces types-là sont hyperdoués, et on a largement assez de temps pour tout organiser.

Konrad avait alors secoué la tête.

— Combien de gens souhaitent qu'il s'échappe ? La moitié de la population ? Vingt pour cent ? Dix ? Vous en pensez quoi ?

La Comtesse avait répondu en hésitant, sachant où cela menait.

— Difficile à dire. La tendance est encore en train de changer, je crois, mais pour le moment c'est une véritable guerre médiatique, menée à coups d'informations manipulées ou fortement tendancieuses.

— Un chiffre, Comtesse, lance-toi. C'est dix pour cent ?

— Non. Malheureusement, t'es bien en dessous.

Konrad s'était tourné vers Arne.

— Arne, tu te débrouilles en calcul de probabilités. Voyons, disons seulement cinq pour cent. Quelles sont les chances de trouver soixante-dix hommes, dont aucun – j'ai bien dit aucun – ne fera foirer l'action avant même qu'elle ait commencé ?

C'était irréfutable, et ni Arne ni la Comtesse n'avaient répliqué quand leur chef avait conclu :

— Notre force d'intervention, demain, ce sera nous trois. Je pars bientôt, et toi, Comtesse, tu te pointes là-bas à 8 heures. A ce moment-là, j'aurai trouvé une planque pour nous deux. Arne, tu suis Anni Staal, mais trouve-toi une autre voiture que la tienne.

Personne n'avait autre chose à proposer. Même pas Kasper Planck. Arne avait tenté une objection :

— Et s'il appelle pour changer le lieu de rencontre ? C'est ce que je ferais, moi.

— Tu prendras le téléphone espion, et, si ça arrive, faudra improviser. Mais je sais qu'il se cachera dans la forêt jusqu'à l'heure de la rencontre. Il est comme ça. La forêt est sa meilleure amie – et sa pire ennemie.

A ce moment-là, Arne avait lui aussi pris un air inquiet.

Sous son abri à bois, Konrad n'était pas inquiet. Sans se presser, il engloutit ses sandwiches au pâté et rinça le tout d'une longue gorgée d'eau de sa gourde. Le café et la clope restèrent à l'état de fantasme, ce qui fut plus facile qu'il ne l'avait craint. Un agréable frémissement chatouilla son corps, le rendant à la fois calme et agité. Il sortit son pistolet de service de son sac. Il y avait des années qu'il n'avait pas été armé, et il lui fallut un peu de temps pour régler le holster à son nouveau gabarit. Juste après, son téléphone sonna.

Il était huit heures et demie, et Arne avait demandé une réunion téléphonique. Sa voix retentissait clairement.

— Je suis sur une aire de repos à l'extérieur de Korsør. Rien d'intéressant du côté du téléphone d'Anni Staal. Elle n'est pas encore partie. J'espère qu'ils n'ont pas changé le lieu du rendez-vous, par exemple pour Valby, parce que sinon on est marron. J'ai loué une Audi, super bagnole. Stop, j'attends avec impatience de voir si vous m'entendez.

La Comtesse chuchota, mais sa voix passait distinctement.

— Ici Bibliothèque, je t'entends parfaitement, Audi. Je lis les journaux et j'ai une vue parfaite sur la boutique, mais à part ça, pas grand-chose. Mon seul problème c'est la bibliothécaire, je limite la communication au strict minimum tant qu'elle est dans la salle de lecture.

C'était au tour de Konrad. Il avait coincé son téléphone entre deux sacs de bois pour avoir les mains libres. Son message fut court.

— Je vous entends, mais restons concentrés.

Arne répondit :

— Ici Audi, j'ai rien sur quoi me concentrer, à part une autoroute à moitié vide. Qu'est-ce que tu fais, Konrad ? T'as pas de nom de code ?

Il rit. Ce fut la Comtesse qui répondit, toujours en chuchotant.

— Je crois qu'on devrait l'appeler Nemrod.

Elle ne riait pas. Konrad non plus :

— Je travaille, arrêtez avec ces conneries.

Ils se turent.

Konrad Simonsen chassait. Lentement, méthodique et concentré, il guettait sa proie, balayant la lisière de la forêt avec ses jumelles. Les multiples couleurs de l'automne permettaient de distinguer facilement les arbres. Un soleil blafard égayait son champ visuel de claires nuances rouge, jaune, orange et verte. Certains arbres avaient déjà perdu leurs feuilles et brisaient la palette de leurs branches sombres et nues. Comme les doigts d'une sorcière. De temps à autre, un nuage masquait brièvement la lumière, et la forêt s'en trouvait changée. Elle prenait alors l'aspect d'une masse bigarrée et impénétrable, uniforme et compacte. Cela durait rarement plus d'une minute avant que le soleil ne reprenne ses droits. Il profitait de ces pauses pour diriger les jumelles vers l'avenue ou vers les arbres isolés du parc. Le château lui-même l'intéressait moins.

Il ne se passait pas grand-chose. A un moment, un jardinier s'arrêta près de l'un des petits ponts blancs du parc. Il regarda en l'air pendant presque dix minutes, sans bouger, comme s'il prenait racine. L'homme avait dans les cinquante ans et ne présentait pas d'intérêt. Konrad n'en eut pas moins un soupir de soulagement quand il se décida enfin à reprendre le cours de sa vie, et se dirigea lentement vers la ville, où il disparut. Plus tard, deux hommes se lancèrent dans une série de mesures du paysage, mais eux aussi disparurent après un moment. Il n'y avait pas d'autre activité humaine visible. Ni cachée, d'ailleurs.

— J'espère que tu es à l'abri, Konrad.

C'était la Comtesse. Sa voix était normale, la bibliothécaire devait être partie.

— Qu'est-ce que tu veux dire ?

— Le temps, bien sûr. On va pas tarder à recevoir une bonne averse, tu crois pas ? C'est toi qui es censé avoir la vue d'ensemble, ou alors j'ai loupé quelque chose.

La Comtesse n'avait rien loupé, mais la vue de Konrad se limitait à la moitié du ciel. Il posa les jumelles, descendit de son perchoir et s'orienta à travers l'abri.

Au-dessus du fjord, le ciel était lourd comme du plomb et des éclairs griffaient l'horizon. Il observa le mauvais temps, fasciné. Des courants d'air turbulents arrachaient des lambeaux cotonneux aux nuages et les faisaient tournoyer vers la mer. L'obscurité gagnait. Soudain, il y eut une trombe d'eau, suivie d'une autre, et un peu plus loin d'une troisième. Courbes, épaisses en haut et plus frêles à mesure qu'elles s'approchaient du miroir de la mer. Trois canines titanesques, qui glissaient d'une danse incertaine vers le rivage. Le phénomène ne dura pas longtemps. A l'instant où elles atteignirent le bord de mer, les dents furent aspirées, absorbées et consommées par la terre, tandis qu'un lourd grondement roulait sur la ville comme une ébauche de rot. Et enfin vint la pluie.

Un quart d'heure plus tard, le front était passé, et la lumière revint. Konrad reprit sa surveillance. Rien n'avait changé, c'étaient les mêmes formes et contours, les mêmes nuances de vert en perdition, la même absence d'activité. Enfin, pas tout à fait. L'averse avait rincé le terrain, et le soleil se réfléchissait maintenant dans des myriades de gouttes d'eau. Chaque feuille scintillait, chaque branche rayonnait, et de petites formes de vie se risquaient doucement hors des nombreuses caches de la forêt pour reconquérir leur humide monde renaissant. Konrad sentit la différence, et il murmura, concentré :

— Tu es là, Grimpeur, et je vais t'attraper. A un moment ou à un autre, tu feras une erreur, une toute petite erreur, et, à ce moment-là, j'irai te choper. Je suis le premier maillon de la chaîne alimentaire, et j'ai très, très faim.

A ce moment, Arne donna des nouvelles.

— Elle vient de passer, je suis à cent mètres derrière elle.

Un instant après, il ajouta :

— Rien de neuf du côté d'Anni, je viens de passer le pont et je lui colle au cul. On sera là dans une bonne heure, mais j'ai entendu les infos, vous voulez savoir ce qui se passe ?

La Comtesse fut la plus rapide :

— Avec plaisir.

— Le plus gros titre, c'est un reportage de la place du Parlement, où les gens ont commencé à se rassembler pour manifester. Apparemment, un étrange silence règne là-bas. On n'entend ni discours, ni chant, ni slogan. On ne voit qu'une gigantesque bannière, qui invite à durcir les lois et à réduire les violences. L'idée, c'est que tous les participants doivent attendre que les législateurs réagissent. Le reporter trouvait le moyen à la fois *digne* et *incontournable*, va savoir ce qu'il voulait dire par là. Et puis il y a eu un reportage à l'intérieur du Parlement lui-même, où l'activité est intense. Un ensemble de lois est en route, et le point de départ des politiques, ce seraient les trois revendications principales qui apparaissent en pleine page dans les journaux du jour, mais d'autres choses sont en jeu. Forte augmentation des peines, suppression de la prescription concernant les viols d'enfants. Soutien aux victimes sous forme de suivi psychologique ou psychiatrique aux frais de l'Etat, aussi longtemps que nécessaire. Interdiction des réseaux pédophiles et renforcement des moyens pour rechercher du porno infantile sur Internet. C'est-à-dire augmentation des crédits de la police et possibilité d'inculper les organismes par lesquels transitent les paiements. *Idem* pour les agences de voyages si leurs invités se jettent sur les enfants à l'étranger.

Konrad l'interrompit.

— Tu peux pas en rester à l'essentiel ? J'ai la sensation aiguë d'une piste, là.

Arne était en pleine confusion.

— L'essentiel, oui. J'ai pas compris le reste de ta phrase.

La Comtesse commenta :

— Moi j'ai compris. Tu me fais peur, Konrad.

Une pause se glissa dans la discussion. Personne ne savait à qui revenait la parole, et tous se turent. Au bout d'un moment, Arne conclut fadement :

— Il paraît que c'est la Constitution qui pose problème. La liberté d'association concerne tout le monde, et la responsabilité des banques et organisateurs de voyages est elle aussi discutée. Il y a des intérêts professionnels, et... bien sûr, c'est explosif.

La Comtesse reprit :

— Je suis pas contre l'intention en elle-même, mais j'aurais préféré que ceux qui sont à l'origine choisissent un meilleur moyen de faire passer leur message.

Aucun des deux hommes ne répondit. Il apparaissait clairement qu'elle parlait surtout pour rompre la directive de Konrad à propos du silence. Peu après, elle fut plus directe :

— J'aime pas ça. Tu es armé, Konrad ?

— Non.

— Je suis contente de te l'entendre dire.

Une voix étrangère se mêla à la conversation.

— Ceci est une salle de lecture, pas une salle d'enchères.

La Comtesse se tut, et Konrad reprit patiemment ses recherches. Il reconnaissait à présent les silhouettes de chaque arbre dans son champ de vision, et savait ce qui allait apparaître dans ses jumelles quelques secondes à l'avance. Le même rythme monotone auquel il épiait les mêmes centaines de mètres de frontière arborée encore et encore. Sa notion du temps disparut, et les messages sporadiques d'Arne indiquant sa position lui semblaient identiques, irréels. La chasse seule importait. L'étroit cône de son champ de vision balayait patiemment le domaine, d'un côté à l'autre, encore et encore, sans variation. Un combat de persévérance et de concentration, au cours duquel il ne douta pas une seule seconde de sa supériorité, et ne laissa pas la moindre hésitation secouer son inébranlable certitude que, quelque part dans ces feuillages flétris, Grimpeur se cachait.

Soudain, un groupe d'oiseaux noirs décolla au-dessus du bouquet d'arbres dont le contour ressemblait à un poing serré. Les volatiles tournoyèrent un moment au-dessus de la forêt avant de redescendre. Probablement des corbeaux. Konrad ne pouvait pas voir ce qui les avait effrayés, mais il devait bien y avoir quelque chose. Il se concentra sur la zone un long moment, sans rien voir de plus. Il finit par abandonner et recommença à parcourir le paysage connu.

C'est à ce moment que la catastrophe survint.

La Comtesse fut la première à réagir, et cette fois sans le moindre égard pour l'ambiance de la bibliothèque.

— Oh non, dites-moi que c'est pas vrai.

Konrad dirigea les jumelles vers l'avenue, et sa réaction fut plus maîtrisée. Devant la pâtisserie, un fourgon de police était garé, et trois agents en uniforme entraient dans la boutique. Peu après, un chœur cacophonique de voix traversa le téléphone comme une absurde pièce de théâtre à la radio.

— Devoir de l'argent aux voisins, à la banque, au vendeur, peu importe, on ne fait plus de prison pour ça. Mais débrouille-toi pour ne pas devoir de l'argent au Trésor public. Et si tu le fais, alors communique avec eux. Tu ne dois pas ignorer leurs relances, sinon ça finira mal, et tu devrais le savoir, Bolette.

La Comtesse hurla d'une voix essoufflée :

— Il faut que vous sortiez tous. Tout de suite !

Personne ne se préoccupa d'elle. Une voix de femme perça la cohue :

— Mais comprenez donc, bon Dieu ! J'ai pas de télé. Le jour où Anders est mort, je l'ai balancée, ça fait quatre ans. Quatre ans, et ils continuent d'exiger la redevance, quel que soit le nombre de fois que j'écris ou appelle. C'est tout simplement impossible de se déclarer sans télévision. Ils ne veulent pas me croire, cette bande de macaques débiles mentaux de la capitale. Imaginez que je demande des sous pour du pain que mes clients n'ont pas acheté.

— Vous êtes en train de foutre en l'air une opération de la plus haute importance, vous devez partir. Votre prise attendra demain.

La vendeuse reprit :

— Et voilà que vous vous pointez, pas moins de trois agents. La police n'a rien de mieux à faire ?

Quelques clients la soutinrent, mais une jeune voix les contredit dans un glapissement :

— Elle aurait pu venir à l'audience lundi, je suis venue seule la chercher.

La Comtesse hurla de toute la puissance de ses poumons :

— Tirez-vous tous immédiatement, je suis de la section criminelle !

— La section criminelle ? Parce qu'elle a pas payé sa redevance ? Ça va un peu loin quand même ?

— Mais j'ai pas de télé, pas de télé, pas de télé. Vous comprenez ?

— J'ai le temps d'acheter quatre pains au lait avant que vous l'embarquiez ?

Et soudain, Arne transmit un message sans équivoque :

— Anni Staal a reçu un SMS. Il dit *connasse.*

Konrad coupa la liaison et dirigea une dernière fois ses jumelles vers la forêt. Il avait fixé la zone pendant plus de trois heures sans résultat, il fallait maintenant terminer le travail en cinq minutes avant de remballer et de rentrer. Mais son optimisme était écorné, il ne croyait plus vraiment en sa chance. Et pourtant. Quand il lança son dernier regard à travers les jumelles, une corde tomba d'un arbre, pile dans son champ de vision, le long de cet arbre près duquel les oiseaux s'étaient envolés. Une botte suivit rapidement.

Konrad Simonsen avait la réputation de bien réagir dans les situations où il fallait réfléchir vite. Et ce qu'il entreprenait là était justement, dans les grandes lignes, un sans-faute. D'abord, il réfléchit consciencieusement pendant dix secondes sans bouger d'un poil. Puis il sortit une carte de son sac et s'imprégna encore une fois de la zone derrière le château, vers le fjord et les plantations. Courir vers le parc serait un acte désespéré. Cela prendrait bien trop longtemps, et les chances d'attraper sa proie une fois là-haut seraient minimes. A pied, Grimpeur était plus rapide que lui, et il se trouvait dans son élément. Il avait beaucoup plus de chances en contournant le parc en voiture pour le rechercher dans l'un des chemins des plantations. Il jeta ses affaires dans le sac et se dépêcha de gagner sa voiture.

Dès qu'il fut sur la route de campagne et que la vue fut dégagée, il accéléra au maximum. Au bout de quelques minutes, il fonçait sur le long chemin forestier qui coupait la grande plantation de Hind et séparait la zone en partie est et partie ouest. Environ à la moitié, il projeta sa voiture sur un petit sentier, où il la planqua une dizaine de mètres plus loin pour continuer à pied. Sans trop se presser, il avança aussi discrètement que possible vers le croisement suivant. D'après la carte, il pouvait d'ici remonter à droite vers l'arrière du château. Il fit un rapide calcul mental et détermina que si Grimpeur n'avait pas couru, ce qu'il n'avait au fond aucune raison de faire, il y avait de fortes chances qu'il se trouve encore dans la zone.

Les sapins le long des sentiers faisaient plusieurs mètres de haut, et une personne désirant se cacher n'avait qu'à se glisser de quelques pas au milieu des plants et rester immobile. C'est pourquoi il était décisif de n'être ni vu ni entendu. Il s'arrêtait régulièrement pour tendre l'oreille, sans rien noter d'autre que le chant des oiseaux. A un moment, il surprit quelques faisans, qui s'envolèrent à grand bruit. Il s'accroupit près d'un sapin et attendit une minute que le calme revienne. Puis il reprit sa route en silence. Vingt mètres plus loin, il y avait le croisement. Il se colla le plus possible à droite des arbres, et c'est pourquoi, quand il prit le tournant, il aperçut l'homme qui venait vers lui quelques secondes avant que celui-ci ne le voie. Et à ce moment, il avait déjà dégainé son arme depuis longtemps. La distance était rêvée : l'homme était beaucoup trop loin pour tenter quoi que ce soit contre lui, et beaucoup trop près pour espérer qu'il le rate. Leurs regards se croisèrent. Tous deux savaient qui était l'autre.

— Allonge-toi sur le ventre.

L'homme n'obéit pas, et ses yeux allaient du pistolet à la forêt. Konrad fit sauter la sécurité. Le petit cliquètement métallique sonna de façon funeste.

— Te fais pas d'illusions. Si tu cours, je te tire dans la jambe. Et je le fais aussi si tu t'allonges pas tout de suite. Tu te ferais dégommer le tibia sans raison. A moins que je ne décide de te tirer quelques balles dans le ventre. Dans ce cas j'aurai le plaisir de te voir mourir, et le résultat sera le même, tu seras par terre. Choisis, avant que je choisisse pour toi.

L'homme posa son sac et s'allongea. Il n'affichait aucun signe de colère ou de résignation. Konrad passa derrière lui et fit claquer avec habitude les menottes autour de ses poignets. Il remit le cran de sécurité et rangea l'arme dans son holster, sans se presser, avant d'allumer une cigarette. Il inspira avidement la fumée, tout en observant sa prise avec curiosité. L'homme était tout en tendons et bien proportionné, visiblement habitué aux travaux physiques, ses cheveux clairs étaient en bataille, et son visage hâlé. Ses yeux bleus étaient attentifs et hostiles, et, au-dessus de son sourcil droit, il avait une cicatrice rouge irrégulière. Konrad le remit sur pied, le fouilla, recherchant une arme, et comme prévu n'en trouva aucune. Dans la poche de son solide blouson, il avait un téléphone portable, sans carte SIM. Son sac contenait tout l'attirail du crapahuteur professionnel, à savoir des cordes, des sangles de sécurité et une paire de bottes spéciales avec pointes ferrées. Et puis une bouteille thermos en aluminium. Il posa le sac près d'un arbre et le recouvrit de branches. Puis il regarda sa montre.

— Andreas Linke, il est 11 h 37, et tu es en état d'arrestation. Je me dois de t'informer que je te hais du fond de mon cœur de père. Tu vas regretter ces photos que tu m'as envoyées de ma fille. Je te souhaite cordialement la bienvenue.

Comme il s'y attendait, il ne reçut pas de réponse.

Ils marchèrent l'un à côté de l'autre vers la voiture. Konrad sortit une chaîne du coffre. Il poussa délicatement l'homme sur le siège du passager avant de fixer méticuleusement la chaîne à la menotte du côté droit puis à un mousqueton préalablement installé au fond de la voiture. Ensuite, il ferma la porte, contourna le véhicule, posa son manteau sur le toit et détacha son holster. Il le jeta sur la banquette arrière avant de remettre son manteau et s'assit sur le siège du conducteur. Avant de partir, il libéra partiellement son passager, en ouvrant la menotte de sa main gauche. Cela lui donnait une certaine liberté de mouvement, en vérité suffisante pour le toucher d'un maladroit coup de poing.

— Si tu me touches, moi ou le volant, je t'en mets un dans les reins. Tu as compris ?

Grimpeur ne réagit pas. Konrad lui enfonça un doigt dans le diaphragme et demanda encore :

— Tu as compris ?

Un rapide hochement de tête colérique montra qu'il avait compris, et Konrad sourit d'un air satisfait. Le contact était établi.

Quelques kilomètres après la sortie de la plantation, ils se retrouvèrent sur la route d'Odense. Konrad tourna à droite, et, une dizaine de kilomètres plus loin, ils rejoignirent l'autoroute E20 vers Copenhague. Il se rangea sur la voie de droite et s'en tint à la vitesse réglementaire, un peu au-dessus de cent kilomètres à l'heure. Le trafic était modéré et ne nécessitait pas une grande attention. A midi, il alluma la radio pour entendre le journal. Sans faire de commentaire, il nota l'attention avec laquelle son passager écoutait. Au Parlement, il y avait apparemment une foule très importante. A en croire la reporter en tout cas, et il n'était pas totalement certain qu'elle soit digne de confiance. Elle n'était manifestement pas objective, avec sa voix mélodramatique et son laïus sur le peuple qui attendait, silencieux mais déterminé, la décision de ses dirigeants. Du Parlement lui-même, il n'y avait rien de neuf. Il éteignit la radio et roula une dizaine de kilomètres en prévoyant mentalement ses prochains coups de fil. Puis il téléphona à Arne Pedersen.

— Salut, Arne, ma batterie est presque à plat, alors écoute sans m'interrompre. Je l'ai, et on se rend au QG. Toi et la Comtesse, trouvez quelques chiens pisteurs et des experts.

Il parla rapidement de l'arbre, du sac et de la carte SIM, avant d'ajouter :

— Il n'y aura aucun problème pour les preuves. Il parlera comme un gosse apeuré et avouera tout.

Et il raccrocha.

Grimpeur ne sembla pas affecté par la situation. En dehors d'un rapide regard surpris lorsqu'il s'entendit qualifier de gosse apeuré, il continua de fixer le pare-brise avec des yeux vides. Mais Konrad nota avec satisfaction une certaine tension chez lui. Il n'arrivait pas à se mettre à l'aise et changeait sans cesse de position. Ce n'était pas grand-chose, mais assez pour révéler son malaise. Ils passèrent au sud d'Odense, et Konrad rompit le silence.

— Tu sais que tu as tué tes victimes le jour des onze mille vierges ? C'est comme ça qu'on appelait le 18 octobre au Moyen Age, ou jour de la Sainte-Ursule, comme on veut. Les deux noms viennent de la même légende.

Il observa en coin son passager. Grimpeur ne répondit pas, mais il avait légèrement tourné la tête et lui lançait un regard agacé. Konrad continua d'un ton joyeux :

— Plutôt moche comme histoire. Très triste et malheureusement très sanglante. Enfin, Ursule était une princesse bretonne dans les années 300. D'une beauté unique. Une habitude chez les princesses. Elle était également très pieuse. Le roi d'Angleterre, par contre, ne l'était pas, c'était un païen. Il demanda quand même la main d'Ursule, qui accepta, à la condition qu'elle puisse aller en pèlerinage à Rome pour satisfaire son profond désir d'union spirituelle avec le Christ.

Il s'interrompit. Devant, il y avait eu un accident, et la circulation était ralentie. Il passa à vitesse réduite, sans trop regarder l'ambulance ou la voiture abîmée. Grimpeur ne regarda pas non plus. Quand ils eurent retrouvé leur rythme de croisière, Konrad reprit son histoire, persuadé qu'elle gênait et désorientait son passager.

— Bon, j'en étais où ? Oui, enfin Ursule alla à Rome, mais pas toute seule. Elle emmena onze mille vierges avec elle, et on peut dire que ça fait un sacré paquet de vierges. Qu'est-ce que tu en penses ?

Grimpeur n'en pensait rien, il avait détourné la tête.

— OK, tu me diras plus tard. En tout cas, moi, je trouve que ça fait beaucoup. Quoi qu'il en soit, toute la horde parvint à Rome, et le pape – qui d'ailleurs s'appelait Cyriacus – fut à ce qu'on dit à la fois séduit et fasciné. Ce qui à vrai dire est un peu surprenant, on aurait pu penser qu'il serait un poil agacé. Je veux dire, c'était un sacré abus d'hospitalité, imagine-toi, onze mille invitées non désirées. Les frais de bouffe ont dû être énormes, il a été très accueillant, ce pape. Enfin, elles ont fini par repartir, Ursule devait se marier. Cependant, le voyage de retour ne fut pas aussi simple que l'aller. Loin de là. Sur la route, elles tombèrent en effet sur le roi des Huns, Attila. Et probablement aussi un paquet d'autres Huns. Elles furent toutes tuées, jusqu'à la dernière. Personne ne sait vraiment pourquoi. Peut-être qu'Attila avait eu une mauvaise journée, ou peut-être qu'elles ont été casse-burnes et insolentes, qui sait ? Le truc, petit Andreas, c'est que tu peux pas rivaliser. Tu n'en as tué que six. Mais les cinq premiers, bizarrement, le jour même où toutes ces vierges sont mortes. Juste dix-sept siècles plus tard.

Konrad voyait se profiler le pont de Storebælt et décida d'attendre un peu avant de conclure. De toute façon, son public n'en lâchait pas une, il ne se plaindrait donc pas de l'interruption. Il ne reprit que lorsqu'ils arrivèrent aux environs de Slagelse.

— Mon histoire de tout à l'heure… je l'ai pas tout à fait finie. Presque, mais pas complètement. Toutes ces vierges, tu sais où elles ont été tuées ?

Evidemment, il n'obtint pas de réponse. Mais Konrad remarqua que l'homme serrait son poing droit, et qu'il avait baissé le regard.

— Je crois que tu le sais. Elles ont souffert le martyre en plein milieu de Cologne, et bien que le fait soit un poil sujet à caution, on a construit toute une basilique en mémoire de ce bain de sang. L'église Sainte-Ursule, 24, Ursula Platz, pour être précis. Tu dois forcément connaître, je veux dire, tu as habité à peine deux rues plus loin au 8, Weidengasse. D'ailleurs, officiellement tu habites toujours là-bas, un studio au troisième étage, juste sous les toits, alors bien sûr que tu connais l'église. Je crois aussi que tu as remarqué que j'ai un peu changé les dates, histoire de faire coller mon récit. Je suis comme ça. On peut pas toujours me faire confiance. Le jour des vierges, c'est pas le 18, mais le 21 octobre. Mais tu le sais parfaitement, l'*Ursula-Tag* est bien connu à Cologne.

La cicatrice de Grimpeur avait rougi. Il n'appréciait visiblement pas la chute. Il ne disait toujours rien, mais ce n'était pas un grand joueur de poker.

Arrivé à Sorø, Konrad quitta l'autoroute et continua par une route de campagne vers Holbæk. Il constata la surprise de Grimpeur. Le plus logique aurait été de continuer vers Ringsted et Køge pour atteindre Copenhague par le sud. Ce n'était pourtant pas si bête. Ils finiraient par tomber sur l'autoroute de Holbæk, d'où ils pourraient rejoindre la capitale par Roskilde et Glostrup. Il était 13 heures, et Konrad ralluma la radio. Le timing était parfait, la voix triomphante de la speakerine emplit la voiture :

Il sera dorénavant plus difficile d'être pédophile au Danemark. Sur place, le pouvoir en place et l'opposition viennent de trouver un compromis et de s'entendre sur un ensemble de propositions sur les pédophiles. La première lecture des propositions de lois aura lieu cet après-midi même. Les peines pour viol sur enfants sont plus que doublées, et la prescription disparaît. Celles pour viol seront également durcies. De plus, près de quatre-vingts millions de couronnes seront alloués chaque année à une longue série d'initiatives anti-pédophiles, parmi lesquelles une aide aux victimes, des moyens accrus pour la police, la surveillance du trafic Internet et des recherches en sexologie. Devant le Parlement, au palais Christiansborg, une grande fête est en cours. Allons tout de suite au ministère de la Justice, où le ministre s'apprête à prendre la parole.

Konrad coupa la radio. Grimpeur affichait un petit sourire serré.

— Eh bien, vous avez gagné, maintenant il ne vous reste plus qu'à payer l'addition. Toi en particulier, on peut dire que t'as une sacrée ardoise. Même si j'aurais préféré que ce soit Per Clausen, et pas toi, juste à côté de moi. Je crains terriblement, à mesure que je te décortique, que tu ne sois rien d'autre qu'une misérable copie de l'original. Ce serait fâcheux.

Les mots ne tombèrent pas dans l'oreille d'un sourd. Le sourire avait disparu. Konrad continua, sans pitié :

— J'ai aussi un compte personnel à régler avec toi. Tu m'as envoyé quelques photos de ma fille, et ça, t'aurais pas dû le faire. Tu vas pleurer, crois-moi, mais je crois que je te l'ai déjà dit.

Ils roulèrent un moment en silence. Konrad commençait à avoir mal aux reins, il avait besoin d'une pause pour étirer ses jambes. Il tenta de contrer l'inconfort en déplaçant son poids d'une jambe sur l'autre. A mi-chemin de Holbæk, vers le village d'Ugerløse, il quitta la route et tourna vers Mørkøv et Svinninge. Ils se dirigeaient maintenant vers l'ouest, la direction inverse de Copenhague, et Grimpeur se montra rapidement agité. Il regardait le paysage avec une surprise évidente et une inquiétude croissante.

Konrad réfléchissait. Le bon sens lui dictait d'abandonner son plan et de faire demi-tour. Ce qu'il était en train de faire était une erreur. Il se décida à rebrousser chemin. Mais pas avant un dernier petit effet.

Il ouvrit le compartiment entre les sièges, saisit quelques sachets de Piratos et les jeta sur le tableau de bord. Puis il siffla avec animosité :

— C'est toi qui m'as forcé à bouffer cette merde.

Jusqu'à présent, il avait été calme et réfléchi, maintenant c'était agréable de se laisser aller. Il hurla.

— Dans deux secondes, je vais te faire avaler la totalité.

Son passager lui lança un regard effrayé, et il s'en réjouit. Il baissa sa vitre et jeta les sachets par la fenêtre. Il n'en aurait plus besoin. Le bon sens non plus, il n'en avait pas besoin, il pouvait bien aller en enfer, le bon sens.

Quand ils eurent dépassé Mørkøv, Grimpeur n'en pouvait plus.

— Où est-ce qu'on va ?

C'était la première fois que Konrad l'entendait parler. Il avait une jolie voix sombre, qui avait pour l'heure un arrière-goût de panique.

— T'as pas encore deviné ? Décidément, t'es pas très malin. Si tu avais été un peu plus vif d'esprit, t'aurais déjà commencé à supplier.

Il ralentit, ne sachant pas si son passager risquait d'attraper le volant. Ils se traînèrent à travers le paysage d'automne. Tout au long de leur voyage, il y avait eu progressivement plus de nuages, à mesure qu'ils avançaient vers l'est. Mais pour le moment, le soleil passait au travers et éclairait le terrain vallonné. Konrad lançait de petits sourires dans toutes les directions, comme s'il faisait du tourisme. Il n'y avait pourtant rien de passionnant à observer, une ferme ici, une voiture en sens inverse là. La plupart des champs avaient été moissonnés, et on y voyait des bottes de paille qui gisaient de façon irrégulière, comme si un géant avait balancé une poignée de dés. Sans un regard pour son passager, il dit :

— C'est drôle comment l'âme fonctionne. Tu as pu côtoyer tes deux esprits malins pendant des mois, Frank et Allan, et pendant tout ce temps tu avais ton plan. Les appâter pour les attirer vers leur mort. Tu étais devenu adulte et n'avais plus rien à craindre d'eux. Mais l'endroit où ils s'amusaient avec toi, tu ne peux pas le supporter. L'appentis, la forêt, là-bas tu es encore un enfant, et tout ton self-control ne te sert plus à rien. Tu n'as pas pu couper les arbres et mettre le feu toi-même. Il t'a fallu de l'aide. D'un autre côté, ça fait longtemps, et les choses ont peut-être changé. Nous verrons, nous verrons. Comment tu préfères qu'on t'appelle, au fond ? Grimpeur ou Andreas ?

La question était tombée sans transition.

— Dites-moi où on va, bordel.

Sa voix chatouillait les aigus.

— Je t'ai posé une question.

— Ici au Danemark, tout le monde m'appelle Grimpeur, alors je préfère qu'on m'appelle Grimpeur. Où est-ce que vous m'emmenez ?

— Parfait, alors je vais t'appeler Andreas. Parce que je ne t'aime pas, Andreas. Au contraire, je te déteste, pour être honnête. T'aurais dû laisser ma fille tranquille, espèce de porc.

L'homme se tordait les mains, et tortillait son corps agité. Konrad continua sa route sans s'en préoccuper. Ils passèrent Svinninge et Hørve. Grimpeur avait commencé à transpirer, de petites perles se frayaient un chemin depuis le haut de son front le long de l'arête de son nez, et, de temps à autre, il se frottait durement le front de sa manche.

— Vous n'avez pas le droit de m'emmener là-bas.

L'agressivité avait disparu, il avait plutôt l'air de supplier. Konrad répondit joyeusement :

— Droit par-ci et droit par-là. Si on devait en permanence se préoccuper de ce qu'on a le droit de faire ou pas, on n'irait jamais nulle part.

— Vous voulez bien laisser tomber ? Je peux pas… je crois que je pourrais pas le supporter.

— Non, je t'assure que je vais pas laisser tomber. Ça me plaît qu'on fasse un tour là où tout a commencé. Vers l'appentis, où Frank t'a pris, et vers les arbres où ça a été le tour d'Allan. Ils ont tous été coupés, ou est-ce que seuls les plus visités – si je puis dire – ont été abattus ?

Grimpeur avait mis ses mains sur ses oreilles pour ne pas entendre. Il se balançait d'avant en arrière, cognant sa tête contre l'appuie-tête. Son visage était devenu blême, en dehors de sa cicatrice, qui était rouge vif. A l'instant où il retira ses mains, Konrad était sur lui, dur et impitoyable :

— Le vieux du village raconte que tu pouvais à peine marcher, quand les frères avaient fait un tour avec toi. Tu te dandinais comme si tu avais fait dans ton pantalon.

Grimpeur secoua la tête, comme s'il pouvait rejeter les mots loin de lui.

— OK, espèce de minable. Si tu me dis où tu habites en Allemagne et au Danemark, je fais demi-tour.

Ce ne fut pas aussi simple. Au début, Grimpeur tenta de maîtriser son dégoût. Mais, à mesure qu'ils approchaient du lieu, ça devenait plus difficile. Il finit par abandonner.

— En Allemagne, j'habite là où vous l'avez dit, au 8, Weidengasse à Cologne. Au Danemark, j'ai un appartement en sous-sol à Fredericia, au 42, Ivertsgade, et c'est au black. Le propriétaire se moque de qui je suis, tant que je paie le loyer. Maintenant, amenez-moi à Copenhague, et je veux un avocat.

La colère revenait dans sa voix à mesure qu'il s'exprimait. Son regard redevint haineux et son agitation disparut.

— Tu veux, tu veux. Et deux dans la tronche, tu veux ? Parle-moi de ces photos que j'ai reçues.

La réponse vint après une courte hésitation.

— C'était Clausen. Il m'a envoyé l'enveloppe et un message disant d'attendre une semaine avant de la poster. Je ne savais même pas ce qu'elle contenait jusqu'à maintenant.

— Comment est-ce qu'il a appris l'existence de ma fille ?

— Je sais pas. Il s'était renseigné sur vous, je crois. Faites demi-tour maintenant, je veux aller à Copenhague. Vous avez promis. On n'a rien contre votre famille.

— Alors vous auriez mieux fait de la laisser en dehors de tout ça. Ça m'a rendu furieux, plus que tu ne l'imagines. Maintenant, écoute ça, c'est drôle. Je t'ai menti, mais je t'avais prévenu avant qu'on ne pouvait pas me faire confiance. Faudra faire plus attention la prochaine fois.

Grimpeur lui lança un regard incrédule. La seconde d'après, la panique le reprit de plus belle. Il tremblait de façon incontrôlable, comme s'il avait froid. De temps à autre, il gémissait et, au bout de quelques kilomètres, il se mit à implorer. Il avait l'air misérable, mais n'obtint pas de réponse. Konrad tourna à droite vers Fårevejle. Bientôt, ils purent voir la baie de Sejerø à leur gauche, et ils surent qu'ils n'étaient pas loin. Grimpeur pleurait et demandait grâce. De temps en temps, il avouait de façon désordonnée tous les crimes commis entre ciel et terre, les grands comme les petits. Ce n'était pas inintéressant, mais juridiquement sans valeur.

Tout d'un coup, Konrad stoppa la voiture. Il trouva une carte dans la boîte à gants et sortit, puis alluma une cigarette. Il laissa la portière ouverte, pour que lui et Grimpeur puissent parler. Même si la capacité à communiquer de Grimpeur était largement réduite.

— Tu ne comprends toujours pas, Andreas. Il ne s'agit pas de tes aveux, ça viendra plus tard. Il s'agit de vengeance. La vengeance pour ces gens dont tu as pris la vie. Ils t'ont sûrement supplié, eux aussi. Mais tu les as tués sans la moindre pitié. Tu vas prendre perpète, et c'est tout à fait mérité. Mais d'abord, ton pire cauchemar va devenir réalité. Tu rêves de cet endroit ? Malgré toute l'aide psychiatrique et ta grandiose expédition vengeresse. Je crois que tu le vois en rêve. Et bientôt tu vas y retourner, que tu geignes, chantes ou hurles.

Hurler, c'était justement ce qu'il était en train de faire. Mais pas spécialement fort, c'était plutôt un grincement aigu. Comme un chaton qu'on coince dans une porte. Puis il commença à tirer sur la chaîne, encore et encore, sans autre résultat que de faire apparaître des ecchymoses sanguinolentes sur son poignet droit. Konrad fuma sans s'en préoccuper, jusqu'à ce que Grimpeur se jette entre les deux sièges et aperçoive le holster avec le pistolet, négligemment posé sur la banquette arrière. Il se jeta désespérément dessus et arracha l'arme de son étui, mais la fit tomber sur ses genoux. Il ramassa rapidement le pistolet, enleva la sécurité et le pointa sur son tortionnaire d'une main incertaine et tremblante.

Konrad jeta tranquillement sa cigarette d'une pichenette. Puis il s'assit sur son siège, bousculant d'un geste irrité à la fois l'arme et l'homme. Comme un insecte gênant mais pas dangereux. Grimpeur recula sur son siège, aussi loin que possible.

— J'y crois pas une seconde, Andreas. Je crois que tu ne me toucherais même pas, vu comment tu trembles. Et ça ne te servira à rien ; toi et moi, on va à Ullerløse.

Il tourna la clef et démarra le moteur. Grimpeur lui lança un long regard hébété, puis plaça le pistolet dans sa bouche et appuya sur la détente. L'arme cliqueta. Il essaya encore, avec le même résultat. Il glissa au bas de son siège, sans force, et son regard se vida. Konrad sentit que Grimpeur avait uriné dans son pantalon. Il stoppa le moteur et sortit de la voiture. Il resta longuement les coudes posés sur le toit, la tête entre ses mains. Puis il se redressa et hurla de toutes ses forces :

— Ça aurait dû être toi, Per, espèce d'obscur démon, pas cette misérable épave !

Il regarda en arrière, dans la direction d'où ils venaient, et dit encore :

— Mais je ne suis pas comme toi, Per. Tu aurais aimé ça. Un petit lot supplémentaire par-dessus ton énorme succès. Mais tu ne l'auras pas, hors de question.

Konrad fit le tour de la voiture, libéra Grimpeur de ses chaînes, le cala sur le siège et l'aida à essuyer le plus gros de l'urine avec un rouleau d'essuie-tout.

Il était temps de rentrer.

*

Au commissariat de Copenhague, ils furent accueillis par une Pauline Berg surexcitée. Konrad avait mis fin à son séjour à l'hôtel par téléphone, et lui avait ordonné de rentrer au QG pour s'assurer que la salle d'interrogatoire était prête. De plus, elle avait son propre rôle à jouer dans la confrontation. Elle avait fait ce qu'il avait demandé, mais avait également parlé plusieurs fois avec Arne et la Comtesse.

— Ils insistent pour que tu les appelles tout de suite. Ils sont tous les deux… inquiets à propos de l'évolution des choses, et ils ne comprennent pas pourquoi tu es parti tout seul avec…

Elle attendit vainement en pointant Grimpeur du doigt. Celui-ci se cachait derrière Konrad, l'air gêné, sans volonté, comme un gamin qui s'est fait disputer.

— Andreas Linke, il s'appelle Andreas Linke. Et il n'y a rien d'étrange au fait que je sois parti seul avec lui, il est tout à fait inoffensif. Et il est sympathique et coopératif.

Grimpeur hocha gentiment la tête, comme pour confirmer la remarque. Pauline l'observa, le front plissé, pendant que Konrad continuait :

— Maintenant, on va discuter un peu avec Andreas, le reste attendra. Tu es prête ?

Elle ne l'était pas. Sachant qu'elle ne pouvait rien faire d'autre qu'obéir, elle s'excusa et alla aux toilettes, où elle téléphona en cachette à la Comtesse, comme une collégienne. Quand elle se rendit à la salle d'interrogatoire, son chef s'était déjà occupé des manœuvres préliminaires. Elle l'entendit indiquer, pour le magnétophone, qu'elle était arrivée. Andreas Linke était assis sur sa chaise, les genoux repliés contre lui entourés de ses bras. Servile comme un chien battu, il suivait chaque geste et chaque mot venant de Konrad. Son visage était incroyablement blême, et quand il répondait, il avait l'air d'un enfant qui dirait n'importe quoi pour satisfaire un père sévère. Konrad communiquait de façon simple et directe.

— Ça ne sert à rien de secouer la tête, il faut que tu dises clairement que tu ne souhaites pas d'avocat, pour l'enregistrement.

— Non, je n'en veux pas. Pas d'avocat, pas du tout.

Suivait une longue série de questions détaillant méthodiquement sa vie et ses rapports avec les autres membres du groupe. Puis Konrad en vint aux meurtres eux-mêmes :

— Est-ce que tu as tué cinq personnes dans le gymnase de l'école Langebæk à Bagsværd ?

— Oui. C'est moi qui les ai tuées.

— Raconte comment ça s'est passé.

— Ils ont été pendus. C'est moi qui les ai pendus.

Il sourit comme pour s'excuser.

— Avec qui as-tu coopéré pour les meurtres ?

— Avec les autres, les autres membres du groupe ont participé.

— Comment s'appellent les autres ?

— Vous voulez dire leurs noms ?

— Oui, Andreas, dis-moi leurs noms, prénoms et noms de famille. J'aimerais que tu dises leurs noms, s'ils ont participé aux meurtres.

Il compta sur ses doigts.

— Il y avait Per Clausen et Stig Åge Thorsen. Et Erik, enfin Erik Mørk. Et puis moi.

— Personne d'autre ?

— Non, personne d'autre.

Konrad fronça les sourcils.

— Pardon, si, si, il y avait aussi Helle Jørgensen, Smidt Jørgensen, je l'avais oubliée. Excusez-moi, mais elle est morte, et Per Clausen, Per Clausen aussi est mort.

Il ajouta :

— Helle n'est pas morte exprès, ça s'est fait tout seul.

Pauline prit enfin son courage à deux mains. Les aveux étaient tombés, cela suffisait. Elle recula sa chaise en faisant du bruit et se leva.

— Je ne veux plus participer à ça.

Mais Konrad se leva à son tour. Sa voix était dure et impérieuse.

— Assieds-toi, jeune fille, et fais ton travail.

Rouge comme une pivoine, elle s'assit aussitôt, pendant qu'il arrêtait la cassette et rembobinait. L'appareil faisait des siennes, et il fallut un moment avant qu'ils puissent continuer.

— Il y a une chose qui est importante pour moi, Andreas, quelque chose que toi et moi sommes les seuls à savoir. Et j'aimerais que tu le racontes.

Grimpeur hocha la tête, avenant.

— Comment as-tu amené les cinq personnes du minibus au gymnase ?

— Certains d'entre eux y sont allés d'eux-mêmes, mais ceux qui dormaient, je les ai portés avec un diable. Je les ai attachés. Ils étaient lourds, mais je suis fort. C'est ça que vous vouliez savoir ?

— Non, pas tout à fait. Il s'est passé quelque chose, quand tu as poussé l'un d'entre eux hors du minibus, tu t'en souviens ? Tu te souviens lequel c'était ?

Cette fois il réfléchit, et un moment s'écoula avant qu'il réponde. Soudain, son visage s'illumina de joie.

— Thor Gran, c'était Thor Gran, il est tombé et s'est cassé une dent. Son oreille a touché le goudron, et il s'est fait une sale blessure, mais c'était un accident. J'ai mis la dent dans son oreille.

— C'est exactement ce à quoi je pensais. Raconte-moi maintenant qui a eu en premier l'idée de tuer tous ces gens, et pourquoi ils devaient mourir.

Cette fois, Grimpeur n'hésita pas.

— C'était Per Clausen, il était très intelligent. Quand ils seraient morts, plein de gens écouteraient. On aura l'attention, c'est ce que disait Per, et ce sera peut-être plus délicat de… d'avoir une…

Il baissa les yeux, gêné, et chercha pudiquement ses mots. Il n'en eut jamais le temps. Anna Mia entra dans le local, suivie de Poul Troulsen. Celui-ci observa le détenu quelques secondes, puis ordonna durement à Pauline :

— Appelle une ambulance, fais vite.

Pauline se précipita par la porte, pendant qu'Anna Mia allait doucement poser son bras autour des épaules de son père.

— Tu dois être fatigué, papa. Viens, on s'en va.

Elle le prit par la main, et il se leva volontiers.

— Je les ai eus, Anna Mia, tu as entendu ? Je les ai eus.

— Oui, tu les as eus, mais maintenant c'est terminé. On part en vacances.

Ensemble, sans drame, ils quittèrent la pièce.

72

Au domicile de Konrad Simonsen, Anna Mia cuisinait et aidait son père à préparer ses affaires. La Comtesse les rejoignit, mais ils ne parlèrent pas de l'affaire, l'affaire était terminée. Konrad fut installé dans un fauteuil, où il se mit à lire sans conviction un livre d'échecs. Si on lui parlait, il répondait aimablement, mais le plus souvent par monosyllabes, comme s'il n'était pas tout à fait conscient de ce qui se passait autour de lui. Les deux femmes le laissèrent dans son fauteuil. Deux ou trois fois, la Comtesse répondit au téléphone dans la cuisine, et à un seul moment elle éleva la voix. Mais quand elle revint, elle ne dit rien, et les deux autres ne posèrent pas de questions. Cela ne les regardait pas. Il était presque 8 heures lorsqu'ils prirent la route.

Ils étaient tous trois dans la voiture de la Comtesse. Konrad s'était vu assigner la banquette arrière et s'endormit rapidement. Les deux femmes prirent le volant chacune à son tour, changeant toutes les heures, et papotèrent. Aux alentours de 14 heures, ils étaient arrivés, et elles se mirent d'accord pour laisser le dormeur à l'arrière. Elles portèrent les bagages à l'intérieur et sortirent le strict minimum. Puis elles terminèrent la journée par un verre de vin blanc, avant d'aller se coucher. La Comtesse dans sa chambre, et Anna Mia dans la voiture avec son père.

A sa propre surprise, Anna Mia eut droit à trois heures de sommeil ininterrompu, probablement grâce au vin. En tous les cas, le soleil se levait quand elle ouvrit les yeux, et, après un instant de doute, elle se rappela où elle était.

Son père était également réveillé, il regardait par la vitre. Elle sourit quand elle le vit, et dit doucement :

— Bonjour, et bienvenue à la mer du Nord. On va faire un tour sur la plage ?

Ils sortirent de la voiture, et marchèrent main dans la main à travers les dunes, jusqu'à la mer. Quand l'eau fut en vue, ils s'immobilisèrent. De puissantes vagues aux crêtes écumeuses, qui brillaient comme de l'argent sous le soleil de l'aube, glissaient vers eux, et le vent caressait leurs visages. Elle posa sa tête contre son épaule.

— C'est beau, tu trouves pas, papa ?

— Si, ma fille. C'est beau.

OUVRAGE RÉALISÉ
PAR L'ATELIER GRAPHIQUE ACTES SUD
ACHEVÉ D'IMPRIMER
SUR ROTO-PAGE
EN FÉVRIER 2011
PAR L'IMPRIMERIE FLOCH
À MAYENNE
POUR LE COMPTE DES ÉDITIONS
ACTES SUD
LE MÉJAN
PLACE NINA-BERBEROVA
13200 ARLES

DÉPÔT LÉGAL
1re ÉDITION : MARS 2011
N° impr. : 78979
(Imprimé en France)